FOICE & PARDAL

TRILOGIA MORRENDO DE AMOR • 3

FOICE & PARDAL

BRYNNE WEAVER

Traduzido por Roberta Clapp

Título original: *Scythe & Sparrow*

Publicado mediante acordo com The Foreign Office Agència Literària, S.L. e The Whalen Agency, Ltd.

coordenação editorial: Taís Monteiro
preparo de originais: Karen Alvares
revisão: Carolina Rodrigues e Juliana Souza
diagramação: Miriam Lerner | Equatorium Design
capa: Qamber Designs
adaptação de capa: Ana Paula Daudt Brandão
impressão e acabamento: Ipsis Gráfica e Editora

CIP-BRASIL. CATALOGAÇÃO NA PUBLICAÇÃO
SINDICATO NACIONAL DOS EDITORES DE LIVROS, RJ

W379f
Weaver, Brynne
Foice e pardal / Brynne Weaver ; tradução Roberta Clapp. - 1. ed. - São Paulo : Arqueiro, 2025.
352 p. ; 23 cm. (Trilogia Morrendo de amor ; 3)

Tradução de: Scythe & Sparrow
Sequência de: Couro e Rouxinol
ISBN 978-65-5565-797-5

1. Romance canadense. I. Clapp, Roberta. II. Título. III. Série.

25-96312 CDD: C813
CDU: 82-31(71)

Meri Gleice Rodrigues de Souza - Bibliotecária - CRB-7/6439

Editora Arqueiro Ltda.
Rua Artur de Azevedo, 1.767 – Conj. 177 – Pinheiros
5404-014 – São Paulo – SP
Tel.: (11) 2894-4987
E-mail: atendimento@editoraarqueiro.com.br
www.editoraarqueiro.com.br

AVISOS DE GATILHO E DE CONTEÚDO

Por mais que *Foice & Pardal* seja uma comédia romântica *dark* e que, com sorte, vá fazer você rir em meio à loucura, não deixa de ser *dark*! Por favor, leia com responsabilidade. Se você tiver alguma dúvida em relação à lista abaixo, por favor, não hesite em entrar em contato comigo em brynneweaverbooks.com ou através de uma das minhas plataformas nas redes sociais (sou mais ativa no Instagram e no TikTok).

- Globos oculares… de novo. Se serve de consolo, não sei por que continuo incluindo isso nos livros, porque qualquer merda envolvendo globos oculares me deixa completamente apavorada
- Pálpebras também. Sim. Chegamos a esse ponto
- Não tenho certeza se arruinei *completamente* algodão-doce, mas talvez tenha maculado sua reputação
- Possivelmente salsichas e/ou cachorros-quentes
- Uso desaconselhado de grampeadores
- Guaxinins viciados em drogas são um gatilho? Em debate!
- Palhaços
- Palhaços sensuais
- Experiências médicas traumáticas, incluindo ferimentos graves, ambulâncias, fraturas expostas, ferimentos por perfuração, perda de sangue, hospitais, recuperação cirúrgica
- Empalamento (não do tipo prazeroso, mas tudo bem… esse também)
- Referências a violência doméstica (não retratada), violência psicológica/emocional, assédio sexual, ameaças e intimidação, misoginia
- Cachorro ferido (mas, se você leu *Couro & Rouxinol*, já sabe que Bentley vai ficar bem! Ele é mal-humorado e durão demais para morrer)
- Negligência parental, violência física infantil (não retratada)
- Diversos objetos pontiagudos e armas, incluindo facas, revólveres, tacos de beisebol, ganchos de metal, um chanfrador de bordas (a essa altura, você já deve ter se acostumado com esse tipo de coisa)

- Cenas de sexo detalhadas, que incluem (mas não se limitam a): brinquedos para adultos, *primal kink*, *cum kink*, sexo anal, sexo violento, atos sexuais em público

- Linguagem explícita e ofensiva, incluindo muitas "blasfêmias". Depois não diga que eu não avisei!

- Há muitos ferimentos e mortes… é um livro sobre um médico e uma assassina em série que se apaixonam, então acho que isso provavelmente é bem óbvio

Atenção: se você é o tipo de leitor que gosta de pular epílogos, peço humildemente que abra uma exceção! Não há bebês nem gestações, mas pode haver uma ou duas surpresas que você não vai querer perder. Apenas confie em mim! ("Mas o sorvete!", você pode dizer. "A pizza! A cerveja, as vitaminas e o cálcio de rico!" Eu sei, eu sei… mas confie em mim desta vez. Haha!)

Para quem chegou aqui depois do sorvete
de Cutelo & Corvo, *leu apenas os gatilhos de* Couro & Rouxinol
e pensou: "Ela não está falando sério em relação à pizza... está?".
Este é para você.

PLAYLIST

DISPONÍVEL NO APPLE MUSIC E NO SPOTIFY

Apple Music

Spotify

CAPÍTULO 1 – ÁS DE COPAS

Handmade Heaven – MARINA

The Inversion – Joywave

CAPÍTULO 2 – JURAMENTO

Mess Is Mine – Vance Joy

Fight to Feel Alive – Erin McCarley

CAPÍTULO 3 – AMARRADA

Lost & Far from Home – Katie Costello

My Heart – The Perishers

CAPÍTULO 4 – PRINCESA DA PRADARIA

The Daylight – Andrew Belle

Next Time – Greg Laswell

Silenced By the Night – Keane

CAPÍTULO 5 – POR DIZER

Traveling at the Speed of Light – Joywave

Never Be Alone – The Last Royals

In a Week (feat. Karen Cowley) – Hozier

CAPÍTULO 6 - SOMBRAS
Orca – Wintersleep
Look After You – Aron Wright
Darker Side – RHODES

CAPÍTULO 7 - TCHARAM
Man's World – MARINA
Fun Never Ends – Barns Courtney

CAPÍTULO 8 - A HORA DA VERDADE
Roses R Red – CRAY
Shutdown – Joywave
Minuet for a Cheap Piano – A Winged Victory for the Sullen

CAPÍTULO 9 - SUTURAS
You Haunt Me – Sir Sly
Evelyn – Gregory Alan Isakov
Reflections – TWO LANES

CAPÍTULO 10 - RENEGADE
Every Window Is A Mirror – Joywave
Is It Any Wonder? – Keane
San Francisco – Gregory Alan Isakov

CAPÍTULO 11 - MONSTRÃO
Too Young To Die – Barns Courtney
Take It on Faith – Matt Mays

CAPÍTULO 12 - REDUÇÃO
Strangers – Wave & Rome
Sister – Andrew Belle

CAPÍTULO 13 - COCEIRA
Helium – Glass Animals

THE GREATEST – Billie Eilish
Fear and Loathing – MARINA

CAPÍTULO 14 – INCONSEQUENTE
The Few Things (feat. Charlotte Lawrence) – JP Saxe
Pieces – Andrew Belle

CAPÍTULO 15 – DESCIDA
Twist – Dizzy
First – Cold War Kids
Cold Night – Begonia

CAPÍTULO 16 – VINDO À TONA
Horizon – Andrew Belle
All Comes Crashing – Metric
Realization – TWO LANES

CAPÍTULO 17 – FATALIDADE
I Know What You're Thinking And It's Awful – The Dears
Shrike – Hozier
Butterflies (feat. AURORA) – Tom Odell

CAPÍTULO 18 – OBSTÁCULOS
Fun – Sir Sly
Nuclear War – Sara Jackson-Holman
watch what i do – CRAY

CAPÍTULO 19 – CONFEITO
About Love – MARINA
We're All Gonna Die – CRAY

CAPÍTULO 20 – GARRAS
Coming Apart – Joywave
The Aviator – Stars of Track and Field
Wandering Wolf – Wave & Rome

CAPÍTULO 21 – ASSOMBRAÇÃO
I Love You But I Love Me More – MARINA
Mayday!!! Fiesta Fever (feat. Alex Ebert) – AWOLNATION
Content – Joywave

CAPÍTULO 22 – CANTOS ESCUROS
Come Back for Me – Jaymes Young
Monsoon – Sara Jackson-Holman
Au Revoir – OneRepublic

CAPÍTULO 23 – SEM AMARRAS
Arches – Agnes Obel
Master & A Hound – Gregory Alan Isakov
Sweet Apocalypse – Lambert

CAPÍTULO 24 – CAMPO DE BATALHA
Into the Fire – Erin McCarley
Particles (feat. Nanna) – Ólafur Arnalds
Hold On – Chord Overstreet

CAPÍTULO 25 – TEMPO ESGOTADO
Stranger – Katie Costello
Viva La Vida – Sofia Karlberg

CAPÍTULO 26 – LETRA
Can I Exist – MISSIO
Cardiology – Sara Jackson-Holman
For You – Greg Laswell

CAPÍTULO 27 – TRÊS DE ESPADAS
Fall For Me – Sleep Token
Quietly Yours – Birdy
The Shade – Metric

EPÍLOGO 1 – MAPAS

Close To You – Gracie Abrams

Maps – Yeah Yeah Yeahs

Re-Arrange Again – Erin McCarley

EPÍLOGO 2 – LÂMINA DA RAIVA

Serial Killer – Slayyyter

CAPÍTULO BÔNUS – SUSPENSA

Official – Charli xcx

Kiss Me (feat. Rina Sawayama) – Empress Of

1
ÁS DE COPAS
ROSE

Se alguém for atingido na nuca com bastante força, seus olhos podem acabar saindo do rosto.

Ou ao menos foi o que li em algum lugar. E é nisso que estou pensando enquanto embaralho meu tarô, encarando o babaca de aparência suspeita a pouco menos de 10 metros de distância enquanto ele despeja bebida alcoólica de um cantil de bolso no refrigerante e toma um longo gole. Ele seca o que escorre pelo queixo com a manga da camisa xadrez. Um arroto vem logo em seguida, e depois ele enfia metade de um cachorro-quente na boca nojenta antes de tomar outro gole.

Eu poderia dar uma porrada naquela cabeça de ovo gigante com tanta força que os olhos dele saltariam das órbitas.

E a mulher sentada à minha frente? Aposto que não se importaria nem um pouco.

Contenho um sorrisinho sombrio e torço para que ela não tenha notado o brilho diabólico na minha expressão. Mas, apesar da energia assassina que provavelmente estou emanando e das distrações do Circo Silveria do outro lado da porta aberta da minha tenda de leitura de tarô, a atenção dela parece fixa nas cartas, todo o foco nelas enquanto embaralho. Não há luz alguma em seus olhos, um deles contornado por um hematoma escuro desbotado.

O sangue corre em minhas veias enquanto me forço a não olhar para o homem. O homem que está com *ela*.

Quando a atenção da mulher finalmente se desvia do movimento repetitivo das minhas mãos e ela começa a se virar na cadeira para avistá-lo, paro de embaralhar as cartas e bato o baralho na mesa. Ela se assusta mais do que o normal, assim como imaginei que seria. Assim como torci para que não fosse.

– Desculpe – digo, com sinceridade.

Ela olha para mim com medo nos olhos. Medo *de verdade*. Mas me dá um sorriso fraco.

– Qual é o seu nome?

– Lucy – responde ela.

– Muito bem, Lucy. Não vou perguntar o que é que você quer saber. Mas quero que fixe seu pensamento nisso.

Lucy faz que sim. Viro a primeira carta, já sabendo o que vai ser. As bordas estão desgastadas pelo uso e a imagem ficou desbotada com o tempo.

– Ás de Copas.

Coloco a carta na mesa e a deslizo para mais perto dela. Ela olha da imagem para mim, uma pergunta na testa franzida.

– Essa carta significa seguir sua voz interior. O que ela lhe diz? O que você quer?

Só há uma coisa que torço para que ela diga: *fugir daqui*.

Mas não é o que ela fala.

– Não sei – responde, a voz pouco mais que um sussurro.

A decepção se aloja como um espinho sob minha pele enquanto ela retorce os dedos na mesa, a aliança simples de ouro arranhada e sem brilho.

– O Matt quer comprar outro pedaço de terra pra plantar no ano que vem, mas eu quero guardar algum dinheiro pras crianças – explica ela. – Talvez fosse bom passar uma semana fora de Nebraska, levar as crianças pra ver minha mãe e não ficar me preocupando com o preço da gasolina. É desse tipo de coisa que você tá falando...?

– Talvez. – Dou de ombros e pego as cartas, embaralhando-as novamente. Desta vez, não vou guiar o Ás de Copas para o topo da pilha. Vou deixar que o baralho diga a ela o que precisa ouvir. – O que importa é o que isso significa pra *você*. Vamos recomeçar; e você... mantenha isso em mente.

Faço a leitura de Lucy. Sete de Copas. Valete de Copas. Dois de Paus. Sinais de mudança, sinais de que as escolhas para o futuro estão lá se ela estiver pronta para confiar nelas e acolhê-las. Não tenho certeza se ela está aberta para receber a mensagem das minhas cartas. Mal terminei a leitura e os três filhos dela se amontoaram na tenda, duas meninas e um menino, os rostos peguentos e manchados de doces. Eles atropelam a fala um do outro, cada um querendo ser o primeiro a contar a ela sobre os brinquedos, os jogos e as próximas apresentações. *Eles têm palhaços, mamãe. Mamãe, você viu o cuspidor de fogo? Eu vi um lugar onde você pode ganhar um bichinho de pelúcia, mamãe, vem ver. Mamãe, mamãe, mamãe...*

– Crianças – interrompe uma voz rouca na entrada da tenda.

Os corpinhos magros ficam imóveis e rígidos com o tom incisivo. Lucy arregala os olhos sentada à minha frente. Ela não permite que o olhar perdure, mas mesmo assim eu vejo. A nódoa opaca de terror crônico em seus olhos. A maneira como isso amortece sua expressão antes de virar o rosto. Olho para o homem na porta, com o refrigerante batizado em uma das mãos, um punhado de ingressos para o passeio na outra.

– Vamos lá, peguem os ingressos – diz ele. – Encontrem a mamãe no picadeiro daqui a uma hora pra verem o show.

A criança mais velha, o menino, pega os ingressos e os pressiona contra o peito como se pudessem ser arrancados dele com tanta facilidade quanto lhe foram dados.

– Obrigado, papai.

As crianças passam pelo pai, que fica imóvel na entrada da tenda. Ele as observa desaparecerem na multidão antes de voltar a atenção para nós. Com os olhos injetados de sangue fixos na esposa, ele esvazia o copo de plástico e o joga no chão.

– Vamos.

Lucy assente uma vez e se levanta. Coloca uma nota de 20 dólares na mesa com um sorriso frágil e um sussurro de agradecimento. Gostaria de não cobrar pela leitura, mas conheço homens como o dela. São voláteis. Dispostos a pular no pescoço de uma mulher ao menor sinal de humilhação, como pena ou caridade. Aprendi há muito tempo a me ater ao valor de troca, mesmo que ele grite com ela mais tarde por gastar dinheiro em algo tão leviano quanto uma mensagem do universo.

Lucy sai da tenda. O marido observa enquanto ela se retira.

Em seguida, ele se vira para mim.

– Você não deveria encher a cabeça dela com ideias malucas – diz ele, com um sorriso irônico. – Já basta as que ela tem.

Pego minhas cartas de tarô e as embaralho. Meu coração arranha meus ossos a cada batida furiosa, mas mantenho os movimentos fluidos, a aparência tranquila.

– Imagino que não queira uma leitura.

– O que você falou pra ela?

O homem dá um passo para dentro da tenda e paira sobre minha mesa com um olhar ameaçador. Eu me inclino para trás na cadeira. Diminuo o ritmo até parar de embaralhar as cartas. Nossos olhares se fixam um no outro.

– A mesma merda que falo pra todo mundo que entra aqui – minto. – Siga seus sonhos. Confie no seu coração. Há coisas boas reservadas para o seu futuro.

– Você acertou nisso tudo. – Um sorriso sombrio surge nos cantos dos lábios do homem enquanto ele pega a nota de 20 dólares da mesa e faz questão de dobrá-la na minha frente. – Há mesmo coisas boas reservadas para o meu futuro.

Com um meneio de cabeça, ele enfia a nota no bolso e vai embora, em direção à barraca de refrescos mais próxima, onde um de seus amigos igualmente suspeitos está parado. Eu o encaro até que por fim fecho os olhos, tentando tirá-lo de meus pensamentos, voltando a focar minha energia enquanto volto a embaralhar as cartas. Pego meu cristal de selenita para limpar o baralho e cortar a conexão entre nós, mas meus pensamentos continuam vagando para Lucy. A imagem do halo roxo ao redor do olho dela retorna, não importa quanto eu tente afastá-la. A expressão sem vida em seus olhos me assombra. Já vi esse olhar muitas vezes. Nas mulheres que vieram tirar o Ás de Copas. Na minha mãe. No espelho.

Respiro fundo. Tiro a primeira carta com uma pergunta em mente.

Lucy não pediu ajuda. Mas ela precisa. O que devo fazer?

Viro a primeira carta e abro os olhos.

A Torre. Reviravolta. Mudança repentina.

Inclino a cabeça e puxo outra.

Dois de Paus. Há oportunidades se tiver disposição para se aventurar além dos muros de seu castelo. As terras do outro lado podem ser instáveis, mas são vibrantes. Arrisque-se. Tente algo novo. Uma vida notável é construída a partir de escolhas.

– Humm. Acho que estou vendo aonde isso vai dar, e não era isso que eu estava perguntando.

Cavaleiro de Espadas. A chegada do amor romântico.

– *Para com isso.* Eu perguntei sobre esmagar o crânio daquele babaca. Não sobre se apaixonar ou uma bobagem qualquer. Me fala apenas sobre a pergunta que eu fiz.

Embaralho as cartas outra vez. Mantenho a pergunta em mente e tiro a primeira carta.

A Torre.

– Pelo amor de Deus, vovó. Dá um tempo.

Uma respiração profunda inunda meus pulmões enquanto brinco com a borda da carta e olho para o parque de diversões do outro lado da porta da tenda. Eu deveria me mandar daqui. Deixar essa história para trás. Me trocar e me preparar para a minha próxima apresentação no picadeiro. Pisar fundo em uma motocicleta dentro do Globo da Morte com dois outros artistas não deixa margem para erros, e preciso estar concentrada. Mas o marido de Lucy ainda está no meu campo de visão. E então Bazyli passa. Vou interpretar isso como o sinal que eu estava procurando.

– *Baz*! – grito, parando o adolescente no meio do caminho. Seus braços desengonçados estão bronzeados e sujos de gordura. – Vem cá.

Faíscas praticamente disparam de seus olhos. Os lábios se esticam em um sorriso banguela.

– Vai ter um preço.

– Ainda nem falei o que eu quero.

– Mesmo assim vai ter um preço.

Reviro os olhos e Baz sorri enquanto entra na minha tenda com toda a arrogância de um típico garoto de 15 anos. Meneio a cabeça em direção ao parque de diversões. Ele segue meu olhar.

– O cara de camisa xadrez ali fora, do lado da barraca de comida.

– O de cabeça de ovo?

– Isso. Preciso de umas coisinhas dele. Só a carteira de motorista. E 20 contos se por acaso ele tiver dinheiro na carteira.

A atenção de Baz se fixa nas minhas mãos enquanto coloco a carta da Torre de volta no baralho.

– Eu não sou ladrão. Sou *mágico* – diz ele, e, com um gesto rápido, uma flor aparece em sua mão. – A única coisa que eu roubo são corações.

Reviro os olhos e Baz sorri ao me dar a flor.

– Eu sei que você não é ladrão. Mas o Cabeça de Ovo ali é. Ele acabou de me roubar 20 contos e quero que você devolva pra esposa dele. Aquela ali de cabelo loiro e blusa azul. – Meneio a cabeça em direção a Lucy, à distância, enquanto ela segue sozinha na direção de uma barraca. – Ela vai estar com os três filhos no picadeiro durante o show. Quero que você devolva o dinheiro pra ela e traga a carteira de motorista pra mim.

Baz me encara, estreitando os olhos.

– Seja lá o que você estiver planejando, eu posso ajudar, sabia?

– Você vai me ajudar pegando a carteira de motorista dele.

– Faço isso de graça se me deixar ajudar.

– Nem pensar, garoto. Sua mãe me enforca lá em cima no trapézio. Só pega a carteira pra mim. Eu compro uma revista do Venom pra você.

Baz dá de ombros. Enfia o bico do sapato na grama pisoteada, tentando manter a atenção longe de mim.

– Eu tenho a maioria delas.

– Não da série Origem Sombria. – Baz fixa os olhos nos meus. Tento reprimir um sorriso diante do anseio que ele não consegue esconder. – Sei que você ainda não tem as duas últimas. Eu compro pra você.

– Tá bem… mas também vou poder pegar sua piscina inflável emprestada.

Franzo o nariz e inclino a cabeça.

– Claro… eu acho…

– E preciso de bananas.

– Tá…

– E de um abacaxi. Uns palitinhos de coquetel também.

– Como assim?

Não é raro que os artistas e a equipe do circo me mandem comprar coisas aleatórias ou guloseimas nas cidades em que paramos. Sou uma das poucas pessoas que tem um segundo veículo para circular pelo local. Não preciso me desvencilhar da minha casa inteira só para ir à loja. Mas isso significa que as pessoas me pedem tranqueiras das mais variadas. Camisinhas, com frequência. Testes de gravidez também. Legumes da estação. Croissants frescos de um padeiro local. Livros. Uísque. Mas…

– Um abacaxi?

– Minha mãe falou que me daria um PlayStation quando finalmente tirasse férias. Como existe uma grande chance de isso não acontecer, pensei em trazer as férias até ela. – Baz cruza os braços e endireita a postura como se estivesse prestes a enfrentar uma batalha. – É pegar ou largar, Rose.

Estico a mão na direção dele, meu coração um pouco mais quentinho do que antes.

– Fechado. Só toma cuidado, tá? O Cabeça de Ovo não é flor que se cheire.

Baz assente, me dá um aperto de mão e sai em disparada para cumprir sua missão. Observo enquanto ele abre caminho entre crianças com suas pipocas, seus algodões-doces e bichos de pelúcia, adolescentes conversando sobre os melhores brinquedos e casais saindo da casa mal-assombrada, rindo envergonhados de quanto se assustaram com nossos atores em cantos escuros. Esses são os momentos que geralmente amo viver com o Circo Silveria. Momentos de magia, por menores que sejam.

Mas hoje a única magia em que estou interessada é do tipo obscura e perigosa.

Observo Baz se esgueirar perto dos dois homens. Meu coração dá uma pirueta até chegar nas costas quando ele para atrás do marido de Lucy e tira a carteira do bolso de trás do sujeito enquanto ele está distraído dando risada. Quando está com o objeto em mãos, Baz vira-se de costas, apenas por tempo suficiente para abrir a carteira e tirar o documento dali. O dinheiro vem em seguida, e ele enfia a nota no bolso do jeans antes de desfazer o giro. Em segundos, a carteira está de volta no bolso do homem.

Pego meu tarô e a selenita, saio da tenda, virando no caminho a placa da entrada, de ABERTO para FECHADO, mesmo prestes a perder uma leitura ou duas, já que outra mulher se aproxima com uma nota de 20 dólares presa entre os dedos. Noto o breve lampejo de decepção em seu rosto, mas Baz não sai de meu campo de visão em nenhum momento. E eu não saio do dele. Nós dois nos cruzamos no momento em que me dirijo para meu trailer. Mal sinto um leve toque no quadril, só notando por já saber o que esperar.

Quando entro no trailer, tiro a carteira de motorista do bolso. *Matthew Cranwell.* Pego o celular e verifico o endereço no mapa de Nebraska. Pouco mais de 30 quilômetros de distância, perto de Elmsdale, a próxima cidade, onde há um mercado maior que o de Hartford. Talvez haja mais esperança de encontrar um abacaxi de boa qualidade lá. Passo o polegar pela foto do rosto envelhecido de Matt. Com um leve sorriso gravado em meus lábios, visto a calça e a regata de couro, colocando a carteira de motorista no bolso interno da jaqueta de motociclista.

É a primeira noite de apresentações aqui em Hartford, e o picadeiro está lotado de moradores que vieram de cidades vizinhas para ver o show. E o Circo Silveria tem orgulho de fazer um ótimo espetáculo. Vejo por trás da cortina José Silveria apresentar cada um dos artistas. Os palhaços, com seus carros em miniatura, malabarismos e comédia pastelão. Santiago, o Surreal, um mágico que impressiona o público com uma série de truques que guarda como um segredo precioso. Baz o auxilia com o número, sempre um aprendiz ansioso, a única pessoa a quem Santiago confia seus segredos. Há trapezistas e acrobatas aéreos de tecido, e a mãe de Baz, Zofia, é a artista principal do grupo. Os únicos animais que temos são a tropa de poodles treinados de Cheryl, e eles sempre encantam as crianças, em especial quando ela chama voluntários da plateia. E por fim, o último ato, sempre eu e os gêmeos, Adrian e Alin. O Globo da Morte. O cheiro do alambrado e dos gases liberados pelo escapamento, a onda de adrenalina. O rugido das motos conforme aceleramos pela gaiola que parece pequena demais para caber nós três. A afobação da multidão aplaudindo. Sou apaixonada por velocidade e risco. Talvez um pouco demais. Porque, às vezes, parece que não é o suficiente.

Saio da gaiola depois que nosso número acaba, parando entre Adrian e Alin enquanto acenamos para o público. A carteira de motorista de Matt Cranwell queima no meu bolso como se marcasse minha carne.

Assim que consigo, saio correndo dali.

Troco a moto off-road pela minha Triumph, o capacete do show pelo meu ICON com pintura personalizada, guardo meu miniconjunto de ferramentas e sigo para Elmsdale, com o sol poente me seguindo pelas estradas retas e planas. Passo no mercado feito um furacão, pegando bananas e um abacaxi de aparência triste e qualquer outra coisa que pareça remotamente tropical, além de um pacotinho de palitos para coquetel. Após pagar, coloco tudo na minha mochila surrada, decidindo arranjar uma melhor em uma futura parada.

Ao sair da loja, pego o celular e dou uma olhada de novo no endereço de Matt Cranwell, inserindo-o no mapa. A rota é uma linha reta que corta as ruazinhas de cidade pequena. Ele está a cerca de dez minutos do centro. O tempo está perfeito, o sol alto o suficiente para que eu esteja de volta ao parque de diversões antes de escurecer, caso decida dar uma passadinha para bisbilhotar.

A lembrança da carta da Torre paira sobre minha visão do mapa como uma película opaca. Franzo o cenho. Paro ao lado da moto e deslizo o dispositivo no suporte para celular preso ao guidão.

Talvez isso seja um tanto inconsequente. Não é o meu normal. Mas ultimamente venho tendo muita vontade de mudar as coisas. Sei que preciso. Sei há um bom tempo. Se pretendo continuar ajudando mulheres como Lucy a *fugir* desse tipo de situação, não é mais suficiente apenas dar a elas os meios para tanto. Se vou fazer isso, preciso *ir com tudo*, sabe? Pisar fundo. Ir a toda. Deixando as referências a motocicletas de lado, não faz mais sentido ficar à margem da ação. Posso até estar fornecendo os meios para reparar alguns erros, mas sempre mantive distância da *prática em si*.

Olho para o pequeno cravo tatuado em meu pulso. Os dedos traçam as iniciais ao lado dele. *V.R.* Não posso deixar o que aconteceu ano passado acontecer de novo. *Nunca mais*.

Não só é errado passar a responsabilidade de acabar com uma vida para uma pessoa que talvez não tenha preparo para isso, como também é um pouco sem graça. Quero acabar com alguém como Matt Cranwell com minhas próprias mãos.

Pelo menos, acho que sim.

Não. Tenho *certeza*. É isso mesmo… *pelo menos nada*… e sem dúvida tenho o desejo, e talvez isso instigue a coceirinha lá no fundo da minha mente que anseia *por mais*.

Além disso, ninguém disse que preciso fazer isso agora. Só preciso passar lá e dar uma espiadinha. Depois tenho alguns dias para cuidar do que preciso e seguirmos para a próxima cidade. Para a próxima apresentação. Sempre haverá uma mulher vivendo com medo, pedindo minha ajuda em mensagens codificadas e olhares preocupados. Um homem para derrubar.

Passo uma perna por cima da moto, ligo o motor e em seguida deixo o estacionamento em direção às estradas rurais.

Não demora muito para que eu esteja desacelerando até parar pouco antes de uma vasta plantação de milho e uma entrada de cascalho que leva a uma pequena casa de fazenda e seus anexos. Estaciono em um declive na estrada onde minha moto vai ficar escondida pelo milharal. Meu coração para na garganta quando tiro o capacete e apenas escuto.

Nada.

Não sei ao certo o que esperava. Talvez um sinal óbvio. Uma estrela guia para me orientar. Mas parece que nada vem. Só fico ali parada, no final daquela entrada de veículos, encarando a casa pequena, mas bem-cuidada, que poderia ser de qualquer um. Um balanço no quintal. Bicicletas largadas no gramado. Uma luva e um taco de beisebol ao lado de canteiros elevados de uma horta. Flores em vasos pendurados, uma bandeira balançando na brisa. Uma casa de interior tipicamente norte-americana.

Por um segundo, me pergunto se estou na casa errada. Ou talvez tenha imaginado tudo o que pensei ter visto na tenda.

Então ouço gritos.

Uma porta de tela bate. As crianças saem da casa e vão até as bicicletas, subindo nelas e pedalando para longe do caos com os pés descalços. Elas desaparecem pelos fundos da propriedade. A gritaria continua lá dentro como se eles nunca tivessem saído. Não consigo entender as palavras, mas a raiva na voz dele é clara. Mais e mais alta, até parecer que as janelas vão quebrar. A casa ganhou vida. Então um estrondo, algo atirado do lado de dentro. E um grito.

Estou na metade da subida da garagem antes de perceber o que estou fazendo. Mas é tarde demais para desistir agora. Coloco meu capacete de volta e abaixo a viseira espelhada. Passo pelos canteiros elevados e pego o taco de beisebol de alumínio no momento em que a porta de tela bate e Matt sai para a varanda, pisando duro. Fico paralisada, mas ele nem me nota, a atenção focada no celular em mãos. Desce os degraus com dificuldade, uma carranca estampada nas feições envelhecidas, e começa a caminhar em direção à caminhonete estacionada na lateral da casa.

Seguro o taco com mais força.

Eu poderia parar. Poderia me abaixar no milharal e me esconder. Ele vai se virar a qualquer momento e me ver. Vai ser inevitável assim que ele entrar no veículo. A menos que eu me esconda *agora.*

O show não começa até você pular.

Então eu arrisco.

Caminhando pela grama, vou na direção dele. Passos leves. Nas pontas dos pés. Taco pronto. Ele está se aproximando da frente da caminhonete. Os olhos ainda estão na tela. Estou chegando mais perto, e ele ainda não sabe.

Meu coração bate forte contra os ossos. A respiração está acelerada de terror e euforia. A viseira começa a embaçar nas bordas.

Dou o primeiro passo no cascalho, e Matt vira o rosto. Um segundo passo, e ele deixa cair o celular. Levanto o taco. No terceiro passo, bato na cabeça dele.

Mas Matt já está fugindo.

Eu o acerto, mas o golpe não é forte o bastante. Ele se curva e cai, e o contato só o irrita. Não é o suficiente para derrubá-lo de vez. Então ataco de novo. Desta vez, ele agarra o taco.

– Que porra é essa? – vocifera ele. Arranca a arma de mim e a segura com as duas mãos. – Vagabunda de merda.

Um momento de instabilidade em meus pés é tudo de que ele precisa. Ele sacode o bastão o mais forte que consegue. Atinge a parte inferior da minha perna com a força de um raio.

Caio no chão. Deitada de costas. Ofegante. Por um breve e glorioso momento, não sinto dor.

E então ela me consome feito um choque elétrico.

Uma agonia devastadora sobe da perna, atingindo a coxa e o corpo inteiro, até explodir em um soluço sufocado. Tento puxar o ar. Não entra o suficiente pelo capacete. Sinto cheiro de piña colada, da fruta esmagada que caiu da minha mochila toda partida, as costuras se rompendo com a força da queda. É violento. Doçura enjoativa e dor ofuscante.

O taco desce uma segunda vez e acerta minha coxa, mas mal sinto. A dor na perna é tão avassaladora que um terceiro golpe parece não provocar nada.

Vejo os olhos de Matt Cranwell pela viseira. Apenas por um segundo. Tempo suficiente para ver determinação. Crueldade. Até mesmo a excitação fria de matar alguém. O universo inteiro fica em câmera lenta enquanto ele levanta o taco acima da cabeça. Está bem em cima da minha perna machucada. Se ele acertá-la mais uma vez, sei que vou desmaiar. E em seguida ele vai me matar.

Minha mão raspa o cascalho. Unhas cravam na terra. Reúno um punhado de areia e pedra, e quando Matt Cranwell está prestes a me golpear, atiro na cara dele.

Ele se curva para a frente com um grito frustrado, abaixando o taco para tirar a terra dos olhos. Arranco a arma de sua mão, mas ele é rápido o bastante para pegá-la de volta, mesmo com os olhos cheios d'água, jorrando lágrimas empoeiradas pelo rosto. Chuto a mão dele com meu pé bom e o taco voa para o milharal. Antes que ele possa se recompor, chuto o joelho dele, e ele cai.

Saio me arrastando para trás. Minha mão esquerda desliza na gosma de uma banana amassada. Matt Cranwell rasteja atrás de mim, parecendo incapaz de enxergar por conta da poeira e da raiva. Ele se estica para a frente, e tateio ao redor em busca de algo. Uma arma. Um caco de esperança. Qualquer coisa.

Uma ponta afiada se crava na minha mão. Olho para trás, apenas o suficiente para avistar os palitos de coquetel espalhados perto dos dedos. Um punhado deles repousa no tubo de plástico quebrado.

Eu os agarro no momento em que Cranwell pega o tornozelo da minha perna machucada e puxa.

O grito que solto é de dor, raiva selvagem e desespero. Eu me lanço para a frente, ainda segurando os palitos. E enfio as pontas afiadas bem no olho de Matt Cranwell.

Ele grita. Solta meu tornozelo e se contorce na terra, a mão trêmula pairando sobre o rosto. Ele se vira na minha direção enquanto se debate com a dor da qual não consegue escapar. Sangue escorre pelos cílios e pela bochecha em um riacho vermelho viscoso. Três palitos de coquetel se projetam de seu olho como um artesanato macabro de jardim de infância. As bandeirinhas tremem com o choque dele. A pálpebra tenta piscar, um reflexo que não consegue conter. Cada movimento dela atinge o palito de madeira enfiado mais alto, e ele estremece com uma nova onda de dor. Está gritando. Gritando um som que nunca ouvi antes.

Meu estômago se revira, e quase vomito dentro do capacete. Consigo engolir o vômito, mas por pouco.

Preciso dar o fora daqui.

Eu me viro e me apoio no pé bom, arrastando o outro atrás de mim enquanto manco até os fundos da entrada da garagem. Matt ainda está gritando atrás de mim, xingamentos e súplicas que me seguem, ecoando pela trilha de cascalho.

Lágrimas escorrem pelo meu rosto. Os molares travam, prestes a quebrar. Cada pulo que dou força a perna quebrada a suportar a pressão do passo. Dor. É uma *dor do caralho*. Uma pontada que vai do calcanhar até a coxa. Que ameaça me derrubar.

– Continua andando, porra – sussurro enquanto abro o visor.

A primeira lufada de ar fresco é a única coisa que me mantém de pé.

Não sei o que acontece quando se é atingido no olho com um punhado de palitos de coquetel. O outro olho dele pode estar totalmente fechado. Ou talvez ele consiga lutar contra a dor e correr atrás de mim. Mas não consigo continuar pensando nessa merda agora. Só preciso alcançar minha moto. Manter a esperança de que consigo escapar.

Quando chego ao final da entrada de veículos, olho para a fazenda. Matt Cranwell está de quatro, ainda gritando e xingando, cuspindo veneno e pingando sangue no cascalho. Então olho para a casa. Lucy está lá, parada atrás da porta de tela. Uma silhueta. Não consigo ver o rosto dela, mas posso sentir seus olhos em mim. Ela não consegue me ver claramente dessa distância, não com o capacete obscurecendo a maior parte do meu rosto. Não me conhece bem o suficiente para saber que sou eu pelas minhas roupas ou pelos meus trejeitos. Sabe que algo sério aconteceu, que há algo muito errado com este momento, com o marido gritando de desespero na entrada de veículos. Mas não é ele que está observando. Sou eu.

Ela fecha a porta e desaparece dentro da casa.

Deixo Matt no local a que ele pertence, rolando na terra. Manco até minha moto. Quando passo a perna por cima do assento, algo se prende na parte interna da minha calça de couro. A dor ondula pela perna. Mas continuo. Ligo o motor. Fecho a mão em volta da embreagem. Troco de marcha, puxo o acelerador para trás e vou embora da fazenda.

Não sei para onde ir.

Apenas sigo meu instinto e dirijo.

2
JURAMENTO
FIONN

Estou virando a esquina de casa, em uma caminhada rápida após minha corrida noturna. Vai ser a noite perfeita para sentar na varanda com o copo de bourbon Weller que definitivamente fiz por merecer, não apenas por conta desta corrida, mas também da combinação pavorosa da unha encravada de Fran Richard com o furúnculo gigantesco de Harold McEnroe com os quais tive que lidar na clínica hoje. Minha casinha está à vista quando recebo um alerta no smartwatch.

Movimento detectado na porta da frente.

– Porra, Barbara – sibilo enquanto dou meia-volta e refaço meu caminho para a cidade. Pego o celular para abrir o aplicativo da campainha de vídeo. – Eu sei que é você, sua maluca do…

Paro no meio do caminho. Não… definitivamente, não é Barbara no consultório.

Diante da câmera, há uma mulher que não reconheço. Cabelo escuro. Jaqueta de couro. Não consigo distinguir traços do rosto antes de ela olhar para a rua. Mas as pernas estão instáveis. Provavelmente está bêbada. Talvez seja alguém que veio até a cidade para ir ao circo e tomou muita cerveja nas barracas do parque de diversões. Penso em apertar o botão para falar com ela e, embora meu polegar esteja pairando sobre o círculo, não toco nele. Talvez devesse acionar o alarme que quase nunca uso, depois de Barbara acioná-lo vezes demais no meio da noite. *Eu deveria chamar a polícia*, penso conforme começo a andar, olhando para a tela. Mas também não faço isso.

Nem mesmo quando ela de alguma forma consegue abrir a porta trancada.

– *Merda.*

Enfio o celular no bolso e saio correndo.

Faço as contas de cabeça enquanto corro na direção da clínica. Acabei de terminar uma corrida longa e não consigo ter um *pace* muito acima de 3:25 min/km, então estarei lá em sete minutos e nove segundos. Tenho certeza de que vou chegar ao consultório em menos tempo do que isso se me esforçar o máximo que puder.

Mas sinto como se levasse uma hora. Meus pulmões queimam. Meu coração se revolta. Desacelero para uma caminhada ao dobrar a última esquina e uma onda de náusea faz meu estômago revirar.

Não há luzes acesas na clínica. Nada que indique que alguém esteja lá dentro, a não ser a leve mancha de sangue na maçaneta da porta. Uma motocicleta com o tanque de combustível amassado está caída na grama. A chave ainda está na ignição, o motor cromado polido estalando enquanto esfria. Um capacete preto pintado com flores de hibisco amarelas e laranja está jogado no meio do caminho até a porta.

Levo a mão à nuca, a pele escorregadia de suor. Olho para um lado da rua. Depois para o outro. Em seguida, para o outro de novo. Não há mais ninguém. Tiro o celular do bolso e o seguro com força.

– Foda-se.

Ligo a lanterna do aparelho e sigo em direção à porta. Está destrancada. Ilumino um ponto do chão onde há uma pegada de sangue no formato da sola de uma bota. Uma faixa vermelha pinta os ladrilhos em uma longa trilha que serpenteia pela sala de espera. Cruza a recepção. Faz a curva no corredor, como em um roteiro de terror. *Siga por aqui, para uma morte violenta.*

E, como qualquer personagem burro em qualquer filme de terror já feito, eu sigo, parando na entrada do corredor que leva aos consultórios.

Nenhum som. Nenhum cheiro além do ardor adstringente do antisséptico que gruda no fundo da minha garganta. Nenhuma luz, a não ser pela placa vermelha de saída de emergência no final do corredor.

Guio a lanterna para poder seguir o sangue no chão. Ele passa por baixo da porta fechada do Consultório 3.

Inspiro bem fundo e vou até lá. Prendo a respiração ao pressionar o ouvido na porta. Nada do outro lado, nem mesmo quando a empurro e sinto certa resistência. Uma bota. Uma perna mole. Uma mulher que não se mexe.

Meus pensamentos ganham vida feito uma pulseira de néon. Da escuridão para a luz. Aperto o interruptor que acende as lâmpadas fluorescentes no teto. Urgência e treinamento me impulsionam para dentro da sala, e caio de joelhos ao lado da mulher deitada no chão do consultório.

Um torniquete improvisado com uma blusa está amarrado ao redor da coxa direita. Um outro está atado logo abaixo dele, frouxo, como se ela não tivesse conseguido apertá-lo por estar sem forças. Suprimentos médicos estão espalhados pelo chão. Ataduras. Gazes. Uma tesoura. O sangue escorre pela panturrilha e se acumula no chão. O cheiro de abacaxi e banana faz um doce contraste com o osso quebrado que atravessa a carne rasgada da perna. A calça de couro está cortada até a altura do ferimento, como se, depois de expor a fratura, ela não tivesse mais conseguido suportar.

– Moça. *Moça* – chamo.

Ela está de costas para mim, o cabelo escuro espalhado pelo rosto. Pressiono sua bochecha gelada e viro a cabeça dela na minha direção. Respirações rápidas e superficiais saem de seus lábios entreabertos. Coloco dois dedos no pulso dela enquanto dou tapinhas na bochecha com a outra mão.

– Vamos, moça. Acorda.

A testa se franze. Cílios grossos e escuros tremulam. Ela geme. Os olhos se abrem, poças escuras de dor e sofrimento. Preciso que ela esteja consciente, mas odeio a agonia que vejo estampada em suas feições. O arrependimento se contorce como um alfinete quente alojado no fundo de uma caverna do meu coração, um sentimento que aprendi a bloquear há muito tempo para poder fazer meu trabalho. Mas, de alguma maneira, quando os olhos dela se fundem aos meus, esse pedaço de mim há muito esquecido ganha vida no escuro. Então ela agarra minha mão onde ela repousa em seu pescoço. Aperta. Me prende em um momento que parece eterno.

– Me ajuda – sussurra ela, e em seguida sua mão desliza da minha.

Eu a encaro por um instante. Um segundo. Um piscar de olhos.

E então começo a trabalhar.

Tiro uma carteira do casaco dela e peço uma ambulância enquanto saio do consultório para buscar bolsas de gelo no congelador. Repassei as informações da carteira de motorista e o estado de saúde da mulher para o despachante. *Mulher de 28 anos, inconsciente, possível acidente de moto.* Quando volto, ela ainda está desacordada, e coloco as bolsas de gelo e meu celular na bancada para poder conectá-la ao monitor de pressão arterial. *Fratura exposta na perna. Hemorragia. Choque hipovolêmico. Taquicardia.*

Quando a ambulância chega, já preparei um acesso intravenoso e fiz um torniquete adequado ao redor da perna dela. Mesmo assim ela não acorda. Nem quando os paramédicos colocam uma tala na perna dela. Nem quando a deitamos na maca. Nem mesmo quando a acomodamos na parte de trás da ambulância e o movimento a sacode. Pego a mão dela e digo a mim mesmo que é para saber se ela já acordou.

Em determinado momento, ela desperta. Os olhos se abrem e se prendem aos meus, e o arrependimento me perfura novamente. A paramédica na minha frente ajusta a máscara de oxigênio no rosto dela, e o plástico embaça com suas respirações cada vez mais rápidas conforme a dor se instala na consciência.

– Sou o Dr. Kane – digo enquanto aperto sua mão fria e úmida. – Você está a caminho do hospital. Seu nome é Rose?

Ela assente, com o colar cervical ao redor do pescoço.

– Tenta ficar parada. Você se lembra do que aconteceu?

Ela fecha os olhos com força, mas não rápido o suficiente para esconder o lampejo de pânico nos olhos.

– Sim – responde, embora eu mal consiga ouvi-la por conta das sirenes.

– Foi um acidente de moto?

Rose abre os olhos de repente. O vinco entre as sobrancelhas se aprofunda. Há uma breve pausa antes que ela diga:

– Foi. Eu... eu derrapei num trecho escorregadio e caí.

– Você está com alguma dor nas costas ou no pescoço? Mais alguma coisa além da perna?

– Não.

A paramédica corta o torniquete improvisado de Rose e um novo sopro de piña colada inunda minhas narinas. Baixo a voz e me inclino um pouco mais para perto quando pergunto:

– Você andou bebendo?

– *Porra*, não – retruca ela. O nariz se franze sob a máscara, e ela estica a mão para abaixá-la apesar do meu protesto. – Você é, tipo, médico *de verdade*?

Olho para ela, piscando.

– Sou...?

– Você não parece ter certeza.

– Tenho bastante certeza. Coloque a máscara de volta...

– Você parece um médico da TV. Dr. McSpicy ou algo assim. Me fala do seu currículo.

Olho para a paramédica, que tenta esconder um sorriso.

– Você só deu morfina pra ela, certo?

– Por que você tá com roupa de academia? – prossegue Rose.

A paramédica bufa.

– Você é crossfiteiro, por acaso? Tem cara de crossfiteiro.

Tento dizer que não, mas a paramédica interrompe:

– O doutor *sem dúvida* é crossfiteiro. Meu marido chama ele de Dr. Monstrão.

A gargalhada de Rose se transforma em uma contração quando a paramédica coloca bolsas de gelo novas ao redor do ferimento. Ela aperta minha mão com mais força.

– Como você se chama? – pergunto à paramédica do outro lado do corpo de Rose. – A gente se conhece?

Ela sorri enquanto verifica a bomba de infusão.

– Meu nome é Alice. Moro perto de você na Elwood Street. Meu marido, Danny, é personal trainer na academia...?

– Ah, claro. *Danny* – respondo, convincente.

Rose dá um sorrisinho, os olhos escuros fixos em Alice.

– Ele não faz a mínima ideia de quem é seu marido.

– Eu sei.

– Há quanto tempo você mora em Hartford?

Meu olhar muda da paramédica para Rose e fica mais suave (ganhando apenas um tom de cautela). A pressão arterial dela melhorou um pouco com os fluidos, mas a dor ainda esculpe suas feições, vincando pequenas linhas nas laterais do nariz e entre as sobrancelhas. Tento puxar minha mão da dela para poder ver melhor sua perna, mas ela não solta.

– Quanto tempo, doutor? – insiste Rose.

Balanço a cabeça de leve para clareá-la, como se pudesse ignorar seu jeito de olhar para mim.

– Quanto tempo até chegarmos ao hospital...?

– Não. *Há quanto tempo você mora em Hartford?* Ou talvez a gente devesse voltar ao seu currículo. Não quero que ampute a perna errada. Você sofre de perda de memória recente?

O sorriso fraco dela é cheio de pena e malícia. Mas os olhos escuros a entregam. São penetrantes. Repletos de angústia. De medo.

– Ninguém vai amputar sua perna – respondo, apertando a mão dela com delicadeza.

Rose engole em seco. Tenta manter uma expressão neutra, mas o monitor de frequência cardíaca a entrega.

– Mas o osso tá *pra fora*. E se...

– Eu te prometo, Rose. Ninguém vai amputar sua perna.

Seus olhos marejados permanecem fundidos aos meus, poças escuras de chocolate derretido. Coloco a máscara de volta sobre o nariz e a boca de Rose. Mesmo sem dizer nada em resposta, percebo que as palavras dela estão se repetindo na minha cabeça desde o momento em que ela desmaiou no consultório. *Me ajuda. Me ajuda. Me ajuda.*

– Eu vou participar da cirurgia – digo. – Vou ficar lá com você.

Rose tenta assentir mais uma vez, e coloco minha mão livre em sua testa, onde a franja está grudada na pele. Digo a mim mesmo que estou fazendo isso apenas para mantê-la parada. Mas algo dói sob meus ossos quando ela fecha os olhos e uma lágrima rola pela têmpora. Quando afasto a mão, deixo meus dedos roçarem a linha que ela deixa para trás.

Para com essa porra, Kane. Se controla.

Volto a me concentrar nos sinais vitais dela. Tento focar apenas no monitor de pressão arterial e no ritmo constante dos batimentos acelerados. Não consigo contar a quantidade de procedimentos de que participei, de medicamentos que ministrei nem de pacientes que tratei em minha curta carreira até então. Mas só há uma cuja mão segurei em uma ambulância. Apenas uma com quem atravessei a emergência do hospital, com quem me sentei nas cadeiras de vinil azul do lado de fora da sala de radiologia para aguardar os resultados dos raios X, meu joelho quicando de impaciência.

Apenas uma que me fez querer participar de sua cirurgia, a fim de auxiliar o cirurgião ortopédico durante o procedimento de horas de duração. Para poder estar lá e tranquilizá-la de que manteria minha promessa depois que ela ficasse inconsciente na mesa de cirurgia.

Apenas uma cujo pedido sussurrado por ajuda ainda me mantém aqui no hospital, pairando ao lado da cama dela na sala de recuperação, seu prontuário seguro em minhas mãos, embora o tenha lido tantas vezes que já conseguia recitá-lo de cor.

Rose Evans.

Estou observando, distraído, seu corpo adormecido, sua perna imobilizada e suspensa. Fico me perguntando se está confortável. Se está aquecida o suficiente. Se vai ter um pesadelo com o acidente. Talvez eu deva pedir para as enfermeiras darem uma olhada nela outra vez. Para se certificarem de que os outros ferimentos mais leves foram devidamente tratados.

Estou tão absorto em meus pensamentos que não noto a Dra. Chopra até ela estar parada bem ao meu lado.

– Conhece ela? – pergunta a médica.

Ela baixa os óculos de leitura de onde estão aninhados em seu cabelo grisalho, para poder dar uma olhada rápida nos detalhes do prontuário de Rose. Balanço a cabeça. Ela contrai os lábios em uma linha, as rugas finas ao redor deles se aprofundando.

– Achei que conhecesse, dado o pedido para participar da cirurgia.

– Ela apareceu no meu consultório em Hartford. Eu me senti… – Paro de falar. Não tenho certeza do que senti. Algo estranho e urgente. Inesperado. – Eu me senti na obrigação de ficar.

Vejo a Dra. Chopra assentir em minha visão periférica.

– Alguns pacientes são assim. Eles nos lembram do motivo que nos fez escolher esse caminho. O que acha de participar mais vezes? É sempre bom ter ajuda.

Um sorriso instiga os cantos dos meus lábios.

– Achei que você tivesse desistido de me convidar.

– Levei só quatro anos pra te convencer. Agora que sei que é possível, não pense que vou parar.

– Lamento ter que te decepcionar – digo enquanto cruzo os braços e endireito a coluna.

– Uma pena. Sei que não é tão emocionante quanto o Mass General deve ter sido, mas temos alguns casos cirúrgicos interessantes no meio do nada. Tive um hoje à noite, pouco antes de você chegar. Um paciente seu, de acordo com os registros dele, na verdade. Um babaca agressivo, se quer saber. Cranmore? Cranburn?

– *Cranwell?* Matt Cranwell esteve aqui? – pergunto, e a Dra. Chopra assente. – É, não acho que você esteja errada ao considerá-lo um babaca agressivo. Por que ele veio parar aqui?

– Ele estava com um tanto de palitos de coquetel enfiados no olho.

– Ele… *como é que é*?

A Dra. Chopra dá de ombros. Franzo a testa quando me viro para encará-la.

– Ele não foi transferido para um centro de traumatologia? – pergunto.

– Não. Não deu pra salvar o olho. O Dr. Mitchell fez a cirurgia. A história deve ser interessante, mas o adorável Sr. Cranwell não estava disposto a compartilhar. – A Dra. Chopra me devolve o prontuário de Rose com um sorriso fraco e cansado. – Você deveria ir pra casa e descansar um pouco. Quando volta aqui?

– Quinta-feira à noite – respondo distraído enquanto olho para o nome de Rose no prontuário.

– Nos vemos na quinta, então – responde a Dra. Chopra, e então desaparece, me deixando sozinho com minha paciente adormecida.

A que cheirava a piña colada. A que não chamou uma ambulância apesar do ferimento, preferindo invadir minha clínica. Que pareceu surpresa quando perguntei se tinha sido um acidente de moto.

Vou até onde as roupas de Rose estão, dobradas na cadeira de vinil ao lado da cama. Restaram apenas as botas e a jaqueta de couro preta. Todo o resto foi cortado do corpo dela. Há uma bolsinha preta em um dos bolsos. Dentro dela, ferramentas de metal, algumas manchadas de sangue seco. Percebendo que devem ser as ferramentas que ela usou para invadir a clínica, coloco-as de volta no lugar. A carteira dela ainda está no bolso interno da jaqueta, e eu a tiro em seguida. Pego a carteira de motorista, a mesma que consultei para obter informações importantes quando estava ao telefone com o despachante da emergência. O documento foi emitido no estado do Texas, um endereço em Odessa. Olho o resto da carteira dela, mas não há muito o que encontrar, apenas um cartão de débito e crédito e 20 dólares em espécie. Nada que confirme ou negue a pontada de intuição que se arrasta por minhas entranhas.

Pelo menos, não até eu recolocar a carteira dela dentro da jaqueta e meus dedos roçarem outro documento, solto no bolso interno.

Outra carteira de motorista. Pertencente a um homem.

Matthew Cranwell.

3
AMARRADA
ROSE

Terceiro dia presa nesta cama.

Zofia trouxe Baz ontem e fez o possível para me animar dizendo que minha estadia neste hospital é como uma versão menos divertida de férias, sem praia. Ou areia. Ou caras gostosos. Ou seja, um grande pesadelo. Baz só revirou os olhos e colocou seus três primeiros quadrinhos do Venom da série Origem Sombria e meu tarô ao lado da campainha intocada perto da minha mão. E fez a pergunta que tem me assombrado mais do que cheiro de barraca de cachorro-quente em uma onda de calor em agosto:

Quando você vai sair daqui?

Nem tão cedo.

E agora, enquanto José Silveria está ao pé da minha cama, com o chapéu agarrado entre as mãos envelhecidas, eu me deparo com a dura realidade do que "nem tão cedo" realmente significa.

– E a barraca das garrafas? E a de balões e dardos? Consigo me virar bem numa dessas, juro – digo, tentando não parecer desesperada.

A julgar pelo modo como José suspira e mexe na aba do chapéu, não estou conseguindo.

– Rose, você mal consegue ficar em pé. Quanto tempo você leva pra ir daqui até o banheiro?

Franzo a testa. Dez minutos não me parece algo aceitável, então não digo nada.

– Não podemos ficar em Hartford por mais tempo ou vamos nos atrasar pros nossos compromissos em Grand Island. Não posso te levar com a gente, Rose. Você precisa ficar e se recuperar.

– Mas…

– Eu te conheço. Você não se cuida e não consegue dizer não quando alguém pede ajuda. O Jim vai ficar lá, guardando equipamentos ou empilhando caixas, e você do lado, numa perna só, tentando fazer isso por ele.

– Não é verdade.

– E a vez que você quebrou os dedos naquele acidente dois anos atrás?

Eu me encolho e fecho a mão esquerda para esconder meu dedo mindinho torto.

– O que é que tem?

– Você se ofereceu pra ajudar a consertar a cortina e acabou grampeando o tecido na sua mão, foi ou não foi?

– Uma coisa não tem nada a ver com a outra. Um foi um acidente, o outro foi… um acidente também.

José suspira e me oferece um sorriso iluminado com a cordialidade que lhe rendeu a merecida reputação de adorável mestre de cerimônias do Circo Silveria.

– Vamos te receber de volta de braços abertos. *Quando você estiver curada.* Mas, neste momento, você precisa de uma chance pra se recuperar.

José pousa a mão no meu tornozelo bom. Os olhos dele são sempre muito gentis, com seus cantinhos enrugados e tons quentes de mogno. Mesmo quando ele está partindo meu coração.

– Você vai voltar assim que tiver permissão – acrescenta ele. – Não é pra sempre. É só por enquanto.

Assinto.

As palavras ecoam na minha cabeça como se meu inconsciente estivesse desesperado para se apegar a elas e torná-las reais. Mas até mesmo pensar em quanto tempo pode ser esse *só por enquanto* me dá um aperto no peito e faz meus olhos arderem. Faço parte do Silveria há tanto tempo que quase consigo me convencer de que esqueci a outra vida que deixei para trás. Eu era apenas uma garota, tinha só 15 anos quando passei a me apresentar lá. O Silveria tem sido meu lar. Minha família. E, embora eu saiba que ele tem razão e não queira tornar tudo ainda mais difícil para José do que tenho certeza de que já é, não consigo deixar de me sentir descartada.

Dou de ombros e sorrio para ele, mas, quando fungo, a expressão dele se fecha com pesar.

– Tá, tudo bem. Eu entendo – digo enquanto dou um pigarro e me levanto um pouco mais, tentando não estremecer quando minha perna sacode no bloco de espuma que a mantém suspensa no colchão. – Vou ficar bem. Encontro vocês quando puder.

José me dá um sorriso que não chega a seus olhos. Acho até que estão levemente marejados, e isso abre ainda mais as fendas no meu coração.

– O Jim levou seu trailer pro Camping Princesa da Pradaria, na periferia da cidade.

– Parece um lugar chique – digo sem rodeios.

– Lá tem energia elétrica, mas abastecemos o gerador com gás, pra garantir.

Faço que sim com a cabeça, relutante em confiar na minha voz para responder.

José respira fundo, provavelmente se preparando para começar a apontar os mil motivos pelos quais essa folga inesperada é uma "coisa boa" e como talvez eu esteja precisando de um descanso, mas é interrompido quando o Dr. Kane entra na sala.

E, puta merda, ele é dez vezes mais gostoso do que eu me lembrava. Ele é tão bonito que quase me faz esquecer a dor lancinante no peito pela partida do circo sem mim. Ao menos até me dar conta de que provavelmente minha aparência é a de alguém que foi atropelado por um caminhão. Acho que, na verdade, minha perna dói menos só de olhar para ele com toda sua seriedade médica, o estetoscópio e a beleza absurda. Os cabelos castanhos e cheios estão penteados. Os olhos cor de safira captam o sol da tarde que atravessa as persianas. Ele não está usando roupa de academia hoje, mas ainda consigo ver seu porte atlético por baixo do jaleco branco, da camisa azul engomada e da calça cáqui. Ele desvia os olhos do tablet que tem nas mãos, olha para mim, depois para José, depois para a mão de José que está apoiada no meu tornozelo.

O Dr. Kane estreita os olhos por apenas um segundo antes de sua expressão se suavizar.

– Peço desculpas por interromper. Sou o Dr. Kane – diz ele, enquanto estende a mão para José.

– José Silveria. Obrigado por cuidar tão bem da minha Rose. – A expressão do Dr. Kane é ilegível quando ele assente para José. Mas José? Sei exatamente o que ele está prestes a dizer. O prazer está estampado em seu rosto. – A Rose é meu *pequeño gorrión*. Meu pardalzinho. Uma das minhas melhores artistas.

– No circo – digo sem rodeios. – Eu trabalho no circo.

– Ah. Que…

– Me diz uma coisa, o senhor é casado, Dr. Kane?

Reprimo um gemido. O Dr. Kane dá um pigarro, claramente confuso, embora eu ache difícil acreditar que ele nunca tenha sido interrogado dessa maneira antes.

– Com o meu trabalho – responde ele.

José dá uma risadinha e balança a cabeça.

– Sei bem como é. Eu era assim também.

– Você continua assim – digo. – Por falar nisso, não deveria estar indo pra um certo lugar? É melhor vocês irem logo ou vão precisar se instalar no escuro essa noite.

Parte de mim não quer que ele vá embora. Meu sonho, mais do que qualquer outra coisa, era que ele se sentasse e me contasse histórias de sua juventude no circo, de como herdou um show moribundo e o transformou em um grande espetáculo. Que me ninasse com recordações. Queria muito acordar na minha própria cama e que os últimos dias não passassem de um sonho que será esquecido. Mas também quero arrancar o curativo de uma vez só. Quanto mais tempo José ficar aqui, maior será a probabilidade de eu senti-lo, aquele buraco no peito que acredito que jamais será preenchido de verdade, não importa quanto eu tente escorar suas bordas em ruínas.

Pouca coisa passa despercebida por José. Ele se enfia entre o Dr. Kane e a cama para vir para o meu lado e me dar um beijo na bochecha. Quando se endireita, os olhos se suavizam, as rugas que se espalham pelos cantos se aprofundam com o sorriso. Meu nariz arde, mas me esforço para engolir o choro.

– Se cuida, meu *pequeño gorrión*. Tira um tempo pra você. O quanto precisar.

Assinto e, em seguida, José se vira, estendendo a mão para o Dr. Kane.

– Obrigado pela ajuda, Dr. Kane.

O médico aceita o aperto de mão, embora pareça inseguro, como se tivesse sido capturado pelas palavras de José. Antes que eu possa decifrar sua expressão, José o puxa para um abraço com direito a tapinhas nas costas. Ele sussurra algo para o Dr. Kane, e os olhos do médico recaem sobre mim, um azul que atravessa minhas camadas para pousar em algum lugar profundo e escuro, onde aquele buraco parece se desfazer um pouco mais nas bordas. O Dr. Kane dá um leve aceno de cabeça em resposta, depois José lhe dá um último tapinha e o solta. Ele se vira ao chegar à porta e me dá uma piscadela. E pronto. José se foi, e a ferida deixada para trás é um pouco recente demais para ser coberta por uma máscara apática.

O Dr. Kane passa um tempo olhando para a porta, com o tablet ainda nas mãos, o olhar analítico fixo no espaço que José ocupava antes. Em seguida, ele se vira para mim e a dor do abandono que sinto deve estar estampada em meu rosto, porque ele imediatamente me dá um sorriso que deveria ser tranquilizador, mas não parece nem um pouco.

– Minha perna vai cair, doutor?

Um vinco aparece entre suas sobrancelhas.

– O quê? Não.

– Parece que você vai me dizer que ela está apodrecendo e prestes a cair.

– Vai ficar tudo bem – assegura ele, apontando com a cabeça para minha perna, imobilizada com uma tala e suspensa em um bloco de espuma. – Colocamos pérolas nela.

– Pérolas? – Dou uma risada. – Você curte pérolas? Sem querer ofender, mas você não me parece ser desse tipo, doutor.

O Dr. Kane pisca para mim como se estivesse tentando decifrar uma língua estrangeira. De repente, sua expressão abranda e ele abafa uma tosse assustada no punho.

– Pérolas de antibiótico. Na sua perna.

– Que alívio. Caso contrário, teríamos que dar mesmo uma olhada nas suas credenciais. Provavelmente na presença de um advogado.

As bochechas do médico gostoso coram no mais adorável tom de vermelho. Ele passa a mão no cabelo perfeito e, embora a maior parte dos fios esteja no lugar, sinto uma inesperada satisfação ao ver alguns rebeldes que se recusam a obedecer.

– Como está a dor?

– Tranquila – minto.

– Tem tomado analgésicos?

– Na verdade, não. Eu tô bem.

– Tem dormido?

– Claro.

– Comido?

Acompanho o olhar do médico até que ele se fixa no sanduíche de peru pela metade na mesinha de cabeceira ao lado da cama.

– Humm… – Meu estômago ronca alto, preenchendo o silêncio entre nós. – Não sei se dá pra chamar isso de comida.

O Dr. Kane franze a testa para mim.

– Você precisa se manter forte. A nutrição adequada vai ajudar seu corpo a se recuperar e a combater a infecção.

– Bem – digo enquanto subo um pouco o tronco na cama –, você pode me deixar sair daqui e eu te prometo que a primeira coisa que vou fazer é procurar comida de verdade.

Ele faz uma cara ainda mais assustadora e coloca o tablet em uma mesa lateral.

– Que tal dar uma olhada na cicatrização? – sugere ele, e pega um par de luvas de látex antes de se aproximar da beira da cama.

Ele me explica tudo o que vai fazer antes de fazer. *Vou remover a tala. Vou abrir o curativo e dar uma olhada na incisão.* As palavras são analíticas e sem rodeios, mas as mãos são quentes e cuidadosas na perna inchada. Há uma gentileza em seu toque que é mais profunda do que essa postura profissional. Mas ele parece diferente do homem cuja mão segurei na ambulância. Como se aquela versão fosse a verdadeira, presa sob esse verniz polido.

– Desculpe por ter invadido a clínica – digo calmamente enquanto penso no momento em que nos conhecemos. – Eu queria chegar ao hospital.

– Por que não chamou uma ambulância? – pergunta ele, sem tirar os olhos do ferimento que inspeciona.

– Achei que seria mais rápido se eu fosse sozinha.

– Você podia ter ligado pra clínica. Ou ter procurado alguém pra te ajudar no caminho. – O Dr. Kane volta seu olhar aguçado para mim, examinando meu rosto com intensidade. – Não tinha ninguém por perto quando você sofreu o acidente?

Balanço a cabeça.

– Onde você se acidentou?

O pânico percorre minhas veias, uma explosão de adrenalina que não tem para onde ir. Eu a engulo e tento ficar imóvel.

– Uma estrada secundária. Não sei bem qual. Não estou familiarizada com a área.

– Alguém viu o acidente? – pergunta ele, olhando para mim enquanto apalpa a incisão.

Ele provavelmente acha que está sendo discreto e indecifrável, mas não deixo de notar que seus olhos se estreitam de leve.

– Não, acho que não.

– E a…

– Dr. Kane – diz uma médica, interrompendo suas próximas palavras ao entrar, com uma enfermeira em seu encalço empurrando um carrinho de suprimentos. – Achava que só viria na quinta-feira. Que ótima surpresa.

– Dra. Chopra – diz ele com um meneio de cabeça respeitoso.

Juro que percebo um rubor fugaz nas maçãs do rosto dele quando se vira para encará-la. Um brilho parece surgir nos olhos dela, uma luzinha por trás dos óculos. Acho que não fui a única a notar o toque de cor no rosto dele.

– Quis pegar um turno extra.

– Como está nossa paciente?

– Melhorando – diz ele.

Ele aponta para a minha perna enquanto a Dra. Chopra se junta a ele para olhar a incisão. Está tudo inchado ainda – não que eu queira olhar muito de perto. Eles conversam sobre valores de referência sanguíneos e medicamentos enquanto a Dra. Chopra pega o tablet e revisa meu prontuário. O Dr. Kane pressiona uma última vez ao redor da incisão antes de admitir à Dra. Chopra, quase com relutância, que "parece tudo estável".

– Excelente – diz ela, lendo as anotações antes de passar o tablet de volta para ele. – Nesse caso, acho que vamos poder te dar alta amanhã à tarde, Rose. A enfermeira Naomi, aqui, vai te ajudar a tomar um banho agora e fazer um curativo novo nessa sutura.

Com um breve sorriso, ela se afasta, e o Dr. Kane fica inquieto, como se fosse uma partícula de metal incapaz de resistir à atração magnética exercida por ela enquanto a médica se dirige à porta. O olhar dele desvia de mim para a enfermeira e, por fim, volta a se fixar em mim.

– Não estarei aqui amanhã – diz ele, e não sei como responder, o silêncio se prolongando um pouco mais do que deveria. – Espero que melhore logo.

– Obrigada. Por tudo. De verdade.

Com um meneio brusco de cabeça em resposta e um segundo de atraso, ele se vira e vai embora. Naomi e eu observamos a porta, e eu meio que espero que ele volte e diga o que quer que parecia estar perturbando sua mente pouco antes de sair. Mas ele não volta.

Naomi se vira para mim com um sorriso frágil, colocando uma mecha de cabelo escuro e cacheado atrás da orelha.

– Vamos levantar – diz ela, e ergue a cabeceira da cama.

Há um silêncio prolongado enquanto ela me ajuda a sentar, uma pausa tensa como se não estivesse pronta para me ajudar a descer da cama.

– Tá tudo bem? – pergunto.

A mão dela está tremendo ao redor da minha.

– Tudo.

– Tem certeza…?

Sua atenção se volta para a porta e depois para mim. Os olhos dela são quase pretos de tão escuros, mas neles posso ver todos os tons de medo e dor que conheço nas mulheres que pedem minha ajuda. Sei o que ela está prestes a dizer quando se inclina mais para perto e sussurra:

– Eu vi você no circo. Você lê tarô, não é?

Faço que sim com a cabeça.

– O Pardal.

É uma prece de adoração. O som da esperança que vim a conhecer. Um parentesco secreto, gerado pelo sofrimento que transcende o sangue.

Agora me lembro do rosto dela, a mulher que estava se aproximando da minha tenda agarrada a uma nota de 20 dólares. Um pico de impulso químico atinge minhas veias. Tudo fica mais nítido: os detalhes do quarto. Os sons dos funcionários que passam pelo corredor. O cheiro de antisséptico e desinfetante industrial. O brilho nos olhos de Naomi quando pego o baralho na mesa de cabeceira.

Embaralho as cartas.

– Se tivermos um minuto, posso fazer uma leitura rápida antes do banho.

Sei qual é a carta que estou procurando pelo toque, pelo desgaste nas bordas, pelo vinco em um canto. Eu a viro.

– Ás de Copas – anuncio. – Ela fala pra você seguir sua voz interior. O que ela te diz? O que você quer?

A esperança brilha nos olhos de Naomi, e meu coração responde com uma batida acelerada.

– Fugir daqui – diz ela.

Dou um sorriso. E embora talvez o espírito de Naomi esteja ferido, não está despedaçado. Vejo isso na forma como ela sorri de volta.

Tiro a próxima carta. Talvez não seja exatamente o que se espera. Não é a Morte. Não é o Cavaleiro de Espadas. Não é o prenúncio do caos. Tiro a Estrela. A esperança no horizonte. Porque, na morte, pode haver vida. Pode haver renascimento.

Naomi compartilha seus segredos em sussurros. Histórias de um homem. Um homem que a diminui. Que a menospreza. Um homem que a ameaça, que a prejudica e a controla. Um homem do qual não consegue se livrar, não sozinha. Ela me pede ajuda. E meu coração se enche até doer, porque sei que isso é algo que posso oferecer, mesmo que demore um pouco.

Meu polegar acaricia a tatuagem em meu pulso.

Talvez eu tenha sido abandonada aqui, deixada em uma gaiola. Talvez minhas asas tenham sido cortadas. Mas ainda posso voar.

4
PRINCESA DA PRADARIA
ROSE

Não há muitas pessoas no Camping Princesa da Pradaria quando o táxi me deixa na entrada de cascalho, o motorista esperando pacientemente enquanto passo as muletas de alumínio para fora do veículo com dificuldade e por fim consigo sair do carro. Há apenas uma meia dúzia de trailers. Acho que não é muito comum acampar em um gramado nos arredores de Hartford, população de 3.501 habitantes. O táxi vai embora e me deixa ao som das crianças no parquinho, as três me encarando com expressões intrigantes, o rangido metronômico dos balanços antigos como uma melodia triste no camping decadente. Faço uma pausa longa o bastante para acenar para elas sem muito entusiasmo. As três param de se balançar em uma pausa sincronizada e repentina do movimento. Não acenam de volta.

– Que coisa… meu Deus – sussurro. – Que coisa mais esquisita.

Uma delas inclina a cabeça como se estivesse escutando, embora seja impossível ter me ouvido a essa distância, e em seguida as três voltam a se balançar no mesmíssimo momento.

– Acho que pelo menos sei como vou morrer.

Engulo o súbito nó que sufoca minha garganta e saio mancando pelo cascalho mal cuidado, com a perna latejando. Meu trailer se destaca entre os demais espalhados pela clareira. A grande e velha Dorothy pode estar chegando aos 30 anos, mas é muito bonita, com para-choques cromados polidos e uma pintura personalizada de um bando de pardais em um pôr do sol cor-de-rosa, amarelo e laranja. Investi nas necessidades de Dorothy cada centavo que me sobrou. Ela é a minha casa o ano todo, mas esta é a primeira vez que entro em meu trailer e desejo ter algo mais permanente.

Talvez a espécie de lugar em que não seja tão fácil as pessoas simplesmente irem embora e deixarem você para trás.

– Você só está ressentida. Em pouco tempo vai estar de volta à turnê – sussurro acima do tilintar das muletas. – Vai ficar bem sozinha. Você não está com medo das crianças assassinas, porque é uma mulher forte e independente.

E acredito nisso também. Pelo menos, acredito até parar na porta do trailer.

– Merda.

Aqui fora está quente feito o saco do capeta, sob o sol desimpedido da pradaria, e tudo o que quero é entrar para poder me deitar e, verdade seja dita, provavelmente chorar até dormir. O problema é que não sei como fazer isso imobilizada e usando muletas, passando por uma porta estreita que está a pouco mais de meio metro do chão e uma série de degraus estreitos do lado de dentro. Nunca pensei em comprar escadas dobráveis ou temporárias para entrar. Não era algo de que eu precisasse.

Meus ombros desabam quando jogo o peso no acolchoamento das muletas, meu corpo já protestando contra essa forma estranha de me mover.

Pisco, tentando afastar as lágrimas de cansaço, quando ouço um veículo parar lentamente atrás de mim. Passo o polegar depressa sob os cílios e, em seguida, agarro a alça das muletas com determinação renovada. Não preciso que as pessoas fiquem me encarando. Eu me aproximo mancando, coloco a chave na fechadura e a giro. Então uma mão grande se estende acima de mim e abre a porta.

Eu me assusto e perco o equilíbrio ao me virar, o sol me cegando quando olho para o homem que está atrás de mim. Ele segura meu braço para evitar que eu caia.

– Desculpa – diz ele, com uma voz instantaneamente familiar. Ele me solta tão depressa quanto me segurou e dá um passo para trás. – Não queria te assustar.

– McSpicy...? – Eu o encaro, e meu olhar se volta para o clássico Ford F-250 estacionado nas proximidades, minha moto presa na caçamba. – O que você tá fazendo aqui?

– Assustando você, pelo jeito. Me desculpa por isso.

Ele olha para a porta aberta e para as escadas estreitas que levam à minha casa e franze a testa. Quando volta a atenção para mim, a intensidade de seus olhos estreitos penetra minha pele e a aquece.

– Fiquei sabendo que você teve alta hoje de manhã em vez de à tarde, então pensei em devolver sua moto e ver como você está. Como vão as coisas?

Eu poderia mentir se tivesse um pouco mais de força para isso. Mas algo nesse homem me faz querer contar a ele mais do que deveria. Talvez seja a maneira como ele me observa, com os olhos fixos nos meus, a porta aberta para mim, a outra mão um pouco erguida, como se estivesse pronto para me pegar se eu tropeçar.

– Foram uns dias de merda – digo, minha voz mais fraca do que esperava.

A expressão do Dr. Kane fica mais suave. A mão com que segura a porta relaxa um pouquinho, e ela emite um rangido nas dobradiças.

– É, imagino.

– Vou dar um jeito.

– Não tenho dúvida.

– Jura? Porque parece que você tem *muitas* dúvidas.

Ele olha para o trailer e dá de ombros.

– Tenho dúvidas em relação à escada. – Quando sua atenção se volta para mim, um sorriso se insinua em um dos cantos dos lábios, e seus olhos ganham um tom mais claro de azul sob o sol forte. – Não tenho nenhuma dúvida em relação a você. Quer dizer, em relação à sua capacidade de cuidar de si mesma, é claro.

Dou um sorriso cansado, embora ele não perceba, considerando o modo como seus olhos se voltam para o interior sombreado do trailer, depois para o cascalho abaixo de nós e, em seguida, de volta para o carro, como se mal pudesse esperar para entrar nele e ir embora.

– Você provavelmente tem algumas dúvidas em relação a mim, doutor – digo, captando seu olhar quando ele se volta para mim. – Mas mesmo assim vou dar um jeito. Obrigada por trazer minha moto. Infelizmente, não posso te ajudar a descarregá-la.

– Eu faço isso – diz ele.

Agradeço com um meneio de cabeça, agarrando-me às alças das muletas enquanto volto a me concentrar na entrada do trailer. Vai estar ainda mais quente lá dentro do que aqui fora. Dorothy está assando no sol, mas estou desesperada para tirar a jaqueta de couro, ficar só de calcinha e dormir até amanhã. Quando chego ao degrau, encosto as muletas na lateral do veículo e pego a maçaneta interna da escada. Com o médico segurando a porta aberta, eu me ergo para dentro, mas sibilo um xingamento quando bato a tala contra o parapeito ao subir.

– Eu tô bem – digo entredentes.

O Dr. Kane me examina enquanto me viro usando meu pé bom para encará-lo, sua testa franzindo com meu sorriso forçado. Estendo a mão para fora da porta para pegar as muletas, mas, em vez de agarrá-las, eu as derrubo como peças de dominó.

– Bem – digo enquanto nós dois olhamos para o chão, onde elas zombam de mim, escondidas debaixo do trailer. – Isso... não foi muito bom.

– Não foi um bom começo, de fato.

– Eu vou dar um jeito.

– Estou vendo.

– Você não está ajudando em muita coisa.

Minha piada sem graça parece fazer com que o Dr. Kane saia dos próprios pensamentos e entre em ação.

– Desculpa – diz ele, com a voz pouco mais alta que um sussurro.

Ele deixa a porta se fechar suavemente, apoiando-a em meu cotovelo antes de se curvar para pegar as muletas. A camiseta cinza desbotada se estica nas costas quando ele se inclina para tirá-las de baixo do trailer. Músculos rígidos sustentam a coluna, e os ombros são largos e definidos sob o algodão fino.

Engulo em seco quando ele se endireita e fica de pé diante de mim. Estou um pouco mais alta do que ele, parada no pequeno patamar dentro do trailer, mas ele ainda parece ocupar todo o espaço em meu campo de visão.

– Obrigada – digo, um pouco sem fôlego. Envolvo uma das muletas com a mão e tento puxá-la para mim, mas ele não desiste. – Vou dar um jeito.

– Pois é, fiquei sabendo. Mas na minha casa daria mais jeito – deixa escapar.

Ele arregala os olhos como se as palavras tivessem fugido de seu controle.

– Humm... como é...?

– Quer dizer... você deveria ficar na minha casa. Esse arranjo não é ideal – diz ele, acenando com a mão livre para a minha casa. – Você mal consegue entrar no lugar.

– Só preciso de prática.

– Você não tem ar-condicionado.

– Tenho, sim…

Mais ou menos. Quando Dorothy está em movimento e as janelas estão abertas. Tirando isso, só quando ela tem vontade. O que basicamente nunca acontece.

O médico faz uma careta de desconfiança. Por um momento, não tenho certeza se manifestei meus pensamentos em voz alta.

– E chuveiro?

– Tenho certeza de que eles encheram o tanque de água antes de irem embora – digo, examinando o terreno além do ombro dele. – E, quando acabar, tem um chuveiro comunitário ali.

O Dr. Kane se vira para seguir meu olhar até um pequeno chalé de madeira com a palavra CHUVEIRO pintada na lateral, a tinta verde da construção tão desbotada quanto a grama não cortada da pradaria ao redor.

– Parece totalmente seguro.

– Eles só matam pessoas ali nos finais de semana.

O Dr. Kane me encara mais uma vez, com uma expressão ao mesmo tempo cautelosa e analítica.

– Você precisa cuidar dessa incisão e voltar daqui a uma semana pra tirar os pontos e colocar o gesso – diz ele. – Consegue dar conta disso?

Engulo as garantias que, na melhor das hipóteses, seriam apenas meias-verdades. A cada segundo que passa, fico mais nervosa por ser a estrela do que claramente é um filme de terror intitulado *Camping Princesa da Pradaria: o assassinato apavorante de Rose Evans*, mas não quero que um cara que mal conheço perceba isso. Por mais que o McSpicy seja gostoso pra caramba e pareça um querido de verdade, estou acostumada a cuidar de mim mesma. E já é difícil encarar o fato de que não consigo me locomover da maneira que estou acostumada sem um lembrete constante de que preciso de ajuda.

– Rose…

Uma escuridão se instala nas cavidades sob os olhos do Dr. Kane. Ele examina meu rosto, procurando algo, como se estivesse pesando as opções e os caminhos que lhe são apresentados. Quanto mais o silêncio se prolonga, mais desejo preenchê-lo. Quando me mexo para apoiar o pé inchado no degrau atrás de mim, ele respira fundo.

– Matthew Cranwell.

Tento manter uma expressão neutra, mas nós dois sabemos que ele me pegou desprevenida.

– Quem? – pergunto um pouco mais tarde do que deveria.

– Matt Cranwell – repete o Dr. Kane. – Você conhece ele?

Engulo em seco. Balanço a cabeça.

Uma sombra cai sobre suas feições, mesmo sob a luz forte. O Dr. Kane não desvia o olhar, mesmo quando tento quebrar o contato visual. Ele ainda está ali, ocupando o espaço na minha porta, sugando toda a energia que parece crepitar entre nós no ar quente de verão.

O momento se estende por tempo suficiente para que eu imagine cada pensamento e acusação que provavelmente rodopiam em sua cabeça. Ele se inclina mais para perto, a voz um sussurro letal ao dizer:

– Ele fez isso com você?

Quero me afastar, mas não me mexo. Quero balançar a cabeça, mas também não consigo me forçar a fazer isso. Sou como um filhote de cervo, incapaz de correr quando o perigo o descobre escondido na grama.

– Suspeito que você não seja a única pessoa que ele machucou – prossegue o Dr. Kane.

A camisa se estica sobre os bíceps, os músculos mais contraídos do que o necessário para o simples gesto de passar a mão no cabelo. Os fios caem sobre sua testa, que fica franzida.

– Quer me contar o que realmente aconteceu naquela noite? – insiste ele.

Cada respiração minha é tão superficial que talvez nem exista. Meu coração se agita no peito. Ainda não consigo balançar a cabeça, mesmo que isso possa significar a distância entre mim e o banco traseiro de uma viatura de polícia.

Seja forte. Seja forte seja forte seja forte. Você dirige uma motocicleta dentro de uma gaiola de metal na frente de uma plateia de duzentas pessoas em um circo, caramba. A porra do Globo da Morte, *pelo amor de Deus. Não chora, Rose Evans. Não chora, cacete.*

Merda, é claro que começo a chorar.

Uma única lágrima atravessa meus cílios, deslizando pela bochecha em chamas. O vinco se suaviza entre as sobrancelhas do médico enquanto ele me observa varrê-la com um movimento frustrado dos dedos.

– É melhor eu ir. Obrigada, doutor – digo, tentando fechar a porta, mas ele não deixa.

– Rose, ele não é o tipo de pessoa com quem você queira se meter. – A expressão dele fica sombria, e parece que não há como escapar de seu alerta. – Ele era policial no condado de Lincoln antes de ser suspenso uns anos atrás, por conta de uma prisão que saiu do controle. Pelo que fiquei sabendo, foi a gota d'água de uma série de maus comportamentos no trabalho. Agora ele passa a maior parte do tempo em dois lugares: a fazenda nos arredores de Elmsdale e o moinho de grãos dos Fergusons. Que fica literalmente *aqui do lado* – diz ele, apontando para a parte de trás do trailer.

Olho na direção que ele está apontando, mas não vejo... nada. Nada além de campos de trigo do outro lado da cerca que circunda o camping, sem construções nem pontos de referência visíveis. Quando me viro para o médico com uma pergunta em minha testa franzida, ele revira os olhos.

– Tá, *tudo bem*. "Aqui do lado" são alguns quilômetros naquela direção, mas mesmo assim é aqui do lado. Tecnicamente.

Não posso dizer que gosto da ideia de Matt estar na vizinhança, mesmo que essa vizinhança se resuma a um monte de plantas e quilômetros de terreno, um caminho desimpedido que torna difícil para ele me pegar de surpresa. Mas acho que ele é um desgraçado habilidoso, mesmo sem um olho.

Meu estômago revira de um jeito desconfortável. Olho fixamente para o horizonte, minha mente presa na memória enquanto repasso o momento em que enfiei os palitos de coquetel na cara dele.

– Eu posso te ajudar.

A suavidade da voz do Dr. Kane me afasta da imagem, uma carícia reconfortante, tão diferente da violência daquela noite. Quando me viro para ele, algo nas curvas e nos ângulos de seu rosto parece suplicante.

– É mais seguro em Hartford. Eu quase nunca o vejo lá, só na clínica uma ou duas vezes por ano. Elmsdale fica mais perto para ele. – Os olhos do médico não deixam os meus quando ele tira algo do bolso e coloca entre nós. A carteira de motorista de Matt. – Vem comigo, fica na minha casa.

Eu tenho um quarto de hóspedes. Chuveiro quente. Ar-condicionado funcionando. Comida decente. Até sei uma coisa ou outra sobre cuidar de ferimentos.

Olho para ele, aturdida, processando as palavras enquanto ele espera pacientemente.

– Estou desempregada – digo por fim, baixando o olhar para a tala que envolve minha perna. – Não tenho como te pagar.

– Não estou pedindo isso.

O Dr. Kane me passa a carteira de motorista. Com uma mão hesitante, toco sua borda, mas não a pego.

– Você não é um assassino em série que vai me matar enquanto eu durmo, né? – pergunto, estreitando os olhos.

Só fiz essa pergunta para fazê-lo rir. Para qualquer outro homem que mal conheço, seria uma pergunta legítima. Mas há algo no Dr. Kane que me deixa à vontade. Talvez seja a maneira como ele segurou minha mão na ambulância. Talvez seja a forma como ele segura essa prova condenatória entre nós, que poderia ser facilmente usada para me colocar na cadeia. Mas acho que é apenas uma essência, como uma vibração no ar, algo que não posso tocar nem provar. Algo que simplesmente sei. Estou segura com ele.

Um sorriso se acende lentamente em seus lábios carnudos.

– Você não é uma assassina em série que vai *me* matar enquanto eu durmo, né?

Balanço a cabeça.

– Ótimo. Então por que você não pega algumas coisas de que precisa e vamos embora dessa merda de lugar? Tem uma energia meio *Colheita maldita* – diz ele enquanto olha para o grupo de crianças aparentemente selvagens nos balanços.

– Sério, sinto a mesma coisa. Só que é trigo, não milho.

– Mesmo assim, são plantações. E crianças assustadoras. É o suficiente pra mim.

Com um sorriso vacilante, tiro a carteira de motorista da mão dele e a coloco no bolso interno da minha jaqueta. Ele descarrega minha motocicleta enquanto rego minhas plantas e coloco algumas mudas de roupa em uma mochila. Quando volto para a porta, ele pega a mochila da minha mão e a coloca em um ombro. Antes que eu comece a descer com dificuldade, o

Dr. Kane passa um braço forte em volta da minha cintura e me levanta para fora do trailer, disparando uma descarga elétrica que atravessa meu peito e dança ao longo das minhas costelas. Sinto como se estivesse flutuando apoiada pela força de seus músculos, como se não fosse necessário nenhum esforço da parte dele para sustentar meu peso. Quando ele me coloca no chão, é devagar e com cuidado. Ele me oferece o braço para que eu possa me equilibrar e espera até que eu esteja firme sobre meus pés antes de me passar as muletas. E, mesmo quando saímos, ele caminha ao meu lado, acompanhando meu ritmo lento, quando poderia facilmente ir na frente.

Não me lembro da última vez que um homem me acompanhou até o banco do passageiro de um veículo. Ou abriu a porta para mim. Ou guardou minhas coisas antes de me ajudar com cuidado a entrar. Não me lembro de alguém afivelar o cinto de segurança para mim. Nunca. Mas ele faz tudo isso, conversando o tempo todo, contando sobre a caminhonete, a casa dele e a cidade. Ele me dá um sorriso fugaz antes de fechar a porta, e não me lembro de algum dia ter me sentido como nesse momento diante de um gesto tão simples.

O Dr. Kane se senta no banco do motorista e dá a partida no motor. Ele engata a marcha, mas mantém o pé no freio enquanto se vira para me olhar.

– Alguma coisa que eu deva saber antes de fazermos isso?

A descarga elétrica que acabei de sentir parece queimar em minhas entranhas. Balanço a cabeça outra vez.

– Tá bem. Ótimo – diz ele, e então nos afastamos do trailer e do Camping Princesa da Pradaria.

Eu deveria impedi-lo. Colocar a mão no músculo de seu antebraço, beijado pelo sol, quando ele estica o braço para aumentar o volume do rádio. Contar a ele o que realmente aconteceu com Matt. Eu deveria acabar com esse momento. Deveria fazer isso agora, antes que ele acabe comigo.

A verdade vem à tona. Mas não chega a se manifestar.

5
POR DIZER
FIONN

Que diabos estou fazendo?

Já me perguntei isso pelo menos trinta vezes no caminho do camping para casa. Tentei não deixar transparecer que esse pensamento está me consumindo. Participei da conversa, tentando me distrair desse mantra que se repete em looping no meu monólogo interior. Mas agora que tirei Rose do banco do passageiro e a coloquei na calçada da minha casa, ele ecoa na minha mente como uma sirene antiaérea.

Que diabos estou fazendo?

Ajudando. É isso que estou fazendo. Ela pediu ajuda, e alguma coisa em seu pedido desesperado ficou gravada em mim, um espinho que se alojou nas profundezas da minha mente. O mais estranho é que não consigo me lembrar de nenhum paciente que tenha me pedido ajuda antes, não dessa forma. Sintomas. Histórias. Medicamentos. Ouvi histórias de família, transmitidas em cada tijolo que torna cada um de nós único. Já ouvi medo e gratidão. Mas nunca tinha ouvido aquele simples pedido de ajuda. Não até conhecer Rose.

E ela precisa disso.

Rose sobe com dificuldade as escadas íngremes que levam à minha porta com as muletas, um movimento que ainda não lhe é natural. Ela sibila uma série de palavrões. Quero simplesmente pegá-la no colo e levá-la ao patamar, mas, em vez disso, fico atrás dela, esperando que descubra a melhor maneira de se locomover sozinha. Quando ela chega à varanda estreita, vira-se para mim e dá um sorriso cansado, mas triunfante. Tento não ficar fascinado, mas acho que não consigo.

– Bem – diz ela, desviando minha atenção de seus lábios carnudos e voltando-a para os olhos, que é o lugar dela. – Foi meio difícil. Espero não ter que ir a lugar nenhum tão cedo.

– Você se saiu bem.

– Teria sido mais fácil se você tivesse me pegado no colo.

– Humm. – Passo a mão na nuca, tentando lembrar se no fundo manifestei meus pensamentos em voz alta. – Ahn, é, talvez…?

– Talvez você devesse fazer um daqueles slings em tamanho adulto e me carregar por aí amarrada no peito – prossegue ela, com um brilho provocante nos olhos cor de mogno. – Já imaginou? Ir ao supermercado seria hilário. Se você tiver uma máquina de costura, posso fazer isso virar realidade.

Que diabos estou fazendo?, penso de novo, mas dessa vez a pergunta ganhou um significado totalmente novo.

Rose está na minha varanda, sorrindo para mim feito um diabinho. Claro, ela me pediu ajuda, mas não conheço essa mulher. E se ela for completamente bizarra? Ou pior, *perigosa*? Desvairada? Conheço tantas pessoas perigosas e desvairadas que talvez meu radar para esse tipo de merda esteja quebrado. Ela não pareceu ser nada disso nas primeiras vezes em que nos vimos, com aqueles imensos olhos castanhos de cílios grossos e escuros e o rosto angelical emoldurado por uma franja cor de chocolate, as ondas indomáveis caindo em cascata sobre os ombros. Mas há um traço de malícia nela que acho que talvez seja apenas uma pequena fissura que leva a um poço sem fundo de caos.

A expressão dela se suaviza e, pela segunda vez, fico pensando se não acabei externando meus pensamentos. Juro que ela entrou na minha cabeça quando disse:

– Não precisa ficar constrangido, doutor. É que eu fico ainda mais esquisita quando estou nervosa, enquanto você tá aí, todo doutor e tal. Estou só brincando.

– Eu sabia…

– Provavelmente está pensando duas vezes antes de me deixar entrar na sua casa agora, né?

Talvez.

– Não.

– Isso foi totalmente um talvez. Tá tudo bem, vou ficar bem com as criancinhas da colheita maldita, garanto – diz ela, abrindo um sorriso enquanto segura as muletas e se aproxima da escada.

– Peraí.

Estou segurando o pulso dela antes mesmo de conseguir reunir os argumentos sobre dever ou não tocar nela com tanta naturalidade. Os olhos de Rose permanecem no ponto de contato. Eu deveria soltá-la, em especial pelo modo como ela olha para a minha mão, como se estivéssemos fundidos e ela não conseguisse entender como ou quando isso aconteceu.

– Não estou pensando duas vezes. Só... por favor. Entra.

Embora eu tenha soltado seu pulso, a privação daquele toque ressoa na minha pele.

Abro a porta, e, por um momento, ela hesita. Então, com um leve sorriso que se evapora em um halo de nervosismo, ela se vira e cruza a soleira da porta.

– É uma bela casa – elogia Rose ao entrar na sala de estar, o tilintar das muletas preenchendo o espaço com uma melodia metálica.

Ela me lança um breve sorriso por cima do ombro. Como se atraída por uma força magnética, ela se aproxima da mesa de centro até se curvar para pegar o porta-copos de crochê ali em cima. Foi a primeira coisa que fiz em crochê. O padrão não está perfeito. Alguns buracos são maiores do que outros.

Não tenho certeza do que ela deve estar pensando enquanto inspeciona a linha de cor creme. Ela o segura enquanto olha para os sofás e cadeiras superestofados, depois para a cozinha simples que mantém o clima anos 1950, apesar da pintura e das bancadas novas, e depois para a mesa de jantar, onde apenas um jogo americano repousa sobre a superfície.

Meu Deus do céu.

Ver minha casa pelos olhos de outra pessoa é humilhante. Literalmente, um jogo americano. E um único porta-copos de crochê. O que será que ela está achando?

Provavelmente a mesma coisa que meus irmãos mais velhos babacas acham da minha vida aqui em Hartford, em Nebraska. E é a primeira vez que eu realmente reconheço que eles podem ter alguma razão. Lachlan estava certo. Estou no auge da minha era "personagem de filme água com açúcar pra tevê".

– É uma bela casa mesmo – repete Rose ao colocar o porta-copos no lugar.

– Você acha?

– Acho. – Quando ela se vira para mim, seu sorriso parece genuíno. Talvez um pouco melancólico. Ela dá um sorriso mais brilhante quando diz: – Acho mesmo. Parece a casa de um adulto de verdade. Algo digno do Dr. McSpicy Kane.

Solto uma risada e coloco a mochila dela ao lado do sofá, passando por Rose em direção à cozinha.

– Pode me chamar de Fionn.

Rose reproduz a pronúncia. Quando olho para ela, ela está me observando com os olhos escuros fixos nos meus, como se estivesse procurando algo.

– Desculpa bagunçar sua vida. Te atrapalhar ou algo assim.

– Você não tá me atrapalhando.

Parte de mim quer admitir o que ela deve estar pensando: que, apesar de suas palavras educadas, não há muito o que atrapalhar. Agora que ela surgiu, percebo como minha vida virou quase nada. Como é monocromática. É só trabalho. Academia. Mais academia e mais trabalho. Uma visita mensal ao celeiro do Clube dos Irmãos de Sangue para cuidar dos lutadores feridos. Minha única socialização de verdade tem sido com Sandra e seu clube de crocheteiros toda semana, e isso só começou há alguns meses. Acho que era isso que eu queria quando me mudei para cá. Talvez não o crochê, mas a solitude. E, no entanto, esta é a primeira vez que me pergunto se não quero o resultado que alcancei com tanto sucesso.

Dou um pigarro como se isso fosse me livrar dessas perguntas que não me sinto pronto para explorar.

– Quer comer alguma coisa?

O estômago de Rose responde antes que ela tenha a chance de fazê-lo, soltando um ronco audível.

– Seria ótimo, obrigada.

Tiro o liquidificador do armário e o coloco na bancada. Depois vasculho o freezer em busca de verduras congeladas. Rose se aproxima da mesa, apoiando as muletas na borda. Ergo os olhos quando ela arrasta uma cadeira para trás e se deixa cair com um suspiro pesado. Ela apoia a perna machucada na cadeira ao lado e fecha os olhos, inclinando a cabeça para trás para esfregar o pescoço, o pedaço de carne cintilante em seu peito exposto pela camiseta com decote em V profundo que está usando. Se aquela pequena fatia de pele ameaça desviar toda a minha atenção, aparentemente venho evitando qualquer possibilidade remota de encontros românticos há tempo demais. Desvio o olhar, embora seja mais difícil do que deveria. Começo a cortar laranjas só para manter meu foco onde ele deve estar.

– Há quanto tempo você mora aqui? – pergunta ela, e um farfalhar atrai meu olhar de volta para ela.

Rose tem um baralho nas mãos, as bordas dobradas e desgastadas pelo uso.

– Há pouco mais de quatro anos. – Observo quando ela assente e coloca o baralho em cima da mesa. – Eu morava em Boston antes disso.

– O sotaque que estou ouvindo é de lá?

– Não. Eu nasci na Irlanda.

Ela meneia a cabeça de novo e vira uma carta, inclinando-se para examinar os detalhes.

– Você foi embora quando era novo. Estava com 13 anos, né?

Estou colocando as laranjas no liquidificador, mas minhas mãos param no meio do caminho. Inclino a cabeça.

– Como você sabe?

Rose olha para mim e sorri, com os olhos brilhantes e cheios de malícia.

– Mágica. – Estou prestes a enchê-la de perguntas quando ela dá de ombros e baixa o olhar para a carta. – Ou talvez tenha só dado sorte no palpite. Pensei que você devia ter idade suficiente para manter o sotaque e ser jovem o bastante para perdê-lo um pouco. Treze pareceu fazer sentido.

Ela vira uma segunda carta e cantarola baixinho.

– Tarô? – pergunto, e ela assente sem olhar para cima. – É isso que você faz no circo?

– É, também. Mas, na maioria das vezes, sou o Pardal na Gaiola – diz ela, toda teatral, emoldurando as últimas palavras com as palmas voltadas para a frente. Olha para cima apenas por tempo suficiente para perceber minha confusão. – Eu dirijo uma moto no Globo da Morte.

Abro a boca para fazer mil perguntas, mas ela volta o assunto para mim antes que eu tenha a oportunidade.

– Então, você veio parar em Nebraska numa tentativa de evitar relacionamentos românticos?

Solto uma risada, pegando uma cenoura para começar a descascá-la.

– Deixa eu adivinhar. Você pensou nisso por causa da energia de solteiro da casa. Foi a toalhinha que me denunciou?

– Não, mas tenho perguntas sobre ela.

– Estou começando a ficar com a impressão de que você tem *muitas* perguntas. – Coloco a cenoura no liquidificador e observo enquanto Rose examina uma terceira carta e balança a cabeça. – Como você sabia disso?

Rose me fita fixamente, com um olhar que desliza para dentro de mim. Um olhar que se aprofunda. Perfura as camadas que, de repente, parecem finas demais para que eu possa me esconder. Não me sinto apenas observado ou avaliado. Eu me sinto *visto*. E, depois de um momento que parece ter sido muito esticado por uma mão invisível, a expressão dela fica mais suave, como se tivesse encontrado o que estava procurando.

– Mágica – responde ela, e, com o rastro de um sorriso triste, pega as cartas e as coloca de volta no baralho. – Como tem sido pra você? Estar aqui, quero dizer. Ficar longe de Boston.

– Sei lá.

Aos poucos, começo a descascar outra cenoura. Sinto os olhos dela, o peso de seu olhar atento. Ela não fala nada, apenas espera para ver o que vou fazer com a pergunta. E parte de mim quer elaborar a resposta honesta que acabei de dar a ela. Mas não faço isso.

– E você, como o circo tem sido pra você?

Rose solta uma gargalhada, mas posso sentir a decepção nela.

– Não tão bem agora, acho. Foi todo mundo embora.

Quando ergo os olhos, ela se remexe um pouquinho na cadeira, serpenteando os dedos antes de tirar do bolso da jaqueta o que parece um amuleto de cristal em forma de pássaro. Faz um movimento de corte no ar à sua frente e, em seguida, coloca o objeto sobre o baralho. Embora eu queira perguntar a ela sobre o cristal, não o faço, pois já estou me sentindo desviado de meu rumo por causa de sua presença, isso sem sequer ter abordado o reino dos cristais e da adivinhação. Dou um pigarro, tentando recuperar meu senso de equilíbrio quando pergunto:

– Quantos anos você tinha quando se juntou ao Silveria?

O sorriso de Rose se desvanece, tornando-se frágil nos cantos.

– Quinze.

– Muito nova – digo, e ela meneia a cabeça uma vez. – Por quê?

– Não tinha pra onde ir. – Rose dá de ombros enquanto guarda o cristal e embaralha as cartas. – Quando o Circo Silveria chegou na cidade, peguei metade do dinheiro que havia economizado e passei o dia inteiro lá. No dia seguinte, peguei a outra metade. No terceiro e último dia, fui direto ao José e lhe implorei um emprego. Ele não disse que sim, mas também não disse que não. Quando eles levantaram as estacas pra ir embora, peguei uma carona com um dos membros da equipe. – Sua expressão brilha mais quando ela olha para mim, tirando uma mecha de cabelo dos olhos. – Eu trabalhava e ele me alimentava. Provei que era durona e ele começou a me pagar.

– Então, tipo, você só… saiu de casa?

– Não – responde ela. – Eu só saí.

Quero perguntar o que ela quer dizer, mas a luz parece ter fugido momentaneamente de seus olhos. Fico observando enquanto ela vira uma carta e cantarola uma nota meticulosa.

– Você gosta do circo? – pergunto por fim, sem ter certeza se deveria estar mexendo no passado dela quando o presente já é caótico o suficiente para dissecar.

– Normalmente, é ótimo. Posso viajar. Adoro a trupe. Estou sempre conhecendo novos lugares, conhecendo pessoas novas. Mas acho que não é tão bom quando algo desse tipo acontece – diz ela, apontando para a perna.

– Coisas como essa acontecem com frequência?

– Não. Não comigo.

– E coisas tipo Matt Cranwell?

Tudo ao redor fica imóvel.

Tenho a impressão de que seria capaz de sentir nossos batimentos cardíacos no ar se estendesse a mão. Rose não fala nada. Nem mesmo pisca. Não consigo ler muito de sua expressão, mas uma parte de mim já quer voltar no tempo e engolir aquelas palavras de volta. Não conheço essa mulher. O que quer que tenha acontecido não é da minha conta, quer ela fique aqui ou não. Ficar me intrometendo na vida dela é injusto. Ofereci minha casa sem pedir nada em troca. Nem mesmo segredos.

Estou prestes a pedir desculpas quando Rose diz:

– Não exatamente. Não.

Meu olhar se detém nela por um longo momento e, em seguida, faço que sim com a cabeça antes de voltar a atenção para o liquidificador e a vitamina. Quando fica pronta, pego dois copos no armário e os encho com o líquido espesso, levando-os para a mesa com dois canudos de metal. Arrasto a cadeira diante do único jogo americano, com os olhos de Rose fixos em mim a cada movimento.

– Desculpa. Não é da minha conta – digo enquanto passo a vitamina para ela, embora ela não se mexa nem desvie o olhar do meu.

– Estou hospedada na sua casa. Você tem o direito de saber o tipo de pessoa que está debaixo do seu teto.

– Escuta – digo, colocando a mão em volta do meu copo para não tocar nela, o impulso repentino me pegando de surpresa. – Já tive algumas suspeitas em relação ao Cranwell. Não o vejo com frequência, mas, quando o vejo, sinto algo de estranho nele. Tenho um instinto sobre o tipo de homem que ele é, sabe? Sei que não é uma coisa muito científica pra um médico dizer. Eu não deveria estar te falando nada disso, na verdade.

Balanço a cabeça e me inclino para trás, estudando o rosto de Rose. Aqueles olhos escuros. Aqueles lábios carnudos que se contraem como se estivessem lutando para segurar quaisquer pensamentos e preocupações que estejam passando por sua mente.

– Eu simplesmente… *sei* disso. Ele é uma pessoa perigosa. E se ele fez isso com você…

– Você estava certo. Quando me perguntou lá no camping. Fui eu que furei o olho dele – desabafa Rose.

Os olhos dela estão arregalados. Tão arregalados que quase dou risada. Acho que nunca conheci ninguém capaz de se expressar tanto apenas com o olhar. E agora os ricos tons de chocolate parecem líquidos de medo.

– Eu meio que imaginei – respondo, e, incrivelmente, os olhos dela ficam ainda mais arregalados enquanto um tom de rosa invade suas bochechas. – O cheiro de piña colada foi uma pista, mas a carteira de motorista realmente colocou um ponto-final na minha dúvida.

Rose engole em seco. Assente. Mas continua séria, apesar da piada e do sorriso que permanece em meus lábios.

– É melhor eu ir embora. Não quero trazer problemas nem te deixar desconfortável na sua casa.

Quando Rose geme ao levantar a perna apoiada da cadeira, eu seguro seu pulso.

– Fica. Por favor.

Até mesmo seu pulso está tenso na minha mão. Posso sentir a rigidez dos tendões, o martelar dos batimentos contra a ponta dos meus dedos. Todas as células de Rose estão prontas para correr ou, mais precisamente, para sair mancando da minha casa. E eu deveria deixá-la ir. Se eu fosse um homem melhor, estaria levando Rose para a delegacia. Ou, no mínimo, de volta para o camping assustador. Mas não tenho a menor vontade de fazer nenhuma dessas coisas.

Embora ainda me olhe com cautela, Rose se acomoda pelo menos um pouco na cadeira.

Eu não a largo quando digo:

– Matt Cranwell machucou você, Rose?

Ela não fala nada. Apenas assente. Uma confirmação praticamente imperceptível. E esse movimento tênue e simples é suficiente para incendiar meu sangue. A única coisa que me prende a esta casa e me impede de satisfazer um súbito desejo sombrio de arrancar a pele do rosto dele é *ela*. Sua pele quente sob a minha mão. Seu cheiro permeia o ar, uma leve nota de canela, açúcar e chocolate e um toque de especiarias.

– Ele não viu meu rosto. Eu tava usando um capacete todo fechado e a viseira estava abaixada – sussurra ela. Rose olha para a perna por um bom tempo antes de voltar a atenção para mim. – Foi um taco de beisebol. Não foi um acidente de moto.

– Ele *bateu em você*? Com a porra de um taco de beisebol? – Rose assente. – Por que você não chamou a polícia?

– Eu não queria dificultar ainda mais as coisas pra Lucy, a esposa dele – explica ela com um dar de ombros enquanto olha para baixo, como se não conseguisse manter contato visual. – Se ela ainda não chamou a polícia, deve ter um motivo. Talvez não esteja pronta. Ou tenha medo das consequências. – Rose me encara de novo e, dessa vez, seus olhos estão ferozes, iluminados por uma determinação sombria. – Ele bate na esposa, doutor. E não me arrependo do que fiz. Se pudesse fazer tudo de novo, eu me certificaria de que ele jamais chegasse ao hospital.

Ela diz isso com tanta certeza que não duvido que cada palavra seja verdadeira.

Meu sangue se torna viscoso, lava em minhas veias.

Vi Lucy Cranwell apenas uma vez na minha clínica, quando ela levou um dos filhos para tratar de uma infecção pulmonar seis meses atrás. Ela era quieta. Tímida. Educada. Eu não me lembraria do encontro se não fosse por um único comentário que ela fez quando pegou o celular para enviar uma mensagem. O comentário se fincou no meu cérebro como uma farpa, mas na época eu não sabia o motivo, então só pensei nele por tempo suficiente para logo deixá-lo de lado. "Só preciso mandar uma mensagem para o Matthew", disse ela, lançando um olhar pesaroso para mim. "Ele sempre gosta de saber onde estou."

Solto o pulso de Rose e esfrego a mão no rosto.

Meu foco desliza para a porta de casa e fica lá. Está me implorando para passar por ela. Para entrar na minha caminhonete e sair dirigindo. Para não parar até chegar à casa de Cranwell. E depois disso…?

Afasto esses pensamentos antes de cometer uma loucura. São como cipós que se retorcem, giram e me prendem em uma vida perigosa da qual não consigo escapar. Já vi isso acontecer. Está nos meus irmãos, Lachlan e Rowan. Senti esses mesmos impulsos me comprimirem, mas aprendi a colocá-los em uma caixa onde eles vão definhar, esquecidos. Sem luz.

– Ele pode não ter me visto – diz Rose, trazendo-me de volta ao presente –, mas quantas mulheres aparecem aleatoriamente em uma cidade pequena com uma perna quebrada? Não vai demorar muito pra ele me encontrar se quiser. Eu agradeço de verdade a proposta de me trazer pra cá, mas provavelmente eu não deveria ter aceitado. Não quero mesmo que você fique em perigo. Você já fez muito por mim. Ainda nem falamos sobre o arrombamento nem a bagunça que fiz na sua clínica.

A expressão de Rose é de vergonha, mas há algo de malicioso também, como se ela gostasse de deixar um pouco de caos em seu rastro.

– Pra ser sincero, fiquei aliviado por não ter sido o guaxinim outra vez.

Você sabe como é difícil tirar um guaxinim viciado em codeína de um sistema de ventilação? Difícil pra caralho.

A expressão de Rose se ilumina.

– Eu não ia me importar de ver o Dr. McSpicy arregaçando as mangas e trocando socos com um guaxinim enlouquecido.

– *Trocando socos.* – Eu bufo. – Bem, é provável que sim. Isso acontece com mais frequência do que deveria. – A luz que parece se manter nos olhos de Rose começa a diminuir. Quando ela olha para a porta, coloco a mão sobre a dela, apesar da voz na cabeça que me diz para não fazer isso. – Escuta. O Cranwell mora longe, numa cidade aqui do lado. – *E daí? Fica a quinze minutos de distância. E você já disse isso a ela.* – Ele quase não vem aqui. – *Não é como se você ficasse na cola dele, seu burro.* – Ele não tem muitos amigos. – *Nenhuma ideia de quantos amigos ele tem. Ele poderia ser amigo do condado inteiro, até onde sei.* Respiro fundo, o que preenche todas as cavidades dos meus pulmões. – Por favor, fica. Prometo que levo você na clínica pra me ver levar uma surra na próxima vez que o guaxinim se infiltrar na fortaleza. Vou ficar preocupado se você voltar pras crianças da colheita maldita.

Rose não fala nada, apenas me encara enquanto se inclina para a frente e envolve o canudo com os lábios. Por um breve momento, fantasias sobre aqueles lábios macios atravessam minha mente, mas são interrompidas quando ela toma o primeiro gole da vitamina e sua expressão se transforma em uma repulsa velada.

– E talvez eu deixe as vitaminas verdes pra lá – digo com um sorriso enquanto ela desliza o copo na minha direção. Eu poderia implicar com ela por conta do olhar constrangido que me lança, mas, em vez disso, levo o copo para a cozinha e volto para lhe oferecer a mão. – Vem, vou te mostrar seu quarto.

Ela olha para a minha mão como se estivesse tentando decifrar um mistério e leva um bom tempo para aceitar a ajuda, observando sua mão enquanto o faz, como se esse pequeno ato fosse uma revelação. Quando Rose se levanta, eu a ajudo a sustentar o peso até que ela retome o equilíbrio e esteja pronta para usar as muletas, e então ela me segue pelo corredor.

– Achei que este seria melhor – digo quando paramos em frente ao segundo dos dois quartos de hóspedes e abro a porta. – O outro tem banheiro, mas é pequeno. Aqui você pode ter o banheiro principal só pra você e essa banheira é um pouco mais baixa, então vai ser mais fácil pra você se virar. Se precisar de alguma coisa, estou do outro lado do corredor. Tudo bem?

Rose entra no quarto. Seu olhar percorre os detalhes, tudo sem graça e monocromático. Tudo, exceto a nova colcha floral em tons de coral e violeta, duas almofadas de um amarelo intenso encostadas na cabeceira de ferro forjado. Seu olhar se detém na cama. Talvez ela veja as linhas das dobras ainda marcando o tecido comprado hoje de manhã. Talvez perceba que comprei só para ela, na esperança de que concordasse em ficar.

Rose vira seu sorriso para mim. O calor dele me atinge como um dardo no peito.

– Tá – diz ela por fim. – Acho que tá tudo bem.

6

SOMBRAS

FIONN

— O que você vai fazer com essas informações, Dr. Kane?

Apoio o cotovelo em minha mesa na clínica e esfrego a testa. Lachlan não é um homem com quem se deva brincar. Em especial quando você é o irmão mais novo dele.

– Nada de mais. O Cranwell é podre e só faz merda. Quero saber até onde realmente vai a podridão dele.

– Deus meu – diz Lachlan com um gemido, do outro lado da linha. – Isso não tem a ver com mulher, tem?

– Não.

– Por que não?

Dou um suspiro

– Talvez devesse ter – prossegue ele, a voz áspera, mas me provocando. – Tirar você da sua era "personagem de filme água com açúcar pra tevê".

– Tendo ou não a ver com mulher, você não ficaria feliz, seu escroto temperamental. Pra que se dar o trabalho de se intrometer? – Um sorriso sombrio de triunfo se insinua em meus lábios quando Lachlan grunhe do outro lado da linha. – Como anda a *sua* vida amorosa, já que está tão interessado na minha? Ainda tá transando com Boston inteira ou finalmente ficou sem mulheres que tolerem seu temperamento difícil?

– Cala a boca, seu merda – sibila ele. – Pois fique sabendo que eu não estava "transando com Boston inteira". Desde aquela festa de Halloween em que você passou a noite bebendo pra afogar as mágoas e, na manhã seguinte, vomitou todas elas na minha pia, decidi ficar longe de encontros na esperança de acabar não sendo tão burro quanto você. – Ele faz um *tsc*, embora eu possa dizer que está aproveitando cada minuto em que me obriga a reviver a desgraça que foi aquele fim de semana. – Não conseguiu nem dar mais dois passos pra vomitar na privada feito um adulto normal. Teve que entupir a porra da minha *pia*.

Ele adora me lembrar daquela noite, acho que na esperança de que eu fique tão irritado com suas provocações que acabe me mudando de volta para Boston só para provar a ele que posso resolver isso pessoalmente. Mas quando a cidade é o lar de sua quase noiva e dos escombros da vida que você achava que queria ter, estar acima de seu irmão prepotente simplesmente para impedi-lo de tirar sarro de você não é motivação suficiente.

– Sabe, Lachlan, toda vez que me conta essa história, você me lembra dos motivos que me fazem achar que Nebraska está subindo no meu conceito.

Lachlan resmunga algo em irlandês, e eu sorrio, um sorriso que se desvanece quando meu foco volta ao verdadeiro propósito da ligação.

– Agora que você já desabafou, preciso saber sobre Matthew Cranwell.

Lachlan suspira, e o ouço digitar ao fundo. Meu irmão pode dizer que odeia seu trabalho paralelo como matador de aluguel, mas ainda assim seria o primeiro a admitir que seu acesso a informações e recursos são úteis de vez em quando.

– Tá bem. Eu falei pro Conor reunir algumas informações, como você pediu. Não tinha muita coisa, então não fique muito animado, tá?

Assinto, embora ele não possa me ver, e pego caneta e papel. Lachlan me diz a data de nascimento e o endereço de Cranwell, o número de seu documento de identificação, a data do casamento com Lucy e os nomes dos três filhos. Há detalhes bancários, dívidas. A suspensão do Gabinete do Xerife do Condado de Lincoln pela participação em um caso de lesão corporal grave, seis anos atrás, uma briga de bar que saiu do controle. Desde então, ele tem uma quantidade de registros criminais surpreendentemente mínimo para alguém tão desagradável quanto parece ser, apenas uma ocorrência em que causou confusão por estar bêbado no ano passado. Já examinei seu histórico médico, mas Lachlan menciona os destaques de qualquer maneira, incluindo a cirurgia ocular. Não há nada que revele as verdadeiras profundezas da escuridão de Matthew Cranwell. Nenhuma grande revelação. Nenhum maldito sinal.

Mas meu instinto me diz que a escuridão é muito mais profunda do que conseguimos ver.

– É tudo o que tenho – finaliza Lachlan, e eu o imagino batendo com os anéis de prata na borda da mesa de seu escritório na Leviathan, um lugar sobre o qual me contou, mas nunca me mostrou, sempre querendo manter Rowan e eu longe de seu chefe perturbado, Leander. – Mais alguma coisa que você queira saber?

A tentação vem à tona. *Eu posso perguntar sobre a Rose.*

Sei muito pouco sobre ela. Afinal, como alguém se torna uma motociclista de Globo da Morte? Que série de escolhas a teriam levado até lá? Por onde ela andou? O que ela viu e fez?

O nome dela está na ponta da língua. Mas não o digo. Não só porque quero desvendar seus mistérios por conta própria, mas porque não consigo suportar a ideia de colocá-la em risco. Meu irmão jamais a machucaria de propósito (ele pode ser um assassino, mas pelo menos tem consciência). Mas Leander Mayes? Nem tanto. Ele ferraria qualquer pessoa se isso lhe proporcionasse ganhos suficientes para justificar o esforço, fosse poder, conexões ou dinheiro. Não consigo suportar a ideia de Rose estar no radar da Leviathan.

– Não, obrigado. Já foi bastante útil – digo por fim.

– Não útil *demais*, espero.

– Apenas útil o suficiente.

Lachlan murmura preocupado ao telefone e depois nos despedimos. Fico olhando para minhas anotações por um bom tempo, lendo e relendo as informações até ter certeza de que as memorizei antes de levá-las ao triturador e destruí-las.

Então pego minha jaqueta e saio.

Levo pouco mais de quinze minutos para chegar a Elmsdale. Mais alguns para chegar à fazenda dele. Passo por ela, apenas um pouco mais devagar do que o limite de velocidade, e estaciono perto dos álamos que margeiam o canto noroeste do campo que se estende à frente da casa dele, onde minha caminhonete vai ficar escondida pela densa folhagem.

Abro a porta e respiro fundo o aroma da tempestade que se aproxima. As primeiras gotas de chuva caem na minha jaqueta conforme desço o acostamento da rodovia deserta em direção à entrada da casa de Matt

Cranwell, sem tirar os olhos de lá. Não há nenhuma luz acesa do lado de dentro para combater a escuridão invasora da enorme tempestade que se aproxima de nós. Em um primeiro momento, parece deserta. Então ouço o ruído de uma esmerilhadeira vindo do celeiro.

Paro e fico ali de pé, observando o lugar. Parece uma fazenda como outra qualquer. Uma casa simples. Brinquedos no quintal. Anexos e equipamentos. Não sei ao certo o que estou fazendo aqui, olhando para a casa de alguém enquanto as gotas esporádicas de chuva aos poucos se tornam um aguaceiro. Alguém pode me ver, mesmo com a tempestade cobrindo a terra com uma película de escuridão. *Que diabos estou fazendo?*

Um relâmpago ilumina algo que está bem na entrada da garagem. Dá para ver de relance em meio aos primeiros pés de milho na beira do campo.

Um taco de beisebol de alumínio.

Em outro lampejo de luz, imagino cada segundo da agressão que Rose sofreu. A maneira como Matt Cranwell deve tê-la atingido. A força do golpe. A raiva e a maldade estampadas no rosto dele. O grito agonizante dela. Ouço e vejo tudo. Eu *sinto*. Como se estivesse ali, vendo tudo acontecer.

Me ajuda.

Antes que de fato me dê conta, já estou na metade do caminho e não há como recuar. Meu olhar se volta para o taco, o metal amassado e molhado de chuva. Minhas mãos se fecham em punhos. Preciso de todo o meu controle para deixá-lo no lugar ao passar por ele.

Quando estou a poucos metros do celeiro, a esmerilhadeira para, restando apenas o crepitar baixinho de um rádio antigo. Eu me detenho, mas a ideia de voltar pela entrada da garagem não passa pela minha cabeça. Fico esperando na chuva, ouvindo algo pesado colidir contra algo de metal. Meia dúzia de palavras atravessam a estreita fenda da porta aberta, o tom é áspero, a frase é desconexa. Cranwell está falando sozinho, mas, além de um palavrão ou outro, não consigo entender muito do que ele diz. Um segundo depois, uma chave faz barulho ao apertar um parafuso, e aproveito a oportunidade para me aproximar da luz e espiar lá dentro.

Cranwell está de costas para mim. Não o vi muitas vezes, mas lembro o suficiente para reconhecê-lo, em especial com a tira de um tapa-olho beliscando a pele brilhosa na nuca. Ouço o zumbido de uma chamada no celular apoiado na lataria, ao lado dele. Observo quando ele seca as mãos no macacão e atende no viva-voz.

– O que você quer – resmunga ele irritado, não com tom de pergunta, mas de exigência.

– Preciso correr até a farmácia antes que feche. A tosse da Macie…

– Eu falei pra você fazer o jantar.

Há uma pausa. Ouço uma criança tossir ao fundo. Eu estaria disposto a apostar meu registro médico em que ela está com bronquite.

– Falou, sinto muito.

– Então vai fazer. – Matt toca na tela para encerrar a chamada e volta a se concentrar no motor. – Vai sentir mesmo, sua vagabunda.

Meu sangue ferve, um fogo selvagem nas veias. As batidas do meu coração rugem nos ouvidos. Fecho os olhos, perdido em uma lembrança antiga. Uma imagem de um homem muito parecido com Cranwell. Cheio de raiva e ódio. Meu pai. O rosto dele é muito nítido na memória, apesar dos anos que se passaram. Havia raiva nele na noite em que nos atacou pela última vez. Eu me lembro bem da carne do lábio cortado de Rowan e do grito de Lachlan, sem a ponta do dedo, um jorro pulsante de sangue vermelho-vivo em seu lugar. Consigo imaginar cada detalhe das costas do meu pai quando ele as virou para mim, pronto para dar outro golpe em qualquer um dos meus irmãos que estivesse disposto a enfrentá-lo em seguida.

E ainda me lembro do peso da faca que eu tinha escondida na mão…

– *Filhodaputa* – sibila Matt.

Volto para as sombras. Mas ele está falando com o utilitário amassado. Não é comigo. Ele se inclina sobre o motor e aperta o parafuso.

– Porcaria velha de merda – resmunga.

É isso mesmo. Você é uma porcaria velha de merda.

Deslizo de volta para a luz e observo enquanto Cranwell se enfia mais no emaranhado de metal, com o braço enterrado até o ombro. Puxo a manga da jaqueta por cima da mão e abro a porta para entrar no celeiro.

À minha esquerda, há uma bancada de aço inoxidável de superfície sem brilho, com arranhões e respingos de graxa, onde a esmerilhadeira foi deixada de lado. Há ferramentas espalhadas perto dela. Um martelo enferrujado. Um conjunto de chaves de fenda. Um rolo de arame de aço e uma serra.

Pego no cabo azul fosco de uma chave inglesa e a levanto da bancada. Um relâmpago brilha do outro lado das janelas, o vidro coberto por uma película de poeira. Um trovão sacode as paredes um instante depois, tão alto que parece que o mundo está desabando. Cranwell ainda está de costas para mim, com a mão enterrada nas entranhas do motor. Trovões e chuva. O rádio toca uma melodia suave. Estamos cobertos de sons. Nosso próprio casulo.

Basta um golpe. Ninguém o ouviria gritar.

Aperto a chave inglesa e me aproximo um pouco mais.

Vejo o rosto de Rose. O medo dela. Ele fez aquilo com ela. Assim como machucou a esposa. Talvez os filhos também. E vai continuar fazendo, do mesmo jeito que meu pai fazia. Nunca melhora. Só piora. A única coisa que impediu meu pai foi a morte. O mesmo vai acontecer com Matt Cranwell.

Eu posso fazer isso. Posso dar o golpe que acabaria com sua vida miserável.

Algo range nas sombras do outro lado, e eu paro, congelado no tempo.

– Papai. Dei comida pras galinhas.

Eu me escondo atrás da ponta da mesa, pressionando meu corpo contra a parede, com a chave inglesa ainda na mão. Cranwell dá um grunhido e em seguida ouço o tilintar das ferramentas.

– Ótimo – resmunga ele. – Sai da chuva. Vem me ajudar com essa merda aqui.

Ouve-se alguns passos arrastados, o som de uma capa de chuva sendo largada em algum lugar. Espio do meu esconderijo e vejo quando Cranwell entrega uma lanterna ao filho e diz para ele subir na lataria para segurar a luz acima do motor. O garoto faz o que lhe foi pedido, e os dois olham para o interior do veículo, trocando apenas algumas palavras enquanto Cranwell continua a apertar o parafuso.

Que diabos estou fazendo?

Com as mãos trêmulas, volto para as sombras e fecho os olhos. Essa pergunta parece inevitável. Mais multifacetada do que jamais imaginei que pudesse ser. Sou *médico*, porra. Escolhi minha profissão especificamente para que pudesse corrigir o erro que nunca mais poderei corrigir. Sou um homem *bom*. Não um homem perigoso. Então que diabos estou fazendo ao cogitar matar um homem que mal conheço? Que diabos há de errado comigo?

Dando uma última espiada, devolvo com cuidado a chave inglesa à bancada e me esgueiro de volta em direção à porta aberta. Saio do celeiro. Corro pela entrada da garagem. Não olho para o taco e mantenho os olhos na estrada à frente.

Pouco tempo depois, quando entro pela porta de casa, tiro a jaqueta úmida e as botas encharcadas antes de ir para a cozinha. Meus dedos ainda tremem quando coloco um cubo de gelo em um copo e o encho até a metade com uísque. Bebo o líquido âmbar. A queimação desliza pela minha garganta. Não ajuda em nada a destruir a imagem de Matt Cranwell no celeiro, com as costas curvadas enquanto mexia no motor, a chave inglesa me seduzindo com desejos que eu acreditava ter superado. Minha mão ainda parece vazia sem ela, e a fúria na minha carne não esfria enquanto seguro o copo gelado.

Sirvo-me de outra dose e levo a garrafa comigo enquanto me dirijo ao quarto.

– Sua bebezona de merda. Se controla – diz a voz de Rose quando passo pelo banheiro. Meus passos vacilam e paro em frente à porta. – Parece que você não é tão durona assim, né? Bem, é melhor você dar um jeito nisso se quiser ser uma…

– Rose? – Bato na porta, e a chuva de insultos cessa imediatamente. – Tudo bem aí dentro?

Há uma longa pausa.

– Aham…?

– Tem certeza?

– Não…?

– Posso entrar?

Outra pausa. Ouço a água batendo nas bordas da banheira e depois um farfalhar de tecido.

– Tá bem…

Quando abro a porta, Rose está sentada na borda da banheira, de robe, com as muletas jogadas no chão e a tala apoiada na bancada ao lado da pia. A água brilha em seu colo e na perna boa, mas a machucada está seca, exceto pelas bordas do curativo, que foi arrancado em um dos cantos.

– O que tá acontecendo? – pergunto enquanto coloco o copo e a garrafa ao lado da tala.

As bochechas de Rose ficam coradas e ela olha para o chão. Meu coração se parte um pouco quando ela encontra meu olhar, mas apenas brevemente, como se não pudesse suportar por muito tempo.

– Você falou pra eu tirar o curativo hoje – explica ela, com uma voz suave que eu ainda não tinha ouvido. Mesmo quando está exausta, suas palavras normalmente são sempre afiadas ou têm um ar de provocação. – É mais difícil do que imaginei.

– Não tem problema. Eu posso ajudar. É por isso que você tá aqui. Lembra?

Ela me dá um sorriso encorajador e, por um momento, esqueço o que quase fiz esta noite. Eu me agacho na frente dela, dando um tapinha no meu joelho para ela apoiar o tornozelo. Ela o faz, com cuidado, e eu esfrego as mãos para aquecê-las, um gesto que faz surgir uma ruga entre as sobrancelhas de Rose.

– Tá doendo?

Rose dá de ombros e desvia o olhar, engolindo em seco.

– Um pouco.

– Não tem problema se for incômodo pra você.

– Não é – retruca ela com firmeza, embora a resposta não seja totalmente convincente e ela saiba disso. Com um suspiro resignado, ela diz: – O osso pra fora foi um pouco… demais. É difícil de esquecer.

– É compreensível.

Puxo um pouco a borda do esparadrapo, e ela sibila quando a cola puxa os pelos que ficavam por baixo.

– O pelo está sem dúvida dando um toque a mais a essa experiência.

Eu bufo.

– Como é que é?

– Olha só. – Ela apoia o outro pé no meu joelho para mostrar a diferença entre a pele recém-raspada, ainda brilhando da água quente, e a perna que ela não tocou, com os pelos finos e escuros cintilando sob a luz fraca. Ela aponta para a perna inchada, com as marcas da tala ainda impressas na pele. – Pelos.

Quase digo algo estúpido, tipo "Eu gosto de carpete", "Pelos são sexy" ou provavelmente cinquenta outras opções bestas que de repente apagam qualquer sinal de profissionalismo ou, pior ainda, de inteligência.

Dou um pigarro e tento me concentrar no curativo, levantando uma das bordas o suficiente para verificar se os pontos não grudaram na superfície da gaze.

– Pelo é humano.

– Pelo dói muito quando fica preso no esparadrapo.

– Espera só até você colocar o gesso.

– Vai doer?

– Não. Mas, quando tirarmos, talvez você consiga fazer tranças.

– Doutor – diz ela, dando uma risadinha enquanto me cutuca com os dedos dos pés. – Você deveria estar ajudando.

– Eu *tô* ajudando. Estou te distraindo pra poder fazer *isso* – declaro enquanto arranco o curativo.

– *Puta merda*! – grita ela. Ela agarra meu pulso e ri, com os olhos arregalados. Sei que estou sorrindo para ela feito um tonto, mas não consigo parar. – Tenho noventa e nove por cento de certeza de que você não tem nenhuma credencial e de que ganhou seu estetoscópio numa barraca de pescaria.

Rose solta meu pulso apenas para me dar um tapa no braço e depois se inclina para trás, o sorriso desaparecendo aos poucos. Levo um tempo para perceber que o meu também evaporou. A facilidade do toque dela faz com que seja difícil segurar as palavras que eu não deveria falar. É difícil conter o desejo repentino de dizer a ela como sua pele brilha de um jeito lindo sob essa luz, ou como ela é engraçada e única, ou como sou grato pelo calor de seu toque, pela sua presença. Assim como é complicado não pensar no fato de ela estar nua debaixo desse robe felpudo. A mão apoiada no colo é a única coisa que impede que ele se abra completamente.

– Talvez você tenha um ladinho cruel aí escondido, Dr. Kane – sugere Rose.

Meus pensamentos envolvendo o corpo dela dão lugar a imagens do celeiro de Matthew Cranwell. Ainda posso sentir o peso da chave inglesa na mão, a raiva ardendo nas veias. Não sei se algo muda na minha expressão, ou se ela apenas sente a mudança no ar, mas Rose pega minha mão e coloca uma esponja úmida nela.

– Mas também tem um lado bom – acrescenta. – E eu gosto dos dois. Igualmente.

O sorriso de Rose é suave, os olhos calorosos. Eu me esforço ao máximo para sorrir de volta. Para me concentrar apenas em cuidar dela. Limpo o ferimento com a mão, sendo gentil, cada pressão da esponja contra a incisão um ritual. Busco conforto ao confortar. O homem que escolhi ser quando entrei na faculdade de Medicina? Esse ainda é o homem que eu sou.

Mas ela tem razão. Talvez eu tenha um lado cruel. E preciso me lembrar disso. Porque não parece mais ser algo tão desconectado do resto de mim.

7

TCHARAM

ROSE

— Como você tá se sentindo? – pergunta Fionn.

Estou atravessando as portas deslizantes do hospital ao lado dele, ainda tentando me equilibrar com a bota de fibra de vidro novinha em folha coberta com atadura preta. Ela envolve toda a parte inferior da minha perna, desde o joelho até a planta do pé, substituindo a tala temporária, agora que os pontos foram retirados.

– Bem. É um pouco estranho, mas vou me acostumar.

Fionn sorri e eu tento fazer o mesmo em resposta, mas ainda estou um pouco enjoada demais para fazer muito esforço. Cometi o erro de ficar olhando quando ele cortou e puxou os dois primeiros pontos. Tive que desviar os olhos quando ele retirou o restante.

Mas eu não deveria pegar tão pesado comigo mesma. Os pontos provavelmente só trouxeram de volta a lembrança de toda aquela dor e adrenalina. Porra, foi nojento. Eu me lembro de estar sentada no chão da clínica dele, cortando a parte de baixo da perna da calça para poder ver melhor o ferimento. A última coisa de que me lembro antes de acordar na ambulância é o osso estilhaçado se projetando da pele. Tirando isso, me recordo apenas de um momento nebuloso em que vi o rosto dele envolto por uma luz brilhante, uma imagem que talvez não passe de um sonho.

– Tem certeza de que você vai ficar bem por algumas horas enquanto eu termino aqui?

– Tenho – respondo, olhando de soslaio para a estrada em direção ao centro de Weyburn. – Sinto que já andei bastante por Hartford. Vai ser bom explorar um lugar novo.

Fionn me observa, com um vinco entre as sobrancelhas enquanto os olhos percorrem meu rosto. Às vezes, sinto que há um calor quando seu olhar se demora na minha pele. E então, com uma piscadela, ele sempre desaparece, como se Fionn o tivesse trancado, mantendo aquela pequena chama escondida no escuro.

– Toma cuidado, tá? – diz ele, como se aquela fosse uma pergunta que não tivesse certeza se deveria fazer.

Embora ele tente manter o tom profissional e analítico, ainda noto um fio de preocupação entrelaçado na voz.

– Pode deixar. Talvez faça bem me movimentar um pouco – respondo.

– Se tiver algum problema, me liga.

– Tá, claro. Vou ficar bem.

Com um breve sorriso que não parece tranquilizá-lo, saio cambaleando pelo estacionamento do Hospital Memorial MacLean em direção à calçada vazia que vai me levar às lojas. Dou uma olhada para trás, em direção à entrada, antes de virar a esquina. Não esperava que Fionn estivesse parado ali, de braços cruzados por cima do jaleco branco. Mas ele está. E não esperava que meu coração aceleraria quando ele levantasse a mão para acenar para mim. Mas acelera.

Meneio a cabeça para ele e continuo andando.

No quinto quarteirão, começo a me arrepender das minhas escolhas.

Fiquei muito boa em andar por aí com as muletas. O tilintar tem um ritmo quase musical, mas ninguém aguenta compor tantas músicas com as muletas sem que isso acabe virando uma tortura. Minhas axilas estão começando a ficar esfoladas. O bistrô a alguns quarteirões de distância parece estar a quilômetros. Preciso descansar por um minuto, de preferência em algum lugar com ar-condicionado e talvez um café com leite gelado.

Estreito os olhos na direção de um cavalete de propaganda de uma loja no quarteirão seguinte: EQUIPAMENTOS DE CAÇA E PESCA SHIRETON.

Acho que vai servir.

Vou me arrastando até o pequeno edifício de tijolos, o primeiro entre as lojas que se estendem pelos dois lados da arborizada Main Street. Quando abro a porta, sinto o cheiro de couro, borracha e pinho sintético. Há coletes refletivos laranja de alta visibilidade. Estampas de camuflagem em todos os formatos de manchas em verde e bege. Varas de pesca. Anzóis, iscas, peixes falsos e minhocas de plástico. E facas. Curtas. Longas. Serrilhadas. Lisas. Foscas, com revestimento preto. Prateadas e brilhantes, polidas em um acabamento espelhado.

O dono da loja é um senhor idoso com uma cara triste, cabelos brancos e raspados e rugas que traçam padrões na pele. Ele tira os olhos da revista de pesca e me dá um aceno de cabeça enquanto olha para o meu gesso. Já me acostumei com as perguntas de sempre e tenho uma resposta prática na ponta da língua. Mas ele não pergunta nada. Apenas me dá um bom-dia ríspido, mas não indelicado, mergulha os dedos em uma lata de rapé e desliza uma pitada do tabaco entre o lábio e os dentes inferiores antes de voltar à revista.

Vou mancando por um dos longos corredores e me perco no ar fresco e nas fileiras de estantes de vidro, me demorando para apreciar os mínimos detalhes de cada lâmina.

– … eu não te falei? Achava que já tinha te dito isso, porra.

Um homem grunhe no final de um dos corredores, o corpo escondido por uma prateleira de botas e jaquetas impermeáveis.

– Caralho, você é muito burra mesmo.

Olho de relance para a recepção, mas acho que o dono da loja não ouviu, ou, se ouviu, não deixou transparecer. O homem ao telefone faz mais alguns comentários depreciativos enquanto eu me arrasto pelo corredor ao lado do dele. Quando ele interrompe temporariamente seu esporro, ouço a voz abafada de uma mulher do outro lado da linha, embora não consiga entender o que ela diz. Apenas o tom. Apaziguador. Apavorado.

– Foda-se, Naomi, não tô nem aí.

Minha coluna fica rígida. Estou diante de uma pilha de galochas penduradas em uma prateleira do corredor, mas não estou olhando para elas de verdade. Em vez disso, imagino a enfermeira, Naomi, e lembro que seu sorriso nunca alcançou os olhos quando tirei as cartas para ela no hospital. Vejo uma luz fraca neles, como se estivessem assombrados demais para brilhar. Ouço a voz dela, o mais tênue fio de esperança nas palavras quando perguntei o que o Ás de Copas significava para ela. *Fugir daqui*. Sei exatamente quem é esse homem. O que ele fez. E para onde ele precisa ir.

Uma explosão de alegria perversa explode em minhas células. Olho de relance para o gesso. Talvez minha má sorte não tenha sido tão má assim, no fim das contas.

– Problema seu – prossegue o homem, trazendo-me de volta ao momento presente. – E, se você não abrir o olho, posso fazer com que isso se torne um problema *ainda mais* seu. A menos que, sei lá, você não se importe de essas suas fotos circularem pela cidade…? – Há um apelo silencioso do outro lado da linha. – Já te falei que vou sair hoje à noite e juro por Deus que, se você não estiver lá quando eu voltar, eu vou…

Afasto as galochas com uma força repentina, os cabides rangendo contra a haste de metal. Um homem da minha idade se assusta, com o celular a poucos centímetros do rosto, enquanto me observa com olhos azul-acinzentados.

– Eu te ligo depois – diz ele.

E então um sorriso se espalha lentamente por seus lábios.

Ao olhar para ele, percebo como é bonito sem fazer esforço. Cabelos escuros desgrenhados. Barba por fazer em uma mandíbula bem marcada. Olhos prateados que se iluminam quando sorri. Tenho certeza de que ele já se safou de todo tipo de confusão com esse sorriso. E ele sabe disso.

– Oi – diz ele, a voz encorpada e suave.

Dou-lhe um leve aceno de cabeça. Ele sacode o celular e inclina a cabeça para mim, envergonhado.

– Desculpe. Assuntos de trabalho. Sabe como é, pessoas que não estão fazendo seu trabalho direito e coisas assim. Pode acreditar, foi merecido.

– Aham – respondo, impassível, e ele não parece notar meu tom sarcástico. – Tenho certeza. Aposto que não vão fazer besteira de novo.

Sua expressão se ilumina e ele respira fundo.

– Espero que esteja certa. – Ele abaixa a cabeça na direção da minha perna. – O que aconteceu?

Eu me inclino para a frente em meio às galochas e cubro a boca com a mão. Os olhos dele brilham com a expectativa de um segredo compartilhado.

– Quebrei tentando matar um cara.

Dou uma piscadela e ele ri, deleitando-se, e o som preenche o corredor.

– Essa é uma história sobre a qual eu gostaria de ouvir mais algum dia. Meu nome é Eric. – Ele faz uma pausa, como se eu fosse dizer meu nome em troca. Quando quebro sua expectativa, o brilho em seus olhos aumenta. – Gosta de pescar?

– Tipo isso – respondo, e seus lábios se curvam.

Dou de ombros e começo a cambalear de volta em direção às facas. Eric vem atrás, observando do outro lado da estante de vidro quando volto minha atenção para as armas fora do meu alcance.

– Você conhece algum lugarzinho secreto bom pra pescar? Se for o caso, seria bom ter algumas dicas. Não pesquei nada a semana toda. Talvez você possa me mostrar algum dia.

Olho para ele, inclinando a cabeça. Um sorriso lento e predatório se insinua em meus lábios.

– Acho que a Naomi não iria gostar disso. Você não acha?

O sorriso de Eric finalmente se desfaz, mas não desaparece por completo. Ele zomba, fazendo uma pausa, como se estivesse me dando uma última chance de recobrar a razão. Então revira os olhos.

– Piranha burra – murmura ele, em volume suficiente para que apenas eu ouça.

Fico parada no lugar, com os punhos cerrados, minhas unhas gravando semicírculos no estofamento das muletas enquanto o observo caminhar rumo ao balcão. O dono da loja deixa a revista de lado, e sua expressão é ilegível quando os olhos se voltam para os meus.

– Boa tarde. Como posso ajudar?

– Vou levar uma caixa de Winchester 350 Legend – diz Eric.

O velho solta um grunhido e estreita os olhos.

– Não estamos na temporada de caça. Você não deveria estar comprando equipamentos de pesca?

– Eu estou. Vou atirar nos peixes no rio. Só não conta pro xerife. Não vou ter culpa se um veado entrar na frente.

Com outro grunhido, o dono da loja destranca uma vitrine atrás dele para tirar uma caixa preta da prateleira, a munição dentro dela se deslocando em um sussurro letal. Eu me detenho na vitrine, embora a vontade de pular nas costas de Eric e estrangulá-lo com minhas próprias mãos me invada em ondas. Por que um homem como esse consegue o que quer? Sempre se safa de qualquer coisa? Machuca qualquer pessoa e qualquer coisa que queira? Olho fixamente para as facas, e elas parecem sussurrar nos estojos, refletindo possibilidades para mim.

Não precisa ser assim.

Ainda estou olhando para os padrões gravados com ácido no aço de uma faca de caça quando ouço a porta abrir e fechar no momento em que Eric sai. Passos arrastados se seguem e param ao meu lado.

– Fique longe desse cara. Ele é um merda – diz o velho enquanto destranca a caixa de vidro e me passa exatamente a faca que estou olhando na fileira de lâminas, como se ela tivesse sussurrado para ele tanto quanto para mim.

– Fiquei com essa impressão.

Pego a faca que ele me estende pelo cabo e viro-a para examinar os padrões ondulantes da lâmina de aço de Damasco. Enquanto o dono da loja remove a bainha e me passa algumas das especificações, dou uma olhada pela vitrine da frente. Eric está do outro lado da rua, acenando para um grupo de pessoas da nossa idade. Ele abre a porta de uma caminhonete preta e joga a caixa de munição no banco traseiro antes de se dirigir à loja de bebidas.

– É perfeita – digo, interrompendo o velho. – Vou levar.

O dono da loja registra meu pedido, e jogo o dinheiro no balcão. Não espero pelos 2 dólares de troco. Com minha nova faca embainhada entre os dentes, eu me dirijo rapidamente para a porta. O velho atrás do balcão deve ver muitas coisas estranhas em sua loja, pois apenas grunhe um adeus enquanto saio mancando em direção ao impiedoso sol de verão.

Examino a rua. Não há ninguém por perto a não ser o grupo ao qual Eric acabou de se juntar, e eles já estão a um quarteirão de distância, de costas para mim. Ninguém sequer olha para mim quando atravesso a rua e abro a porta traseira destrancada do lado do motorista da caminhonete Dodge Ram 1500 de Eric. Está um pouco bagunçada, ainda bem, com uma caixa de ferramentas, algumas latas de refrigerante vazias e um macacão manchado de graxa espalhados pelo banco. Pode ser um pouco nojento, mas isso torna ainda menos provável que ele me note. Enfio as muletas no espaço para os pés e, em seguida, entro no carro e me cubro com uma manta que cheira levemente a mofo e diesel. Pressiono minha nova faca contra o peito e espero.

Transcorrem apenas alguns minutos até eu ouvir a porta da caçamba baixar e algumas caixas de cerveja deslizarem sob a cobertura. Ouço um som de coisas sendo reviradas e, um segundo depois, a porta é fechada.

Meu coração bate forte contra as costelas quando botas pesadas atingem o asfalto. Com um grunhido, Eric entra na caminhonete, afivela o cinto de segurança e, logo em seguida, nos afastamos do meio-fio ao som de música country e do assobio desafinado de Eric. Ouço o ruído de uma lata se abrindo quando ele pega o que deve ser uma cerveja, como se isso fosse perfeitamente normal. Para onde estamos indo? Não faço a menor ideia. Mas tenho certeza de que será uma aventura.

É assim que tenho que encarar isso. *Como uma aventura.*

Da última vez que tentei matar um homem, não deu certo porque eu não estava preparada. Não que eu esteja exatamente preparada agora, mas pelo menos tenho o elemento surpresa. E uma arma melhor também. A imagem daqueles palitos de coquetel tremulando no olho de Matt Cranwell ainda me dá náuseas? Claro, um pouco, embora neste momento também possa ser a direção descompensada de Eric e o cheiro de mofo da manta. Mas a única forma de me tornar boa nisso é praticar em um candidato que mereça. E parece que todo mundo aqui sabe que Eric se encaixa nesse perfil.

Tudo bem, o cara da loja é só uma pessoa, mas ele é velho e rabugento pra caralho, e, se ele não gosta do Eric, isso deve valer como a opinião da maior parte da cidade. Portanto, vou praticar com Eric.

Só preciso me preparar psicologicamente.

E é isso que faço enquanto atravessamos a cidade. Imagino que desta vez tudo vá correr bem. Ele vai estacionar. Eu vou aparecer. Vou cortar sua jugular. Fim da cena. Talvez uma ou duas dúvidas comecem a surgir, como, por exemplo, como vou me livrar do corpo. Acho que a maioria dos problemas pode ser resolvida com fogo. Voltar para a cidade pode ser outro problema, principalmente agora que aumentamos a velocidade e as estradas urbanas se transformaram em rodovias rurais. Mas então Eric abre a terceira cerveja da viagem e liga para Naomi para passar os próximos dez minutos repreendendo-a, e consigo ouvir o tom de desespero e exaustão na voz dela. Percebo que a etapa de voltar para casa é um problema que posso resolver quando terminar, mesmo que leve o dia inteiro para ir mancando até a cidade.

O cascalho estala sob os pneus quando viramos à direita em uma estrada secundária. Depois, outra curva em uma superfície irregular, como se a estrada fosse difícil de atravessar e pouco usada. Eric cantarola uma música que toca no rádio, parecendo não se incomodar com o terreno, nem com seu comportamento de merda, nem com nada, na verdade. Pelo menos, até que um celular toca.

O meu.

Van Halen, "Somebody Get Me a Doctor". O nome e o rosto de Fionn estão iluminando a tela. Tento silenciar o aparelho, mas ele escorrega do meu bolso e cai entre as alças das muletas, atingindo o espaço para os pés com um maldito baque.

– Que *porra* é essa? – grita Eric, enquanto o veículo oscila na pista irregular.

É agora ou nunca.

Jogo a manta para o lado e saio do esconderijo, com minha faca nova e reluzente em punho.

– *Tcharam*, filho da puta.

8

A HORA DA VERDADE

ROSE

Eric grita uma oitava mais alto do que eu imaginava ser possível, os olhos se arregalando ao se conectarem com os meus no espelho retrovisor. A caminhonete sai da estrada e entra em um campo e, antes que ele consiga descobrir o que atacar primeiro, aproveito a chance. Enfio a ponta da faca na lateral do pescoço dele e *empurro*. O aço afiado desliza para dentro da carne ao som de seu grito fluido e assustado, e então eu a arranco de volta em meio a um esguicho de sangue.

Uma tosse engasgada e distorcida preenche a caminhonete enquanto o sangue jorra do ferimento em rajadas pulsantes, manchando *tudo*. As janelas. Os assentos. A mão que ele usa para pressionar a ferida aberta. *Eu*.

Meu estômago se agita e vomito na manta velha e fedorenta.

– Puta merda, isso é muito nojento – sibilo, colocando a manta de lado.

Eric se contorce no assento, mas fica mais fraco a cada segundo, a respiração gorgolejante, superficial e difícil. A caminhonete segue pelo campo, mas está diminuindo a velocidade, sacudindo pelo matagal em um ritmo que não é muito mais rápido do que uma caminhada. Eric ainda está ofegando no momento em que olho pelo para-brisa salpicado de sangue para me orientar.

Ao longe, há mais campos de grama longa, com as pontas branqueadas pelo sol de verão. Logo à frente do para-choque dianteiro, há uma faixa rasa e desbotada de areia seca que deve virar um pequeno riacho quando chove muito. E no meio?

Uma queda íngreme para dentro de um rio.

Merda.

– Tenho que correr – digo enquanto embainho a faca e abro a porta traseira do lado do motorista, jogando uma das muletas na grama.

Eric gorgoleja, e faço todo o possível para engolir outra onda de náusea quando nossos olhos se encontram no retrovisor. O rosto dele está manchado de sangue, a pele está pálida. Os olhos semicerrados, suplicantes.

– Não olha pra mim desse jeito – digo com um grunhido. – Você sabe que é um merda.

Eric cai para a frente contra o volante, e a caminhonete continua a sacolejar. Atiro a faca e a outra muleta pela porta, guardo o celular (agora em silêncio) no bolso e pulo, aterrissando na grama com um baque dolorido. Eu me viro para olhar conforme a caminhonete se aproxima da descida, desviando para a trilha arenosa do leito seco do riacho.

O veículo diminui a velocidade. E diminui mais um pouco. *Não, não, não, entra no rio.* Mas as rodas dianteiras deslizam para o lado, a poucos metros da queda. A caminhonete afunda na areia. E então para de avançar por completo.

O motor ainda está ligado e a música country ecoa pela porta aberta, com o homem sentado no banco do motorista, imóvel.

– *Merda.*

Pego a faca primeiro, porque cautela nunca é demais, é claro, e ainda mais importante, porque acabei de pagar os tubos por ela, embora já tenha ficado provado que valeu cada centavo. Levo um tempo para entender a posição das alças, mas consigo prendê-la às minhas costas. Em seguida, pego as muletas e vou mancando até a caminhonete para pensar no que fazer.

Quando abro a porta, o cheiro de sangue quente, mijo e merda me atinge em cheio. Solto o cinto de segurança de Eric e o empurro em direção ao console central até que seu torso ensanguentado e os braços moles caiam no banco do passageiro.

– Acho que não fui feita pra isso – admito, enquanto subo no estribo e uso uma muleta para pressionar o acelerador.

As rodas giram e afundam ainda mais na areia. Tento colocar a caminhonete em marcha à ré, mas isso também não me leva a lugar algum. Meu celular toca durante minha sétima tentativa de desatolar o veículo e me dou conta de que estou realmente *fodida*. Desligo o motor e me preparo na esperança de que meu instinto esteja certo quanto ao fato de o médico bonzinho não ser tão bonzinho assim, embora eu não tenha nada que comprove que meus instintos sejam confiáveis.

– Oi, Dr. Kane.

Uma risada calorosa flui pela linha.

– Faz uma semana que você tá morando na minha casa. Me chama de Fionn.

– Tá bem. Fionn…

– O que houve? Aconteceu alguma coisa?

Olho para o barranco a apenas alguns metros de distância, embora pareça inalcançável.

– Estou com um problema. Eu levei a melhor sobre um morador pulguento e o tiro meio que… saiu pela culatra.

Há uma pausa.

– Você… como é…?

– Levei a melhor. Sobre um morador da cidade. Pulguento.

– O que você quer dizer com "levei a melhor"?

Faço uma careta para o corpo esfriando. *Bem, lá vai.*

– Talvez seja melhor você vir aqui dar uma olhada. Vou precisar de uma mãozinha. Ou duas. Vou te mandar a localização. Acho que é melhor não contar pra ninguém.

Fionn respira fundo para fazer uma pergunta, mas desligo com um calafrio e, antes de colocar o celular no bolso, envio a ele a localização.

– Bem – digo enquanto dou um tapinha no braço sem vida de Eric. – Toda essa experiência poderia ter sido melhor, provavelmente. Mas não desmaiei, então considero uma vitória. E você trouxe cerveja pra comemorar.

Antes que a náusea se instale mais uma vez, pego minhas muletas e fecho a porta antes de ir mancando até a traseira da caminhonete. Baixo a porta da caçamba e pego uma lata de Coors Light no cooler. Fionn inunda meu celular com ligações que não atendo e mensagens que ignoro. Só há uma resposta que posso dar à enxurrada de perguntas: *você vai entender o que eu quero dizer quando chegar aqui.*

Trinta minutos depois, avisto a caminhonete dele descendo a estrada deserta, com uma nuvem de poeira em seu rastro. Ele diminui a velocidade quando se aproxima do local, mas demora um pouco para me ver acenando da caçamba da caminhonete, pois o veículo claramente estava em um local inesperado. Fionn para e desliga o motor, depois vem na minha direção, dando passos lentos e quase parando ao ver o estado das minhas roupas. Então corre direto para mim.

– Meu Deus do céu, Rose! – exclama ele, seu sotaque irlandês se libertando à medida que o pânico grava linhas em seu rosto. – O que aconteceu? Você se machucou?

– Eu tô bem.

Embora eu consiga abrir um sorriso tranquilizador, isso não ajuda a desfazer o nó de ansiedade que revira minhas entranhas. Os olhos de Fionn percorrem cada centímetro do meu corpo, atrás de ferimentos que não encontra.

– Tive um pequeno incidente – acrescento.

– "Pequeno incidente" – repete ele, embora pareça levar um segundo para que as palavras se encaixem em sua mente, pois seu foco ainda está consumido pela busca da fonte do sangue. – O que você quer dizer com "pequeno incidente"?

– Tinha um cara… – é tudo o que consigo dizer antes de Fionn segurar meus ombros, os olhos em chamas cravados em mim.

– Um cara fez isso com você?

– Não. Não foi bem assim.

Desvio o olhar para as janelas traseiras escurecidas da caminhonete, mas, quando me viro, Fionn ainda está me olhando com uma intensidade que queima as câmaras do meu coração.

– Esse cara era um grande merda – explico. – Eu tava numa loja, e ele tava ameaçando uma mulher no celular e depois tentou se aproximar de mim com uma cantada ridícula sobre um lugar pra pescar ou algo assim, sei lá, não entendo nada de peixes…

– Vai direto ao ponto, Rose.

– A questão é que eu…

Olho para a grama. Para o céu. Para o barranco. Para a caminhonete, embora ela pareça zombar de mim. Dou de ombros, tentando me afastar do peso do olhar de Fionn, que ainda queima abrindo um buraco no meu rosto. Quando finalmente encontro seus olhos mais uma vez, me encolho.

– Fui eu que comecei.

– Você que começou…

– É.

– Você não deveria dizer que foi *ele* que começou?

– Provavelmente. Talvez ele *tenha* começado depois de ser um babaca no lance do celular e da pescaria. Então, pra ser mais exata, acho que eu terminei…?

Fionn solta meus ombros. Dá um passo para trás e passa a mão nos cabelos, o rosto sem vida, como se a epifania que ia desabrochando tivesse lhe tirado toda a emoção. Ele caminha até a frente do veículo e abre a porta do lado do motorista, e ouço quando ele respira fundo e solta o ar com xingamentos. A caminhonete sacode quando ele entra no lado do motorista e verifica se há sinais de vida. Já sei que não.

Há um silêncio longo, aterrorizante e pesado. Um búteo-de-cauda-vermelha grita no céu, lá no alto, o único som nas planícies varridas pelo vento.

Tento parecer o mais inofensiva possível enquanto Fionn volta lentamente até a traseira do veículo. Estendo uma lata de cerveja suada como oferta.

– Quer uma?

Fionn olha para o sangue seco espalhado pela minha pele, embora a condensação tenha reidratado parte dele. O alumínio está manchado de vermelho-escuro. Ele observa enquanto limpo apressada a lata e a mão no short jeans e a ofereço a ele de novo.

– Ele não vai sentir falta – afirmo. – Por que sentiria?

– Mas… que merda… é essa? – pergunta ele.

Quero relembrá-lo de que ele é um cara inteligente, que provavelmente vai conseguir descobrir a resposta sozinho. Mas mordo o lábio e espero até que ele tire algumas conclusões.

– Você… matou ele? – pergunta Fionn.

– Humm, *é*. Mas ele não é um cara legal.

– E você me chamou pra te ajudar a fazer o quê… se livrar dele?

Dou de ombros.

– Não consegui sozinha. E você disse especificamente: "Se tiver algum problema, me liga." Isso se encaixa em "algum problema".

– Eu não quis dizer *matar* alguém e desovar o corpo.

– Eu fiz a parte de matar. Só preciso de uma ajudinha com a desova.

Fionn solta um suspiro exasperado.

– A "desova" também não estava na minha lista.

– Você deveria ter deixado isso claro desde o início.

Empurro a cerveja na direção dele. Fionn esfrega as mãos no rosto e olha para o céu como se anjos pudessem descer e salvá-lo. Mas quanto mais o observo e tento decifrar a série de engrenagens que devem estar girando nos confins de seu crânio, mais me dou conta de um detalhe essencial.

– Você não está em pânico.

Fionn se vira para mim, estreitando os olhos.

– Por dentro eu tô, sim.

– Nem tanto. E você disse "*matar*", não "assassinar".

– É a mesma coisa.

– Na verdade, não.

Ele cruza os braços e fica parado na minha frente.

– Explica, então.

– Matar é, tipo: "Fulano morreu por minha causa, mas talvez tenha sido um *opa*..."

Fionn bufa.

– Duvido muito que tenha sido um *opa*.

– Mas assassinar é, tipo: "Eu queria muito fazer isso."

– Você queria fazer isso?

– Essa não é a questão.

– Não? – pergunta ele. Dou de ombros, e Fionn inclina a cabeça para o lado. – Então qual seria a questão se não o fato de você ter *matado alguém*, porra?

– Você disse "matar", e "matar" é mais simpático.

Sacudo a cerveja dando a ele uma última chance, mas, quando ele não a pega, eu a enfio no bolso da frente da minha camisa xadrez.

– Azar o seu. Vem comigo, doutor – digo, posicionando minhas muletas para poder descer com segurança da caçamba.

Fionn se aproxima como se não conseguisse conter o ímpeto de oferecer ajuda, mas acaba se detendo. Ele para um pouco antes de pegar meu braço, encabulado, e fica para trás, observando enquanto me dirijo à porta do motorista. Quando a abro, ele ainda está parado onde o deixei.

– Eu não vou te machucar – asseguro. – Só quero te mostrar uma coisa.

Fionn olha em direção ao seu veículo estacionado na estrada de terra. Tenho certeza de que a vontade de dar o fora daqui é forte, de voltar à vida como ela era antes de eu aparecer como uma espécie de sonho febril. Parte dele provavelmente quer rastejar de volta para as sombras e pensar que tudo isso é apenas um pesadelo bizarro que talvez se agarre à sua consciência por alguns dias antes de desaparecer da memória. Sei o que é se esconder e sei o que é ser encontrado. Pode ser estimulante ser visto. E pode ser aterrorizante ser exposto.

– Garanto que não estou gostando tanto disso quanto você imagina – digo, tirando a cerveja do bolso e abrindo a lata.

Tomo um longo gole em um esforço para engolir a inquietação que sobe pela garganta. Com um suspiro profundo, Fionn se aproxima e para ao meu lado.

– Que reconfortante.

Dou um sorriso hesitante que não é retribuído e, em seguida, respiro fundo e prendo o ar, colocando minha cerveja no painel. Eu me viro em direção ao corpo de Eric para começar a revistá-lo em busca do celular do sujeito. Quando coloco seu tronco no lugar para sentá-lo ereto no banco do motorista, encontro o aparelho no bolso da frente. Como quase tudo na caminhonete, está coberto de sangue, então eu o limpo no meu short.

– Muito bom. Garanta que as evidências estejam devidamente incorporadas às fibras – comenta Fionn.

– Agora é tarde.

Eu me viro de novo para o cadáver e coloco a tela na frente do rosto dele, mas ela não desbloqueia. Quando uso a borda da camisa do sujeito para limpar o sangue da pele dele, também não funciona.

– Os olhos dele precisam estar abertos pra que a identificação facial funcione – afirma Fionn, categórico.

– E agora? – Abro as pálpebras de Eric e tento de novo, mas nada acontece. – Só peço um minutinho de paciência comigo, doutor.

Após deixar as muletas encostadas na porta aberta, desço do estribo, vou para a parte de trás da cabine e subo no banco traseiro para vasculhar a caixa de ferramentas. Com um rangido de triunfo, encontro a ferramenta perfeita para ajudar.

– Meu Deus do céu. *Rose*…

– O nome é "engenhosidade circense" – digo, enquanto volto para a frente do veículo com meu prêmio na mão. Subo no estribo e seguro uma das pálpebras de Eric com uma das mãos, alinhando o grampeador com a linha dos cílios. – Da última vez que usei uma dessas, grampeei uma cortina na minha mão, então vamos torcer pelo melhor.

Os xingamentos sussurrados de Fionn ficam em segundo plano no momento em que grampeio a pálpebra para prendê-la à carne abaixo da testa e depois me viro para o lado, com ânsia de vômito.

– Talvez você queira encontrar outro passatempo – sugere ele.

Eu tusso. Fico com ânsia de novo. Respiro fundo algumas vezes e tomo um gole da cerveja que está no painel.

– Eu tô bem.

– Você já reagiu assim antes vendo sangue?

– Na verdade, não… mas agora que você perguntou, talvez eu tenha desmaiado durante o incidente da cortina. Acordei com o Jim sacudindo meu braço como se fosse uma asa.

– E quando eu te encontrei desmaiada no chão do consultório?

– Bem, achei que essa não contava, considerando a situação toda.

– Acho que conta mesmo assim.

Com um sorriso fugaz e um dar de ombros, volto à minha tarefa e repito o processo com a outra pálpebra de Eric. Pressiono. Grampeio. Fico com ânsia. O sangue escorre pela superfície dos olhos dele, então, quando consigo controlar a vontade de vomitar, pego a lata de cerveja do painel e derramo um fio do líquido na testa dele para limpá-la.

– Meu Deus – diz Fionn, e a frase sai mais como um gemido resignado do que como uma real expressão de choque. – Isso é uma monstruosidade.

– Não é? Que desperdício de cerveja boa com esse babaca.

– Não foi bem isso que eu quis dizer.

Embora lance um sorriso para ele enquanto enxugo os olhos e o rosto de Eric, Fionn apenas franze a testa, com um suspiro profundo fazendo subir o peito e os ombros musculosos.

– Tá bem – digo, depois cutuco um lado dos lábios de Eric para criar um sorriso torto que se desfaz assim que eu solto. Seguro o dispositivo na frente do rosto dele e, dessa vez, finalmente a tela é desbloqueada. – *Sucesso.*

Desço do estribo do carro e abro as mensagens de texto. Metade dos trechos exibidos só confirma o que eu já sabia: que ele estava traindo Naomi com várias mulheres. *Ei, gata! O que vai fazer hoje à noite? Quer vir na minha casa? Estou com saudades de você...*

Então abro a troca de mensagens de texto dele com Naomi.

A raiva que sinto ao passar os olhos pela conversa me faz desejar fazer tudo de novo. Fazê-lo sofrer. Sangrar por mais tempo. Grampear seus olhos e arremessá-lo daquele penhasco ainda vivo, para que ele pudesse sentir o medo concentrado, destilado em sua forma mais pura. Naomi deve ter vivido todos os dias sentindo medo. Medo de estar com ele. De ficar sem ele. Medo de ir embora e enfrentar a retaliação de Eric. Quaisquer dúvidas que eu pudesse ter sobre o que fiz são apagadas quando leio as ameaças e os insultos, os elogios falsos e controladores, as explosões narcisistas e desequilibradas.

Meu nariz arde quando penso no sofrimento que Naomi deve ter suportado todos os dias quando acordou para essa realidade, o peito apertando à medida que a consciência se instalava, o estômago oco. Eu me lembro dessa sensação. De como a preocupação e a falta de esperança podem arrancar as entranhas, deixando um buraco. Como cada momento de vigília é corrompido pelo tipo de pavor que pulsa pouco abaixo da pele, um segundo batimento cardíaco soando na escuridão.

Dou um pigarro, mas isso não ajuda a desalojar o nó que aumenta a cada respiração.

– Ele tinha um relacionamento abusivo com Naomi Whittaker, a enfermeira do hospital – sussurro, estendendo o aparelho a Fionn. – Ameaças. Intimidações. Ele a agrediu recentemente. Ela me contou quando eu estava lá.

O choque no rosto de Fionn é substituído pelo lento alvorecer da epifania.

– Quer dizer, assim como Matthew Cranwell vem fazendo com Lucy – diz ele, e não é uma pergunta, mas uma declaração feita com muito cuidado.

– Tipo isso.

– Você também começou a outra briga?

Dou de ombros.

– Acho que depende de como você enxerga as coisas, doutor.

Ele me observa por um momento, com um vinco entre as sobrancelhas. Com a mão hesitante, pega o celular, mas parece relutante em desviar o olhar do meu. Talvez seja o brilho vítreo que vê em meus olhos. A forma como as lágrimas se acumulam na linha dos cílios. Aponto para o celular com a cabeça e forço um sorriso.

– Vai logo, antes que a tela trave e eu tenha que lavar os olhos dele com cerveja outra vez.

Fionn franze ainda mais a testa e então olha para o aparelho.

Acompanho cada mudança. O rubor que cobre suas bochechas. A forma como a pulsação acelera na lateral do pescoço. Os lábios se afastando, a cabeça balançando sutilmente. Ele percorre as mensagens uma vez. Duas. Três vezes, e provavelmente já leu mais do que eu. Vê algo que faz com que seus dedos fiquem tensos ao redor do aparelho antes de bloqueá-lo e colocá-lo no bolso, como se não suportasse olhar para ele por nem mais um segundo. Desabotoa o punho de uma das mangas, enrolando o tecido cinza engomado no antebraço, com os músculos contraídos.

– Fica de olho na estrada – diz ele, enquanto repete o movimento com a outra manga, a voz áspera, sem nunca desviar os olhos dos meus. – Se vir uma nuvem de poeira vindo de qualquer direção, me avisa.

Assinto, e ele se aproxima mais; nosso contato visual não é interrompido enquanto ele pega a lata de cerveja pela metade e toma um longo gole. Em seguida, ele se vira e se afasta. Tira um canivete do bolso e o abre enquanto se inclina para desatarraxar a tampa da válvula do pneu. Pressiona a ponta da lâmina contra o miolo e o ar sibila da câmara. Quando Fionn termina de esvaziar cada um deles, volta para o meu lado, guardando o canivete no bolso.

– Liga o carro, com as rodas viradas pra esquerda, ativa a tração nas quatro rodas. Acelera quando eu falar.

– Tá bem.

Ele vai para a traseira da caminhonete e se prepara para empurrar enquanto eu pressiono o freio com a muleta. Dou partida no motor, engatando a marcha. Quando está pronto, ele me dá o sinal e, com o arrastar lento e constante dos pneus vazios e o empurrão rítmico de Fionn, a caminhonete finalmente desliza para fora da areia. Fico pendurada no estribo até chegarmos à beirada e, em seguida, solto o acelerador e deixo a caminhonete deslizar para a frente.

– Foco no resultado, babaca – digo, e, com uma última saudação ao cadáver de Eric, desço do carro, pegando uma das mãos de Fionn enquanto ele fecha a porta com a outra.

A caminhonete rola até a beira do penhasco e nós acompanhamos seu trajeto para vê-la despencar pelo aterro íngreme, ganhando impulso. Ela bate em uma rocha e fica de lado, depois capota até bater na superfície da lenta correnteza cinza e afundar na escuridão lamacenta.

– A polícia vai ter muitas perguntas se o corpo aparecer com os olhos abertos e grampeados – comenta Fionn quando o último pneu desaparece de vista.

Bolhas estouram nos redemoinhos e ficamos observando em silêncio até que a última suma e a água retome sua lenta procissão. Ele se vira para mim, e não tenho certeza de como interpretar a máscara que me observa. Não há quase nenhuma pista do que ele deve estar pensando, apenas um indício do músculo ao longo de sua mandíbula. Uma faísca assombrada em seus olhos, como uma vela quase no fim do pavio, lutando para conter a escuridão. Ele deve perceber que estou tentando decifrá-lo, pois interrompe nossa conexão e se inclina para pegar a muleta que deixei cair quando peguei sua mão estendida.

– Vamos torcer pra que ele nunca apareça – diz ele, por fim.

Não conversamos. Nem quando ele me ajuda a entrar no carro, embora não seja necessário. Nem quando dá a volta com a caminhonete para retornar à estrada principal. Nenhum de nós comenta sobre a tempestade que se aproxima à distância, nem sobre como a mais profunda escuridão ao longe explode em raios de luz brilhantes no mais claro tom de rosa. É lindo, e quero dizer isso em voz alta. Mas não o faço.

Só quando estamos do outro lado de Weyburn e bem depois das fronteiras da cidade, Fionn tira o celular de Eric do bolso. Ele o limpa. Em seguida, desvia para o meio da via expressa vazia e o atira pela janela na vala do lado oposto da estrada.

E não olha para trás.

9
SUTURAS
FIONN

Nunca imaginei que crochê fosse meditativo e relaxante. Mas aqui estou eu.

Tenho certeza de que meus irmãos se divertiriam muito se ficassem sabendo que passei uma noite de sábado crochetando uma maldita manta, enclausurado no quarto feito um eremita. Mas acho que também encheriam meu saco por conta da minha "obsessão com academia" ou, como Lachlan gosta de chamar, minha "fase Dr. Cuzão rato de academia". E Rowan se meteria na conversa, dando algumas sugestões inúteis ou, pior ainda, toparia fazer crochê só para me dar um *mankini* de presente de aniversário. Enquanto Lachlan é um escroto temperamental, Rowan é completamente maluco e faz de tudo para defender um ponto de vista ou conseguir o que quer, não importa quanto seja imprudente, ridículo ou absurdo. Os dois juntos são terríveis, e o tormento seria interminável se descobrissem todos os detalhes da minha vida atual.

Em especial porque a mulher mais bonita, embora sem dúvida a mais assustadora, que já conheci está dormindo no quarto em frente ao meu, e a única coisa que fiz foi tentar me forçar a evitá-la o máximo possível.

Também não tenho me saído muito bem nisso.

Mesmo quando estou no trabalho, correndo pela cidade ou na academia, Rose surge de repente em meus pensamentos. Ouço sua voz, aquele pedido de ajuda desesperado e sussurrado que ainda é uma farpa na minha mente. Ou então vejo seu rosto, a expressão surpresa quando abri a porta do trailer para ela, seus olhos brilhando sob o sol do verão quando percebeu que era eu. Vim para Hartford na esperança de me isolar das coisas que me enfraqueciam, que me faziam querer cutucar os recônditos da minha mente. Mas, desde o momento em que Rose apareceu, ela invadiu meus pensamentos como se tivesse destruído minha imunidade, célula por célula.

Mas não é comigo que estou preocupado.

É com *ela*.

Baixo a manta em que estou trabalhando e olho ao redor. Móveis simples. Quadros desinteressantes. Detalhes impessoais em exposição, tudo sem graça e sem originalidade. Nada que provoque qualquer emoção ou suscite qualquer preocupação. Nada que alguém olhe e pense: "Isso pertence a um homem que encobriu um homicídio ontem." Nem: "Isso pertence a um homem que quase matou um fazendeiro a pancadas com uma chave inglesa." E certamente não: "Isso pertence a um homem que matou o próprio pai, e ninguém sabe que foi ele."

Coloco a manta de lado e apoio os cotovelos nos joelhos, pressionando os olhos, como se isso pudesse empurrar esses pensamentos de volta para o lugar a que pertencem.

Mas eles nunca desaparecem de fato.

Ainda vejo meu pai em sua fúria de bêbado drogado, ainda me lembro com clareza da decepção que senti quando ele voltou depois de uma semana desaparecido, aqueles poucos dias gloriosos ao longo dos quais comecei a acreditar que ele finalmente havia sido morto, a última consequência das escolhas de merda que fazia na vida. Afinal, fui eu que descobri a quem ele devia, de quem ele havia roubado. Fui eu que pensei que, se informasse à família Mayes que tinha sido roubada pelo meu pai, eles dariam um jeito nele de uma vez por todas. Ao longo daquela semana, a cada dia que passava, eu me dava conta de que não me sentia da maneira que qualquer pessoa decente se sentiria traindo o próprio pai. Eu me senti aliviado. *Orgulhoso*, até. Porra, eu me senti invencível.

Mas eu era só um garoto.

Subestimei a capacidade do meu pai de se safar. Toda aquela esperança e serenidade crescentes que eu estava sentindo foram repentinamente levadas embora quando ele reapareceu em uma tarde de sábado, falando arrastado e xingando enquanto empurrava meu irmão Rowan para a cozinha da casa de nossa infância em Sligo, exigindo comida. Ele deu um tapa na cara de Rowan quando meu irmão protestou. Quando tentei intervir, ele me empurrou em cima da bancada e bateu minha cabeça no armário com tanta força que fiquei vendo estrelas. Mas, mesmo através da luz intermitente, vi como os olhos do meu irmão ficaram sombrios de raiva. Como ele olhou para Lachlan, que estava na sala de estar, com os punhos cerrados ao lado do corpo. Foi como se um interruptor secreto tivesse sido acionado entre eles com aquele olhar fugaz. Quando o último conflito com meu pai eclodiu, peguei uma faca quando ninguém estava olhando. E me lembro de quando uma única palavra se acendeu como um farol quando meus irmãos começaram a briga que acabaria com a vida miserável de Callum Kane.

"Finalmente", pensei.

Finalmente.

Sinto a descarga de adrenalina até hoje. Torcendo para que fosse o fim. *Sabendo* que era o fim, embora fosse sangue do meu próprio sangue, carne da minha carne, meu DNA.

Desde então, todos os dias tento provar que esses instintos não existem. Tentei ser digno da devoção dos meus irmãos, digno de seus sacrifícios. Tentei compensar o papel que tive na morte dele naquele dia, um papel que meus irmãos não fazem ideia que desempenhei. E ontem eu simplesmente… *sucumbi.*

Com um suspiro profundo, verifico o relógio. Onze e meia. Eric Donovan está morto há mais de 24 horas. Se ainda não foi dado como desaparecido, não vai demorar muito para que isso aconteça. Os rastros de nossos veículos devem ter sido lavados pela chuva da noite passada, se é que alguém se deu ao trabalho de procurar naquele pedaço de terra deserto. O carro dele está submerso em uma água cinza e turva. Talvez, se tivermos sorte, ele jamais seja encontrado. Uma pessoa normal não sentiria remorso?

Eu não.

Esse é o verdadeiro motivo pelo qual estou evitando a mulher do outro lado do corredor. Porque, apesar do que ela fez, não tenho medo *dela.* Temo *por ela.*

E penso nisso enquanto guardo meu projeto de crochê na bolsa e deslizo para a cama, para tentar dormir. Não sinto remorso. Meus últimos pensamentos conscientes são perguntas que não têm resposta. E se eu tiver passado todos esses anos tentando cultivar algo dentro de mim que simplesmente não existe? E se eu for um monstro tão perverso quanto o homem que me criou?

Quando acordo na manhã seguinte, depois de uma noite de sono agitado, Rose está dormindo ou saiu. Ambas as opções são estranhas. Ela geralmente acorda às seis, sempre antes de mim, a menos que eu tenha que ir cedo para o hospital. Já me acostumei ao cheiro de waffles, xarope de bordo e bacon pela manhã, e, embora ela prepare o suficiente para nós dois, eu sempre opto por um shake probiótico. Mas o cheiro se tornou reconfortante. Cheiro de lar. E Rose parece gostar de passar a manhã em casa, puxando conversa enquanto tento manter o mínimo de contato possível, ou dispondo cartas de tarô, sempre olhando para elas com a testa franzida. Ela brinca com a franja ondulada quando tem dificuldade de entender o que elas querem dizer. Às vezes, sussurra "tcharam" e estala os dedos quando descobre. Ou cantarola em um tom desafinado. Ou conversa com o baralho. Ou me pega olhando e sorri para mim, como se soubesse o tempo todo que eu estava observando, como o maldito ermitão de saco inchado que sou. Tento manter o profissionalismo. O desapego. Mas sinto que estou preso na órbita dela, sugado por sua força gravitacional.

E agora estou tentando sentir essa atração gravitacional do lado de fora da porta dela, como se fosse uma espécie de assediador bizarro.

Não ouço... nada.

Bato na porta com os nós dos dedos, a princípio de leve. Quando nenhum som vem do outro lado, bato novamente, um pouco mais alto dessa vez.

– Rose...?

Mesmo não achando uma boa ideia, abro a porta. E é como se eu tivesse entrado em um cômodo de outra casa.

A colcha que comprei para ela está perfeitamente alisada sobre o colchão. As almofadas amarelas estão apoiadas na cabeceira da cama. Também há outras almofadas, não muitas, talvez meia dúzia delas, com estampas florais, listras e bolinhas que não combinam entre si, mas que, de alguma forma, funcionam perfeitamente juntas. Há porta-retratos e bugigangas na mesa de cabeceira. Um quadro que não reconheço apoiado na cômoda. E plantas. Plantas por toda parte. Uma costela-de-adão perto da cama. Uma hera na prateleira. Orquídeas no parapeito da janela. Três clorofitos no varão da cortina. Em questão de poucos dias, e sem que eu percebesse, Rose transformou um cômodo antes sem graça e sem vida em algo que parece um lar.

Isso me traz muitas, *muitas* perguntas. Por exemplo, *onde diabos ela arranjou todas essas plantas? E quando? Como? É impossível que tenha feito isso sozinha. Então, quem a ajudou?*

E onde é que ela se enfiou? E por que me preocupa tanto o fato de ela não estar aqui?

Paro em frente a uma das plantas alinhadas sobre a cômoda, ao lado de um almofariz e um pilão, com a superfície interna da tigela manchada de roxo. Não reconheço a primeira planta. Ela tem pequenas flores índigo e bagas escuras e brilhantes. A seu lado, há um pequeno arbusto com flores que parecem estrelas em um tom claro de cor-de-rosa. A terceira planta da fileira tem flores roxas em forma de capuz agrupadas em torno de um caule vertical. Essa eu conheço. É um capuz-de-frade, uma planta conhecida como acônito. Altamente venenosa.

Dou mais alguns passos dentro do quarto e me inclino para olhar as fotos na mesa de cabeceira. Rose adolescente em seu equipamento de motociclista, ladeada por meninos gêmeos. Rose alguns anos mais velha, com o braço em volta de uma mulher em um traje elaborado. Uma de José Silveria, orgulhoso sob um letreiro curvo iluminado. *Circo Silveria*, diz. A voz dele ressurge de algumas semanas atrás, no hospital, quando me envolveu em um abraço inesperado no quarto de Rose. *Cuide bem da nossa Rose*, disse ele. *Ela precisa disso. Só não sabe ainda.*

Não sei se alguém precisa de uma perna quebrada ou de uma internação hospitalar, ou ser deixada para trás em uma cidade desconhecida. Mas assenti mesmo assim.

Estou prestes a sair quando noto um cartão-postal de Colorado Springs apoiado em um dos porta-retratos. Eu o viro.

Querido Pardal,

Queria te agradecer. Eu estava com medo. Mas estava com mais medo do que aconteceria se nunca saísse dessa. Obrigada por devolver minhas asas.

Com carinho,
M.

Não sei ao certo a que a mensagem se refere. Mas acho que, depois dos últimos dias, e considerando a fileira de plantas na cômoda dela, talvez tenha uma pista.

Dou uma última olhada no jardim escondido em meu quarto de hóspedes e saio de casa carregando no ombro a sacola com lã, a manta pela metade e minhas agulhas de crochê.

Quando chego à casa de Sandra, a quatro quarteirões de distância, não sei se prefiro dar meia-volta e ir para casa para me afogar na minha confusão melancólica ou mergulhar nas fofocas das Irmãs da Sutura, na frágil esperança de tirar Rose da cabeça.

E essa esperança é imediatamente destruída quando entro na casa de Sandra.

– E aí, doutor! Tudo bem?

Paro no meio do saguão de Sandra, boquiaberto e estupefato. Rose está cercada pelo grupo de crochê, as Irmãs da Sutura, com a perna apoiada em um pufe e uma mochila no chão a seu lado. Um sorriso malicioso se espalha pelo rosto de Rose ao me observar ali de pé, imóvel feito um robô com defeito, meu cérebro aparentemente desconectado do corpo.

– Dr. Kane – diz Sandra, e enfim desvio o olhar de Rose quando a anfitriã do clube aparece. Sua mão pequenina envolve meu pulso, e ela me conduz até a sala de estar. – Sua amiga Rose veio se juntar a nós hoje. Pelo visto, ela é uma ávida crocheteira, sabia?

– Não – respondo enquanto ela me leva até a cadeira em frente à de Rose e me passa um copo de limonada. – Eu não sabia.

– Eu não diria "ávida", exatamente. – Os olhos de Rose não desgrudam dos meus enquanto ela se inclina para a frente, pega a mochila no chão e a abre, retirando um novelo de lã preta e um conjunto de agulhas de crochê. – Minha avó me ensinou quando eu era criança, e gosto de praticar de vez em quando. Mas talvez eu esteja um pouco enferrujada. Provavelmente não sou tão boa quanto o doutor.

As outras Irmãs da Sutura caem na história. Maude e Tina soltam suspiros sincronizados das poltronas de veludo onde estão sentadas, enquanto Liza, a fofoqueira mais voraz do grupo, solta uma gargalhada e dá um tapinha no braço de Rose com a mão cheia de manchas da idade.

– Você é muito gentil, Rosie, meu bem.

Rose não corrige a pronúncia incorreta do nome. Muito pelo contrário, na verdade. Pelo modo como me lança um sorrisinho malicioso, tenho certeza de que já foi apelidada de "Rosie" apesar de estar aqui há apenas dois segundos e não conhecer essas mulheres. Como diabos ela veio parar aqui e *por que raios isso está me irritando ao mesmo tempo que é uma graça e excitante pra um caralho*? É como se ela tivesse explodido uma bomba em meus pensamentos e agora eles estivessem espalhados por toda parte, um caos que não tenho esperança de entender.

E ela está adorando cada segundo.

– Eu vi as suas toalhinhas – sussurra Rose, os olhos ainda fixos nos meus, inocentes e arregalados, embora o brilho neles emane pura travessura. – Gostei muito da que está na sala de estar.

– Quanta gentileza – diz Sandra enquanto completa o copo de Rose com limonada. Em seguida, ela se senta ao lado de Maude, a mais quieta do grupo, seu foco capturado pelo trabalho manual. – Dr. Kane…

– Fionn, por favor.

– *Fionn*. Você não contou pra gente que tinha uma moça tão encantadora hospedada na sua casa!

Maude e Tina se entreolham. Liza sorri para sua linha.

– É… bem… – Dou um pigarro, tentando evitar o ardor do olhar de Rose no meu rosto. Tiro a linha e as agulhas da bolsa e as coloco no colo antes de começar o primeiro ponto. – A Rose sofreu um acidente e precisava de um lugar pra se recuperar. Então, aqui estamos nós.

– Ela contou. Um acidente de moto. É uma pena, mas você pode ficar o tempo que quiser…

– Vou ter que voltar pro circo assim que estiver curada – interrompe Rose.

Ela fala isso como se estivesse me salvando de uma explicação que não estou preparado para dar. Para ser sincero, já me sentia despreparado para todos os segundos que se passaram desde que entrei pela porta de Sandra esta manhã, mas me sinto ainda mais surpreso com a onda de desânimo diante da perspectiva da partida dela.

– Tenho certeza de que já, já o Fionn vai se cansar das minhas palhaçadas – acrescenta Rose.

Eu bufo.

– Bobagem, meu bem. Tenho certeza de que nosso bom doutor se divertiu muito mais nos últimos dias do que nos últimos anos. Não é verdade, meu filho? – pergunta Sandra, com as sobrancelhas grisalhas erguidas enquanto fixa o olhar em mim.

Antes que eu possa responder, Liza se inclina para a frente na cadeira, os olhos passando de uma pessoa para outra.

– Por falar em diversão, vocês ficaram sabendo do que aconteceu com aquele rapazinho, o Donovan?

Meu coração para de bater e vai parar nas entranhas. Quando olho para Rose, a cor do rosto dela se esvaiu, mas ela faz um trabalho admirável ao manter a compostura enquanto as Irmãs da Sutura falam umas por cima das outras com perguntas que Liza não consegue acompanhar para responder. *O filho de Christina Donovan? O que mora em Weyburn? Achava que ela tinha dois garotos, qual deles é? Alguém finalmente colocou os dois na cadeia?*

– Eric. O mais novo. Está desaparecido – consegue dizer Liza finalmente, e as outras mulheres arfam e fazem sons de lamentação. – A última vez que alguém o viu, ele estava comprando cerveja. Disse a alguns amigos que estava indo pescar, mas não falou onde. Não apareceu pra trabalhar e o celular só dá fora de área. Simplesmente… desapareceu.

O pânico ainda corre nas minhas veias, mas pelo menos meu coração se acalma quando descubro que ele não foi encontrado. Faço alguns ruídos de concordância quando as mulheres dizem que é muito triste para Christina ou que ele provavelmente saiu para encher a cara e vai aparecer daqui a um ou dois dias, mas não perco as palavras murmuradas por Maude no meio da confusão:

– Vamos torcer pra que ele não volte.

Estou tão concentrado em captar cada fragmento do rápido debate que levo um tempo para sentir o peso da atenção de Rose sobre meu rosto. Quando encontro seu olhar, vejo preocupação ali e, em seguida, determinação. E, francamente, é isso que de fato me assusta.

A conversa ainda está animada quando Rose dá um tapinha no braço de Sandra e passa seu trabalho de crochê para ela dar uma olhada.

– Acha que essa linha é resistente o suficiente?

Tomo um pouco da limonada, tentando engolir o pavor que se instalou na minha garganta enquanto Sandra examina atentamente o crochê de Rose com as sobrancelhas franzidas.

– Depende – diz ela. – O que você tá fazendo, meu bem?

– Um balanço sexual.

A limonada sobe pelo meu nariz e arde. Tusso e engasgo durante o que, em outra situação, seria um momento de silêncio. Mas dura apenas alguns segundos abençoados antes de eu ser surpreendido por uma enxurrada de vozes que me joga em uma realidade alternativa.

– Você vai precisar de uma linha mais macia pra isso. Experimenta talvez a MillaMia de merino.

– Talvez seja melhor considerar um ponto mais apertado.

– É pra você? – pergunta Maude sem erguer os olhos. – Ou ele precisa suportar o peso de um homem adulto? Tipo, digamos – diz ela, voltando-se para mim –, do tamanho do doutor, quem sabe?

Passo a mão pelo rosto, como se isso fizesse o rubor desaparecer.

– Meu Deus, Maude…

– Não sei – diz Rose enquanto olha para o teto, batendo com a ponta da agulha de crochê no lábio. – Talvez…? Não tenho certeza.

– E a linha de bambu da Tencel? Macia *e* resistente.

– Você encontrou um modelo pra seguir?

Rose dá de ombros. Eu morro um pouquinho.

– Eu ia só improvisar.

– Eu tenho um modelo de um suporte suspenso pra plantas – diz Liza, puxando a bolsa para o colo a fim de vasculhar o conteúdo. Ela encontra uma revista e a abre, apontando para uma foto de um suporte em crochê. – Você pode usar esse, talvez fazer buracos para as pernas *bem aqui*. Ah, e quem sabe um par a mais de alças e tornozeleiras?

Sandra se inclina para examinar o modelo, ajustando os óculos de leitura.

– Meu Bernard pode fazer uma armação de madeira pra você. Tem que ser boa e forte, não quero que isso desabe com você lá pendurada, sabe?

– Pois é – comenta Rose, pegando a revista de Liza, com um sorriso mal contido e os olhos brilhando de diversão ao percorrer a página nas mãos. Em um movimento repentino, ela atira a revista na minha direção; sou atingido no rosto e a publicação cai aberta no meu colo. – O que você acha, doutor?

Eu provavelmente deveria dar a ela um olhar incisivo, cortante. Dizer alguma coisa sobre o fato de, tecnicamente, ainda ser médico dela, ou pelo menos dar uma resposta sem graça e evasiva. Mas, quando olho para a foto do suporte em crochê, consigo imaginar. Consigo imaginar *Rose*. A língua dela deixando um rastro de umidade no lábio inferior. As pernas bem abertas, a boceta brilhando de excitação sob a luz fraca do meu quarto. Os olhos escuros, repletos de desejo, com uma necessidade furiosa do meu...

– Hein? Acha que vai funcionar?

Quando olho para cima, é a primeira vez que vejo um lampejo de apreensão no rosto de Rose. Dou um pigarro, a queimação causada pela limonada ainda presente.

– Acho que... – Paro no meio, prolongando a dúvida antes de finalmente dar a ela o mínimo indício de um sorriso conspiratório. – Acho que você deveria usar um ponto térmico para a base. É resistente. Consegue suportar o peso de um homem adulto de 1,80 metro. Em teoria.

Os olhos de Rose reluzem à luz da manhã que atravessa as persianas.

– Mesmo um todo musculoso e monstrão?

Engulo uma risada enquanto deixo a revista de lado e retomo meus pontos. Embora tente não corar, provavelmente não estou conseguindo, a julgar pelo calor que corre sob a minha pele.

– Eu falei *em teoria*.

Há um segundo de silêncio e, em seguida, as mulheres ao meu redor caem na gargalhada. Embora demore um minuto para que eu realmente liberte meu sorriso, isso acontece quando vejo Maude enxugando as lágrimas com o lencinho que sempre guarda dobrado sob a alça do sutiã, ou quando Tina sussurra "balanço sexual" e ri tanto que tem que se arrastar até o banheiro.

– Bem, *graças a Deus* – diz Liza ao tirar um frasco da bolsa e despejar uma boa quantidade de vodca em sua limonada, mexendo a mistura com a ponta da agulha de crochê. – Estávamos começando a pensar que você ia fugir de volta pra Irlanda e virar padre.

Reviro os olhos.

– Não vou virar padre.

– É uma preocupação factível. – Liza dá de ombros e bebe um terço do conteúdo do copo. – A gente ficaria de coração partido se perdesse você. Em especial, considerando que você finalmente saiu um pouco da concha nas últimas duas semanas.

Tento me lembrar do encontro da semana anterior e o que eu disse ou fiz que tenha sido diferente das vezes em que estive aqui antes. Sei que não falei explicitamente nada sobre como Rose invadiu minha clínica ou sobre o fato de tê-la acompanhado na ambulância até o hospital. Mas talvez tenha me aberto um pouco mais do que o normal quando contei a elas sobre a preparação para uma cirurgia. Talvez tenha dito algo sobre uma paciente com a qual estava preocupado. Um caso que estava me atormentando.

Liza sorri como se pudesse ver aonde meus pensamentos tinham ido parar, e a conversa acaba se desviando para outros tópicos, outras fofocas. Passamos algumas horas ali, e termino a manta que pretendo doar para o hospital e depois começo uma nova, pedindo orientação do grupo para acertar o difícil ponto jasmim. Quando dá meio-dia, juntamos nossas coisas e ajudo Rose a se levantar antes de pegar a bolsa dela e a minha, para então sairmos ao som de um coro com os últimos conselhos sobre o balanço sexual.

De início, caminhamos em silêncio. É difícil saber como começar. O que dizer. Sei que sou bom em diagnosticar doenças e tratar lesões, e na precisão e na ciência da medicina. Mas com Rose eu me sinto em território desconhecido. Começo falando das Irmãs da Sutura? Do papo desastroso envolvendo o balanço sexual? Ou vou direto para Eric Donovan?

Mas, enquanto reflito sobre minhas opções em silêncio, Rose simplesmente mergulha de cabeça.

– Ei – diz ela.

Um breve sorriso passa por meus lábios. Talvez não precise ser tão complicado.

– Oi.

– Gostei das Irmãs da Sutura.

– Pois é. Elas são… divertidas. Não era o que eu esperava quando fui ao meu primeiro encontro. Achei que daria pontos em integrantes de um clube da luta de mulheres ou de um grupo de patinação, não… só… *dar pontos*. – Olho para Rose por cima do ombro e ela está sorrindo, claramente satisfeita consigo mesma. – Como você descobriu?

– Vi um panfleto no quadro de avisos do lado de fora da Farmácia Wesley outro dia. Pensei em experimentar. Imagina a minha surpresa quando liguei e a Sandra mencionou o seu nome.

– Você não ficou nem um pouco surpresa, né?

– A toalhinha meio que te entregou.

– Bem menos letal e descolado do que o cheiro de piña colada que entregou um incidente envolvendo furar o olho de alguém.

Rose dá de ombros, agarrada às muletas.

– Não sei, não. Essas agulhas de crochê podem fazer um estrago.

– E já que estamos falando de crochê, um balanço sexual? Sério?

– Achei que seria uma boa distração. Funcionou.

– Você é doida.

– Faz uma semana que tô morando com você, matei um cara *anteontem* e você só tá descobrindo isso agora? Acho que ainda precisamos voltar no assunto das credenciais, Dr. Kane.

Embora eu tente lançar a ela um olhar de repreensão, é impossível sustentá-lo, ainda mais quando vejo tanta preocupação e inquietação escondidas sob seu sorriso provocador.

– Posso te fazer uma pergunta?

– Sempre que quiser – respondo.

Ela leva um bom tempo me observando antes de dizer:

– Você podia ter me denunciado. Ou chamado a polícia. Podia ter me levado direto pra delegacia.

Dou de ombros quando ela não diz mais nada.

– Eu podia ter feito isso, sem dúvida.

– Por que não fez, então? Por que me ajudou?

– Porque você me pediu – respondo.

O pedido sussurrado dela na minha clínica ressurge de onde estava, logo abaixo da superfície dos meus pensamentos. Tenho certeza de que ela não faz ideia de quanto isso me marcou. Como às vezes ainda o ouço em meus sonhos.

Rose me observa, com a dúvida estampada no vinco que aparece entre as sobrancelhas.

– A maioria das pessoas teria me ignorado.

– Pode parecer que sou como a maioria das pessoas. Mas não sou.

– Acredita em mim – diz ela com um revirar de olhos –, *não* parece que você é como a maioria das pessoas.

Um leve rubor surge em sua bochecha, e ela vira o rosto. Mesmo sabendo que eu não deveria me dar a esse luxo, meu coração dá cambalhotas no peito com a admissão silenciosa de que talvez ela olhe para mim e goste do que vê. Rose espera até que o rubor desapareça antes de me encarar outra vez.

– Essa história toda com o Eric… o rio… E se der errado?

Eu me fiz essa pergunta muitas vezes nos últimos dois dias.

E se der errado?

Tentei imaginar o que aconteceria se alguém descobrisse meu papel na morte de Eric Donovan. Mas o que mais me surpreende é que penso muito mais na pergunta oposta.

– E se não der? – rebato.

– Mas você pode acabar se metendo numa merda gigantesca.

– Você pode acabar se metendo numa merda maior ainda.

– Pois é – diz Rose, prolongando o "é". – Isso com certeza.

– Esse lance com caras feito o Eric… você tá nessa há algum tempo? – pergunto, pensando nas plantas e no cartão-postal com a mensagem enigmática na cômoda dela.

– Mais ou menos. – Ela vira o rosto e fica contemplativa, o olhar pousando do outro lado da rua, em um casal arrancando ervas daninhas de um canteiro de flores perto da entrada da garagem. – Talvez não seja a hora nem o lugar pra entrar em detalhes, mas eu costumava apenas fornecer os meios, se é que me entende. Mas agora estou tentando assumir um papel… mais… ativo. Não deu certo uma vez.

– Tá falando do Matt?

Rose balança a cabeça e desvia o olhar, mas não antes de eu vislumbrar um brilho vítreo em seus olhos. Seguro com mais força as alças das nossas bolsas para evitar que eu a toque. Antes que eu tenha a oportunidade de dizer qualquer coisa para reconfortá-la, ela respira fundo e então abre um sorriso frágil.

– Enfim – diz ela, dando um pigarro –, não quero te deixar desconfortável na sua própria casa. Quer que eu vá embora?

– Para de me perguntar isso. Por favor. Não me sinto desconfortável com você lá. – Deixo de fora a parte sobre como foi estranho acordar com a ausência dela hoje. Ou que gostei muito do que ela fez no quarto de hóspedes. – Não me acostumei exatamente. Mas não me desagrada.

– Uma salva de palmas para o Dr. McSpicy Monstrão por sua performance exemplar de gentileza! – exclama Rose em um tom teatral de mestre de cerimônias, fazendo uma pausa longa o suficiente para soltar uma muleta e estender a mão em direção a uma plateia imaginária. – E agora, em nosso próximo truque de mágica, testemunhem o desaparecimento da autoestima de Rose Evans.

Embora eu solte uma gargalhada com os "oohs" e "aahs" que ela faz imitando os espectadores do circo, meu estômago ainda se revira com o peso de suas palavras.

– Eu *gosto* de você…

– Dá pra ver…

– Eu só… preciso me acostumar a ter outra pessoa em casa. Não por causa… daquilo… que aconteceu. Quer dizer, de modo geral. Acho que me acostumei a ficar sozinho.

Dou de ombros e sinto Rose me observando, a maneira como ela avalia minha expressão, como se pudesse entrar na minha mente. E, às vezes, acho que ela consegue. Ela entra e puxa cada fio solto, desfazendo suturas de feridas antigas, abrindo-as para olhar do lado de dentro. É como se ela estivesse desfazendo meus pensamentos, ponto por ponto, até eu não reconhecer o padrão de quem eu deveria ser.

– Como ela era? – pergunta Rose de mansinho.

Passo a andar mais devagar, e ela acompanha meu ritmo. Quando olho para ela com uma interrogação na testa, ela me dá um sorriso triste.

– A mulher que partiu seu coração. Como ela era?

Meu passo vacila em uma rachadura na calçada. Como ela consegue me desvendar desse jeito? Não tenho nada da Claire em casa, deixei tudo para trás quando fugi de Boston. Não há nada que ela possa ter encontrado, ninguém aqui que conheça a história. Mas ela parece muito convicta, e algo nessa confiança nas próprias deduções me faz querer contar a verdade. Em tese, Rose é perigosa. Uma assassina. E eu sou cúmplice do crime. Mas ela não *parece* ser uma pessoa a ser temida. Parece ser alguém confiável. E isso me assusta.

Solto um longo suspiro, uma fina corrente de ar entre os lábios franzidos.

– Ela era…

O oposto de você.

Balanço a cabeça. Tento de novo.

– Ela era alguém que estava na minha vida há muito tempo. A gente se conheceu na faculdade. Ela era do tipo que trabalhava muito e se divertia muito. Sempre quis que a vida parecesse perfeita, mas no fundo ansiava por um certo caos.

– Não posso dizer que a julgo por isso – comenta Rose, equilibrando-se nas muletas ao meu lado. – Tipo, eu vivo literalmente em um circo, né. Não sei o que pode ser mais caótico do que viajar pelo país e entrar no Globo da Morte pra ganhar a vida.

– Pelo menos é um caos com propósito. Acho que o caos da Claire servia puramente pra estragar tudo e depois ficar olhando os outros sofrerem com as consequências. Na época, eu achava empolgante. Ela tinha uma vida perfeita com reviravoltas imprevisíveis. Achava que ela era o que eu queria.

Olho para o outro lado da rua, onde crianças brincam ao redor de um irrigador no gramado, com as bicicletas largadas na calçada. Mais adiante, vizinhos conversam do outro lado de uma cerca viva, tomando uma cerveja no meio da manhã. Sei que as cidades pequenas têm um lado oculto e sombrio, assim como as grandes. Mas algo em Hartford é reconfortante, mesmo que seja ilusório.

– Olhando para trás, não tenho certeza se eu sabia o que queria. Então vim pra cá clarear as ideias. Acho que ainda estou entendendo tudo.

– E como tem sido pra você?

Dou uma risada, puxando um pouco mais as alças das bolsas no ombro.

– Até duas semanas atrás, parecia estar indo tudo bem. Aí foi só o circo chegar à cidade que tudo mudou.

Os olhos de Rose dançam, a cor esquentando para um tom âmbar escuro no sol de verão.

– Sinto muito.

– Eu não – respondo. Percebo um lampejo de surpresa em seu rosto antes de ela sorrir. – Quer dizer, era meio entediante até você aparecer. Eu não me importo que você deixe as coisas menos chatas.

– Mas você tem um guaxinim viciado em drogas que assombra seu consultório. Como isso poderia ser entediante?

– Você ficaria surpresa.

Ficamos calados por um instante e, embora Rose normalmente preencha esses espaços de silêncio, dessa vez ela não faz isso. É como se ela soubesse que há mais coisas que quero dizer, mas não queira me forçar.

– Eu a pedi em casamento – admito, por fim, algo que não costumo compartilhar com ninguém. – Ela disse não.

– Então era *uma* guaxinim? – Solto uma gargalhada, e os olhos de Rose brilham de alegria. – Que pena. Eu teria adorado ir à festa.

– Você poderia ter sido a cerimonialista.

– Melhor ainda.

– A única condição é que o tema seria circo, então você precisaria de uma fantasia de palhaço.

– Onde é que eu assino?

Nossos sorrisos somem aos poucos. As lembranças se instalam no silêncio. A dor perde a força com o tempo, mas ainda persevera, esperando ser polida para brilhar mais uma vez.

– Sinto muito que alguém tenha partido seu coração – diz Rose, e sua voz é tão suave e melancólica que olho para ela.

– Obrigado.

Não digo a ela que não sinto muito. Que passei muito tempo de luto, não por ter perdido Claire, mas pela forma como toda a minha realidade se estilhaçou no momento em que me ajoelhei na frente dela e ela disse não. Eu achava que a amava, e talvez tenha amado a *ideia* que tinha dela. Porém, mais do que isso, eu queria a vida que havia imaginado para nós dois. Um casamento seguro, tranquilo e sincero. Uma carreira como cirurgião em um dos melhores hospitais do país. Aquilo pelo que meus irmãos haviam lutado tanto e por tanto tempo para que eu tivesse. Uma vida perfeita. Expiação pelo pecado que eu havia cometido, um último giro da chave para trancar meu segredo. A prova de que sou um homem bom, merecedor de uma vida boa. No momento em que me ajoelhei e Claire Peller disse não, que queria um futuro com alguém mais emocionante, mais sombrio, alguém mais… verdadeiro… isso me despedaçou. Mas não da maneira que todo mundo acredita.

Talvez eu nunca tenha sido merecedor de todas as coisas que achava que queria. E a chave? Ela nunca girou.

E estou começando a imaginar o que aconteceria se eu simplesmente abrisse a porta.

10
RENEGADE
ROSE

Fionn está sentado na poltrona, com um saco de chips de legumes desidratados de aparência asquerosa no colo, o crochê ao lado do corpo, tornozelos cruzados sobre o pufe enquanto um novo reality show de namoro passa na tevê. Sua bermuda bate logo acima do joelho, mas está mais curta por conta da maneira como ele está sentado. Desde quando me sinto atraída pelas pernas de um homem? Desde agora, acho. As dele são bronzeadas e musculosas, com a quantidade certa de pelos descoloridos por conta do tempo que passa correndo ao sol. Quero tocá-las, mas é lógico que não faço isso. Também quero lhe dizer que é muito excitante o fato de ele estar sentado aqui com suas linhas de crochê, sem sequer esconder o fato de que está tão interessado em *Sobrevivendo ao Amor* quanto eu. Por que isso é excitante? Não faço a menor ideia. Mas aqui estou eu.

– Acho bom que a Val e o Mitchell ganhem, ou vou ficar puto – diz ele quando seu casal favorito aparece na tela.

Reprimo um sorriso, fingindo estar concentrada no meu crochê, que, no fim das contas, acho que vai ser mesmo um balanço sexual, e por que não? Sandra ligou outro dia para me dizer que o marido dela estava fazendo uma estrutura para mim, mesmo que provavelmente não vá ser muito usada, já que estou no maior período de seca de todos os tempos.

– Acho que a Dani e o Renegade vão ganhar.

Fionn bufa.

– *Renegade*. Que nome ridículo é esse?

– Um nome inventado.

– É isso mesmo que eu quero dizer. Ele merece perder só por causa desse nome.

– Pode jogar todo seu ódio nele, doutor. Ele vai ganhar mesmo assim.

Fionn me lança um olhar penetrante, e sorrio. Meu Deus, adoro essa expressão dele, quando seus olhos se tornam letais, o azul escurecendo para um tom mais intenso. Há um caçador ali em algum lugar. Eu simplesmente sei. Consigo imaginá-lo soltando essa fera. Me perseguindo. Me capturando. Me jogando no chão, rasgando minhas roupas e...

Uma notificação chega no celular de Fionn, um som que não reconheço. Ele pega o aparelho na mesa ao lado e franze a testa para a tela. Um olhar de choque atravessa seu rosto e ele se levanta depressa, espalhando os chips de legumes pelo chão.

– *Barbara*, sua maldita – sibila ele.

Pego uma das muletas e me levanto, me apoiando no pé bom.

– Isso mesmo, *Barbara, sua maldita*. Vamos acabar com ela – digo, tirando a faca da bainha nas costas. – Quem é Barbara?

– O guaxinim.

Pisco para Fionn, aturdida, enquanto ele guarda o telefone no bolso e vai até a mesa para pegar as chaves da caminhonete.

– Aaaaaaai, eu não quero acabar com ela. Ela é tão fofinha!

– Acredita em mim, ela não é tão fofinha quando entra no armário de medicamentos. Ou na sala de descanso. Ou basicamente em qualquer lugar. – Fionn vai até a porta e a abre, depois se vira para me lançar um olhar questionador por cima do ombro. – E aí? Você vem ou não?

Ele sorri, e o sorriso é tão brilhante, tão bonito, talvez até um pouco tresloucado, que sinto que estou sendo iluminada por dentro. Embainho a faca, pego a outra muleta e vou mancando até ele. Seu sorriso se torna ainda mais magnético, uma façanha que não parece possível. Passo por ele para chegar ao patamar da escada e, antes que eu tente chegar aos degraus, ele me levanta pela cintura com um braço forte e não me coloca no chão até estarmos ao lado da caminhonete.

– Ela pode parecer fofa – diz ele enquanto me ajuda a subir no veículo –, mas não se deixe enganar. Ela é capaz de comer a sua cara pra conseguir o que quer.

Forço um sorriso travesso enquanto ele acomoda minha perna machucada no espaço para os pés, tentando não pensar em como seria para ele me jogar de um lado para outro uma vez que me levanta com tanta facilidade, ou como seriam suas mãos agarradas com tanta força aos meus quadris a ponto de deixar marcas de dedos na pele.

– Você tá falando de mim ou da guaxinim?

Fionn bufa.

– Provavelmente das duas. Então acho que vocês vão estar em pé de igualdade.

Ele joga as muletas no banco de trás e corre para o lado do motorista, engatando a marcha à ré no momento em que dá a partida na caminhonete para poder sair da entrada da garagem cantando pneu.

– Então, por que você batizou o guaxinim de Barbara? – pergunto ao virarmos na Main Street.

– Foi meio aleatório, pra ser honesto. Pareceu combinar com ela.

– Alguma ideia de como ela está entrando na clínica?

– Pra mim é bruxaria – diz Fionn enquanto avistamos duas viaturas da polícia vindo na direção oposta.

Saímos da Main Street e entramos na Stanley Drive, a rua lateral onde a clínica está localizada. Eu me remexo no banco e observo à medida que os policiais seguem seu caminho.

– Eles devem estar iniciando a busca pelo Eric no lago Humboldt – comenta Fionn. – Pelo que soube, era onde ele mais gostava de ir pescar.

Engulo em seco.

– Onde você ouviu isso?

– Um dos voluntários da busca. Esteve na clínica ontem. – Embora eu não esteja olhando para ele, posso sentir seus olhos se fixarem na lateral do meu rosto. – Por quê? O que houve?

– O cara da loja em Shireton. Ele viu o Eric e eu conversando quando o Eric comprou as balas, e eu, a faca. Ele sabia que o Eric não estava indo pescar.

– Gerald. É, eu conheço ele.

A mão de Fionn é um calor repentino sobre a minha, e procuro seu rosto quando ele desvia o olhar da estrada para mim.

– Se o Gerald fosse dizer alguma coisa, já teria dito – assegura ele. – De todas as pessoas que poderiam ter estabelecido uma conexão entre você e o

Eric, ele é provavelmente o menos propenso a levar isso à polícia. Ele segue as regras, mas isso não significa que tenha qualquer afeição pela polícia. Vai dar tudo certo.

Eu me recosto no assento. Já conheço o suficiente da região para saber que o lago Humboldt fica a cerca de 30 quilômetros de Hartford, na direção oposta a Weyburn. Isso o coloca a pelo menos uns 60 ou 80 quilômetros do túmulo aquático de Eric no fundo do rio Platte.

Quando estacionamos na clínica de Fionn, a adrenalina de ver as viaturas da polícia já passou. Talvez seja uma falsa sensação de segurança, mas saber que as autoridades estão concentrando a atenção tão longe da rota me deixa um pouco aliviada. Não sei dizer se Fionn sente o mesmo. Não pela forma como franze a testa ou pela pausa momentânea que faz ao sair do veículo para olhar para trás, em direção à Main Street, como se as viaturas pudessem aparecer. Quando ele vem até mim para me ajudar a descer, o sorriso que abre é um leve eco daquele que me deu na porta da casa dele há apenas alguns minutos.

– Não se preocupa – diz ele. – Desde que ninguém mais se dê conta de que ele pretendia caçar e não pescar, vai ser difícil encontrá-lo. E mesmo que o encontrem, quem sabe aonde ele foi parar?

– Não tô preocupada.

Provavelmente deveria estar. Tenho certeza de que é o que Fionn está pensando também. Mas há algo nisso que parece *certo*, não importa o que aconteça em seguida ou as consequências que talvez eu precise enfrentar. Às vezes, acho que o *certo* pode não ser *bom*. E que o *errado* pode não ser *ruim*. Mesmo antes de entrar para o Circo Silveria, eu já havia começado a questionar que tipo de pessoa traça essas linhas em torno da nossa vida e para quem esses limites servem de verdade. Porque, quanto mais mulheres eu conheço, mais acredito que as regras nunca foram criadas pensando em nós.

Com um único e decisivo aceno de cabeça, Fionn me passa as muletas antes de pegar uma mochila no banco de trás. Quando chegamos à entrada da clínica, ele abre o aplicativo em seu telefone, desarmando o sistema de segurança antes de verificar cada uma das câmeras internas.

– Não tô vendo ela – diz ele, enquanto tira as chaves do bolso e destranca a porta.

– Tem alguma entrada nos fundos? – pergunto, e ele assente. – Vou pegar as chaves e entrar por lá. Ela ficaria sem ter como fugir. Ou, se estivermos com sorte, ela já foi embora.

Fionn me encara enquanto solta as chaves na minha mão e, em seguida, tira a mochila do ombro para vasculhar seu interior. Ele me passa um par de luvas de jardinagem.

– Confia em mim. Ela não foi embora. Está esperando pra emboscar a gente.

– Então tá – digo enquanto endireito os ombros. – Onde tá o equipamento de comunicação?

Fionn estreita os olhos ao me entregar uma toalha de praia.

– Walkie-talkie? Equipamento antimotim? Lasers? Com certeza você trouxe lasers! Você não tá esperando que a gente consiga derrubar um guaxinim assassino com apenas uma toalha, né?

Fionn coloca as próprias luvas e suspira.

– Só... toma cuidado.

– Entendido.

Sorrio ao ver o revirar de olhos exagerado de Fionn e coloco as chaves no bolso antes de calçar as luvas. Com a toalha jogada sobre o ombro, eu me dirijo para os fundos da clínica, atenta a todos os pontos por onde Barbara conseguiria entrar no prédio. Uma passagem próxima ao topo do telhado chama minha atenção e, embora a grade pareça estar no lugar, eu poderia apostar que ela descobriu uma maneira de passar por ali.

– Você pode ser esperta – digo para mim mesma ao destrancar a porta –, mas não será páreo para o circo, Barbara.

Entro no edifício com ar-condicionado, fechando a porta com um estalido silencioso. O depósito no qual entrei é um breu silencioso. À minha direita, há prateleiras com caixas de material de escritório e luvas de látex, máscaras e toalhas de papel. À esquerda, um corredor às escuras que deve levar aos consultórios.

– Marco! – grito enquanto acendo a luz do depósito.

Apoio as muletas em uma parede e reviro algumas caixas em uma das prateleiras, meio que já esperando o guaxinim pular na minha cara.

– *Marco.*

Meu celular vibra no bolso; tiro uma das luvas e verifico o aparelho.

Polo.

Xiu. Ela vai te ouvir.

Relaxa, McSpicy. Você é pior do que uma tábua de equilíbrio quando a lona desaba.

...

Não peguei essa referência de jeito nenhum.

Sabe o cara da lona? No circo? Que durante uma tempestade derruba todas as tendas?

... ainda estou perdido, mas vamos voltar nesse assunto mais tarde. NÃO DEIXA A BARBARA PERCEBER QUE VOCÊ ESTÁ COM MEDO. Isso deixa ela mais agressiva.

Abro um sorriso para a tela e coloco o aparelho no bolso antes de pegar as muletas e seguir em direção ao corredor.

E então eu ouço. Um farfalhar ao longe.

Corro o mais rápido que posso até a entrada do corredor escuro e olho fixamente para o guaxinim.

Barbara fica de pé nas patas traseiras. Nenhuma de nós se mexe. Ela olha para mim como se estivesse avaliando suas chances de sair vitoriosa de uma briga. E então, com os olhos escuros fixos nos meus e as patas dianteiras dobradas contra o peito, ela caminha sobre as patas traseiras até a sala no final do corredor.

– Ai, meu Deus. Isso é fofo e assustador. *Barbara, volta aqui.*

Sigo às pressas o som de gorjeio que ela faz, perdendo o embalo quando a toalha escorrega do meu ombro e se enrosca nas muletas. Há um breve ruído de pequenas unhas em aço inoxidável, mas tudo fica assustadoramente silencioso quando recupero o equilíbrio e chego ao portal escuro.

Quando pressiono o interruptor e olho ao redor da sala de repouso dos funcionários, Barbara não está em lugar nenhum.

– Como assim…? Doutor… *Doutor*…

Fionn se aproxima a passos apressados, parando logo atrás de mim.

– *Não*, Rose – diz ele, a voz desesperada. – Ela é atraída pelo som.

Eu me viro para encará-lo e reviro os olhos.

– Doutor, você fala como se ela fosse um maldito velocirraptor…

– *Abaixa!*

Eu me viro bem a tempo de ver uma bola de pelo furiosa se lançando na minha direção ao pular de uma prateleira logo acima de nós. As muletas caem. Minhas mãos voam para minha cabeça. Eu me esquivo e, quando giro no pé bom, vejo Barbara se chocar contra o rosto de Fionn.

Jogo a toalha em cima dos dois.

– *Por quê?* – reclama com um choramingo a montanha de toalhas que se contorce.

– Desculpa, doutor. Desculpa mesmo – digo, embora não pareça muito sincera por não conseguir conter o riso.

Agarro o que espero ser a nuca de Barbara enquanto ela protesta e Fionn solta uma série de palavrões com sotaque irlandês. Assim que a tiro de seu rosto, ele cambaleia para trás, o cabelo desgrenhado e o pescoço vermelho com arranhões ensanguentados.

– Que *merda* foi essa?

– Deu certo – respondo com um dar de ombros enquanto Barbara continua tentando se desvencilhar de mim. – De nada.

– Vou ter que tomar antirrábica.

Viro Barbara para mim, e ela grita e se contorce, tentando acertar meu rosto.

– Ela não *parece* estar com raiva. Mas eu não entendo nada de guaxinins.

– Bem, não vou correr o risco de acabar babando sem parar, obrigado – diz ele enquanto me encara com um olhar severo.

Quando Barbara rosna, o olhar de Fionn fica mais suave e se transforma em preocupação. Mesmo que aparentemente queira manter a irritação, ele não consegue.

– Deixa que eu fico com ela.

– Não, eu tô segurando firme. Não acredito que essa transferência de reféns possa dar certo. Ela é ardilosa – digo enquanto ela confirma o que digo com gritinhos de frustração. – Só me passa uma muleta e coloca um desses saquinhos de castanhas e frutas secas no meu bolso. – Meneio a cabeça em direção a uma cesta cheia de lanches saudáveis bem ao estilo Fionn. – Vou soltar ela pelos fundos enquanto você limpa seus ferimentos de batalha.

Fionn franze as sobrancelhas.

– Tem certeza?

– É o mínimo que eu posso fazer. Obrigada por levar um guaxinim na cara por mim.

Fionn não consegue conter o riso enquanto tira as luvas e as deixa na bancada. Ele pega o pacote de mix de castanhas e o enfia no meu bolso. Fionn Kane não flerta comigo. Ou, pelo menos, se esforça ao máximo para não fazer isso. Mas seus olhos não deixam os meus quando coloca o pacote no meu bolso e diz:

– Não foi por vontade própria. Mas eu levaria um guaxinim na cara por você a qualquer hora, Rose Evans.

Sinto meu rosto corar quando sorrio. E sei que ele gosta disso. Percebo pela maneira como seu olhar desce até meus lábios e fica ali. Penso em tirar satisfação, fazendo uma ou duas perguntas para ver o que acontece em seguida, enquanto ele se inclina para pegar uma das muletas. Mas, antes que eu tenha a oportunidade, ouvimos três batidas altas na porta da clínica.

Fionn dá um tapinha na bermuda e aquele momento descontraído e inesperado desaparece de seus olhos quando eles se voltam para a frente do prédio.

– Merda. Deixei meu celular na recepção. Não faço ideia de quem seja.

– Eu tô segurando a Barbara, não se preocupa. Vai lá, eu vou ficar bem.

Ele faz uma careta de dúvida, e então há mais três batidas na porta. Com uma troca de meneios de cabeça relutantes, vamos um para cada lado, ele em direção à frente da clínica, eu em direção aos fundos, com uma única muleta e um guaxinim irritado. Quando chego ao meu destino, espero até que a porta se feche antes de apoiar a muleta nela, usando a mão livre para pegar o pacote no bolso. Abro a embalagem com os dentes e espalho o conteúdo na calçada de concreto antes de colocar Barbara no chão, usando a toalha como uma barreira frágil entre nós para evitar que ela volte e morda minhas pernas. Ela parece pensar nisso também, pelo menos até o momento em que eu a espanto na direção da comida. Com um último olhar na minha direção, ela começa a pegar amendoins e passas com as patinhas hábeis.

– Tão bonitinha, mas tão assassina – digo, colocando as luvas no bolso de trás da calça. – Acho que somos almas gêmeas, Barbara.

Ela rosna.

– Muito bem. Aproveita o lanche. Vou contar pro Dr. McSpicy que você tá entrando pela ventilação, sua ingrata. – Ela olha para mim com seus olhinhos redondos. – Tá, tudo bem. Não vou contar. Mas da próxima vez você precisa ser mais educada.

Deixo o guaxinim malcriado com sua refeição, pegando minha muleta antes de voltar para a clínica. Estou no meio do corredor quando uma única mensagem de Fionn me faz parar de repente.

Se esconde.

Saio correndo para o que deve ser o consultório de Fionn quando a luz do corredor se acende e uma voz familiar ecoa da sala de espera.

– Me desculpa, Dr. Kane. Sei que a clínica está fechada e tudo mais, mas vi sua caminhonete na frente e as luzes acesas, então arrisquei. É que meu olho tá um pouco dolorido, e eu queria saber se o senhor não se importaria de dar uma olhada rápida. Isso me pouparia o trabalho de dirigir até Weyburn.

– Claro, Sr. Cranwell – diz Fionn, mas sua voz está embargada, entrecortada. – Vamos até o Consultório 2.

Permaneço escondida na sala de Fionn enquanto ele leva Matt para o consultório do outro lado do corredor. Levo a mão às costas. Bem devagar, tiro a faca da bainha.

– Então, me conta o que aconteceu – diz Fionn.

Folhas de papel farfalham quando Matt sobe na maca.

– Longa história, Dr. Kane. Não é das mais interessantes. Enfiaram uns palitos de coquetel aí dentro.

– Tem certeza de que isso não é interessante?

Matt solta uma risada, e os pelos finos da minha nuca ficam arrepiados.

– Quem sabe outro dia.

Fionn murmura, pensativo, e então há um silêncio. Imagino que ele tenha removido o tapa-olho e esteja examinando a ferida que está cicatrizando.

– Há quanto tempo isso aconteceu? – pergunta ele, apesar de saber a resposta.

– Umas três semanas.

– E o senhor ainda está sentindo dor?

– Estou.

Seguro a faca com mais firmeza. Essa simples afirmação chega até mim como uma mentira. Eu poderia fazê-lo sentir dor de verdade. Arrancar o outro olho e fazê-lo implorar por misericórdia. Sendo realista, eu vomitaria por toda parte se fizesse isso? Vomitaria. Mas ia valer a pena.

– Como anda a fazenda? – pergunta Fionn, me tirando dos pensamentos de assassinato e caos. – A esposa e os filhos?

– O mesmo de sempre – responde Matt, e há um fio oculto de escuridão no tom alegre de suas palavras, como se ele estivesse contando uma piada inteligente para si mesmo. – E o senhor, algo novo e empolgante no mundo do Dr. Fionn Kane?

Fionn responde com distanciamento profissional quando diz:

– Nada muito relevante.

Matt dá uma risadinha. Minhas entranhas se reviram com o som. Não sei se saio das sombras e corto o pescoço de Matt ou se vou atrás de Barbara para me esconder na toca dela.

– Isso não é bem verdade, né? Sei que o senhor tem uma hóspede. Uma pessoa que não é daqui. Uma mulher com uma perna quebrada.

– As notícias certamente se espalham em cidades pequenas, não é mesmo?

– Como ela se meteu em tanta confusão pra acabar na sua casa?

– Sr. Cranwell – diz Fionn, com um suspiro. – Sabe que não é ético falar sobre uma paciente com o senhor.

– Não estou perguntando sobre a condição dela. Estou perguntando o que aconteceu.

– Considerando que ela não está aqui pra responder por si mesma, não vou entrar em detalhes com alguém que ela nunca viu.

Há uma pausa. Imagino Fionn lançando um olhar severo para o sujeito. Consigo imaginar com perfeita clareza seus olhos se tornado tão afiados quanto a borda cortante de um cristal: belíssimos, mas ainda capazes de tirar sangue.

– Não seria muito profissional da minha parte, não é?

– Tem razão, tem razão – admite Matt, embora sua anuência não seja convincente. – Só tô cuidando do senhor. Tenho certeza de que o senhor está bem.

– Por que eu não estaria?

– Nunca dá pra saber com quem estamos lidando, só isso. Pessoas de fora podem causar confusão.

– Não mais do que os locais. Não é mesmo?

Conheço Fionn o suficiente para saber que nunca o ouvi falar assim. As palavras são simples, diretas. Ditas com frieza, com uma estranha calma. Mas, por trás delas, há uma subcorrente. Uma letalidade. Um aviso para ficar longe. *Ou então…*

Posso não estar vendo o rosto deles, mas a tensão entre os dois parece em ponto de ebulição. Uma cortina de desconforto se revela, espessa o suficiente para eu ter certeza de que poderia cortá-la com a faca na minha mão.

– O pós-operatório parece estar indo bem. Não há sinais de infecção nem inchaço – diz Fionn, por fim. A voz ainda é fria, mas perdeu o tom letal. – Vou prescrever um pouco de tramadol pro senhor.

– Não precisa, Dr. Kane – responde Matt. – É melhor eu ficar alerta. Sabe como é, essa época do ano é movimentada e tal. Tenho que ficar atento. De olho.

Fionn não diz nada. Imagino o aceno de cabeça respeitoso que ele provavelmente dá a Matt, a maneira como observa, reflete e dá apenas o que precisa em uma situação tensa. Ele é cuidadoso, calmo. Mas irritado sob esse exterior distante. Sei que há um lado dele escondido sob o que permite que eu veja. E, dessa vez, sou capaz de sentir isso, pairando no ar como almíscar.

Eu me encolho nas sombras quando ouço passos e fico cara a cara com uma foto de Fionn e dois outros homens com características semelhantes. Cabelos escuros. Maçãs do rosto altas. Sorrisos brilhantes. Olhos azuis, cada tom único, sendo o de Fionn o mais claro de todos. Eles estão com os braços sobre os ombros um do outro. São os irmãos de Boston, Rowan e Lachlan, de quem ele falou apenas por alto. Eu me aproximo da foto enquanto ouço uma breve despedida na entrada. Mesmo em um segundo congelado no tempo, consigo ver o amor e a felicidade que irradiam de cada um deles. E Fionn percorreu todo esse caminho, optou por se afastar dos irmãos e de seu lar, apenas em nome de uma oportunidade de remendar um coração partido. Talvez uma oportunidade de esconder o lado de si mesmo que não quer que ninguém veja.

E se eu estiver destruindo o santuário dele?

A porta da frente da clínica se fecha e, um segundo depois, Fionn retorna. Antes de sair do consultório dele, percebo que o reconheço apenas pela cadência dos passos. Ele para na minha frente, e tento sorrir. Mas a culpa começa a abrir um pequeno buraco em meu coração.

– Você tá bem? – pergunta ele, com as sobrancelhas franzidas e os olhos fixos nos meus.

– Tô. E você?

Não sei o que espero que ele diga. Mas tenho certeza de que a última coisa que espero é que ele me envolva em um abraço. Os braços de Fionn estão tensos ao meu redor. Protetores, me dando abrigo. Fico tão surpresa que levo um segundo para retribuir o gesto. Assim que o faço, o coração dele dispara sob meu ouvido. Um pouco da tensão em Fionn diminui, como se ele não tivesse percebido quanto precisava disso também. Algo dói no meu peito. Talvez eu o envolva com ainda mais firmeza. Encosto meu rosto no peito dele com um pouco mais de força. Fecho os olhos enquanto sinto seu perfume, sálvia e frutas cítricas aquecidas pelo sol. Talvez haja também uma pitada de guaxinim, mas deixo isso passar com um leve sorriso.

Ficamos assim por um bom tempo. Quando nos separamos, Fionn verifica a porta da frente da clínica, certificando-se de que Matt já foi embora há algum tempo antes de me chamar para acompanhá-lo. Ele me coloca na caminhonete como sempre faz. Parece nervoso por me deixar em casa, onde vou ficar sozinha, mas depois de garantir pelo menos cinco ou seis vezes que vou ficar bem, ele parte para o hospital para tomar a primeira dose da vacina contra raiva.

Só mais tarde naquela noite, quando estou deitada na cama encarando a escuridão, é que me dou conta de algo.

Ele nunca respondeu à minha pergunta. Não sei se ele está mesmo bem.

11

MONSTRÃO

FIONN

As luzes estão baixas. A música toca nos alto-falantes. O cheiro de suor, cerveja e uísque paira no ar enquanto abro caminho entre a multidão. Aperto com força a alça da bolsa e passo pelas pessoas que conversam e riem enquanto aguardam o início do show.

Talvez eu não devesse gostar desse ambiente. Afinal, sei o que está por vir. Não é realmente o tipo de coisa que um homem como eu deveria tolerar, mas a verdade é que adoro vir a essas lutas do Clube dos Irmãos de Sangue. A carne aberta para remendar. Um vislumbre do osso. É cru e visceral. Essa é a humanidade em sua essência mais sanguinária, lutas escondidas na escuridão. Meu trabalho pode ser paralelo, consertar os danos causados durante as lutas sem luvas em um ringue improvisado dentro de um celeiro decadente, mas eu gosto mesmo assim. Estou perto o suficiente para sentir a adrenalina das disputas e da rivalidade, mas longe o bastante para não me tornar um homem diferente daquele que escolhi ser.

E talvez isso me faça parar de pensar em Rose.

Não posso negar o tamanho do desejo que sinto. A cada dia, pouco a pouco, fica pior. O sorriso contagiante. A risada desinibida. A natureza selvagem e imprevisível, como se não estivesse sujeita às mesmas regras que os demais. Ela é tão linda que às vezes dói só de olhar para ela. O modo como se senta à mesa para olhar as cartas de tarô com uma trança enrolada por cima do ombro e a franja rente às sobrancelhas. A maneira como os olhos brilham quando me provoca. Não importa quanto eu tente não deixar que isso aconteça, meu desejo por ela abala minha determinação.

Mas sinto que estou perdendo o controle da realidade, como se não fosse o homem que achava que poderia me forçar a ser. E isso me torna infinitamente mais perigoso do que ela, porque, embora Rose saiba o que ela é, o que quer e quanto está disposta a ser sombria, ainda não faço a menor ideia do que sou realmente capaz. Ou do que vai acontecer se eu me permitir.

Não posso arriscar ficar sem ela. *Não posso.*

Preciso de tempo para entender tudo isso. Tempo fazendo algo que me tire da minha própria cabeça e me leve à ferocidade da vida.

Quando chego à lateral do ringue, a área designada para mim, coloco minha mochila na mesa dobrável, pego meu jaleco branco e o estetoscópio e os coloco. Aprendi rápido a fazer isso primeiro, ou corria o risco de levar um soco na cara por estar ocupando um espaço privilegiado ao lado das cordas. Assim que os coloco, limpo a mesa e pego as coisas de que sei que vou precisar, dispondo-as em um tapete descartável esterilizado. Álcool isopropílico. Algodão. Um bisturi. Luvas de látex. Meu kit de sutura.

– Dr. Kane – chama Tom, com sua melhor voz de locutor.

Ele se aproxima da minha mesa enquanto posiciono meus dois banquinhos de metal ao lado dela. Quando encontro seus olhos, ele me dá um lampejo de um sorriso lascado, o olhar viajando pela multidão antes de retornar para mim. Este é o espetáculo dele. Seu covil. E ele se deleita em cada segundo desse caos.

– Temos uma escalação e tanto essa noite. Tenho certeza de que o senhor vai ficar ocupado.

– Sempre fico ocupado quando venho aqui.

– Talvez fique um pouco mais dessa vez – acrescenta Tom com uma piscadela. – Furioso e Natural são os primeiros. Tá preparado?

Um pico de excitação percorre minhas veias. Aceno com a cabeça uma vez.

– Claro que sim, Tom.

– Ótimo. – Ele me dá um tapinha no ombro. Em seguida, vira-se para o ringue, levando um microfone aos lábios. – Quem aqui nesse buraco tá preparado pra ver sangue? – grita ele, e as palavras são acompanhadas por aplausos, batidas de pés e respingos de cerveja.

Já estive aqui muitas vezes nos últimos anos e decorei todo o processo. Tom apresenta os lutadores. A plateia lotada grita suas apostas. Eles sacodem dinheiro no ar. Os filhos adultos de Tom e uma meia dúzia de funcionários coletam as apostas. E, quando Tom anuncia as regras pelo microfone, eu me preparo. Estou nervoso, embora eu não seja um dos lutadores. A luta começa, e eu movo os pés no chão pegajoso como se fosse um espelho da batalha no ringue. Quando Natural lança um gancho, meu punho fica tenso. Quando Furioso se abaixa para se esquivar de um soco, minha cabeça também balança.

A luta dura os três rounds completos. Depois do segundo assalto, faço um curativo em Natural, apenas para evitar que o sangue escorra para o olho dele, mas, no final da luta, ele vem direto na minha direção para levar pontos, a dor provavelmente um pouco mais fraca por causa da vitória apertada no ringue. Um amigo lhe traz duas cervejas, e ele bebe a primeira. Nem me dou ao trabalho de mencionar que agora é provavelmente o pior momento para ingerir álcool, já que ele precisa de pelo menos seis pontos. Apenas desinfeto o ferimento e começo meu trabalho, perfurando a pele e puxando a linha através do buraco pequeno e ensanguentado que faço, amarrando cada ponto com um nó preciso.

Estou apenas no terceiro ponto quando uma voz familiar interrompe meu progresso.

– Oi, doutor.

Meu coração vai parar na garganta e se aloja ali quando viro a cabeça e fico cara a cara com Rose. Ela dá uma mordida em um cachorro-quente cheio de mostarda, picles e ketchup. Os olhos brilham na penumbra enquanto assimilam o choque que deve estar estampado em meu rosto.

– Rose, que diabos você tá fazendo aqui?

Ela dá de ombros, mastigando e engolindo com calma antes de limpar a boca e me dar um sorrisinho malicioso.

– Pensei em dar uma olhada no que vocês fazem pra se divertir por aqui. As Irmãs da Sutura são legais e tudo mais, mas imaginei que o clube de crochê e a academia não fossem seus únicos passatempos. – Ela olha ao nosso redor e se volta para mim com um dar de ombros. – Parece que eu estava certa.

– Você deveria estar na casa da Sandra – protesto, com uma onda de preocupação tão forte que fico enjoado.

– Eu estive na casa da Sandra, por um tempo. Mas fiquei entediada.

Acho que não dá pra passar tanto tempo crochetando um balanço sexual – responde ela, dando de ombros.

– Como… Como você chegou aqui?

– Larry.

Um pico irracional de raiva atinge meu peito como um raio.

– Quem diabos é Larry?

Ela inclina a cabeça.

– Relaxa, doutor. Você é mais sensível do que um antipodista com pé de atleta.

– Eu sou… *é o quê*?

Rose revira os olhos diante da minha incapacidade de decifrar seu linguajar circense obscuro.

– Você se irrita *fácil*. – Abro a boca para protestar, mas ela já mudou de assunto quando diz: – Não conhece o Larry? O caminhoneiro? Ele mora a seis casas de você, do outro lado.

Por um momento, penso em mentir e alegar que sei de quem diabos ela está falando. Mas isso não vai funcionar com Rose. Ela apenas sorri ao redor de outra mordida do cachorro-quente e me perfura com os olhos escuros e penetrantes.

– Você mora em Hartford, doutor? Ou só se esconde lá?

Paro de olhar para ela enquanto reviro suas palavras na mente. Sei que ela tem razão, é claro, mas é diferente ouvir isso de alguém de fora. Eu estava na minha, fazendo meu trabalho, no meu canto. Se uma pessoa nunca esteve na clínica, é provável que eu não a conheça. E, mesmo que ela tenha ido ao meu consultório, será que dá para dizer que de fato fiz muitos amigos na cidade? O clube da luta dos Irmãos de Sangue é o mais próximo de socialização que tive até chegar às Irmãs da Sutura, e, sendo bem realista, isso aqui é mais um trabalho do que uma noite de folga com amigos.

Um trabalho.

Finalmente percebo que estou aqui para dar pontos no rosto de alguém, e o corte na testa dele está suturado apenas pela metade.

– Desculpa – resmungo ao me voltar para meu paciente.

– Não precisa se desculpar, Dr. Kane – diz o sujeito enquanto passo a agulha de sutura curva através de sua pele. – No seu lugar, eu também ia preferir olhar pro rosto dela do que pro meu.

– Que nada, você é o mais bonito aqui, Nate – diz Rose, atiçando o fogo que já está queimando em minhas veias.

Viro meu olhar incrédulo para ela, que me dá um sorriso meloso enquanto limpa os dedos e joga o guardanapo em uma lixeira próxima. Ela agarra as alças das muletas e aponta uma delas na direção do meu paciente.

– O que foi? Vai me dizer que você também não conhece o Nate? Nate, o Natural? Ele faz aquelas esculturas de madeira iradas usando uma motosserra. Estão espalhadas pela cidade todinha. O urso é foda, Nate.

– Valeu, Rose.

Nate apenas sorri quando estreito meus olhos para ele e perfuro sua testa com um pouco mais de força do que o necessário para o próximo ponto. Tento não olhar para Rose enquanto me concentro no que estou fazendo, e Nate percebe a luta que é manter minha atenção onde ela deve estar. Então ele aproveita cada oportunidade para fazer perguntas a Rose sobre a perna quebrada, as cartas de tarô e, pior ainda: "Quanto tempo até você voltar à estrada com o circo?"

– É o último – interrompo antes que Rose tenha a chance de responder. Dou o nó, corto a linha e depois me levanto do banco. – A gente se vê por aí.

Nate abre um sorriso lento que exibe, ao mesmo tempo, provocação e pena.

– Valeu, cara – diz ele, com um aperto de mãos. – Rose, passa na minha loja no domingo que vem, vou ter uma coisa pra você.

– Não vai, não – resmungo, mas ninguém consegue me ouvir por conta do barulho da multidão.

Limpo minha estação de trabalho, mas, na verdade, fico atento a cada palavra que Rose diz quando concorda em visitar a loja de Nate e elogia a nova cicatriz em sua testa antes de lhe dar um breve abraço. Mesmo depois de Nate ter saído da minha visão periférica, não olho para Rose. Em vez disso, me ocupo em arrumar a mesa, mas sinto os olhos escuros dela em mim o tempo todo.

Finalmente coloco o último item na mesa, uma agulha curva nova, quando Rose pergunta:

– Tá tudo bem, doutor?

Não.

– Aham. Tudo bem.

– Tem certeza?

– Você não deveria estar aqui – disparo.

Parece que todo o som foi sugado do ambiente. Como se eu pudesse captar a voz de Rose em meio ao caos, mas o silêncio dela faz o mesmo estardalhaço. Quando finalmente ergo os olhos, ela está de braços cruzados, embora apoiados nas muletas, o que parece tanto feroz quanto estranho.

– Por que não?

– Não é seguro.

Rose olha ao nosso redor em um arco que percorre o teto e a multidão antes de se voltar para mim.

– É, a estrutura desse lugar provavelmente não é muito boa. Um parafuso estragado e todos nós seremos esmagados até a morte por vigas podres e sonhos desfeitos.

Fixo meu olhar em Rose, e a malícia se espalha pelo rosto dela.

– Você sabe o que eu quero dizer. Não é seguro pra *você*. Sua perna. Essa multidão. Pessoas podem aparecer, se é que me entende.

– Tá falando do Matt? Ele tá ocupado fazendo feno. O namorado da melhor amiga da irmã mais nova da Lucy me contou hoje no lava-rápido.

– O que você tava fazendo no lava-rápido? Você não tem carro.

– Eu tava entediada. Aí fui dar uma volta e bater papo – explica Rose, sem saber que dois homens começaram uma briga atrás dela, um empurrando o outro contra a lateral do ringue vazio antes de serem separados por seus respectivos amigos. – Enfim, esse lugar me parece ótimo.

– Você se enfia dentro de uma gaiola de metal que é uma máquina da morte e sobrevive à base de uma dieta de waffles e açúcar. Não dá pra dizer que confio nos seus instintos de autopreservação.

Rose dá de ombros e tira um pirulito do bolso, me encarando enquanto puxa lentamente o invólucro e o desliza pelos lábios. *Esses malditos lábios*. Vermelhos como morango, brilhantes, doces e carnudos. Quase posso senti-los, mornos e complacentes ao redor do meu…

– O próximo é o Humphrey Furacão! – grita Tom no microfone.

Aplausos e vaias interrompem a aflição que começa a crescer no meu pau, e me esforço para clarear os pensamentos e voltar a me concentrar no meu propósito nesse lugar.

– E, por favor, deem as boas-vindas a um novo desafiante no ringue: Míssil Bill.

A multidão entra em um frenesi de apostas e gritos enquanto o novato passa por entre as cordas e joga as mãos para o alto, girando lentamente em um círculo enquanto se diverte com o caos. Ele é *imenso*. O sujeito se livra de seu robe preto; parece uma parede de músculos e tatuagens. Cabeça raspada, mãos enfaixadas, rosto cheio de cicatrizes. Esse cara sabe o que está fazendo. E já o vi lutar. Dei pontos na cara dele. Ele é habilidoso e rápido, tem pés muito leves. Mas sei a mesma coisa que o resto do público sabe: o Furacão está prestes a levar uma surra.

– Rose, é sério. Você precisa sair daqui – digo por cima dos aplausos.

Enquanto isso, o Míssil Bill ruge como um animal selvagem. A multidão se agita e um espectador bêbado esbarra na muleta de Rose, como que para provar meu ponto de vista. Ele derrama algumas gotas de cerveja no braço dela, e preciso reunir toda a minha força de vontade para engolir uma explosão de raiva enquanto ele pede desculpas a ela antes de se afastar.

– Aqui não é seguro – insisto. – Tem brigas paralelas o tempo todo. Você não tem onde colocar o pé pra cima.

– Relaxa, doutor.

Rose enxuga as gotas de cerveja e vem mancando na minha direção. Ela bate no meu quadril com a muleta, e eu me levanto do banco, me dando uma bronca interna por não ter cedido meu lugar mais cedo, embora não queira incentivá-la a ficar. Assim que me levanto, ela se senta e, em seguida, leva a perna machucada ao banquinho vazio.

– Viu só? Tudo certo. Prometo que saio daqui quando seu próximo paciente chegar. O Furacão, pelo visto. Eca.

– Rose…

– Você deveria ir lá na barraquinha comprar alguma coisa pra gente comer. – Ela aponta para a lanchonete quando inclino a cabeça e franzo a testa para o que deve ser mais um de seus jargões circenses. – Uma cerveja não seria nada mal. Pode deixar que eu cuido do forte e garanto que ninguém vai pegar suas tranqueiras de doutor. Se alguém fizer isso, *eu furo a porra do olho dele.*

Rose pega meu bisturi da mesa e esfaqueia um agressor invisível, torcendo a lâmina, com um olhar de alegria maníaca estampado no rosto. Cubro sua mão com a minha e tiro o bisturi dela.

– Por favor, não fura ninguém – digo enquanto pego uma gaze esterilizada e desinfeto o cabo antes de colocá-lo de volta no lugar. – Se você fizer isso, sou eu que vou ter que consertar.

Rose dá de ombros, como se não fosse problema dela.

– Uma cerveja.

– É melhor trazer duas, assim você economiza outra viagem.

– *Uma*. Você está em recuperação. Sou seu médico. Ordens médicas.

Um breve lampejo de emoção passa pelo rosto de Rose e seu significado é complexo demais para eu consiga compreender a partir de seu cenho franzido, antes que a expressão se suavize.

– Tá bem. Mas também quero um pacote de Skittles, por favor.

– Acho que eles não têm Skittles.

– Confia em mim, eles têm.

Apesar de eu revirar os olhos, ambos sabemos que não vou negar isso a ela. Já é difícil o suficiente não trazer um barril de cerveja inteiro só para que ela possa tomar as duas cervejas que quer enquanto eu a mantenho à vista. Ela sorri para mim como se pudesse ler meus pensamentos. Balanço a cabeça para ela, mas, quando dou as costas e saio, abro um sorriso.

O barman me vê chegando e consigo furar a fila, pegando os Skittles, uma cerveja grátis e um uísque para mim antes de voltar para a mesa bem a tempo do início da luta. Tom grita as regras no microfone. Somente socos. Nada de tapas, cotoveladas, joelhadas ou chutes. Quem for derrubado tem dez segundos para ficar de pé. E então ele se afasta do meio dos dois lutadores e, com um simples comando, a luta começa.

Soa o gongo.

O público vibra quando o Furacão avança com um gancho, mas erra. Míssil Bill escapa de um jab. De outro. E de mais outro. Um soco finalmente o acerta, mas apenas no braço que bloqueia o rosto. Ele se esquiva de mais golpes, permitindo que alguns passem por suas defesas, sempre se inclinando para o lado no momento em que um soco é desferido. Os golpes que deixa passar não passam de esbarrões. A plateia aplaude, grita e xinga os dois homens, mas Bill parece não perceber. Ele está concentrado apenas no oponente; os pés são leves e rápidos no tapete manchado de sangue, apesar de seu tamanho gigantesco. E ele ainda não desferiu um único soco.

– Ele tá cansando o cara – comenta Rose por cima do barulho da plateia, sem desviar os olhos da luta. Ela aponta para o ringue com um Skittle. – O Furacão tá muito fodido.

O pavor se instala nas minhas entranhas como uma pedra. A maioria das lutas nesse lugar pode até ser violenta, mas pelo menos é equilibrada. Desta vez, não. E ela está certa; posso sentir na minha espinha. O Furacão está fodido.

Volto minha atenção para o ringue no momento em que Bill dá seu primeiro golpe, um soco nas costelas do Furacão. Ele cambaleia para trás. Bill acerta a bochecha dele com um jab. O Furacão enterra a cabeça atrás dos antebraços e bloqueia mais alguns socos. A plateia vai à loucura. Mas é bastante óbvio. Bill quase não usa força, praticamente não usa os ombros. Não usa o peso a seu favor na luta. Esses golpes são apenas para se exibir.

Soa o gongo, encerrando o primeiro round de dois minutos. Os lutadores voltam para seus corners, onde seus amigos ou treinadores amadores lhes passam água e toalhas, inclinando-se bem perto para oferecer estratégias ou incentivo. O público está animado. Baixo os olhos para Rose e descubro que ela está me observando, com um sorriso estampado no rosto, enquanto inclina a garrafa de cerveja na minha direção.

– Excelente, doutor. Obrigada por me trazer aqui.

Franzo a testa.

– Eu não te trouxe. Eu pedi pra você ir embora. Várias vezes.

– Pensei que fôssemos amigos – diz ela com um beicinho sarcástico, mas há algo nela que parece ser uma decepção genuína.

A expressão desaparece em um instante, e ela desvia a atenção de mim para se juntar ao coro de gritos ao redor quando Tom pede aos lutadores que voltem ao centro do ringue. Mas ainda estou olhando para Rose e levo mais tempo do que deveria para desviar meu olhar.

Soa o gongo. A luta recomeça. Dessa vez, Bill se esforça um pouco mais. Golpeia com mais força. Quando o Furacão cansa e recua, Bill já está em cima dele, empurrando-o para as cordas. O novato é implacável. Um golpe após o outro. O Furacão recebe sucessivos golpes nas costelas e, quando os braços se abaixam e o corpo dele se encolhe, Bill está lá. Um baita gancho de esquerda passa pelas defesas do Furacão e o atinge na mandíbula.

Furacão cai duro com as costas no tapete, e ele não se levanta.

Os aplausos e as vaias aumentam ao nosso redor enquanto os segundos são contados. O Furacão mal se mexe, com o corpo esparramado no tapete. Quando a luta é finalmente encerrada a favor de Bill, ele rodeia o oponente em celebração e depois escorrega pelas cordas para receber seu prêmio. Assumo o lugar dele no ringue para avaliar meu paciente.

– Ei, amigo. Vamos precisar levar você pro hospital – digo em meio ao barulho da multidão enquanto me ajoelho ao lado do Furacão.

Ele pisca os olhos inchados para mim, e eu o coloco de lado. Os amigos dão tapinhas no ombro dele e o mantêm consciente enquanto volto minha atenção para Tom, o locutor que paira nos arredores.

– Que porra foi essa, cara?

Tom mostra um sorriso que poderia muito bem ser feito de cifrões.

– Foi uma ótima luta, não foi? A multidão foi à *loucura*.

– Acho que a gente tem definições diferentes de *ótima*.

– Todo mundo que entra nesse ringue sabe que pode sair dele numa maca.

– E todo mundo que entra nele deve lutar com alguém da mesma categoria pra não acabar *morrendo*.

Quanto mais tempo nos encaramos em uma troca silenciosa, mais o sorriso de Tom se dissolve. Nós dois sabemos que, se eu o acusar de ter armado essa briga com um falso novato, vai haver mais confusão nesse celeiro do que qualquer um de nós é capaz de suportar.

Tom sabe que não gosto disso. Mas sabe também que não vou me arriscar a acender um pavio em um barril de pólvora. Seu sorriso volta a aparecer sorrateiramente ao dizer:

– Não finja que não gosta de um pouco de caos, Dr. Kane. Por que mais continuaria voltando?

– Porque, já que você insiste em manter o seu clube funcionando, alguém qualificado precisa estar aqui pra cuidar dos lutadores – respondo, enquanto os amigos do Furacão o colocam de pé. – Porque vai ser pior pra eles se eu não estiver aqui. Alguém pode acabar morto. Porque…

Qualquer meia-verdade que eu esteja prestes a cuspir em Tom evapora no momento em que ouço Rose gritar.

Eu me esqueço do meu paciente. Da multidão. Das luzes e do barulho. Quando me viro, toda a minha atenção está voltada para o lugar onde ela deveria estar. O lugar onde ela *não está*.

A mesa está fora do lugar, meu material espalhado pela superfície. Um dos amigos de Bill tenta segurá-lo enquanto ele briga com outros dois homens, e um terceiro se afasta da confusão com a mão levantada para estancar o sangue que escorre de um corte no supercílio. *Onde ela está?* Chamo seu nome, mas ela não responde. A briga se desvia para um lado apenas o suficiente para que eu possa ver o chão. E então avisto Rose. Ela foi derrubada do banquinho e está com uma das mãos ao redor da perna, logo acima da borda do gesso. A dor distorce suas feições em uma careta. Ela tenta se arrastar para baixo da mesa e sair do caminho, brandindo uma das muletas como arma para afastar a multidão desatenta.

Em um segundo, estou de pé, me agarrando às cordas para me abaixar entre elas. O som do grito dela ainda ressoa em meus ouvidos, incendiando meu sangue, mas não consigo chegar até ela rápido o suficiente. Não antes de Bill cair em cima de seu gesso e ela soltar um grito de dor.

– *Fica longe dela, porra!* – grito enquanto empurro Bill com as mãos.

Ele tropeça em outro homem nos arredores. Quando se recupera e se vira na minha direção, já me coloquei entre a briga e Rose.

Bill mal presta atenção nos homens com os quais estava lutando poucos minutos antes. Seus amigos entram em cena para empurrá-los de volta para o meio da multidão. Mas Bill não os nota. Os olhos dele me percorrem de cima a baixo conforme um sorriso de desdém surge no canto dos lábios.

– Fica fora disso, amigão. Não quero ter que destruir a sua carinha bonita.

Eu poderia deixar por isso mesmo. Aliviar a tensão. Colocar na conta da falta de sorte. Provavelmente foi o que aconteceu, um momento que acabou indo longe demais. Um simples acidente.

Mas então Bill olha para Rose.

O sorriso ameaçador e predatório do sujeito está preso a ela como piche. Gruda nela, e não preciso olhar para trás para sentir Rose se encolhendo atrás de mim, como se a dor, o medo e a raiva dela estivessem invadindo minhas células. E então me esqueço completamente do tipo de homem que estou enfrentando. Assim como me esqueço do tipo de homem que eu deveria ser.

Meu primeiro golpe atinge a maçã do rosto de Bill. O segundo, a têmpora. Percebo a surpresa em seu rosto. Em um piscar de olhos, ela se transforma em raiva. Seu punho se lança no ar, mas me abaixo para dar um soco em suas costelas. Ele grunhe de dor. Não deveria ser tão satisfatório vê-lo cambalear para trás. Os nós dos meus dedos esmagam seu supercílio. A sensação não deveria ser tão boa quando a pele se abre.

Mas é.

Bill se recupera enquanto o sangue jorra sobre seu olho. Levo um soco na bochecha que faz o mundo ao meu redor vibrar e escurecer, mas me mantenho de pé e volto com mais força. Meu sangue é lava. Meus músculos são pedra. Um punho após o outro. Um golpe após o outro. Nem sequer vejo o homem que estraçalhei até virar uma polpa sangrenta. Vejo apenas Rose no chão, com seu belo rosto franzido de dor, a mão agarrando com força a perna quebrada. Vejo as lágrimas não derramadas em seus olhos e ouço a agonia em sua voz e tudo que eu quero é arrancar a pele dele fora por tê-la machucado. Quero puni-lo. Quero *me* punir. Porque jamais deveria ter dado as costas para ela. No momento em que ela apareceu, eu deveria ter insistido para que a gente fosse embora.

A culpa é toda minha, porra.

Algo se abre dentro de mim. Um maldito *monstro* se liberta. Dou um rugido ao jogar todo o meu peso em um gancho de direita que acerta o maxilar machucado de Bill. A cabeça dele vira para o lado, os músculos ficam frouxos e ele cai no chão.

Por um momento, o celeiro parece em absoluto silêncio. As pessoas ao meu redor olham para Bill, ensanguentado e inconsciente no chão. Em seguida, olham para mim. O homem que deveria ser o médico de provavelmente metade dessas pessoas e suas famílias. Com meu jaleco branco manchado, coberto de respingos vermelhos. Meu estetoscópio caído a meus pés. E então, tão de repente quanto se fez o silêncio absoluto, eles irrompem em aplausos, erguendo os copos, gritando e pulando no lugar. Eles me dão tapinhas nos ombros e gritam "Doutor, doutor, doutor!" sem parar. Mas, mesmo em meio à multidão, eu ainda a ouço. A única pessoa que diz meu nome.

– Fionn.

Eu me viro e passo por algumas pessoas para chegar à mesa onde Rose se esforça para manter o equilíbrio com uma única muleta, a outra perdida em algum lugar em meio à multidão. Antes que eu me dê conta do que estou fazendo, já enquadrei seu rosto com as mãos, os nós dos dedos feridos e inchados ao lado da pele impecável dela. Rose é linda demais, com as bochechas coradas, os lábios macios entreabertos, os cílios ainda úmidos pelas lágrimas de dor. Esfrego o polegar em sua bochecha, e ela fecha os olhos.

– Me jogaram no chão. Eu tô bem – sussurra ela.

Não sei como consigo ouvi-la em meio ao barulho que nos cerca. Mas ouço. Ela segura meu pulso com a mão livre.

– Você tá bem?

Meu Deus, quero beijá-la. Quero sentir o calor de seus lábios contra os meus. Será que ela quer isso? Será que ela se desmancharia nos meus braços se quisesse isso? Ou a tensão que sinto entre nós se romperia e liberaria algo feroz dentro dela? Dentro de *mim*?

Eu me inclino um pouco mais para perto. Seus olhos procuram os meus. Ela aperta meu pulso com mais força.

A mão de alguém cai no meu ombro, e Tom surge nos arredores. E, sem mais nem menos, o feitiço foi quebrado. Volto minha atenção para Rose. Os olhos dela ainda estão em mim.

O que você está fazendo? Ela é sua paciente, porra.

E você é o homem mais perigoso daqui.

Deixo minhas mãos caírem na lateral do corpo.

– Parece que havia um falso novato por aqui o tempo todo – diz Tom.

Com um tapa nas minhas costas e um sorriso sombrio, ele volta para o meio da multidão.

Embora Rose mantenha seus pensamentos longe de mim, algo permanece no ar entre nós. Uma carga elétrica. O cheiro de uma tempestade que se aproxima.

E então ela se afasta.

12
REDUÇÃO
FIONN

— Tem uma moça toda machucada aqui com um cara alto dizendo que é seu irmão. Ele roubou a porra da minha muleta – resmunga Rose do outro lado da linha.

Tamborilo os dedos na mesa enquanto um sorriso babaca se espalha pelo meu rosto.

– Pergunta pra ele qual apelido ele tinha na infância.

– Ele tá pedindo pra você confirmar seu apelido de infância – diz ela, mas não para mim.

O "não" desafiador que ouço ao fundo é como uma sinfonia de uma única palavra em meus ouvidos.

– Beleza – diz Rose, com a ameaça escorrendo de sua voz. – Então vou te dar uma facada nas bolas.

Há um protesto abafado de Rowan e a voz de uma mulher desconhecida intervém, em uma súplica dolorosa e cansada. Há algumas palavras resignadas do meu irmão que não consigo entender, um segundo de silêncio… e em seguida uma explosão de gargalhadas.

– O apelido é comedor de meleca – diz Rose por fim, e minha gargalhada triunfal ecoa pela clínica vazia enquanto me recosto na cadeira do consultório.

– Esse aí é o meu irmão Rowan. Fala pra ele que chego aí em uns quinze minutos.

Desligo e meu sorriso permanece no rosto enquanto deixo de lado a papelada e fecho tudo para ir para casa. Há um carro que não reconheço na entrada da garagem quando chego. Quase sinto a energia de Rowan antes mesmo de chegar à porta. Quando a abro, ele está à mesa com Rose, e o alívio percorre minhas veias quando ela olha para mim e sorri. É um instante que dura apenas um piscar de olhos.

Os pés da cadeira raspam no chão quando meu irmão se levanta e vem direto na minha direção.

– Onde você tava, porra?

– No trabalho, palhaço. Tinha um monte de burocracia pra resolver.

Rowan me envolve em um abraço apertado. Há tensão em seus braços. Posso não acreditar em auras, mas consigo sentir sua energia de angústia como um halo que ilumina o ambiente. Nós nos afastamos apenas o suficiente para que ele encoste a testa na minha, como fazíamos desde que éramos crianças, e então ele me solta e fita meus olhos. Nunca o vi tão nervoso. Tão… agoniado. Seu foco se volta para a sala de estar e permanece lá, e eu sigo seu olhar.

– Essa aqui é a Sloane.

Uma mulher de cabelo preto me observa do sofá, com a marca de uma bota furiosa estampada no meio da testa, dois hematomas crescentes sob os cílios contrastando com os olhos castanhos. O ombro esquerdo dela está mais baixo que o outro, e ela segura o antebraço para estabilizá-lo. Ela pode estar ferida, mas já ouvi o suficiente sobre a história dela com Rowan para saber que provavelmente é a pessoa mais perigosa dentro da minha casa nesse momento. O que é alguma coisa.

Vou até o sofá com Rowan em meu encalço, tão perto que ainda sinto sua energia nervosa zumbindo nas minhas costas. Quando paro na frente de Sloane, ele se agacha junto às pernas dela. Ela solta o braço ferido e pega a mão dele.

– Eu sou o Fionn – digo, e ela ergue o olhar da aparentemente conversa silenciosa com meu irmão e volta a atenção para mim. – Posso dar uma olhada nesse ombro?

Sloane engole em seco e assente, estremecendo ao tentar afastar o braço machucado do corpo. Apalpo a articulação, sentindo a cabeça do úmero, as bordas da glenoide e o acrômio na escápula.

– Como isso aconteceu? – pergunto enquanto apalpo o tecido inchado.

– Caí do telhado.

– Você foi *jogada* do telhado por aquele escroto filho da puta! – vocifera Rowan.

– Ele teve o que mereceu. E considero isso uma vitória pra mim.

– Corvo…

– Deixando de lado os jogos de assassinato – interrompo –, tem mais algum ferimento sobre o qual eu deva saber?

– Além desse? – retruca Rowan, apontando para o rosto machucado de Sloane.

O olhar dela para mim não é divertido.

– Não – responde Rowan por fim.

Afasto minha mão do ombro dela e pressiono com delicadeza seus ossos nasais, mas, apesar do sangue seco que cobre as narinas, nada parece visivelmente quebrado ou fora do lugar.

– Parece que tá tudo bem. Você ficou inconsciente?

– Fiquei, talvez por um minuto.

– E ela vomitou.

Sloane estremece, com uma pitada de rubor colorindo as bochechas, mas Rowan apenas aperta a mão dela. Coloco um dedo na frente do rosto de Sloane e peço que ela siga seu movimento. As pupilas dilatadas se atrasam um pouco no processo. É provável que haja uma concussão, e ela parece já saber disso.

– É… Melhor não dirigir por um tempo. Tenta pegar leve.

– Imaginei.

– E o ombro? – pergunta Rowan.

Ele pode se esforçar ao máximo para esconder, mas já perdi as contas de quantas vezes vi medo em Rowan. Está bem ali, em seus olhos, na contração da musculatura da mandíbula.

– Ela vai precisar de cirurgia? – insiste ele.

– Não – respondo, e o suspiro de alívio que ele dá é audível. – Normalmente, eu aconselharia ir ao hospital fazer um raio X pra ter certeza de que não houve nenhuma fratura, mas imagino que vocês queiram ficar o máximo possível fora do radar, dadas as circunstâncias. – Os dois concordam com a cabeça, e eu olho para Rose enquanto ela observa de lado, com uma expressão sombria. – A gente precisa ir até a clínica pra eu poder injetar lidocaína na articulação e colocar o osso de volta no lugar. E vai doer. Mas depois você vai se sentir bem melhor.

As muletas de Rose batem na madeira dura conforme ela se aproxima do sofá.

– Tenho umas camisas de botão que vão servir em você. Vou pegar algumas, caso você prefira cortar essa.

A expressão de Sloane se suaviza e um sorriso cansado se espalha por seus lábios.

– É muita gentileza. Obrigada.

Com um meneio de cabeça, Rose dá um tapinha no ombro bom de Sloane e se dirige ao seu quarto. Sloane a observa até ela desaparecer de vista. Quando Sloane encontra meus olhos, há tanta coisa que posso ler neles, tanta coisa que ela tenta me dizer em um único e demorado olhar. Ela gosta da Rose. Confia nela. Mas não confia em mim. Apesar de eu ter concluído a faculdade de Medicina. Apesar de ter salvado vidas. Curado ferimentos. Feito o parto de um bebê ou outro. Apesar de ter tido a vida mais vulnerável em minhas mãos. Dá para dizer que Sloane vê através de mim.

Você está vivendo uma mentira, parece dizer ela enquanto os olhos permanecem fixos nos meus. *E, se você magoar essa moça, eu te mato.*

Estou completamente paranoico. Ela não deve estar pensando em nenhuma dessas coisas. Ela é uma assassina em série, pelo amor de Deus, de que outra maneira ela poderia olhar para mim que não fosse assustadora? Já sei que ela gosta de arrancar os olhos das vítimas e amarrá-los em uma teia de linha de pesca, e, de acordo com meu irmão apaixonado, ela faz isso enquanto eles ainda estão vivos. É claro que ela é desequilibrada, e estou um pouco assustado por tê-la na minha casa. Mas é só isso.

Sloane finalmente desvia o olhar. Ele pousa nos nós dos meus dedos, onde as casquinhas ainda estão cicatrizando, com as bordas vermelhas. Em seguida, volta a atenção para Rowan, que não parece ser capaz de olhar para nada além dela. Ele capta o olhar fixo que ela dirige às minhas mãos antes que eu possa escondê-las.

É isso, ela com certeza *está pronta para me matar.*

– O que você andou aprontando, mano? – pergunta Rowan, enquanto segura meu pulso. Fecho o punho e me liberto de seu aperto. Ele sorri. – Andou brigando por aí, é?

– Não é da sua conta, Rowan.

– Então é um sim.

Eu olho feio para ele e me levanto, indo para a cozinha sem nenhum outro motivo a não ser fugir. É claro que, sendo o irmão mais velho irritante que é, Rowan vem atrás de mim.

– Tem alguma coisa a ver com a fadinha aí?

– O nome dela é *Rose*, seu babaca de merda – sibilo enquanto me viro para ele.

Embora eu tenha invadido seu espaço, ele não cede. Apenas sorri para mim como se tudo isso fosse um jogo, e ele está ganhando.

– Outro sim, então. O que aconteceu?

– Você se lembra daquela vez, há dez segundos, em que eu te disse que não era da sua conta? Ainda não deixou de ser da sua conta, *porra*.

Rowan fica em silêncio. Dou as costas a ele para encher algumas garrafas de água. Sua voz é mais suave do que eu esperava ao dizer:

– Ela deixou bem claro que não tá rolando nada entre vocês. Mas tive a impressão de que ela não estava feliz com isso. Então, fica aí a pergunta: por que não?

Fecho a saída d'água e me agarro à borda da pia.

– Rowan…

– E se você disser "Claire", eu te dou um soco na jugular.

– Não é a Claire. – Eu me viro para encará-lo. O sorriso de Rowan pode ser de provocação, mas a preocupação ainda se esconde em seus olhos. – Sou *eu*.

Seus olhos se estreitam, e o sorriso dele desapareceu há muito tempo.

– O que é que tem você?

– Eu sou médico dela, pra começo de conversa.

– Proibido. Gosto. Deixa tudo dez vezes mais excitante.

Dou um gemido e esfrego a mão pelo rosto.

– Eu não tô… Não posso… Não tô pronto pra um relacionamento.

– Quem falou em relacionamento, seu babaca de merda? Você tá colocando muita pressão em si mesmo. Você tem permissão pra se divertir.

Reviro os olhos.

– Não vou *usar* a Rose pra me *divertir*.

– Eu não falei que você faria isso. Mas ela é uma mulher adulta que também pode querer se *divertir*. Já parou pra pensar?

Gostaria de dizer que não, mas a verdade é que penso muito nisso. Provavelmente a cada hora que passo acordado, na verdade. Como seria bom ter algo fácil, sem compromisso, sem a responsabilidade de me manter em um padrão que parece cada vez mais impossível de manter. Seria muito bom estar envolvido com alguém, sem me preocupar com o futuro e com o tipo de pessoa que talvez eu não seja, apesar dos anos que passei me moldando para me encaixar.

Abro a boca para tentar racionalizar minha inércia, mas o argumento, cada vez mais fraco, evapora quando ouço a porta do quarto de hóspedes se fechar no final do corredor e o *toc, toc, toc* das muletas de Rose quando ela entra na sala de estar. Rowan me lança um olhar de pena e me abraça antes que ela se junte a nós. Dou um suspiro.

– Talvez você devesse se dar um crédito – sussurra Rowan no meu ouvido. – Você é um bocó, mas é um bom homem. Merece se divertir também. E eu gosto da fadinha.

Ele me dá um tapinha nas costas e se dirige para a sala de estar, lançando um sorriso por cima do ombro enquanto sai. Então é a força magnética de Rose que atrai minha atenção. Ela para na minha frente com um sorriso gentil, os olhos suaves, três camisas amarrotadas penduradas na alça das muletas.

– Me fala se eu puder ajudar em algo.

Estou mais preocupado com a possibilidade de ela desmaiar quando eu começar a redução para colocar o osso de volta no lugar, mas, em vez disso, faço que sim com a cabeça.

– Talvez você possa ajudar a distrair a Sloane se ela quiser.

– Aham – diz Rose enquanto observa Rowan ajudar Sloane a se levantar, emanando sua energia nervosa em ondas. – O Cara-cara ali tá tão calmo quanto um macaco em um campo de futebol.

– Cara-cara…?

– Longa história.

Com um sorriso derradeiro e fugaz, ela nos conduz até a porta. Vamos em dois carros, Rowan e Sloane em seu carro alugado seguindo Rose e eu.

Quando chegamos à clínica, injeto lidocaína na articulação de Sloane e, após quinze minutos, inicio o procedimento para colocar o osso de volta ao lugar. Vamos devagar, fazendo uma pausa para esperar que os músculos relaxem, para que a dor se torne um pouco menos insuportável. Rowan não solta a mão boa dela em momento nenhum. Ele a lembra de respirar. Diz que ela é corajosa, durona e muito forte. Não sei quanto disso é registrado conforme ela fecha os olhos e range os dentes de dor. Quando o osso finalmente se alinha no lugar, ela respira fundo, de forma instável. Rowan apoia a cabeça ao lado da dela, e eu olho para Rose, que está sentada no canto da sala, sem desviar os olhos do casal, embora eu tenha certeza de que ela sente que eu a observo.

Depois de um tempo de repouso e alguns analgésicos, Rose veste Sloane com uma camisa limpa e uma calça legging, e eu coloco uma tipoia nela antes de irmos embora.

Rose e eu não conversamos durante o curto trajeto de volta para casa. Também não conversamos muito durante o jantar, se eu parar para pensar direito nisso. Conversamos principalmente com Sloane e Rowan, e não diretamente um com o outro, mesmo quando Sloane anuncia que está exausta demais para ficar acordada por mais tempo e Rowan sai por um instante para ajudá-la a se instalar no outro quarto de hóspedes que os dois vão dividir. Há uma tensão instalada entre nós, uma que acho difícil de definir. Gostaria de pensar que é instinto, que o excesso de predadores em um só lugar nos deixou nervosos. Ou o desconforto de estar na presença de duas pessoas que, obviamente, acabaram de perceber que estão se apaixonando. Mas não é isso. E eu sei. É a tensão que surge quando se quer muito mais do que se está disposto a aceitar.

Agora já é quase meia-noite. E ainda estou totalmente acordado. Porque há vozes abafadas vindo do quarto de hóspedes do outro lado do corredor, onde Rowan e Sloane estão. Vozes que dizem palavras indecifráveis, mas o tom é inconfundível. Desejo. Desespero. Exigências. Há uma risada baixa. Ouço o ranger do colchão através das paredes finas. Um segundo depois, ouço um gemido alto de Sloane.

– Foda-se. Essa. Merda – digo com um resmungo enquanto coloco um travesseiro sobre o rosto.

O barulho continua. Por *horas*. Tento dormir com meus fones de ouvido e uma lista de reprodução de ruído branco, mas nem todo o ruído branco do mundo é capaz de encobrir um ou outro gemido. Juro por Deus, acho que nunca tive tanta vontade de matar meu irmão como nesta noite.

E tenho quase certeza de que ele está esfregando meu celibato autoimposto na minha cara. "Você tem permissão para se divertir", dissera ele à tarde.

Talvez ele esteja certo. Seria tão ruim querer algo fácil se Rose também quisesse? Se a gente não se preocupasse tanto com as possíveis consequências disso? Ela não vai ficar aqui para sempre. Quando estiver totalmente recuperada, vai voltar para a estrada.

Finalmente tudo fica em silêncio, então me sento na beirada da cama e guardo os fones de ouvido. Fico de pé e saio do quarto como se convocado por uma força à qual mal consigo resistir, sem parar até estar do lado de fora do quarto de Rose.

Fecho a mão ao redor da maçaneta. Encosto minha cabeça na porta. Minha outra mão está pronta para bater. Quase posso sentir o toque da minha pele na madeira.

Deixo escapar um suspiro longo e lento e solto os dedos da maçaneta, um por um.

Volto para o meu quarto. Fico encarando o teto no escuro. E, pela primeira vez, eu me pergunto: "O que aconteceria se eu parasse de me esforçar tanto para ser um homem diferente?"

13
COCEIRA
ROSE

Vou mancando até a porta no encalço de Rowan e Sloane conforme eles saem para a varanda da casa de Fionn e se viram para se despedir. O sol ilumina as marcas pretas salpicadas sob os olhos de Sloane. A marca da bota no meio da testa dela é um carimbo roxo furioso. Quero caçar o desgraçado que a machucou e matá-lo, seja ele quem for. Mas, apesar dos ferimentos obviamente dolorosos e da vibe instável quando ela olha para os vizinhos três portas adiante na rua, dá para ver. Essa mulher está *feliz*. Pelo menos, tão feliz quanto se permite ser. Por enquanto.

E o Cara-cara comedor de meleca? Ele está absolutamente nas *nuvens*. Completamente apaixonado. Pronto para dar o fora daqui e cuidar da mulher dele. Portanto, não é de surpreender que seja Rowan quem dê o pontapé inicial na partida.

– A gente se vê por aí, Rose – diz ele por fim.

Seu olhar cauteloso percorre meu rosto. Estreito os olhos para ele, mas tenho que morder a parte interna da bochecha para não sorrir.

– Com certeza. Vai com cuidado, Comedor de meleca.

– Olha só, sua fadinha…

– *Rowan* – sibila Sloane, enquanto o golpeia no estômago com o braço bom.

Meu sorriso implora para se abrir.

– Ela me *bateu* com a *muleta*, Corvo.

– E aí você repetiu três vezes os waffles que ela fez hoje de manhã e, sozinho, acabou com o estoque de xarope de bordo dela. Acho que você vai sobreviver, bonitão.

Rowan dá de ombros, mas há um brilho em seus olhos quando eles deslizam para onde Fionn está, logo atrás de mim.

– Eu precisava das calorias. Tive uma noite agitada. Praticando *esportes*.

Rowan deixa a insinuação se prolongar como uma farpa antes de soltar uma gargalhada. Um rubor profundo se espalha pelas bochechas inchadas de Sloane. Satisfeito, ele passa um braço pelas costas dela antes de dar um beijo suave em sua têmpora.

– Vamos, amor. Temos uma viagem longa pela frente. Rose, foi um prazer te conhecer. Vê se usa essa muleta pra proteger meu irmãozinho, viu?

– Vou dar meu melhor – respondo, e, com um aceno de cabeça, Rowan volta seu olhar para o irmão, com uma expressão mais suave.

Fionn passa por mim, colocando uma mão no meu braço para garantir que eu não cambaleie nas muletas quando ele se aproxima. Ele provavelmente não percebe o zumbido elétrico que viaja sob minha pele com aquele toque breve. Aposto que ele não registra que olho para baixo no momento em que sua mão se afasta. Ele provavelmente nem sequer pensou em me tocar, foi apenas um reflexo. Um passe de mágica. Tão veloz e tão simples que poderia ter sido fruto da minha imaginação. Mas, quando encontro os olhos de Sloane, sei que ela viu. Há uma faísca em seus olhos injetados de sangue. Uma pequena covinha me cumprimenta ao lado de seu leve sorriso.

Meu olhar ainda está fixo em Sloane quando Fionn diz:

– Vou sentir sua falta, mano. Acho que da próxima vez você deveria vir só pra visitar. Sem dramas. Sem... estripolias.

– Isso não parece nada divertido – responde Rowan enquanto os dois se abraçam com força. Quando se separam, a mão de Rowan se dobra na nuca do irmão e eles encostam as testas. – Obrigado por cuidar da minha garota.

Fionn assente e, com uma última rodada de despedidas, eles vão até o carro. Estamos sozinhos mais uma vez. Apenas eu e o doutor. De pé, lado a lado, na varanda dele. O carro desliza em direção ao sol da manhã, tão bonito quanto um doce final de conto de fadas. O casal três portas adiante na rua também observa, depois se vira e acena para nós. Acenamos de volta.

Por um instante, consigo ver. O final do meu próprio conto de fadas. Uma casinha pitoresca. Uma vidinha feliz. Meu próprio mundinho mágico.

Mas é só isso. Um vislumbre. Um truquezinho. Porque essa é uma vida que não foi feita para alguém como eu.

– Eles vão ficar bem – digo, e, quando Fionn baixa os olhos para mim, eu sorrio.

De volta em casa, eu me deito no sofá, apoiando o gesso na mesa de centro com um baque e dando um suspiro. Pressiono meus olhos, como se isso pudesse ajudar a empurrar todos os pensamentos de volta para as profundezas do crânio. Pode ter sido um começo difícil com o Cara-cara em particular, mas agora que eles se foram, percebo quanto a presença deles foi um alívio para a tensão que preenchia as paredes desta casa. Uma tensão que talvez só eu sinta. Por mais que eu gostasse de ter Rowan e Sloane por perto, a ausência deles já me mostrou que a situação é pior do que eu imaginava. Estou sufocando aqui, forçada a conviver comigo mesma sem todo o caos e a distração de uma vida na estrada. E não acho que seja apenas um simples caso de "bicho carpinteiro". Não é o conhecido desejo de voltar à estrada com a trupe quando estou fazendo uma pausa há muito tempo. É o fato de não conseguir parar de pensar em todas as coisas que me convenci de que nunca quis. Não quando estou envolta nelas.

Uma respiração profunda enche meus pulmões e é liberada em um suspiro frustrado.

– Tudo bem? – pergunta Fionn da cozinha, a voz cautelosa.

– Tudo.

– Tem certeza…?

– Absoluta.

Posso sentir Fionn me examinando do outro cômodo. O peso de seu olhar avaliador na minha nuca não faz absolutamente nada além de aumentar a sensação de desconforto em pelo menos mais dez pontos.

– É só essa porcaria de gesso – murmuro, o que não deixa de ser verdade.

Estou sentindo uma coceira danada na perna, debaixo das camadas de fibra de vidro. Só preciso de um pouco de alívio. Liberar um pouco dessa tensão reprimida. Só isso. Quer dizer, quem não se sentiria meio claustrofóbico quando está acostumado a ficar na estrada e fazer um espetáculo todo fim de semana?

Com um suspiro, pego uma das agulhas de crochê de metal de Fionn e apoio minha perna de novo na mesa de centro. Enfio a ponta da agulha entre minha pele e o gesso e depois *coço*.

O alívio é absolutamente *delicioso*. Talvez uma das melhores coisas que já senti. E não é o suficiente. Quanto mais coço, mais minha pele anseia por isso. A sensação de necessidade se espalha e busco o alívio com a pequena agulha.

Atinjo em um ponto que está coçando mais, jogo a cabeça para trás e dou um gemido.

– Rose? – chama Fionn da cozinha.

Mal percebo quando ele repete meu nome.

– Ocupada. Deixe seu recado.

– *Rose*, meu Deus do céu.

Ouço seu passo acelerado conforme ele atravessa o piso de madeira. Sei o que está prestes a fazer. Então é claro que redobro meus esforços com a agulha de crochê.

– Fica longe de mim, McSpicy – digo enquanto enfio furiosamente a agulha de crochê por baixo do gesso e coço minha pele.

– Isso vai quebrar e depois vai te cortar.

– É de metal.

– Você vai se machucar.

Afasto a mão de Fionn quando ele pega meu pulso.

– Você não me deixa viver só de açúcar. Fica tentando me dar aquela merda de suco verde. Me deixa fazer *alguma coisa*.

– Você pode pegar uma infecção! – esbraveja ele quando finalmente consegue segurar meu antebraço.

Dou um gemido em protesto quando ele arranca a agulha de crochê da minha mão e a atira para a cadeira à minha frente, fora do meu alcance.

– Mas eu tenho as pérolas – digo com um sorriso meloso.

Meu sorriso se torna perverso quando as bochechas de Fionn ficam coradas. Ele solta meu pulso, mas ainda paira atrás do sofá, com as sobrancelhas franzidas enquanto me encara. Mas há mais do que apenas a opinião médica em sua expressão. Há calor em seus olhos, uma chama que lambe minha pele.

– Elas não duram pra sempre.

– Algumas duram.

– Essas não.

– Que pena.

Fionn revira os olhos, a irritação intensificando o tom de azul safira. Eu me afundo no sofá e solto um suspiro forte para cima para bagunçar minha franja. Os leves vincos que se projetam dos cantos dos olhos dele se suavizam à medida que sua expressão alivia, só um pouco.

– Você não pode fazer isso – diz ele, apontando para a agulha de crochê com a cabeça, enquanto dá a volta no sofá. – Um arranhãozinho de nada pode se tornar um problemão por baixo de gesso.

– Tá, doutor. Eu ouvi nas cinquenta primeiras vezes.

– Tecnicamente, essa é a segunda, mas quem está contando, não é mesmo…

– E, logicamente falando, eu sei disso, mas estou disposta a aceitar o risco por um pouco de alívio – digo quando ele para na minha frente.

Deixo o resto no ar. Que esse é apenas um momento passageiro, um único arranhão que dificilmente vai me satisfazer quando todo o meu ser parece consumido pelo desconforto. Minha carne. Meus pensamentos. Por dentro e por fora, sinto como se estivesse presa, amarrada por camadas e camadas de tecido que não consigo soltar.

E quem sabe, pela primeira vez, Fionn enxergue isso e não finja simplesmente que não existe.

– Tá bem.

É tudo o que ele diz, mais para si do que para mim, acho.

Ele se ajoelha entre o sofá e a mesa de centro, encontrando meus olhos apenas por um instante, o suficiente para acelerar meus batimentos. Ele se concentra na minha perna, envolvendo gentilmente uma das mãos em torno das camadas de fibra de vidro que envolvem meu tornozelo e a outra deslizando sob a parte de trás do meu joelho.

– Fica parada.

E então ele se inclina, com o rosto tão perto da minha coxa que seu cabelo faz cócegas na minha pele. Ele sopra um fiozinho de ar demorado sob a borda do gesso. Sua respiração é fria quando toca a minha pele. Juro que posso senti-la eriçar cada um dos pelos que cresceram na escuridão. Meu coração bate forte nos ouvidos. Será que ele consegue sentir em sua mão quente? Revoltando-se contra ela? Será que ele pensa nas razões pelas quais o ritmo parece aumentar quando ele inspira e sopra outra rajada de ar sob o gesso?

– Isso ajuda? – pergunta Fionn e, quando não digo nada, ele olha para mim.

Dou um leve aceno de cabeça. Mas acho que é mentira. Acho que não ajuda em nada. Acho que está piorando tudo. Se ele percebe que não fui sincera, não fala nada. Apenas observa, atento aos detalhes do meu rosto. Seus olhos escurecem, as pupilas dilatadas. Como se não conseguisse mais me encarar, ele se vira e sopra novamente por baixo do gesso.

– Sei que não é tão eficaz quanto a agulha de crochê – reconhece ele enquanto me lança um sorriso de repreensão por cima do ombro –, mas é o jeito mais seguro.

Não quero lhe dizer que ele está piorando as coisas. Ou que está piorando *outras coisas*.

Minha pelve se contrai. Tento não me contorcer no assento, mas não consigo, não quando o polegar de Fionn passa distraído sobre a carne macia do meu joelho enquanto ele sopra outra rajada de ar sob meu gesso. Minha coxa se retesa e remexo os quadris, me movendo devagar, na esperança de que ele não perceba, porque não quero que ele pare. Mesmo que isso quase me faça perder os sentidos com a necessidade de mais. Mesmo que, aos olhos dele, eu seja apenas uma paciente ou uma amiga. Mesmo que eu saiba que só vai doer mais quando ele me soltar.

Ele continua soprando no gesso. Mais uma vez. Outra. E outra. Eu me reviro no sofá e apoio as mãos no assento, mas nem percebo que estou fazendo isso. Minha pele está em chamas. Sinto uma pulsação entre as pernas, gritando por mais do que consigo dar. Eu deveria pôr um fim nisso, mas parece que não consigo formar uma única palavra, não quando a mão quente de Fionn está na minha perna. Não quando a respiração dele desperta todo tipo de sensações na minha pele.

Fionn se vira para mim, com meu tornozelo e meu joelho ainda nas mãos. Seus olhos se afastam dos meus e sinto a carícia de seu olhar na lateral do meu pescoço e depois no meu peito. Só agora percebo que estou arfando com respirações rápidas, como se tivesse acabado de correr. Engulo em seco, e a atenção dele retorna ao meu pescoço antes de se dirigir aos meus lábios entreabertos.

A voz dele é grave. Baixa. Talvez haja até um tom de acusação nela quando pergunta:

– Você tá bem?

Toda vez que quero me enterrar mais fundo no casulo que parece me sufocar, ele o rasga. Quando quero mentir, descubro que não consigo. O melhor que dá para fazer é omitir a verdade. Mas, dessa vez, parece que não há para onde correr. Não com a maneira como ele observa cada nuance do meu corpo. Já entreguei mais do que seria capaz de esconder.

– Não – sussurro, balançando a cabeça. – Na verdade, não.

Ele não parece surpreso com minha resposta. E, se é uma resposta que ele preferia não receber, também não permite que isso transpareça. Nada em sua expressão muda. Ele ainda segura minha perna, como se pudesse simplesmente voltar a me torturar, respirar contra minha pele.

– Não tá ajudando? – pergunta ele.

– Não. Não tá.

Ele assente, como se fosse a resposta que esperava.

– O que pode ajudar?

Eu poderia dizer a agulha de crochê. Ou arrancar o gesso. Ou bastante álcool para me deixar inconsciente. Olho para a mão dele na minha coxa e depois de volta para seus olhos.

– Não isso. – É tudo o que consigo dizer.

Os olhos de Fionn estão opacos. Sinto como se eu estivesse presa a eles. Como se não houvesse nenhum jeito de me libertar. E a maneira como ele me olha? É como se eu estivesse exatamente onde ele me quer, capturada por seu olhar inabalável.

– O que pode ajudar, Rose? – tenta ele novamente.

Observamos um ao outro. A conexão entre nós nunca se rompe. Nem quando levanto minha mão da borda do sofá, onde está agarrada. Nem quando deslizo as pontas dos dedos pela minha saia curta, nem quando elas traçam minha coxa. Nem quando coloco minha mão sobre a de Fionn. A princípio, fico achando que nada mudou nele. Mas então eu vejo: o batimento acelerado na artéria que cruza seu pescoço, a sutil contração dos músculos tensos dos ombros.

Ele poderia me impedir. Mas não faz isso.

Pego a mão dele. Não tiro meus olhos de Fionn enquanto deslizo sua mão pela minha coxa, centímetro a centímetro agonizante. O mundo ao nosso redor desaparece. A única coisa que vejo é minha mão guiando seu toque pela minha pele.

Sua atenção não se desvia do meu rosto, nem quando o movimento faz subir ainda mais a bainha da saia e nossas mãos também. Nem quando deslizo as pontas dos dedos dele pela borda de renda da minha calcinha. Nem mesmo quando me movo em um ritmo excruciantemente lento para levar sua mão até minha vulva, onde o tecido está quente e úmido. Só então paro, com a mão pressionada sobre a de Fionn, meu clitóris latejando de desejo sob seu toque.

Ele ainda não olha para baixo. Não sei o que vai acontecer quando eu tirar minha mão. Talvez ele pare. Diga que isso é uma péssima ideia. Ele é meu médico. Ele me convidou para ficar na casa dele porque tem um coração bom. Apenas tentou me ajudar, sem segundas intenções em mente. Já espero essa resposta.

Mas não é o que acontece.

O olhar de Fionn não se desvia do meu, a mão ainda na minha boceta. Com a mão direita, ele ergue lentamente meu tornozelo, levantando minha perna para poder passar por baixo dela. Ele a abaixa e apoia o gesso em seu ombro.

– Eu... não tenho como ter um relacionamento com você, Rose – adverte ele.

Há algo em suas palavras que arde no fundo de uma caverna oculta do meu coração. Mas por quê? Não é como se eu pudesse ficar, mesmo que quisesse. Não com Matt à espreita. Ele claramente está um pouco interessado demais na minha presença aqui. Para Fionn, não é seguro que eu fique. E definitivamente *não quero* ficar, não importa em que medida eu romantize esses momentos da vida em uma cidadezinha. É só uma paixonite, só isso. Por um *médico*. Todo inteligente, gentil e sexy. Por uma cidade. É fofo, com as pessoas acolhedoras e o clube da luta barulhento e as vovozinhas crocheteiras que não levam desaforo para casa. Mas minha casa é na estrada. Em um trailer. Em uma grande tenda. Voando dentro de uma gaiola de metal. Uma pessoa como eu não escolhe um relacionamento em vez desse tipo de vida. E uma pessoa como Fionn não escolhe um relacionamento com alguém como eu.

Acalmo o leve desconforto com um dar de ombros.

– Eu nunca disse que queria isso.

Fionn assente. Parece aliviado.

– Então precisamos de regras.

– Será que elas podem ser estabelecidas quando sua mão não estiver na minha boceta? Porque agora não é o melhor momento pra ter pensamentos lógicos.

Fionn afasta a mão e uma onda esmagadora de desejo não atendido percorre minhas veias.

– Não foi bem isso que eu quis dizer.

– Primeiro as regras – insiste ele. – A gente não vai querer estragar tudo antes mesmo de começar.

– Tá bem – digo, revirando os olhos. – Nada de… ficar de chamego.

Fionn faz que sim com a cabeça.

– Certo. Boa. Nada de beijar na boca.

– Nada de dormir na cama um do outro.

– Nada de mãos dadas ou demonstrações de afeto em público.

– Nada de apelidos. Mas doutor não conta. Você é… *doutor*.

Fionn solta uma gargalhada, cujo calor provoca arrepios na minha pele. Seus olhos derretidos ficam mais suaves só por um segundo.

– E vamos nos comunicando, tá bem? – diz ele, e eu lhe dou um leve sorriso. – Vamos continuar conversando.

– Tá bem – respondo, assentindo.

Minha cabeça continua balançando, os lábios pressionados em uma linha apertada, todos os músculos do meu corpo retesados até que um fio escondido dentro de mim se rompe.

– Mas não agora. Com todo respeito, Dr. Kane, cala a porra da boca e chupa a minha boceta.

Ele dá uma risada. Mas é sombria e gutural. Seus olhos são vorazes quando enfia a cabeça no meio das minhas coxas. A primeira pressão da boca dele no tecido que cobre minha boceta incendeia um calor líquido no meu peito. Desperta um desejo, uma necessidade. Mas a necessidade é um veneno. Ela queima. Reivindica. Conquista e derrota. E eu me rendo a ela. Esqueço tudo sobre quem sou, onde estou, o que é isso. Só quero mais. Mais de suas mãos na minha carne, afastando minhas pernas. Mais da forma como ele solta um gemido rouco quando passo as unhas em seu couro cabeludo e agarro os cabelos. Chego a implorar por mais quando ele leva a boca ao meu clitóris, ainda envolto no tecido úmido e sedoso. *Por favor. Isso. Mais.*

Quando deixo a cabeça pender no encosto do sofá, ele continua a me observar. Toda vez que olho para ele, ele está esperando, um ímã pronto para me colocar de volta no lugar. Ele quer que eu assista, dá para ver. Está no vinco que aparece entre suas sobrancelhas, na maneira como me cobre de beijos vorazes por cima do tecido delicado. Ele mantém minha perna quebrada pendurada em um dos ombros e desliza as mãos pelas minhas coxas. Uma delas segue adiante, escorregando por baixo da minha blusa para percorrer um caminho de calor formigante pela minha barriga até meu peito, até a bainha do meu sutiã. Ele puxa um dos bojos para baixo e passa o polegar sobre meu mamilo, persuadindo-o a atingir um pico firme.

– Rose – sussurra ele. Ele puxa minha calcinha para o lado e envolve meu clitóris com a língua até eu fechar os olhos. Estou ofegante, afundando em uma névoa de euforia. – Se você…

– Se eu quiser que você pare, é só dizer, aham, regras, blá-blá-blá…

– Se você *não* quiser que eu pare, Rose – diz ele com um sorriso malicioso e os olhos semicerrados –, é melhor não tirar os olhos de mim.

Engulo em seco.

– Tá bem.

– Boa menina – diz ele, e desce aos poucos, sem piscar, até o momento em que pressiona a língua no meu clitóris e dá um gemido contra minha pele.

Sua expressão é de satisfação e desejo, como se isso fosse algo que ele quisesse, mas ainda não fosse o suficiente. Como se sempre precisasse de mais. Sei como é essa sensação. Essa sensação já está incrustada no meu peito como uma farpa que jamais vai ser arrancada. Em apenas alguns segundos, percebo que talvez tenha sacrificado mais de mim do que esperava com esse acordo. Porque não sei como vou ser capaz de ficar longe disso quando terminar. E mal começou.

Quero fechar os olhos, só por um segundo, mas não faço isso. Não consigo suportar a ideia de Fionn parar. Não quando ele rasga minha calcinha na lateral, sem se dar ao trabalho de tirá-la. Ele mergulha dois dedos na minha boceta e sei que estou encharcando sua mão. Ele os esfrega em um ritmo lento, e dou um gemido quando ele fecha a boca no meu clitóris e passa a língua sobre o botão inchado de terminações nervosas. Os dedos se curvam, acariciando meu ponto G, e dou outro gemido, me desmanchando ainda mais nas almofadas felpudas. Quando passo as unhas em seu couro cabeludo, ele geme de aprovação, uma vibração que me leva para mais perto de um limite que não estou pronta para atingir. Quero prolongar esse prazer. Quero viver cada segundo da língua de Fionn lambendo meu clitóris, dos dedos dele penetrando minha boceta. De seus olhos fixos nos meus, sombrios e letais.

E então ele chupa meu clitóris, e perco a batalha, despencando do penhasco do desejo.

Minhas costas se curvam. Dou um grito. Uma das mãos agarra a borda do sofá, a outra, a nuca de Fionn, enquanto o pressiono contra minha vulva. Ele deixa passar quando fecho os olhos e esqueço tudo sobre suas regras e exigências. Estrelas explodem na tela preta das minhas pálpebras fechadas. Meus batimentos ecoam na cabeça. Eu me desmancho nas mãos de Fionn, e ele persegue cada momento da minha espiral de prazer com a língua. Só quando tem certeza de que já estou satisfeita e não aguento mais, ele afasta a boca e desliza os dedos para fora da minha boceta encharcada.

É um longo momento que passa apenas com o som da minha respiração irregular entre nós. Ainda não abri os olhos quando ele tira minha perna do ombro. Mas ele não a solta. Ele pega a outra e, um segundo depois, estou sendo erguida do sofá. Quando meus olhos se abrem, seu olhar está fixo nos meus lábios entreabertos. Por um instante, acho que ele vai quebrar sua primeira regra e me beijar, mas ele afasta esse pensamento com um sorriso.

– Você não achou que a gente já tinha terminado, né?

– Eu esperava que não – respondo.

Seu sorriso se torna malicioso quando ele começa a caminhar em direção ao corredor que leva aos quartos.

Um único e indesejado pensamento atravessa minha mente: talvez ele esteja certo. Coçar algo pode transformar isso em uma ferida aberta.

Eu me agarro com mais força ao seu pescoço e deixo que ele me carregue.

14
INCONSEQUENTE
FIONN

Como sempre acontece quando estou com Rose, uma pergunta envolve os tentáculos em todos os meus pensamentos:

Que diabos estou fazendo?

Ela assume milhares de significados. O que estou fazendo ao levar minha paciente para o meu quarto? O que estou fazendo ao transar com minha amiga? *O que estou fazendo*: jurei que ficaria longe de relacionamentos. Uma amizade é um relacionamento. Existem regras, claro, mas por que diabos não estou terminando isso antes de começarmos? Eu poderia pelo menos ter esperado até que a névoa da luxúria se dissipasse para que a gente pudesse conversar sobre isso como dois adultos racionais.

Que diabos estou fazendo?

Sei o que *não* estou fazendo.

Não estou parando, porra.

Não, a menos que ela me peça. Não quando Rose está deitada no meio da minha cama, com a respiração ainda instável pela forma como a fiz gozar na sala. E, caralho, foi perfeito. O sabor dela é muito doce. Passo a língua pelos lábios enquanto a encaro. A boceta apertadinha pressionou meus dedos quando ela gozou, como se seu corpo estivesse desesperado por mais do meu toque. Minha mão ficou encharcada. Queria que ela assistisse enquanto eu lambia seu gozo dos meus dedos, mas ela parecia perdida em outra dimensão de euforia, e eu jamais interromperia isso.

E isso não parece ser algo que um amigo faria. Um amante, por outro lado…

As dúvidas ainda estão pairando, me dizendo que se trata de uma ideia tão ruim que chega a ser épica. Não sou uma boa pessoa para ela. Não importa até que ponto eu queira ser outra pessoa, agora sei que há outro lado meu por trás desses desejos específicos, e não sei qual é a profundidade desse poço. Mas acho que não tenho força de vontade para resistir a ela. Rose é tão linda ao se sentar o suficiente para puxar a blusa por cima da cabeça, ficando só com o sutiã preto. A calcinha já está rasgada, pendurada na coxa da perna intacta, e ela a tira e a chuta para a beirada da cama, sem tirar os olhos dos meus.

– Achei que você tinha dito que a gente ainda não tinha terminado – sussurra ela.

Um sorriso lento se insinua em seu rosto. De alguma maneira, ela faz até o gesso parecer sensual. Há algo na maneira como ela se adaptou a ele. Uma graça em sua resiliência que considero inebriante.

– Ainda não terminei – digo, embora não me aproxime nem um centímetro, nem mesmo quando as pernas dela se abrem em desafio. – Só estou…

– Hesitante?

– Indo com calma.

– Então… hesitando.

– Prefiro "aproveitando ao máximo" – retruco.

Estou totalmente hesitante.

Seu sorriso se alarga enquanto me observa. Dificilmente alguma coisa passa batido para ela. Sinto que consegui manter meus segredos mais profundos guardados, apesar do que aconteceu na luta dos Irmãos de Sangue. Mas é preciso muito esforço. Todo o resto parece escapar do meu controle, como se eu estivesse aberto ao meio e ela tivesse entrado para espiar.

– Então acho melhor eu dar uma mãozinha pra você – diz Rose. Uma faísca se acende em seus olhos. – Ou pra mim.

Com isso, ela desliza a mão pelo corpo, uma carícia que desce do entalhe do pescoço, entre os seios, passando pelo umbigo. Seu toque se desvia de um osso do quadril para o outro, me provocando. Ela não tira os olhos dos meus. Ainda não me mexi. Nem mesmo quando os dedos dela finalmente escorregam até a boceta, e ela toca o clitóris. Rose dá uma mordiscada no lábio inferior, soltando um suspiro longo e trêmulo.

– Sinto que estou sendo amiga de mim mesma nessa história de amizade colorida – diz ela, a voz mal passando de um sussurro que se transforma em gemido. Há um peso sincero nas palavras e talvez um pouco de decepção quando ela diz: – Não precisa se juntar a mim, doutor.

– Até parece.

Com uma das mãos atrás da cabeça, pego a camisa entre os ombros e a arranco, deixando-a cair no chão. Os olhos de Rose pousam no meu peito, depois no abdômen. Eles se prendem ao movimento da minha mão quando solto a fivela do cinto, o botão em seguida e o zíper por último. Não tenho pressa, fascinado por seu olhar inabalável e pela maneira como ela esfrega o dedo no clitóris. Não perco um segundo sequer, gravando na memória o que ela parece gostar. Um padrão. Uma pausa. Quero tocá-la da mesma forma, ou surpreendê-la com algo de que goste ainda mais. Algo que não consiga fazer sozinha. Quero desvendá-la, não apenas observá-la.

Passo a calça jeans e a cueca pelos quadris. Rose não faz nenhum esforço para esconder a maneira como olha para o meu pau duro. Assim como em tudo o mais na vida, ela é ousada, descarada. Não se intimida com o que as outras pessoas vão pensar ou com as regras tácitas que nos limitam. Rose sabe o que quer. E é inebriante saber que o que ela quer sou *eu*. Abertamente. Ela desliza os olhos pelo meu corpo como se estivesse saboreando cada centímetro de pele. Preciso de todas as minhas forças para não me atirar em cima dela e enterrar o pau até o talo em sua boceta com uma única estocada.

– Você tá com os exames em dia? – pergunta ela.

– Sim. Tô limpo. Já faz… um tempo. Um *bom* tempo.

Rose assente, sem julgamento ou preocupação em seus olhos, apenas luxúria.

– Eu uso DIU – diz ela, sem diminuir o movimento dos dedos no clitóris. – Fiz os exames ano passado. Não fiquei com ninguém desde então. Então, se estiver com medo de gozar dentro de mim, não precisa. – Um pequeno tremor sacode seus ombros, como se o mero pensamento a aproximasse de mais um orgasmo. – Eu ia gostar. Muito.

Inclino a cabeça e seguro meu pau com a mão firme.

– Quanto?

– *Muito* – repete ela, e seu olhar se funde ao meu, a expressão arrebatada. – Dentro de mim. Em mim. Aham… *cum kink*. Eu meio que curto.

Meu pau fica ainda mais duro, o que parecia impossível.

– Mas se você não gostar…

– Eu curto. Sem dúvida – respondo, e os lábios de Rose se esticam em um sorriso encantador.

– Então, tá esperando o quê? – sussurra ela.

Puta merda. Ela é absolutamente perfeita. E isso é inconsequente demais. Mas não tem como eu parar agora. Mesmo que seja só essa vez. Mesmo que isso esmague meu coração. Eu a quero demais. Eu a desejo muito profundamente. E ela precisa de mim tanto quanto eu preciso dela. Engulo em seco, mantendo a mão em volta do meu pau enquanto dou um passo à frente e me deito na cama. Ela tira a mão enquanto começo a me posicionar bem na sua entrada.

– Se tiver alguma coisa de que você não goste – digo, sem entrar em seu calor convidativo –, se houver qualquer coisa que te deixe desconfortável. Se quiser que eu pare, é só me dizer. Eu paro.

– Tá. Você também.

Rose permanece com os olhos fixos nos meus enquanto dá um leve aceno de cabeça. Não há nenhum ar de provocação em seus olhos quando ela passa as mãos pelos meus braços, apoiados ao lado de seus ombros.

– Eu confio em você, Fionn.

Vasculho o rosto dela. Não há mentira em suas palavras.

Preciso dar tudo de mim para não me inclinar e beijá-la enquanto penetro em seu calor apertado ao som de seu suspiro.

Até mesmo encaixar apenas a cabeça do meu pau na boceta dela é eufórico. Uma revelação. Faz alguns anos que não fico com mulher nenhuma, mas não me lembro de uma sequer que fosse tão gostosa quanto Rose. Fico ali, parado, tomado por seu calor. Os lábios de Rose estão entreabertos, a testa franzida. Ela crava os dedos nos meus ombros.

– Mais – diz ela, com um suspiro.

Levo uma das mãos ao seu quadril, descendo até o joelho, levantando a perna machucada da cama. Em seguida, meto mais fundo ao som de seu gemido desesperado.

– *Puta merda*, Rose – sibilo, deslizando ainda mais fundo, sem parar até que meus quadris estejam alinhados com o corpo dela.

Estamos os dois com a respiração pesada e mal começamos.

– Você é… – começa ela.

Rose fica sem palavras quando deslizo lentamente para fora. Meto com força, e ela solta um gemido desesperado.

– Caralho, Fionn. Você é muito gostoso.

Repito o movimento, retirando devagar e metendo com força. Rose joga a cabeça para trás e geme.

– Porra – diz ela, ofegante. – Adoro isso.

Dou mais algumas estocadas fortes antes de acelerar o ritmo em movimentos mais firmes, e ela geme outra vez.

– Me fala o que mais você adora.

– Isso – diz ela. As mãos traçam minhas costas, mapeando meus músculos e ossos. – Isso também.

Sorrio, embora ela não veja. Seus olhos estão fechados, a testa, franzida. Puxo os bojos de renda do sutiã para baixo e fecho a boca ao redor do seio, passando a língua sobre o mamilo. Ela corre as unhas pelo meu cabelo.

– E isso. *Aham*. Nossa. – Beijo o outro seio enquanto mantenho o ritmo dos movimentos longos na boceta. – E você…? Do que você gosta?

– Da porra toda – digo, a verdade absoluta. – Adoro sua boceta apertada. Adoro ficar dentro dela. Adoro te chupar.

Ela geme com as minhas palavras, e as unhas arranham minha pele enquanto abro seu sutiã e o jogo no chão.

– O que mais? O que te excita?

– Ir atrás de você – respondo, me esforçando para não foder Rose com força demais só de pensar nisso. Quero ir com calma e aproveitar cada segundo do que pode ser uma única vez. – Te encontrar. Te foder como a porra de um prêmio.

Rose estremece embaixo de mim e sei imediatamente que ela gosta dessa fantasia tanto quanto eu. Olho para ela, e ela me dá um sorriso travesso.

– Meu Deus, sim. Mas e se você não conseguisse me encontrar?

Meus movimentos ficam mais lentos. Mantenho os olhos fixos nela. A vontade de beijá-la me tira o fôlego. É preciso todo o meu esforço para não fazer isso, o que faz com que não sobre mais nada. Talvez ela não veja que todas as barreiras que tento manter desabaram, mesmo que apenas por um instante, quando digo:

– Eu *sempre* vou te encontrar, Rose.

O sorriso de Rose é tão leve que poderia ser imaginação. A contração em sua testa é tão breve que poderia ser uma miragem. Mas, se ela acha que isso ainda é um jogo ou algo mais, não diz. Porque não há mais palavras depois disso.

Beijo seu pescoço. Ela passa os dedos pela minha pele. Nosso ritmo se torna mais urgente. Estocadas profundas, gemidos desesperados. Meu pau desliza no calor dela, a boceta pressiona minha ereção. Seu corpo agarra o meu como se fosse uma peça que faltava e que ela não consegue soltar. Os gemidos se tornam mais intensos, e sei que ela está chegando lá. Deslizo a mão pelo seu corpo e pressiono os dedos no clitóris, e, em segundos, ela está perdendo o controle. Suas costas se inclinam para fora da cama. Acelero o ritmo. Ela grita meu nome e entro em êxtase com ela, mantendo meu toque firme em seu feixe de nervos enquanto tiro o pau depressa.

– Olha pra baixo – disparo entre os dentes cerrados, segurando meu pau com a outra mão, enquanto um jato de esperma jorra em seu seio esquerdo.

– Caralho, que delícia, Fionn.

Volto a penetrá-la no mesmo instante. Outro jorro de esperma se derrama em sua boceta. Retiro de novo e, dessa vez, o esperma acerta a barriga dela. Meto outra vez, permanecendo enterrado ali, terminando de gozar dentro dela. Apoio os braços ao lado do corpo dela, nós dois nos recuperando, ofegantes. A visão dela melada com a minha porra só me faz querer fazer tudo de novo até que ela esteja completamente coberta. E, pelo modo como ela olha para o próprio corpo, acho que está pensando a mesma coisa.

– Isso foi gostoso demais – sussurra Rose.

As mãos dela traçam padrões nos músculos tensos dos meus braços. Parte de mim se preocupa com a possibilidade de ela estar desconfortável ou com dor por conta da perna quebrada, mas, à medida que faço movimentos lentos dentro dela, meu pau ainda ereto e mais duro a cada segundo que me recupero, essas preocupações desaparecem.

Ela olha para o ponto onde estamos unidos e morde um dos lábios corados.

– Já te falei que amo ser coberta e preenchida de porra? – pergunta ela, os olhos encontrando os meus com falsa inocência.

Meu pau se contrai com a necessidade crescente.

– Olha, acho que você mencionou, sim. – Meto com mais força, começando a pegar um ritmo mais constante. – Mas eu sou médico. Preciso de alguma prova empírica antes de ter certeza.

– Ainda bem – diz ela em meio a um gemido.

Nós transamos. Gozamos. Transamos outra vez. Eu gozo na boceta dela. Gozo nos seios. Na barriga. O sol está se pondo quando finalmente paramos, ambos ofegantes, ambos saciados, embora eu não saiba dizer por quanto tempo. E, quando saio de dentro dela pela última vez, já estou pensando em como vou ser capaz de seguir essas regras.

Estou prestes a perguntar a Rose se ela está com fome ou se posso lhe trazer alguma coisa na cama. E, se ela disser que quer ficar no meu quarto para dormirmos juntos, não vou recusar de jeito nenhum. Mas, antes que eu possa dizer qualquer coisa, ela se arrasta até a beirada do colchão e depois se levanta, equilibrando-se na perna boa, com a perna machucada dobrada para manter o gesso longe do chão.

– Espera – digo, soltando meus pés dos lençóis. – Deixa eu te ajudar.

– Eu tô bem, doutor. – Ela me lança um sorriso por cima do ombro antes de sair quicando em direção à porta. A bunda sacode a cada pulo, e tenho que contrair a mandíbula para não implorar que ela volte para podermos fazer tudo de novo. – Regras, lembra?

– Aham – respondo, com a voz baixa e calma, como se minha mente tivesse se perdido em um feitiço e eu mal conseguisse pronunciar algo tão simples.

E, quando ela para na porta, acho que talvez seja verdade.

Rose se vira, ficando totalmente de frente para mim. A pele brilha com o meu esperma. Está espalhado nas coxas dela, manchando a barriga e os seios. Com a outra mão apoiada na maçaneta da porta, ela passa um dedo pelo esperma espalhado na barriga, arrasta-o para cima, traçando o inchaço no seio. Seus olhos nunca deixam os meus enquanto ela leva o dedo à boca e o coloca na língua. Os lábios se fecham ao redor dele. Ela murmura, satisfeita, e depois me dá uma piscadela.

Mil fantasias inundam minha mente, todas elas com Rose. Meu pau fica mais duro.

– Boa noite, doutor. Obrigada pela diversão.

Ela fecha a porta e me deixa sentado na escuridão crescente.

15
DESCIDA
ROSE

Não me lembro da última vez que estive em um avião. E sei que nunca entrei em um acompanhada de um homem. Pelo menos, não um com quem tenho uma amizade colorida.

Muito menos com um que está com a mão debaixo da minha saia e os dedos enfiados na minha boceta.

Consigo sufocar um gemido, mas por pouco.

– Xiu – diz Fionn, esfregando os dedos para dentro e para fora com movimentos lentos.

Tento não me contorcer, mas é quase impossível ficar quieta.

– Alguém vai te ouvir.

– Como se qualquer um que passou por aqui já não tivesse percebido o que estamos fazendo – sussurro de volta. – A sua jaqueta tá no meu colo e é lógico que a sua mão tá se mexendo *bem naquele lugar*.

– Quer que eu pare? – pergunta ele, num ronronar.

– Nem *fodendo*.

E com certeza não quero que ele pare. Na verdade, estou bem surpresa por estarmos aqui nessa situação. Achei que depois da nossa primeira noite, umas semanas atrás, ele não ia querer fazer isso nunca mais. E, com certeza, ele passou um ou dois dias atolado em um poço desnecessário de aversão a si mesmo, mas durou só o tempo necessário para que o noticiário local anunciasse que a busca por Eric Donovan havia sido suspensa no lago Humboldt. Não sei ao certo se ele achou isso bom ou ruim, mas foi justificativa suficiente para transarmos na bancada da cozinha da casa dele.

Então Rowan ligou perguntando se queríamos ir à inauguração do novo restaurante dele. Topamos e, depois de eu experimentar alguns vestidos bonitinhos que estavam em um armário da pobre e negligenciada Dorothy, proporcionamos uma trilha sonora divertida para os apavorantes moradores da colheita maldita do Camping Princesa da Pradaria enquanto eu o chupava na cama do trailer e ele gritava meu nome. E agora aqui estamos nós. Em um avião. Rumo a Boston. Com os dedos de Fionn enfiados bem fundo na minha boceta.

Ele esfrega o polegar no meu clitóris, e quase sou ejetada do assento.

– Segurança em primeiro lugar.

E, ao dizer isso, Fionn estica o braço por cima dos meus quadris e, com a mão livre, puxa uma das pontas do cinto de segurança por cima da jaqueta e depois a outra. Ele desliza o clipe de metal na fivela e depois o aperta com um puxão rápido da correia, prendendo sua outra mão contra minha boceta.

– É preciso permanecer com o cinto de segurança em caso de turbulência.

– Meu Deus do céu – digo entredentes, conforme os dedos vão mais fundo. – Quem é *você*?

– Estou apenas retribuindo o boquete que você fez no trailer outro dia. É o que os amigos fazem. Além do mais, estamos em plenas miniférias de Hartford, tecnicamente. E deveríamos comemorar o fato de estarmos fora da cidade.

– Violando as regras?

Fionn zomba, removendo os dedos para provocar meu clitóris com movimentos circulares.

– Não estamos violando as regras.

– Isso não conta como "demonstração pública de afeto"? – pergunto, sem fôlego.

– Tecnicamente, não. Além disso, dei entrada em um pedido de alteração das regras quando embarcamos. Desde que eu faça você gozar, não conta.

Ele volta a enfiar os dedos dentro de mim, e eu viro o rosto e mordo o punho, pressionando a testa na janela, onde o céu noturno se estende em direção a um horizonte curvo de nuvens. Ouvimos o alerta de um iminente anúncio do piloto.

– Iniciamos a descida em direção a Boston. Chegaremos ao nosso destino às 23h17. A temperatura em Boston é de 9 graus e a previsão é de chuva forte. Os comissários vão passar pela cabine para recolher os descartes restantes. Desejamos uma estadia agradável em Boston e agradecemos por voar conosco.

– É melhor se apressar, Rose – sussurra Fionn contra a concha da minha orelha enquanto pressiona meu clitóris com mais força usando a ponta do polegar. Sufoco um gemido no punho. – Eles estão passando pela cabine. Você não quer ser pega com os meus dedos dentro da sua boceta, quer?

Ele começa a meter mais rápido. Esfrega os dedos do lado de dentro. Esfrega o polegar em mim, e eu fecho os olhos, cada músculo se contraindo à medida que o gozo se desenrola dentro de mim. Minha mão livre agarra o pulso de Fionn por cima da jaqueta, mas ele continua e não para até ter certeza de que eu tenha aproveitado cada segundo de prazer deste momento. Ele remove os dedos lentamente, como se estivesse saboreando o calor que envolve seu toque e a bagunça que fez comigo. Posso sentir minhas coxas encharcadas, a umidade fresca da calcinha quando ele a coloca de volta no lugar. Depois de endireitar minha saia, ele pega a jaqueta e a coloca no próprio colo no momento em que uma comissária de bordo se aproxima.

– Isso foi bem pervertido, principalmente para um médico respeitável como você – digo com um sorriso malicioso enquanto Fionn coloca um dos dedos na língua e chupa minha lubrificação. Ele dá de ombros e repete o movimento com o segundo dedo. – Poderíamos ter sido pegos.

– Por isso que é divertido.

– Já fiz essa pergunta. Quem é *você*?

– E eu te respondi antes que estava retribuindo um favor. É pra isso que servem os amigos.

– Acho que existe um homem malvado dentro desse médico bonzinho – provoco. – E eu gosto dele.

Nossos olhares se encontram. O brilho provocante nos olhos de Fionn se transforma em algo derretido que arde mais forte ao chegar à minha boca. Eu poderia me aproximar. Ele também. Talvez ele esteja pensando nisso. Assim como estou imaginando como seria saboreá-lo, meu gozo ainda em seus lábios. E, caramba, como ele fica lindo com esse toque de arrogância que ergue um dos cantos dos lábios… Acho que Fionn vai desviar o olhar, mas ele não faz isso, e meu coração bate como se estivesse tentando me aproximar dele a cada batida.

O avião desce de repente com um solavanco conforme vamos em direção às nuvens, e nós dois nos endireitamos, segurando os apoios de braço, com a mão de Fionn sobre a minha.

– É tipo andar de montanha-russa, né? É meu brinquedo favorito no Silveria. Sempre gosto de testar toda vez que montamos ele – digo com um sorriso tranquilo enquanto a turbulência sacode a cabine.

Ouço alguns ruídos de surpresa vindo de outros passageiros. Fionn cruza o olhar com o meu e pisca como se estivesse saindo de uma névoa. Em seguida, solta a minha mão.

– Pois é – responde ele, mas seu sorriso está perdendo a leveza anterior. – Sem dúvida, o frio na barriga é igual.

O avião sacode mais algumas vezes em meio à nuvem pesada, mas nós dois nos acomodamos com as mãos no colo. Talvez eu estivesse errada em achar que sou a única que fica pensando o que vai acontecer quando eu tirar o gesso e a vida puder voltar ao normal. Talvez nós dois precisássemos desse lembrete: nossa vida normal ainda existe, mesmo que a gente esteja aqui, fora do ritmo habitual. E, se os limites se confundem a ponto de não conseguirmos enxergá-los, vai ser muito mais difícil voltarmos a ser nós mesmos.

Durante o resto do voo, é como se ambos estivéssemos cientes de que estamos chegando perto demais de limites que não devem ser ultrapassados. Embora ele me ajude a cada passo ao descermos do avião e andarmos pelo aeroporto, não conversamos muito, mantendo um clima leve.

Pelo menos, fico quieta até chegarmos à esteira de bagagens e minha mala não aparecer. Depois disso, acho que não paro de falar por nem um minuto inteiro. Nem quando nos dirigimos ao balcão de atendimento para localizá-la, nem quando preenchemos a papelada para que ela seja entregue no dia seguinte no hotel, nem mesmo quando finalmente entramos em um carro e seguimos para a cidade em meio à chuva forte. Estou tão irritada que mal toco no pacote de Cheetos com que Fionn tenta aplacar meu incômodo.

– Porra, como assim? – digo pela trigésima vez, sacudindo um salgadinho enquanto nosso Uber diminui a velocidade na Franklin Street, no centro de Boston. – Nossas malas foram literalmente despachadas ao mesmo tempo. Como a minha foi parar na Flórida e a sua tá aqui?

– Mistérios da aviação – responde Fionn.

– Todas as minhas roupas estavam lá. Literalmente, *todas*.

– A gente pode comprar alguma coisa pra você amanhã, não tem problema. E falaram que a sua mala deve chegar à tarde.

– Minha escova de dentes.

– Eu tenho uma escova de dentes.

– Que bom pra você. Manda ver, doutor.

– O que quis dizer é que você pode pegar a minha emprestada. Mas tenho certeza de que o hotel deve ter alguma na recepção. – Ele me observa enquanto eu finalmente mastigo o palitinho laranja. – Você tá muito irritada.

– Estou mesmo, Dr. Atento. – Dou um suspiro, percebendo que fui grosseira, embora Fionn não pareça incomodado. – Desculpa. É que o meu tarô tá naquela mala e tô preocupada com ele.

Fionn franze as sobrancelhas enquanto seu olhar percorre meu rosto.

– Você não trouxe com você?

Balanço a cabeça.

– Por que não?

– Fiz uma leitura antes de virmos e tive um sentimento estranhamente forte de colocá-lo na mala. Aprendi do jeito mais difícil a não ignorar a vovó quando ela me diz alguma coisa, embora às vezes eu tente – respondo, apontando para o gesso. – Não costuma dar muito certo ignorar as mensagens dela.

– Vovó é o nome que você deu pro seu tarô?

– Não. O baralho era da minha avó. Ela morreu em cima dele. Literalmente. *Bum*. – Bato uma palma, e Fionn se assusta. – Caiu em cima do baralho, que Deus a tenha. Agora ela tá tipo… presa a ele.

– Tá… bem… Sinto muito pela morte da sua avó – diz ele, embora soe um pouco como uma pergunta.

– Não precisa. Ela tá superfeliz no além.

Coloco outro salgadinho na boca. Aos poucos nos aproximamos do Hotel Langham e paramos bem na frente do edifício de granito impressionante, com toldos vermelho-sangue que lhe dão um ar de sofisticação na luz ambiente da noite na cidade. Enquanto Fionn tira a mala do carro, vou até a esquina para esperar por ele. A chuva se transformou em uma névoa refrescante, e eu viro o rosto em direção ao céu, fechando os olhos.

Isso faz com que seja *ainda mais chocante* quando sou atingida com força total por um jato de água fria.

No meu rosto. No meu cabelo. Encharcando minhas roupas. Escorrendo pelas minhas pernas, para dentro do gesso e da bota. Olho para o lado a tempo de ver o carro se afastando, provavelmente sem saber que acabou de me dar um banho ao passar pela poça gigante junto ao meio-fio.

– Ai, meu Deus – diz Fionn, o sotaque mais forte de preocupação e surpresa. – Você tá bem?

– Ótima – respondo, tentando enxugar os olhos com as mãos, o que não adianta nada. – Agora entendi.

– Entendeu o quê?

Aponto para minha jaqueta aberta. Até o bolso interno está encharcado, atingido pela força da água. O bolso onde sempre guardo o baralho.

– Foi por isso que a vovó quis tirar férias na Flórida.

Fionn me dá um sorriso compreensivo e tira o casaco, esperando que eu tire o meu para que ele possa colocá-lo nos meus ombros. Quando olho para cima, ele está ainda mais bonito do que o normal, o que é irritante, com a névoa no rosto e no cabelo.

– Vamos entrar.

Segundos depois, adentramos o saguão austero do Hotel Langham.

– Temos uma reserva em nome de Fionn Kane – diz Fionn ao colocar um cartão de crédito e a carteira de motorista no balcão branco imaculado da recepção.

A mulher do outro lado tem unhas perfeitas, sorriso perfeito, cabelo perfeito e bem-comportado, penteado para trás em um coque impecavelmente elegante. Já eu pareço ter sido arrastada pelo apocalipse, lutado contra alguns zumbis e escapado por pouco com algumas histórias de terror e um pacote de Cheetos molhado. E eu arrasaria no apocalipse, sem a menor dúvida. Sou uma garota do circo, fomos feitas para sobreviver ao fim do mundo. Mas não sei se fui feita para o requinte do Langham, com sua decoração em ouro escovado, cinza frio e azul suave. Ele tem até um *cheiro* caro. Decididamente, não parece Cheetos.

O doutor, por outro lado, parece completamente à vontade enquanto observa a mulher digitar os dados e devolver a carteira de motorista. Pelo menos, parece tranquilo até que ela abra a boca.

– Bem-vindo ao Langham, Sr. Kane. Fiz seu check-in para quatro noites com uma cama king size.

Fionn pisca, aturdido, as bochechas coradas.

– Eu reservei um quarto com duas camas queen size, na verdade – diz ele, inclinando-se para perto do balcão, com os olhos voltados para mim.

– Ah, desculpe, senhor – diz a mulher. Ela baixa as sobrancelhas enquanto olha para o monitor e clica no mouse várias vezes. – Peço desculpas pelo contratempo, mas parece que só temos esse quarto *king premier* disponível dentre os quartos standard. Está acontecendo um festival de jazz na cidade. Estamos bem cheios.

Sorrio para ela, embora seu foco ainda esteja na tela. Estou prestes a abrir a boca para dizer a Fionn e à recepcionista que está tudo bem, quando Fionn se inclina contra o balcão, com uma expressão de desânimo nos olhos.

– Vocês não têm uma suíte executiva? Algo com um sofá-cama? Eu pago a diferença – diz ele.

A recepcionista disfarça um sutil estremecimento de dúvida enquanto mexe no mouse.

– Se tivermos um disponível, posso lhe oferecer um desconto de cinquenta por cento, o que reduziria o valor para cerca de 896 dólares por noite.

– *Doutor*... – murmuro.

A mulher atrás do balcão solta um suspiro.

– Sinto muito. Realmente não há mais nada disponível. O senhor gostaria de continuar com o quarto premier?

A decepção na voz de Fionn é óbvia quando ele concorda. Ela passa o cartão, entrega as chaves do quarto e em seguida vamos para o saguão, eu já alguns passos à frente.

– Não tem problema, Fionn.

– Você me chamou pelo nome – diz ele, e lanço um olhar questionador para trás. – Você costuma me chamar de doutor. Ou McSpicy. Tá irritada?

– Sinceramente? Um pouco, porque sei que estou parecendo um show de horrores do apocalipse Cheetos...

– Como é que é?

– Mas tudo *bem* com o quarto. Eu posso dormir numa cama extra. – Reviro os olhos para ele enquanto nos dirigimos até os elevadores. – Tipo, eu tenho metade do seu tamanho.

Fionn zomba.

– Se alguém for dormir em uma cama extra, eu garanto, não vai ser você. Essa é a última coisa que eu quero.

– Eu já literalmente dormi na Xícara Maluca. Sabe qual é, aquele brinquedo das xícaras que giram sem parar em volta de um eixo? Então. Eu posso dormir em qualquer lugar. Não ligo.

– Eu ligo.

– Deu pra notar – respondo, com uma pequena chama de irritação lambendo meu autocontrole. – Você prefere pagar quase mil dólares por noite pra não dormir na mesma cama que eu.

– Não – diz ele, fazendo nós dois pararmos ao me segurar pelo pulso.

Bloqueamos a passagem do corredor mais do que deveríamos, ele com a mala e eu com as muletas instáveis e o gesso preto. Mas Fionn não parece se importar com mais nada nem ninguém. Ele olha para mim com uma espécie de ferocidade que às vezes sinto nele, mas raramente vejo.

– Não, não é isso, Rose. Foi uma das suas regras. E não quero quebrá-la.

– Percebi.

– Não quero te machucar.

Eu o encaro com um olhar fixo.

– Ah, *claro*, já entendi. Bem, não se preocupa, eu já entendi da primeira vez que você falou. Você não quer um relacionamento. O que te faz pensar que eu quero?

Fionn não responde, apenas olha para mim como se não conseguisse me entender, embora minhas palavras tenham sido perfeitamente claras.

– Eu já sou grandinha – digo, dando um tapinha no peito dele antes de me sustentar nas muletas e me livrar da mão dele, que já está se soltando do meu pulso. – Acho que consigo dividir uma cama com você.

Chego até o elevador e aperto o botão antes de me virar para olhar para ele. Fionn ainda está parado onde o deixei, com as sobrancelhas franzidas e o fantasma de uma carranca pensativa nos cantos dos lábios. O elevador ressoa, as portas se abrem e ele ainda não se mexeu.

– Só porque você me comeu num avião não significa que eu queira me casar com você, Dr. Kane – digo enquanto duas mulheres saem do elevador de braços dados.

– Acaba com ele, gata – diz uma delas enquanto a outra me dá um "toca aqui" ao passarem por mim.

Fionn parece estar desejando que o chão se abra e o engula e, embora as mulheres o olhem de lado de um jeito brutal, ele não desvia a atenção de mim.

As portas do elevador batem na muleta que uso para travá-las e se abrem mais uma vez. Reviro os olhos.

– Você vem ou não?

Finalmente, ele se mexe, embora faça isso como se estivesse nadando contra a maré. Leva mais tempo para me alcançar do que deveria.

Não estive em um elevador tantas vezes assim na vida, por mais estranho que pareça. Mas a subida até o quarto andar é uma das mais memoráveis pelo absoluto constrangimento no ar. Um de nós tem uma mala. Um de nós está irritado. E acho que nós dois provavelmente estamos percebendo que isso é mais difícil do que imaginávamos.

Chegamos ao andar e nos arrastamos até o quarto, com as rodinhas da mala de Fionn batendo no carpete em uma melodia triste para acompanhar nosso silêncio tenso. Quando entramos, vemos um quarto muito parecido com o restante do hotel: elegante, luxuoso, mas de uma forma que parece tranquilizante com seus tons de azul, cinza e branco suaves. Já sinto como se tivesse bagunçado tudo só de entrar.

– Preciso de um banho – digo enquanto dou alguns passos para dentro do quarto e tiro a jaqueta dele, colocando-a no encosto de uma cadeira.

– Não foi isso que eu quis dizer – insiste Fionn.

Eu me viro e olho para ele por cima do ombro. Ele ainda está com a mesma expressão de perplexidade de quando estava no corredor dos elevadores.

– Quê?

– Quando eu disse que não queria te machucar.

Pisco algumas vezes, encarando-o enquanto repasso a conversa, mas ainda confusa.

– Como assim? Você tem distúrbios de sono ou algo do tipo?

– Não…

– Você é uma daquelas pessoas que chutam quando estão dormindo?

– Não acho que…

– Você tem um demônio do sono que vai me possuir?

– O quê? *Não*.

Fionn dá um passo mais para perto, balançando a cabeça como se estivesse tentando se orientar. Ergo as sobrancelhas, à espera de alguma confissão que mude minha vida.

– Não. Eu só… não sei se é seguro você ficar perto de mim.

Inclino a cabeça, tentando entender o que ele quer dizer.

– Do que você tá falando?

Ele passa a mão pelo cabelo, segurando a nuca, enquanto diz:

– O que aconteceu no celeiro dos Irmãos de Sangue. Eu surtei. Acabei com aquele cara.

– Aham. – Tento não sorrir, mas logo fracasso. – Foi mesmo. Foi muito sexy.

– *Sexy?* – repete ele, embora, apesar da tentativa de parecer incrédulo, não consiga esconder o brilho nos olhos. – Deixar um cara inconsciente num momento de raiva é meio que a antítese da minha profissão. Foi *péssimo*.

– Nhé. Você podia ter arrancado a coluna dele pela garganta – digo com um dar de ombros. – Isso, sim, teria sido péssimo. Mas ainda mais sexy.

Fionn suspira e abaixa a cabeça, esfregando as têmporas com os dedos.

– Rose, a questão é que eu não quero que você acabe se envolvendo sem querer numa dessas merdas se alguma coisa desse tipo acontecer outra vez. Eu estava fora de controle. Jamais me perdoaria se você se machucasse por minha causa.

– O que você tá *realmente* querendo dizer? Tipo, você tá preocupado de me machucar fisicamente? De propósito?

– Não. – Ele balança a cabeça, com os olhos assombrados. – De propósito, jamais. Você, jamais.

Ele desvia o olhar do meu, como se não suportasse olhar para mim.

– Eu, jamais – concordo. – Porque você já viu e viveu isso também, né? Você viveu à sombra de um monstro.

Meu coração se parte um pouquinho por Fionn quando ele assente, embora eu veja uma ponta de alívio em seus olhos quando encontram os meus.

– Talvez eu não seja um monstro igual a meu pai, Rose – diz ele. – Mas fiz coisas das quais não deveria me orgulhar. E não sou como você.

– O quê? Quer dizer que não é um caos absoluto?

Fionn abre um leve sorriso, que desaparece depressa.

– Nunca aceitei a parte de mim que não sente remorso pelos pecados que cometeu. Nunca cheguei a conhecer esse meu lado. Investi muito tempo e esforço pra esquecer que ele existia, e agora isso faz com que ele seja imprevisível.

– Fionn – falo, chegando mais perto até ficar bem na frente dele.

Eu me equilibro nas muletas e seguro os dois braços dele, esperando até que me encare antes de continuar.

– Você acha que eu não percebi que você pode ter visto e feito algumas coisas das quais não se orgulha? Ou que você estava mais familiarizado com o mal do que aparentava estar? Desculpa, mas o Rowan e a Sloane meio que te entregaram. E já vi o pior das pessoas. Sei o que elas são capazes de fazer umas com as outras. Mas eu confio em você. Talvez você deva confiar em si mesmo também. – Eu me aproximo e dou um beijo na bochecha de Fionn, abrindo um sorriso gentil ao me afastar. – Não tem problema amar o seu lado sombrio e ainda assim amar a si mesmo. Isso não faz de você uma pessoa ruim. Faz de você uma pessoa completa.

Deixo Fionn parado no meio do quarto e vou para o chuveiro. Ele não se junta a mim, como pensei que faria. Quando saio do banheiro de robe algum tempo depois, ele está sentado em um silêncio contemplativo. Mas, quando olha para mim, parece que o ar está um pouco mais leve no quarto. E, embora seu sorriso seja tênue, dá para notar certa leveza nele, como se ele conseguisse respirar pela primeira vez.

Ele me dá uma camiseta e uma cueca boxer, e eu me visto, indo para a cama enquanto ele vai para o banheiro. Fico em um lado do colchão. Mas, quando Fionn volta para o quarto e apaga as luzes, deslizando para debaixo das cobertas, ele gentilmente coloca um braço por cima da minha barriga. Eu me viro, e ele me puxa para perto. Apoio a cabeça em seu peito, na pele macia e quente. Seu coração toca uma melodia no meu ouvido. Eu já o toquei antes, é claro. Passei as mãos sobre seus músculos e ossos. Mas desta vez parece diferente. Parece que estou em casa.

Fionn dá um beijo no topo da minha cabeça.

– Boa noite, Caos.

– Isso não é um apelido, é?

– Eu dei entrada no pedido de alteração das regras. Você não recebeu?

Dou um sorriso no escuro.

E pego no sono.

16

VINDO À TONA

ROSE

– Preciso de todos os detalhes – diz Sloane, com os olhos fixos em Lark por cima da borda da xícara de café.

Lark tenta desviar os olhos azuis e cristalinos para os clientes que lotam a cafeteria, tamborilando as unhas curtas na mesa preta brilhante.

– E aí? – insiste Sloane. – O que aconteceu com você e o Lachlan?

Lark balança a cabeça, enfática, a cascata de ondas loiras caindo sobre o ombro. Tanto ela quanto eu optamos por algo mais forte do que café, e Lark toma um longo gole da mimosa como se isso fosse livrá-la da pergunta. Talvez eu não conheça Sloane tão bem, mas já estou sentindo que ela não é do tipo que deixa algo passar batido. Lark realmente se recusa a responder e faz o melhor que pode para se mostrar convincente.

– Nada.

Tento esconder meu sorriso por trás do Bloody Mary, mas Lark consegue ver a diversão em meus olhos quando se vira para mim em busca de apoio.

– Tem certeza? – pergunto, e posso sentir a alegria de Sloane ao meu lado.

– Aham.

– Você passou um tempo com ele na varanda – acrescenta Sloane.

Lark endireita os ombros e levanta o queixo.

– Uma garota pode tomar um pouco de ar fresco sem ter que passar por um interrogatório.

– Mas ele é muito gostoso – comento. – Me lembra alguém, mas não consigo lembrar quem.

– Ele não se parece com ninguém. A não ser com um babaca. Um babaca gostoso, mas ainda um babaca.

– Ele também me lembra alguém – diz Sloane, batendo com os dedos no lábio, pensativa, enquanto volta a encarar o teto. – Ah! Já sei. É o Kea...

– Não se atreva, Sloane Sutherland. Não. Se. Atreva. O Keanu Reeves é um deus entre os homens, e você não vai arruiná-lo pra mim comparando-o a esse *maldito* do Lachlan Kane.

Lark lança um olhar ameaçador para Sloane antes de o garçom aparecer e pegar sua taça, agora vazia. Ela imediatamente pede outra. Depois que ele se retira, Lark volta a atenção para nós. Ou, mais especificamente, para mim.

– Além disso, não deveríamos estar dissecando minha vida amorosa inexistente. Deveríamos estar perguntando sobre *você* e o doutor bonzinho.

Minhas bochechas incendeiam, e tomo um longo gole da minha bebida. As meninas são pacientes, é claro. E eu meio que adoro as duas por isso. Faz muito tempo que não tenho amigas da minha idade. Na verdade, acho difícil lembrar se já tive. Portanto, embora esteja um pouco constrangida com a pergunta, é bom ser questionada. Posso ter conhecido Lark há apenas alguns dias e mal conheço qualquer uma das duas, mas elas me receberam como se esse sempre tivesse sido o meu lugar. E acho que não vou estar preparada para deixar isso para trás. Não Boston.

E *definitivamente* não Nebraska.

Olho de relance para minha perna. O gesso vai ser retirado quando voltarmos para Hartford, e então vai ser a hora de pegar a estrada. Voltar para o Silveria. Viajar de uma cidade para outra. Voltar para o que conheço. O que é confortável.

Mas talvez não seja mais tão confortável. Talvez pareça um pouco apertado. Apesar de todas as vantagens, em especial para alguém como eu, a liberdade dessa vida nômade às vezes é apenas uma ilusão.

Talvez as coisas fossem diferentes se eu ficasse um tempo em Nebraska...

Dou um pigarro, tentando evitar que essa ideia saia em voz alta.

– Não sei, não – digo por fim, com um dar de ombros. – É divertido, seja lá o que for. E somos amigos. Mas qualquer outra coisa não é de fato... *plausível.*

– Você quer que seja? – pergunta Lark, os olhos azul-claros cheios de empatia enquanto me observa, já sem o tom provocador. – Parece que quer.

– Não sei se é tão fácil assim. Vou tirar o gesso em alguns dias. A ideia sempre foi ficar na casa do Fionn apenas por um tempo. Eu deveria voltar para a estrada. E, mesmo que eu estivesse em um bom momento pra começar um relacionamento, o doutor não parece estar.

Sloane murmura uma nota longa e pensativa.

– Não posso dizer que o *conheço* de fato, mas ele parece ser meio complicado. Acho que talvez ele esteja pronto. – Ela se vira para mim, me dando um leve sorriso. – Mas pode ser que ele não perceba isso até você ir embora.

Um suspiro profundo enche meus pulmões e depois sai.

– É. Quem sabe.

– Bem, espero que as coisas tomem o rumo que *você* quer – diz Lark, esticando a mão pela mesa para apertar a minha. Quando ela afasta a mão de volta, deixa um adesivo dourado para trás. – E você não vai conseguir fugir da gente, não importa o que aconteça.

– Exato. Não mesmo. Você ganhou um adesivo. Agora você faz parte do time das gatas dos adesivos. Teve sorte de ela não ter colado nos seus peitos.

Olho para baixo.

– Ela teria que encontrar eles primeiro.

Lark bufa.

– Para com isso. Você tem peitos maravilhosos. Empinadinhos e tal. Belos mamilos. Com a vantagem de poder ficar sem sutiã e eles não sacudirem. Pequeno é sexy.

– A Lark é tipo uma sommelier de tetas. Confia no julgamento dela – aconselha Sloane, e em seguida esvazia a xícara e consulta o relógio. – Tenho que correr pra encontrar o Rowan no restaurante, mas vejo vocês amanhã, né, meninas? Vou adorar ficar com vocês uma última vez antes de irem embora.

– Com certeza.

Sloane se levanta e coloca o dinheiro na mesa antes de dar um abraço em cada uma de nós. Ficamos por ali para mais um drinque e depois seguimos caminhos diferentes, com planos de nos encontrarmos na manhã seguinte, antes de pegarmos nossos voos para casa. São quase seis e meia quando volto ao quarto no Langham, mas Fionn não está lá. Provavelmente ainda está com Lachlan. Estou tirando o celular do bolso quando ele vibra com uma mensagem recebida. O nome de Lark aparece na tela.

MEU DEUS DO CÉU

??

O filho da puta do Rowan Kane acabou de terminar com a Sloane, aquele merda. Eu vou matar ele.

O Cara-cara? Tá falando sério?

Vou dar uma facada nas bolas desse desgraçado.

Você fica com as bolas, eu vou no pescoço.

A Sloane vai querer os olhos.

Ótimo. Odeio os olhos.

Estou começando a digitar outra resposta, mas Fionn liga antes que eu tenha a chance de enviá-la.

– Seu irmão terminou com a gostosa da Sloa…

– Tem alguma coisa errada, Rose – diz ele, e embora tente manter a voz tranquila, ainda consigo notar o pânico nadando por suas profundezas. – Eu estava voltando pro hotel quando o Lachlan me ligou. O Rowan tá magoado.

– A Sloane…? Ele tá bem?

– Ele vai ficar. *Os dois* vão ficar. Te explico depois. Mas vou demorar um pouco. Vou chegar tarde.

– Você tá bem?

– Tô. Eu tô bem.

– Me fala se eu puder ajudar. Boa sorte.

Com uma última despedida preocupada, Fionn desliga. Sopro um longo suspiro na franja. Mantenho contato com Lark para saber das novidades, embora sejam pouquíssimas. Minha mala foi devolvida há alguns dias, então agora me ocupo com meu tarô. Faço uma leitura para Sloane e Rowan, cujos passados parecem problemáticos, mas o futuro é brilhante e cheio de amor. Tomo banho e mexo no cabelo, levantando os fios para ver como ficaria com um corte chanel. Peço serviço de quarto. Assisto à tevê. Passo algum tempo lendo as mensagens de José, Baz, Zofia e de todos os outros amigos do circo que andam perguntando o tempo todo como estou, mas tenho sido um pouco mais lenta para responder a eles por motivos que ainda não elaborei direito. Passo um tempo comigo mesma, algo que acho que raramente faço. Deixo minha mente vagar para imaginar os diferentes futuros que podem estar por vir. Talvez eu retorne ao Silveria e tudo volte a ser como antes.

Mas e se eu não fizer isso? E se eu ficar em Nebraska? Será que Fionn iria querer? Ou talvez eu pudesse vir aqui para Boston, começar de novo. Experimentar outra vida. Ver se faz sentido.

Estou deitada na cama, extremamente preocupada com Fionn e os outros, envolvida demais nesses futuros caleidoscópicos, quando Fionn entra no quarto escuro.

– Oi – digo, me sentando um pouco para olhar para ele.

Fionn se acomoda na beirada da cama e me dá um sorriso cansado. Seja o que for que ele teve que fazer, gastou sua energia e não sobrou quase nada.

– Você tá bem? – pergunto.

Um pequeno vinco aparece entre suas sobrancelhas quando seus olhos se fundem aos meus.

– Eu?

Pisco para ele, sem saber qual parte da minha pergunta não foi compreendida.

– Aham. Você.

– Tô bem. Muito bem, na verdade – diz ele, embora a segunda confirmação não pareça tão convincente. – O Rowan machucou o braço e a mão. Consegui fazer um curativo nele.

– A Torre dele caiu – digo com um aceno de cabeça sábio. Fionn me lança um olhar confuso, e aponto para o tarô. – Fazia parte da leitura dele. Ele e a Sloane estavam fadados a serem pegos nessa competiçãozinha de assassinatos. Mas eles vão ficar bem agora.

– Você sabia sobre o jogo deles?

Dou de ombros, me sentando e apoiando as costas na cabeceira acolchoada.

– A vovó teve um pressentimento forte no dia em que eles foram na sua casa. E acho que fui preenchendo as lacunas. A marca da bota no rosto da Sloane foi uma pista. Assim como toda aquela história de "blá-blá-blá, nós matamos o desgraçado" e a discussão sobre o vencedor.

– Pois é – comenta ele, enquanto tira os sapatos e sobe na cama para se sentar ao meu lado. – O Rowan não é muito bom em guardar segredos.

– Talvez ele devesse passar um tempinho fora do radar.

Fionn mexe na borda da roupa de cama, traçando um dedo sobre a costura branca.

– Provavelmente. Acho que ele sempre levou em consideração que tem o Lachlan pra limpar a sujeira quando realmente dá merda. Mas, tirando esta noite, pelo visto ele está um pouco mais sob controle desde que a Sloane entrou em cena.

– E ele tem você – digo, e Fionn se vira para me olhar. – Acho que agora faz sentido.

– O que faz sentido?

– Você nunca ter abraçado o seu lado sombrio – respondo, dando-lhe um leve sorriso. – Eles esperavam que você não fosse afetado por ele. Que fosse o homem que eles não puderam ser.

A luz fraca. Os ruídos da cidade. A maneira como ele me observa. A maneira como devo estar observando Fionn de volta. O olhar dele desce até meus lábios e permanece ali. Minha respiração fica presa. Eu poderia me inclinar para a frente. Talvez eu faça isso.

Os olhos dele não abandonam meus lábios conforme ele se aproxima um pouco mais. O tempo parece se estender ao nosso redor.

Não quero que esse momento acabe. Sei que suas pontas afiadas vão ficar alojadas no meu coração se isso acontecer. Por isso, não me aproximo mais. E talvez ele tenha medo, assim como eu. Porque também não chega mais perto.

Mas uma corrente elétrica ainda carrega o ar entre nós. Uma ânsia profunda em meu âmago está desesperada pelo toque dele.

Corro a mão pelo edredom e a apoio sobre a de Fionn. Ele ainda fita meus lábios enquanto enrolo meus dedos em torno da sua mão. Então eu a puxo na minha direção. Deixo que ela deslize sobre minha coxa nua, se movendo devagar, depois subindo pelo meu quadril, contornando minha cintura, sem parar até chegar ao meu seio. Sei que ele vai sentir a batida forte do meu coração.

– Você não precisa se esforçar tanto pra ser outra pessoa – digo, e Fionn fixa os olhos nos meus. – Eu também gosto das sombras.

Dou um sorriso lento que se torna malicioso, soltando a mão dele para alcançar seu cinto, abrindo a fivela e o zíper. Posso senti-lo observando cada movimento enquanto puxo a calça e a cueca para baixo para libertar sua ereção, agarrando-o em toda sua extensão no meu punho apertado.

– Adoro uma pitada de algo deliciosamente imoral – sussurro.

Em seguida, cuspo no pau dele. Fionn sibila de desejo quando deslizo a saliva uma vez por ele todinho e depois me inclino para baixo, envolvendo a cabeça com a boca. Fionn dá um gemido quando passo a língua ao redor dela e depois o enfio mais fundo na minha boca, esvaziando minhas bochechas enquanto chupo.

– *Caralho*, Rose. Essa sua boca vai acabar comigo.

Massageio a base da sua ereção com a mão enquanto dou atenção à glande e, em seguida, deslizo-o mais fundo sobre a parte plana da minha língua, cada vez mais fundo, até que reprimo a vontade de vomitar. Encaixo o ritmo. Lento no início. Movimentos longos. O mais longe que posso levá-lo. Chupando o mais forte que consigo quando recuo. Fionn enfia as mãos nos meus cabelos e os afasta do meu rosto para ver melhor. Olho para cima, os olhos lacrimejando, a saliva fresca nos lábios e espalhada nas bochechas.

– Tão linda – diz ele, e eu murmuro em torno do seu pau. – Meu Deus do céu, Rose. Faz isso de novo. – Dessa vez, dou um gemido mais alto e esfrego as unhas nas bolas. – *Isso*. Isso, Rose. Não para.

Não tem a menor chance de eu parar. Acelero o ritmo, murmurando gemidos em seu pau grosso, segurando as bolas. Seus músculos ficam tensos. Fionn grita meu nome e sei que ele vai gozar. Afundo a cabeça em sua ereção, levando o pau o mais fundo que consigo enquanto o esperma jorra no fundo da minha garganta. Engulo. Cada jato. Massageio seu pau até que Fionn esteja tremendo, sem fôlego e quente, a pele escorregadia quando passo os dedos por baixo da sua camisa para traçar as linhas do abdômen. Quando tenho certeza de que ele está totalmente satisfeito, começo a me afastar. Mas mantenho os olhos nos dele. Não tenho pressa.

Abro mais a boca e deslizo a língua ao longo da parte inferior do pau. Ele fica preso ao movimento enquanto o lambo em uma carícia demorada e lânguida.

Estou prestes a me afastar quando Fionn se aproxima de mim em um movimento rápido. Em um segundo, eu estava sentada, observando-o com um sorriso cheio de malícia, e no seguinte estou deitada pra cima, encarando seus olhos vorazes.

– Você acha que vai a algum lugar? – pergunta ele, me encurralando.

Finjo inocência, erguendo as sobrancelhas enquanto dou de ombros.

– Acha que vai engolir meu pau e vou deixar você ir embora insatisfeita?

– Eu tô satisfeita – digo, passando a língua no lábio inferior inchado.

Os olhos dele acompanham o movimento. Vejo o caçador que vive nele, olhando através de pupilas dilatadas, determinado a devorar sua presa.

– Não o suficiente – diz ele, deslocando o peso para um braço enquanto passa um dedo entre meus seios, arrastando lentamente seu toque pelo centro do meu corpo. – Aposto que sua bocetinha perfeita tá encharcada, implorando pra ser fodida. – De repente, seu toque muda de direção, de volta ao meu peito. Solto um gemido imediato, e ele me dá um sorriso malicioso em resposta. – Foi o que pensei. Desesperada pra receber atenção, não é mesmo?

Deixo escapar outro gemido quando seu dedo circunda meu mamilo por cima da regata de cetim. Faço que sim com a cabeça.

– O que foi isso? – pergunta Fionn, inclinando a cabeça como se estivesse tentando me ouvir melhor. – Não entendi direito, Rose.

– Sim – respondo, ofegante, e seu dedo retoma o caminho em direção à minha pelve. – Preciso disso.

Preciso de *você*.

Embora não diga as palavras em voz alta, ele pode senti-las. Ele sorri, descendo lentamente pelo meu corpo, mantendo contato visual o tempo todo. Quando chega aos meus quadris, tira meu shortinho de dormir, jogando-o no chão antes de levantar a coxa da minha perna machucada para colocá-la sobre o ombro. Ele é muito delicado com minhas partes lesionadas, mesmo quando está prestes a destruir o que sobrou de mim. Isso faz meu sangue incendiar. Nunca desejei ninguém como desejo Fionn Kane. E, quando ele traz a boca até minha boceta e pressiona meu peito com a palma da mão, como se pudesse capturar cada suspiro, sei que isso jamais vai mudar.

Fionn desliza a língua da minha entrada até o clitóris, circundando o feixe de terminações nervosas. Ele geme na minha pele e fecha os olhos. Se ele dissesse que minha boceta foi a melhor coisa que já chupou, eu acreditaria. Ele pressiona com mais força, passa a língua em mim, murmura sua satisfação direto contra o meu corpo. Então desliza a língua de volta para a minha entrada para enfiá-la lá dentro, esfregando-a dentro da minha boceta. Quando ele lambe o caminho de volta para o topo, mete um dedo lá dentro, seguido por mais um, curvando-os a cada movimento. A pressão não diminui no clitóris.

– Mais – imploro, com a cabeça inclinada para trás enquanto ele me aproxima de um orgasmo ofuscante. – Me faz gozar nessa sua cara linda. Quero ver você todo melado.

Quando olho para a extensão do meu corpo, há um predador me encarando de volta. Os olhos de Fionn ficam sombrios. Ele rosna contra minha boceta, um choque de prazer. E então me catapulta para o entorpecimento.

Fionn fica de joelhos. Ele me leva com ele, sem afastar a boca em momento nenhum. Minhas pernas estão apoiadas em seus ombros conforme ele levanta minha bunda da cama. Os sons que ele faz são selvagens, animalescos. Ele me *devora*.

Não consigo apenas gemer e gozar. Eu grito o nome dele e me desfaço.

Meus punhos se fecham nos lençóis encharcados. Cada respiração que dou é desesperada, como se não houvesse oxigênio bastante no ambiente. O cheiro de sexo e de seu perfume cítrico e de sálvia pesam no ar. Tenho certeza de que perdi a audição, todos os sons foram suspensos, até mesmo meus próprios gemidos. Fionn não dá folga, ainda perseguindo cada último segundo do meu orgasmo até que eu peço para parar. No instante em que faço isso, ele volta a si e me solta, como se estivesse naquela outra dimensão comigo. Uma dimensão em que nenhum outro mundo existia além deste momento juntos.

– Você tá bem? – pergunta ele, sem fôlego.

Os lábios, o queixo e as bochechas dele brilham com o meu gozo. Sinto a primeira ardência causada pela barba dele por fazer na parte interna das coxas, um incômodo delicioso que saboreio.

– Não podia estar melhor.

Quando sorrio, o alívio e talvez um leve orgulho aparecem em sua expressão. Estou completamente suada e mole quando Fionn abaixa meus quadris na cama e sai dela para pegar meu shortinho no chão. Ele me veste, deslizando o short gentilmente pelas minhas pernas, levantando meus quadris para ajeitá-lo. E, quando termina, ele me traz coisas que não consigo alcançar com facilidade. Água. Meu robe. As muletas que deixei fora do alcance deste lado da cama. Finalmente estou pronta para ir ao banheiro, e, quando volto, ele já fez a cama, as cobertas esticadas e puxadas para baixo.

Quando nos acomodamos na cama, não ficamos cada um em seu lado. Assim como não fizemos na noite passada. O mesmo aconteceu na anterior a ela. Nós nos encontramos no meio. Deito a cabeça no peito de Fionn. Ele passa um braço pelas minhas costas.

– Uma parte de mim não quer ir pra casa – confesso no escuro.

– Aham – sussurra ele. – O mesmo comigo.

Mas, ao fechar os olhos, percebo que não tenho mais certeza de a qual casa me refiro.

Não sei bem qual é o meu lugar.

17

FATALIDADE

ROSE

Estou sentada nas cadeiras alinhadas no corredor do lado de fora da clínica de ortopedia, esperando por Fionn. Não conversamos sobre esse dia. Ao menos, sobre nada além da minha consulta em si. Não discutimos sobre eu ligar para José, voltar para Dorothy ou sobre como eu deveria estar me preparando para levantar acampamento e partir para um lugar novo.

É como se não falar sobre as consequências as fizesse não existir. Mas eu quero falar. Estou desesperada para saber o que ele pensa antes de tomar qualquer atitude, mas não tenho certeza do que irá acontecer se eu fizer isso. No início, achei que fosse a única a evitar falar sobre minha partida, mas Fionn também não tocou no assunto e, embora meu primeiro instinto tenha sido pensar que ele não queria fazer a indelicadeza de me botar para fora, não tenho certeza de que seja isso.

Desde que chegamos de Boston, há alguns dias, retomamos as regras da nossa amizade colorida. É como vestir uma indumentária já conhecida. Mas parece que esse traje não se encaixa mais como deveria. Quando transamos no chuveiro no outro dia, nós dois paramos no corredor ao sairmos do banheiro como se estivéssemos tentando entender como ir cada um para um lado. De repente, não era mais natural dormir sem o coração de Fionn batendo no meu ouvido. E, quando transamos na mesa da cozinha, não parecia que estávamos nos comendo. Não com a maneira como Fionn trilhou um caminho de beijos demorados pelo meu pescoço e pela minha mandíbula. Pela bochecha. Pelo canto da boca. Esse foi o beijo que durou mais tempo. Lutei para não mergulhar nele. E acho que ele também. Parecia que ele queria me engolir *inteira*.

A sensação era de estar fazendo amor.

Desde que me dei conta disso, a ansiedade tem se agitado na minha barriga, apertando cada vez mais, ameaçando liberar confissões que nunca mais vou conseguir guardar. Acho que não vou ser capaz de mantê-las trancadas por muito mais tempo, e meu tarô também não ajuda muito. Embaralho. Tiro as cartas. Leio o significado delas e concluo que não estou gostando. Então tento de novo. Mas toda vez o resultado é o mesmo. Cartas como a Lua. Ou o Louco. O Dez de Paus. Toda vez que tiro uma carta, as mensagens são as mesmas. Incerteza. Medo. Uma decisão que se aproxima e que me sinto despreparada para tomar.

– Meu Deus do céu, vovó – reclamo enquanto deslizo a Lua de volta para o baralho pela segunda vez. – Já sei que não sei. Obrigada por me lembrar disso.

– Nada de bom no seu futuro?

Sinto o coração apertar sob os ossos.

Ergo os olhos. Matt Cranwell está na minha frente, com um pequeno buquê de flores em uma das mãos e um sorriso lento no rosto.

– Talvez seja verdade. Provavelmente não há nada – diz ele enquanto se inclina para mais perto, olhando fixamente para mim com seu único olho. O outro está escondido por um tampão preto, a tira pressionando a pele. – Principalmente porque a caminhonete de Eric Donovan acabou de ser retirada do rio Platte.

Sinto gelo se cristalizar sob minha pele. Tento não desviar os olhos nem deixar minha pele ruborizar, mas como controlar o corpo quando ele implora para revelar seus segredos ao mundo? Não sou uma sociopata. Não sou fria e distante, sem emoção nenhuma. Guardo rancor. Quero vingança. E sinto medo.

– Não sei do que você está falando.

– Não? Não ficou sabendo? – Cranwell se senta em uma cadeira depois da minha, dando um tapa no joelho enquanto dá um aceno pensativo. – Parece que a caminhonete do coitado do Sr. Donovan perdeu o controle e foi parar dentro do rio – diz ele, após um profundo suspiro. – Ainda estão em busca do corpo. Tenho certeza de que vamos ter notícias em breve.

– Talvez ele tenha saído em uma missão para espalhar a palavra de nosso Senhor e Salvador Jesus Cristo em terras distantes – digo, fazendo o sinal da cruz, embora não tenha ideia se estou fazendo direito. – Mas, se ele encheu a cara e morreu em um momento de estupidez, que descanse em paz. Aposto que era um cidadão bom e íntegro. Amém.

Matt dá uma risadinha.

– E você não sabe nada sobre isso, imagino?

– Não sei direito do que você está falando.

– A morte dele. Sabe, alguém me atacou há pouco tempo. Sem mais nem menos. – Ele bate o punho contra sua outra mão, as flores farfalhando no punho. – *Bum*. Sem mais nem menos. Mas eu a ataquei de volta.

– Aposto que você tem prática nisso.

Os olhos de Matt ficam sombrios.

– E você sabe o que aquela vagabundinha fez? – pergunta ele, a voz cortante e cheia de ira. – Arrancou meu *olho*.

Ele me encara de cima a baixo, o dedo apontado para o tapa-olho cobrindo o buraco vazio.

– O que você veio fazer aqui? – indago.

Lentamente, Matt baixa a mão, inclinando a cabeça de lado.

– Veio só me contar sobre a caminhonete de um cara qualquer? Ou talvez queira espalhar por aí como tomou uma surra de uma mulher fantasma?

– Vim visitar minha esposa – diz ele. – Ela vai passar uns dias aqui.

A raiva diminui meu campo de visão a um nada, o mundo se fecha ao nosso redor.

– Acho que ela também não tinha nada de bom no futuro dela.

Meu olhar se volta para o buquê na mão dele.

– Crisântemos? Sério…?

Ele olha de relance para as flores.

– Qual é o problema? – pergunta, mas é óbvio pelo tom de voz que não se importa com a resposta que posso dar.

– É uma flor usada em enterros, sua besta com cabeça de ovo. Representa a morte.

– Hunf. – Ele dá uma olhada rápida nas flores e, em seguida, joga o buquê na parede para que caia na lixeira logo abaixo. Algumas das pétalas se soltam com o impacto e caem no chão. Ele olha para mim e sorri. – Acho que vou ter que chegar de mãos vazias.

– Por que ela tá aqui? – pergunto.

– Uma coisa muito esquisita – responde ele, desviando os olhos para mirar, do outro lado do corredor, os folhetos fixados em um quadro de avisos acima das cadeiras da sala de espera. – *Problemas para dormir? Conheça os sinais de estresse! Atividade física e você.* – Matt ri como se estivesse olhando para as próprias cartas de tarô, adivinhando seu significado secreto e achando-o adequado. – Ela tropeçou e caiu, só isso. Uma fatalidade. Talvez o mesmo tenha acontecido com Eric Donovan.

– Continuo sem saber de quem você tá falando.

Matt se vira para me encarar. Os olhos se fixam em mim, sem piscar.

– Engraçado. Porque...

– Rose Evans?

A enfermeira Naomi enfia a cabeça no limiar de entrada da ala ortopédica. Assinto em resposta. Ela está diferente da última vez. O cabelo está mais curto e escuro. A pele está mais iluminada, como se brilhasse de dentro para fora. Há uma confiança na postura dos ombros que não estavam ali antes. Ela desvia o olhar para Matt, depois de volta para mim.

– Já pode entrar.

Naomi não tira os olhos de mim enquanto me levanto. Tento não deixar minhas mãos suadas tremerem quando seguro as alças das muletas. Ela me dá um leve sorriso. Assinto de novo para ela.

– Me conta – diz Matt atrás de mim –, como foi que você quebrou a perna, afinal?

Eu me viro apenas o suficiente para lançar um olhar para trás.

– Pois é, tropecei e caí. Uma fatalidade.

Volto a me concentrar em meu destino e não me viro de novo.

Passo pela porta que Naomi segura aberta para mim. Quando ultrapasso a soleira, ela deixa que a porta se feche, mas lança um olhar sério e derradeiro a Matt através do vidro grosso antes de voltar para o meu lado.

– Ei – diz ela, colocando uma mão no meu braço. – Você tá bem?

– Tô, e você?

Tenho medo de que ela diga que não. Que se sinta absolutamente culpada. Que a notícia que Matt acabou de dar sobre a caminhonete de Eric chegue aos ouvidos dela. Mas a única coisa que vejo é alívio.

– Muito bem. Obrigada.

Dou a ela um sorriso inseguro quando começamos a andar pelo corredor.

– Eu não fiz nada.

– Não – responde ela, como se não aceitasse discussão. – Você fez *tudo*.

Os passos de Naomi são lentos. Paramos em frente a um consultório. Quando ela se vira para mim, há lágrimas em seus olhos.

– Tô falando sério. Obrigada. O que você fez mudou a minha vida. – Ela balança a cabeça e passa gentilmente a mão pelo meu braço. – E se um babaca aleatório qualquer vier te perturbar...

– Deixa ele comigo. Mas você poderia ficar de olho na esposa dele? Lucy Cranwell. Ela tá por aqui, em algum lugar.

Naomi sorri e assente. Seus olhos se iluminam com propósito.

– Sim, posso fazer isso, com certeza. – Ela aponta com a cabeça para a porta aberta. – É por aqui, Pardal.

Com um breve abraço, Naomi me deixa na porta do consultório. Fico observando enquanto ela se afasta, com passos seguros.

Só depois que ela se foi é que um longo suspiro deixa meus pulmões. A inspiração seguinte é instável. Meu coração está batendo rápido demais, como se eu estivesse correndo.

Estou de pé no meio da sala, de olhos fechados, quando os ouço. Os passos. Percebo que é ele enquanto caminha pelo corredor. Reconheço sua presença antes mesmo de ele entrar.

– Oi – diz Fionn.

Quando abro os olhos, ele para na minha frente, as sobrancelhas franzidas de preocupação ao ver meu semblante.

– Tá tudo bem?

– Aham. Eu só... – Duas enfermeiras começam uma conversa em um posto do outro lado da porta aberta, e paro de falar. Meu sorriso é frágil nos cantos. – Eu só... mal posso esperar pra ver a situação dos pelos.

Fionn ri, apontando para a maca do consultório.

– Nada que eu já não tenha visto antes.

Deixo as muletas de lado e subo na maca, o coração ainda na garganta. Fionn entra absolutamente no modo médico, falando sobre o processo, algo sobre uma serra, uma tesoura e pele em que eu provavelmente deveria prestar mais atenção. Mas, na minha cabeça, estou repetindo a conversa com Matt Cranwell. A revelação. A ameaça não dita. Tudo que ele já sabe. E se houver mais? E se ele estiver apenas esperando o momento certo? E se ele suspeitar do envolvimento de Fionn?

Preciso sair daqui. Se ele pretende se vingar, tenho que levá-lo para longe de Fionn. É a mim que ele quer, e preciso dar a Matt uma nova trilha para seguir.

Um ruído elétrico enche a sala, e eu me assusto.

– Que porra é essa – sibilo, levando uma das mãos ao peito.

– A... serra...? – pergunta Fionn, com a testa franzida. – A serra que acabei de mencionar...? Acabei de perguntar se você estava pronta pra começarmos e você disse que sim...?

– Eu disse?

Ele desliga a serra e coloca a mão no meu gesso. Não consigo sentir o conforto de seu toque através das camadas que envolvem minha carne.

– Tem certeza que tá tudo bem?

Não, não tenho.

Queria muito que as enfermeiras saíssem dali para que pudéssemos conversar direito. Queria muito que tivéssemos um pouco de privacidade. Queria poder dizer a ele neste momento que me sinto como se tivesse sido atingida por uma onda que me arrastou para o oceano. Em algum lugar, bem lá no fundo, provavelmente quero gritar de raiva ou chorar, mas estou com muito medo de fazer qualquer coisa além de mentir.

– Absoluta.

Um lampejo de preocupação atravessa o rosto dele.

– Vou ligar a serra.

Faço que sim com a cabeça. O ruído do motor recomeça. Fionn pressiona a lâmina contra o gesso em rajadas rápidas, em uma linha reta ao longo da minha perna. Ele para de vez em quando para limpar a lâmina com um pedaço quadrado de gaze embebido em álcool para esfriá-la. Corta de um lado da minha perna e depois do outro. Depois de todo esse tempo no abraço rígido do gesso, leva apenas alguns instantes para quebrá-lo.

– Então... – diz Fionn, mantendo os olhos no trabalho de suas mãos enquanto usa uma ferramenta de metal para separar as bordas cortadas do gesso. – Você provavelmente deveria fazer algumas semanas de fisioterapia. Deve estar com o músculo um pouco atrofiado. A fisioterapia vai ajudar a garantir que se recupere com segurança. – Ele dá um pigarro e em seguida uma olhada rápida na minha direção. – Conheço uma muito boa aqui. O nome dela é Judi. Ela tem horário pra te atender. Se você quiser…

Parece que ele está arrancando meus ossos e abrindo meu coração.

– Agradeço muito – respondo, com a voz instável.

Fionn olha para mim e percebo a decepção em seus olhos, a percepção de que está prestes a ser rejeitado.

– Queria muito poder ficar. De verdade. Mas tenho que pegar a estrada o mais rápido possível.

– Tudo bem. – Seu sorriso é quase uma réplica perfeita do sorriso gentil que sempre me dá em momentos de incerteza. *Quase*. – Eu entendo. Esse sempre foi o combinado.

Pego no pulso dele e balanço a cabeça. As enfermeiras continuam conversando do lado de fora. Uma delas está parada na minha linha de visão e me olha de relance. Consigo perceber, naquele breve olhar, que ela está observando nossa conversa, mesmo tendo a dela para cuidar. É claro que o Dr. Kane é assunto por aqui. Aposto que metade da equipe do hospital já sabe que estou hospedada na casa dele. Tenho certeza de que estão todos só esperando as fofocas chegarem.

Lágrimas de frustração fazem meu nariz arder. Volto a me concentrar em Fionn. Não vou deixar que ele pense que estou indo embora por qualquer outro motivo que não seja o que eu criei. Nem por um minuto sequer.

– Na verdade, você *não* entende.

– Tá tudo bem…

– Não quero te causar "qualquer problema".

Fionn faz uma pausa em seus esforços para abrir o gesso e olha para mim com atenção. Ele percebe o balançar sutil da minha cabeça. Aperto seu pulso. Ele pisca, a claridade sendo absorvida, e seus olhos se arregalam um pouco antes de ele dar um pigarro.

– Ah… entendi. Não tem problema, mas eu entendo. – Ele coloca uma mão sobre a minha. – Podemos conversar sobre isso mais tarde. Posso te recomendar alguns exercícios pra fazer na estrada.

Assinto. Meu sorriso é fraco, mas está ali, assim como o dele. Ele assumiu um risco. No que diz respeito a mim, assumiu muitos, à sua maneira discreta. Talvez seja a minha vez.

– Mas você poderia dar uma olhada de vez em quando? Pra ter certeza de que estou fazendo tudo certo…?

O sorriso de Fionn se ilumina.

– Sim – diz ele. – Vou adorar.

18

OBSTÁCULOS

FIONN

UM MÊS DEPOIS

O Uber vai embora, me deixando na entrada do parque de diversões. Um letreiro apagado do Circo Silveria está pendurado no alto. Passo por brinquedos, barraquinhas de jogos e de comida em vários estágios de montagem. Nenhum dos funcionários tira os olhos do trabalho, apesar de o circo não abrir hoje. Talvez alguns deles saibam que eu estava vindo ou quem sabe apenas não se importem. Há um zumbido que parece pairar no ar do outono, uma carga de entusiasmo. O alívio de estar em casa, o primeiro espetáculo fora de temporada prestes a estrear em apenas alguns dias. Magia e dinheiro a faturar. E, quando me aproximo da pequena tenda de leitura de tarô e me enfio lá dentro, examinando a mesa com a toalha vermelha e as cortinas de veludo que revestem as paredes, fico pensando se o entusiasmo está de fato no ar. Talvez esteja em mim.

Claro que está, sua besta. Você está prestes a transar com a Rose. É uma resposta biológica, nada mais. Certamente, nada com o que se preocupar.

Balanço a cabeça como se isso pudesse clarear meus pensamentos e saio da tenda. Vou até o lado esquerdo da tenda principal, atravessando o parque de diversões e os brinquedos que ainda não estão prontos para os visitantes, passando pela Casa de Diversões, por um brinquedo de girar e um carrossel de balanços. Meus passos aceleram à medida que me aproximo da área onde os trailers e motorhomes estão estacionados, no canto do terreno. Tiro o celular do bolso e dou uma olhada nele pela décima vez desde que aterrissei no aeroporto de Midland, nos arredores de Odessa, abrindo minha última mensagem para Rose.

Meu voo foi cancelado, mas consegui pegar um mais cedo! Chego lá às sete.

Ela ainda não respondeu.

Coloco o telefone no bolso e ajeito a mochila no ombro. Avisto o trailer dela na extremidade da clareira, não muito longe de uma cerca que contorna o terreno onde outros veículos estão estacionados. Parece que ela é uma das únicas funcionárias do circo em tempo integral que não escolhe passar os meses sem turnê morando no pequeno e bem cuidado camping de trailers que faz parte do acampamento do circo. A casa dela se destaca entre os opcionais bege, branco e alumínio que estão estacionados na clareira. As laterais são pintadas de forma personalizada com um ombre de rosa e laranja, um bando de pardais voando em meio às cores do pôr do sol. As luzes estão acesas. As persianas fechadas. E há um som rítmico vindo de dentro.

Conheço bem esse som.

É uma esteira dobrável Echelon Stride-6, a que comprei para ela como presente de despedida para ajudar em sua recuperação. E ela está correndo. *Muito*.

Ela não deveria estar indo tão rápido. Faz apenas um mês que tirei seu gesso e ela seguiu seu caminho, encontrando-se com a trupe quando eles voltaram para o Texas. Franzo a testa ao me aproximar do trailer. Uma explosão repentina de ansiedade inunda minhas veias quando fecho a mão em punho e bato na porta três vezes.

O ritmo dos passos não muda. Bato novamente.

Eu me remexo, inquieto. Dou um pigarro. Espero, mas nada acontece.

– *Rose!* – grito na terceira batida. – Eu sabia que você ia adorar essa coisa, mas vem abrir a porta.

Ela não responde. Deve estar usando fones de ouvido, então seguro a maçaneta da porta e começo a abri-la. Só consegui avançar um ou dois centímetros quando Rose aparece, a mão apoiada na borda da porta para impedir que ela se abra, um olhar de pânico selvagem nos olhos.

Mas o som da corrida não para. Há mais alguém aqui.

– Doutor – diz ela, ofegante.

Ela ajeita a faixa do robe e afasta o cabelo úmido da testa. Rose fez um corte chanel, as ondas e os cachos úmidos deslizando pela coluna lisa do pescoço. Os olhos se desviam para a direção do som e se voltam mais uma vez para mim.

– O que você tá fazendo aqui? Eu tava esperando que você chegasse daqui a duas horas.

Morrendo, é isso que estou fazendo. Claramente morrendo de absoluto constrangimento.

– Eu, é... Desculpa.

Passo a mão pelo cabelo e me afasto um pouco. Minha pele está queimando. O coração bate contra as costelas. A visão se estreitou como se nada existisse além das coisas que eu gostaria de não ver. Como as manchas úmidas na seda roxa, o cabelo molhado dela. O rubor nas bochechas. A angústia nos olhos cor de mogno.

– Mandei uma mensagem, mas... Desculpa. Não sabia que você estaria acompanhada. Vou embora.

Fionn, seu burro. Isso não é um relacionamento. Você mesmo disse isso. O que você esperava? Você não tem o direito de ficar chateado. Só vai embora.

Dou um sorriso forçado para Rose, mas não suporto ver a pena em seus olhos. Então me viro. Vou dar o fora daqui, correr atrás do próximo voo para casa, lamber minhas feridas com uma garrafa de uísque e esquecer que esse momento aconteceu. Vamos voltar a ter uma amizade, mas não colorida. Ou talvez sejamos apenas médico e paciente. *Meu Deus do céu...*

– Doutor, *para*.

A mão delicada de Rose envolve meu antebraço como uma garra. Parte de mim quer se afastar e continuar andando, mas não faço isso. Não quando ela sussurra uma única palavra, preenchendo-a com um tom de desespero.

– *Por favor*.

Contraio as sobrancelhas ao ver como o olhar dela percorre o entorno. Ela puxa meu braço, me levando em direção ao trailer. Não discuto, mas também não vou atrás dela. Mas ela não desiste. E não me solta. Nem mesmo quando abre a porta, me lançando um olhar cauteloso por cima do ombro.

Entro no trailer. Um homem sem camisa corre em um ritmo intenso na esteira que preenche o corredor estreito entre o sofá e a pequena mesa de jantar. Seu peito é coberto de tatuagens baratas. A pele brilha de suor.

– Vou bater seu recorde – declara ele, com um sorriso alucinado, os olhos fixos em Rose.

– É melhor eu ir…

– Não, *espera*. – Embora eu tente me afastar, Rose se recusa a soltar meu braço. Ela faz uma careta para o sujeito e dá um sinal de positivo com o polegar. – Continua, Chad. Talvez você quebre o meu recorde, afinal.

Quando Chad lhe faz um duplo sinal de positivo em resposta, Rose me puxa para mais perto da frente do veículo, sem me soltar até ter certeza de que não vou tentar passar por ela para sair. Ouve-se o som de um bicho e a cara de um guaxinim aparece de repente no banco do motorista.

– É… é a *Barbara*?

– Humm, é – responde Rose, com um sorriso forçado. Ela cora quando ergo as sobrancelhas em uma pergunta sem palavras. – Quando saí de Hartford, passei pela clínica e a vi tentando entrar. Ela caiu da passagem de ventilação perto do telhado. Machucou a pata. Eu não podia simplesmente deixar ela lá sozinha.

– Aí você *ficou* com ela…?

– Basicamente.

– Um guaxinim selvagem e raivoso.

Barbara sibila, mas Rose não parece entender isso como prova do meu argumento.

– Ela não é raivosa. Ela é muito talentosa, na verdade. A Cheryl tá treinando ela junto com os poodles. Ela fez um show de estreia na semana passada.

Abro a boca para dizer alguma coisa, mas meu cérebro não consegue organizar as várias perguntas que tenho com rapidez suficiente para chegar a uma única. Chad, entretanto, está pronto para preencher o vazio.

– Ela tem um *guaxinim* de estimação – comenta ele, da esteira. – Não é demais?

Solto um "eca" audível e volto a focar em Rose.

– Você não precisa mesmo explicar nada, Rose. Bem, mais detalhes sobre o guaxinim provavelmente sejam justificáveis. Mas não sobre o cara. Nunca fizemos um acordo de exclusividade.

– Obrigada por me lembrar disso, seu palhaço idiota. Mas eu tenho padrões – diz ela, revirando os olhos e cruzando os braços, com as sobrancelhas franzidas por um breve momento antes de sua expressão se suavizar para uma espécie de fúria mal contida. – Caras com tatuagens feitas com caneta Bic numa garagem não se encaixam nos meus padrões, sabe?

– Então, o que diabos tá acontecendo? – Um aperto invade meu peito e se instala nas entranhas quando Rose morde o lábio. – Fala logo…

– Era pra ele estar *morto* – sibila ela. – Pelo menos, foi o que a Sloane me disse quando mandei mensagem pra ela. Dei a ele o dobro do que ela sugeriu.

– Como é que é…?

– Eu enchi os churros dele com anfetamina suficiente pra sufocar um gorila. Ele vomitou em cima de mim e começou a andar em círculos, então eu o trouxe pra cá e o coloquei na esteira enquanto me limpava. Acho que ele deve ter tomado alguma outra merda antes de eu chegar. Não precisei me esforçar muito pra convencê-lo a dar uma corridinha, mas talvez eu tenha contado uma ou duas mentiras sobre deixar que ele comesse meu cu se batesse um recorde que nem existe.

Fico olhando para Rose, piscando, aturdido, tentando processar tudo o que acabou de sair de sua boca. Churros. Anfetamina. Gorila. Sexo anal…? Balanço a cabeça e tento voltar à parte médica da confissão, embora seja difícil. Por fim, chego a:

– Você deu anfetamina pra ele?

Rose bufa.

– *Muita* anfetamina.

– E… por quê?

– Ele vende estimulantes pra jovens do ensino médio e universitários locais quando não está batendo na namorada, então não ia parecer muito estranho se ele tomasse um pouquinho demais e acabasse morto. Quem brinca com fogo acaba se queimando. Eu só esperava que a parte de se queimar fosse um pouco mais fácil.

– E o seu plano agora é… qual… exatamente?

– Não sei – responde ela, gesticulando irritada na minha direção. – Talvez fazer ele correr até o coração explodir dentro do peito e ele sangrar pelos olhos ou algo assim. Não sou cientista.

Nós nos voltamos para o homem. Seu ritmo é implacável. Quando nos encaramos outra vez, Rose ergue o queixo e aumenta a tensão nos braços cruzados, determinada a não se intimidar diante do meu olhar frio e calculista.

– Não acho que ele vá morrer num passe de mágica na sua esteira, Rose.

– Me deixa sonhar.

– Você não fica pensando em como vai ser se isso acontecer?

– Eu tinha um plano excelente, desovar o corpo dele num lugar onde o pessoal costuma pescar, perto da Loop Road. Mas acho que vou ter que improvisar. Além do mais, a vovó parecia bem confiante de que daria certo. Mas foi bom você chegar aqui bem a tempo de evitar "algum problema", certo, doutor?

Lanço a Rose um olhar inexpressivo e, em seguida, seguro seus ombros apenas tempo suficiente para mantê-la parada em um lugar para que eu possa passar por ela. Quando chego ao lado da esteira, Chad me dá um sorriso radiante, apesar do esforço que faz para continuar correndo. Eu provavelmente deveria medir seu pulso, o qual tenho certeza de que está acima de duzentos batimentos por minuto, ou pelo menos indicar um hospital para ele. Juramento de Hipócrates e toda essa merda. Mas quem sou eu para destruir os sonhos da Rose? Não é como se Chad estivesse pedindo ajuda médica. E, se Rose se esforçou tanto, o cara com certeza não é nenhum santo. Provavelmente estou fazendo mais bem do que mal à humanidade ao deixá-lo viver ou morrer pelas regras da seleção natural.

Passo a mão pelo rosto. *Meu Deus.*

Depois de um olhar fugaz e desconfiado para Rose, volto a atenção para o homem à minha frente.

– Como você tá se sentindo, Chad? Pronto pra dar uma parada?

– Que nada, cara.

– Nesse caso, que tal levarmos essa corrida para o ar livre?

– Boa, mano – responde ele com a respiração ofegante. – Tô pronto pra enfrentar essa merda de mundo.

Pressiono o botão de parada de emergência da esteira e Chad tropeça antes de pular dela. Decepcionado por ele não ter caído de cara no chão, eu me viro e seguro a porta do trailer aberta.

– Ótimo. Vai dar umas voltas no terreno ou o que for. Depois a gente se fala.

– Tem certeza?

– Eu sou médico, nunca minto.

Rose solta uma gargalhada atrás de mim. Lanço a ela um olhar, e ela ergue as mãos em sinal de rendição.

Voltando a atenção para Chad, seguro seu pulso e o arrasto em direção à porta aberta. Sinto seus batimentos latejando como asas de um beija-flor.

– A gente te encontra. Prometo.

Chad faz um sinal de positivo com o polegar, seu gesto preferido, acho, e depois vai para a clareira. Respirando profundamente o ar fresco da noite, ele ergue os punhos acima da cabeça.

– É isso aí, cidade de palhaços.

– É isso aí – murmura Rose ao meu lado.

Então Chad sai correndo a toda velocidade.

– Ele é bem rápido – comento.

Nós o observamos correr em um círculo amplo, depois ele muda a trajetória em direção à cerca branca que circunda o parque de diversões.

– Dê um monte de drogas pra um cara e a promessa de que ele vai comer um cu que ele faz qualquer coisa. Até tricotar toalhinhas. – Rose dá um giro lento sobre o calcanhar para me fitar com um sorriso malicioso, um brilho desonesto nos olhos. – Ah, peraí, você começou esse passatempo sem nenhuma dessas duas motivações.

– Já te falei que achava que as Irmãs da Sutura fossem um clube de luta. E é *crochê*, não tricô.

– Ui, foi mal.

Voltamos nossa atenção para Chad quando ele ganha velocidade. Suas costas nuas brilham sob a luz fraca. As pernas e os braços se movimentam em um ritmo quase desumano. Os passos se alongam quando ele se aproxima da cerca.

– Não sei se obstáculos são uma boa ideia – digo, coçando a barba.

– Ele está comprometido agora.

Chad solta um grito de determinação enquanto avança em direção ao alvo…

… e então um dos pés bate em uma pedra.

Ele cai de frente na cerca, e seu grito assustado espanta um bando de estorninhos.

– Isso não…

Ele cai com força sobre as pontas das estacas. Um grito visceral de dor é interrompido. O sol poente ilumina uma névoa pulsante de sangue. Seu corpo se sacode e se contorce.

– … não é bom.

Uma respiração fluida e distorcida é expelida de seus pulmões. O corpo de Chad entra em convulsão e depois fica mole, com a cabeça suspensa em uma estaca e o resto do corpo pendurado contra as ripas manchadas de sangue.

Ficamos imóveis durante um bom tempo de silêncio e choque. Rose se aproxima e começa a puxar a porta para fechá-la.

– Bem… talvez os obstáculos tenham sido um pouco demais.

– *Rose* – sibilo, empurrando a porta para abri-la. Ela não solta a maçaneta e puxa a porta com a mesma determinação. – Eu sou *médico*. Preciso ajudá-lo.

– Ajudá-lo a fazer o quê, exatamente? A "desmorrer"? Boa sorte.

– Ele pode estar vivo ainda. Liga pra emergência.

– Não mesmo.

– Você entende que alguém vai encontrá-lo e pode muito bem perceber que os rastros dele levam diretamente ao seu trailer, certo?

Rose solta um longo suspiro e larga a maçaneta. Antes que eu consiga passar, ela bloqueia meu caminho com a mão apoiada no batente.

– Só não faça *muito* esforço, doutor. Ele continua sendo um merda.

– Vou levar isso em consideração – digo revirando os olhos.

Afasto a mão dela da porta e desço os degraus na frente. Nenhum dos artistas nem dos funcionários do circo está na clareira. Corremos em direção à cerca onde o corpo de Chad está pendurado, diminuindo a velocidade à medida que nos aproximamos. E, embora eu tente detectar qualquer sinal de vida, nada acontece. Não é nenhuma surpresa quando finalmente nos damos conta da extensão dos danos. A extremidade pontiaguda da estaca está alojada profundamente no pescoço. Acho que lesionou a coluna vertebral. Verifico se ele tem pulso mesmo assim, apesar de saber que não vou encontrar nada perto da ferida aberta e da estaca de madeira que obstrui as vias aéreas. O sangue escorre em um riacho grosso pela estaca, brilhando na penumbra.

– Aham. Ele com certeza está morto – declaro enquanto afasto a mão do pescoço do sujeito.

– Esse é o seu diagnóstico profissional?

Rose se inclina sobre a cerca para inspecionar mais de perto os olhos abertos e vazios, e o jorro vermelho que escorre da boca frouxa. Ela parece se arrepender rápido de seus esforços para superar o nojo e dá um pigarro em uma tentativa fracassada de esconder a ânsia de vômito enquanto se afasta.

– Pessoalmente, achei que a baba de sangue era uma ótima pista.

– Liga pra emergência, espertinha.

– Você primeiro.

Reviro os olhos e pego o telefone, mas não ligo para a emergência. Não quando Rose está me observando com seus olhos imensos, uma corrente de preocupação zumbindo através de seus tons de mogno. Suspiro e abaixo o aparelho até a lateral do corpo.

– O que tá acontecendo? – pergunto, apontando para o corpo de Chad.

Rose não olha para ele.

– Fui eu que comecei.

– Imaginei. Por quê?

– Acho que dá pra imaginar. Ou você perdeu a parte em que eu disse que ele era um merda?

– Não foi isso que eu quis dizer. – Mantenho os olhos fixos nos de Rose quando ela inclina a cabeça, mas o rubor em suas bochechas me faz pensar que ela sabe direitinho aonde quero chegar. – Eu quis dizer: *por que você faz isso?* Tá na cara que você não tem estômago…

– Tenho, sim…

– … e você fica caçando esses caras com os quais aparentemente não tem nenhuma ligação. Mas parece não ter muita experiência nisso.

Rose cruza os braços.

– Pelo que estou entendendo, você aproveita a oportunidade quando ela aparece e vem se safando por pura sorte. É um milagre que Eric Donovan não tenha aparecido em algum lugar com as pálpebras grampeadas.

Ela bufa.

– Isso foi muito legal.

– Rose – digo, me aproximando um pouco mais. – Por que você tá fazendo isso? Por que tá se arriscando a ser descoberta? Por que…

– Porque nem todo mundo tem essa chance, Fionn! – esbraveja ela.

Lágrimas brotam em seus olhos, mas ela as afasta, escondendo-as sob uma raiva latente.

– Nem todo mundo é forte o suficiente ou vive o suficiente pra lutar.

Ficamos olhando um para o outro, Rose de braços cruzados, eu com o celular ainda na mão, a ideia de ligar para a emergência se afastando da minha mente.

– Eu já estive no lugar delas. Meus pais eram tão caóticos que passei a maior parte da infância com a minha avó, até ela morrer. E depois voltei praquele buraco de merda. Um pai de merda, entrando e saindo da cadeia. Uma mãe tão destruída que não conseguia cuidar de mim. Eu estava prestes a repetir o mesmo ciclo infernal em que vivia. Tinha só 15 anos quando meu primeiro namorado me bateu.

Rose baixa os olhos, encarando o chão, e balança a cabeça, os braços largados ao lado do corpo. Quando olha para mim mais uma vez, não é apenas a dor das lembranças inevitáveis que vejo em seus olhos. Não é só determinação. É uma súplica.

– Eu escapei. Aproveitei a chance que tive e fugi. Mas não basta ser só uma das sortudas. Não quando homens como Matt, Eric ou Chad vão encontrar uma nova vítima. Alguém novo pra menosprezar, torturar e, às vezes, até matar. Mulheres como Lucy, Naomi ou Sienna, a namorada do Chad. Elas precisam de mais do que apenas uma porta aberta. Precisam que uma gaiola seja quebrada. Como posso dizer não quando elas pedem minha ajuda?

Meus ombros desabam. Fecho os olhos com força. Abaixo a cabeça. *Me ajuda*, diz ela na minha lembrança, sua voz inalterada pelo tempo. E ela está pedindo minha ajuda agora.

– O Pardal. É assim que as mulheres te chamam – digo, e ela assente.

– Você já ouviu falar da Giulia Tofana? – pergunta ela.

Balanço a cabeça quando abro os olhos e encontro o olhar inabalável de Rose.

– Ela era uma mulher italiana do século XVII. Fazia um veneno usando arsênico e beladona. Segundo dizem, ela o disfarçava de creme facial, de modo que tudo o que uma mulher precisava fazer era ir até ela pedindo Aqua Tofana. Muitas dessas mulheres eram exatamente como a Lucy, e eu achava que poderia ser como a Giulia. Por um tempo, acho que fui. Mas, às vezes… – diz ela, desviando o olhar do meu, com os olhos fixos no horizonte – às vezes dá errado. Você comete um erro. E, quando eu fiz merda, isso custou a vida da pessoa errada.

Ela ergue o pulso esquerdo para mim. Já tinha visto a pequena flor tatuada ali, com as iniciais V. R. ao lado. Quando ela finalmente encontra meus olhos, eles estão cheios de dor. De perda e culpa. Talvez eu não tenha todas as peças, mas minha imaginação preenche os espaços em branco com detalhes vívidos. E, de repente, a imagem que antes parecia tão desarticulada se torna visível.

A determinação de Rose em superar sua natureza melindrosa. A aparente ausência de medo em relação às consequências que pode acabar enfrentando. Até mesmo o que ela diz toda vez que chamo sua atenção. *Fui eu que comecei*, ela sempre diz. Está determinada a nunca colocar a culpa nas mulheres que pediram sua ajuda. Ela não vai colocar a responsabilidade do assassinato nelas. E também está se punindo. Por ter feito merda. Por ter perdido alguém que nunca quis machucar.

Não pressiono Rose para obter mais detalhes. Apenas a envolvo em um abraço. Não importa se a abraço com mais força, a dor no meu peito não diminui. Sei o tipo de dor que ela sentiu. Já passei por um sofrimento semelhante, do tipo que deixa marcas que nunca cicatrizam por completo. Mas, de alguma maneira, é pior me sentir impotente quanto à possibilidade de curar as feridas de Rose do que vivê-las eu mesmo.

Depois de algum tempo, pego seus ombros e a afasto o suficiente para que eu possa abaixar a cabeça e olhar em seus olhos.

– Preciso que você volte para o trailer – digo, já sabendo que vou encontrar resistência.

– Não, Fionn. Fui eu que comecei…

– Não, você não começou. – Rose balança a cabeça, mas continuo a fitar seus olhos brilhantes. – Você terminou. E eu vou te ajudar. Mas preciso que você volte pro trailer e fique lá. Vou chamar a ambulância, a polícia vai vir, e eles vão encontrar algo totalmente natural… um merda qualquer que morreu em um acidente besta.

Rose dá uma risada embargada e balança a cabeça outra vez.

– Não vou deixar você resolver a confusão em que me meti.

– E eu não vou deixar que você faça isso sozinha. Você e eu, Rose, viemos de um inferno parecido. E eu quero te ajudar. Mas o único jeito de fazer isso é ter certeza de que você está segura. Pra lá. – Aponto para o trailer. Rose olha em direção a ele, mas ainda sinto sua hesitação. – Apague as luzes. Não saia a menos que alguém bata na porta. Você estava dormindo e não viu nada.

Com um beijo na testa dela, viro os ombros de Rose e a empurro na direção do trailer.

Ela dá dois passos e se vira para me encarar com um sorriso cansado e preocupado.

– Obrigada por me ajudar, Fionn.

Faço que sim com a cabeça uma vez. O sorriso dela se ilumina. E então ela se afasta, caminhando de volta para o trailer sob a penumbra da noite.

Nunca me pediram ajuda como ela fez na primeira vez que nos vimos. E percebo agora, quando ela entra no trailer e apaga as luzes, que ninguém nunca me agradeceu por isso também.

Não até Rose.

19

CONFEITO

ROSE

— E aí? – pergunta Fionn quando entro no trailer e me sento no sofazinho em frente à mesa de jantar. Ele coloca uma pilha de fios pretos de lado e se vira para mim com um olhar preocupado. – O que o José disse?

– A polícia está tratando o caso como um acidente, ao que parece. Não há nada que prove o contrário. O Chad é conhecido por ser um babaca local e tem uma lista de antecedentes tão comprida quanto a minha perna, então algo me faz pensar que eles não vão fuçar muito depois que encontrarem uma tonelada de drogas no organismo dele. – Dou um suspiro e passo os dedos pela superfície da mesa. – Não vamos abrir no fim de semana, então acho que tenho mais alguns dias de folga. Talvez não seja um momento tão ruim.

Fionn apenas assente em resposta e observa enquanto solto um longo suspiro. Já se passaram quatro dias desde o incidente envolvendo Chad, e, embora pareça que tudo vá ficar bem, ainda sinto como se uma turbina tivesse se alojado no meu peito, como se as pás continuassem girando com o vento, mas a energia não tivesse para onde ir. Parte disso pode ser nervosismo, com certeza. Ansiedade diante do desconhecido. O risco de ser descoberta. Mas outra parte é puro entusiasmo. A excitação residual. Safar-se de algo ruim, mas muito, muito bom. E isso libera magias obscuras e perigosas de toda espécie.

– Tá tudo bem com você? – pergunta ele por fim.

Percebo que estou sorrindo sozinha, provavelmente um sorriso que parece diabólico. Mas, a julgar pelo modo como Fionn estreita os olhos e me observa, acho que não se importa.

– Aham. Eu, é… só…

– Tá com uma coceira que precisa aliviar?

Dou uma risada. Ele ainda está tentando conter o sorrisinho, mas não consegue evitar que os lábios se curvem em um dos cantos. É tão sensual que sinto minha vulva se contrair com a necessidade imediata.

– Isso parece tão errado, dadas as circunstâncias…

Fionn inclina a cabeça enquanto tenta decifrar o que quero dizer. Afasto sua confusão dando um tapinha no ar.

– Por falar nisso, é no meu balanço sexual que você tá trabalhando? – pergunto, indicando com a cabeça os fios em cima da mesa.

– Talvez. Achei que deveria ser um projeto de alta prioridade.

– Aham… – digo, deixando a palavra se prolongar enquanto minha imaginação me leva a milhares de cenários, todos envolvendo Fionn e o fio de bambu da Tencel.

– Tem certeza que tá tudo bem? – pergunta Fionn.

Ele franze a testa lançando um olhar avaliador, mas vejo uma pitada de diversão em suas profundezas.

Pigarreio e em seguida dou de ombros.

– É só energia reprimida.

– Talvez você devesse ligar a esteira.

– Na verdade – digo, descruzando e cruzando novamente as pernas, um movimento para o qual os olhos de Fionn se voltam –, estava pensando que uma corrida ao ar livre talvez fosse uma boa ideia.

– Tá… você quer que eu me junte a você?

– Sim e não.

Eu me levanto de novo e sinto a confusão nos olhos dele, que permanecem em mim enquanto tiro a blusa de manga comprida, ficando só de regata. Movo meu peso de um lado para o outro, os músculos já tensos de expectativa.

– Eu, hum… não cheguei a te agradecer depois que você me ajudou com toda aquela… situação de empalamento.

Fionn franze a testa e dá de ombros. Está tentando parecer indiferente, o mais indiferente possível, acho.

– Tudo bem.

– Quer dizer, eu queria te agradecer, *agradecer mesmo*.

Consigo ver o momento exato em que minhas palavras se encaixam no cérebro dele. Os olhos de Fionn escurecem e se fixam nos meus. Os músculos se contraem. Os batimentos pulsam no pescoço. Ele começa a se levantar da cadeira, mas ergo a mão para impedi-lo.

– Calma aí, doutor. Eu não disse que ia facilitar pra você. Afinal, isso aqui é um circo. Achei que a gente deveria se divertir um pouco. E acredita em mim quando digo que é algo de que você vai gostar. Você até já me disse isso.

Um sorriso preguiçoso se insinua em meu rosto. Não tenho pressa. Examino meu esmalte lascado. Solto um longo, longo, *longo* suspiro. Meu olhar percorre todo o seu corpo, desde os pés calçados com meias até o jeans que abraça a curva dos músculos densos das coxas, passando pela cintura estreita, pelos bíceps que parecem desafiar a bainha da camisa, pelo pescoço que se move quando ele engole e, finalmente, pelos olhos. Olhos que estão quase pretos, fixos em mim como se estivessem fundidos no meu rosto.

Eu me aproximo um pouco mais.

– Fecha os olhos – sussurro.

Com relutância, ele obedece.

– Nada de espiar.

Ele faz uma cruz no coração. Dou uma risada, e ele sorri.

– Você não é tão inocente assim, mas valeu a tentativa – digo.

– Eu juro. Médicos nunca mentem.

– Aham, claro. Bem, então usa seu cérebro grande de doutor e conta até trinta pra mim, depois pode abrir. – Ele abre um dos olhos e me lança um olhar inquisidor. – O que eu acabei de falar?

– Tá bem, tá bem – diz ele, cedendo e erguendo as mãos em derrota. – Um… dois… três…

– Mais devagar.

– Quatro…

A pausa se estende, e eu me arrasto para trás em direção à porta.

– Cinco…

Desço sorrateiramente os degraus e saio do trailer sem fazer barulho.

– Seis… – diz ele quando fecho a porta.

E então saio correndo.

Passo pelos trailers, pelas barracas de jogos fechadas e pelos brinquedos silenciosos, correndo para a esquerda, onde posso parar atrás de um prédio e observar Dorothy. Como esperado, Fionn sai muito antes de contar até trinta. Ele me busca por todos os lados, e então olha para baixo, para os pés. Deve ter percebido meus rastros na poeira acumulada no chão batido, pois começa a vir na minha direção.

– Trapaceiro de merda – sussurro, dando um sorriso travesso antes de me afastar em direção às sombras.

Há alguns funcionários circulando hoje, seja ajustando os brinquedos ou reabastecendo as barracas com novos prêmios, em preparação para o próximo espetáculo, que foi adiado. Eles mal prestam atenção em mim quando me esgueiro pelo terreno e dou a volta para poder acompanhar Fionn conforme ele avança por um dos corredores entre as barraquinhas de jogos. Eu o sigo a uma certa distância e, quando ele parece parar e sua atenção é desviada para a direção errada, eu me aproximo sorrateiramente por trás e pego sua mão.

– Pelo amor de Deus… você quase me mata de susto – diz ele, com o sotaque mais carregado pela surpresa. – Isso significa que eu ganhei?

– Mas é claro que *não*.

– Então o que você tá fazendo?

– Brincando com você.

– E *isso* aqui? – pergunta ele ao levantar nossos dedos entrelaçados. – Você tá quebrando algumas regras. Tecnicamente, estamos em público. E isso é andar de mãos dadas.

– Ah, é? – Olho para ele, aturdida e piscando, e ele me encara em resposta. – Vai me punir por isso?

Seus olhos se incendeiam de desejo, uma poça de tinta preta que consome o azul vibrante.

– Vou.

Meu sorriso é tão largo que as bochechas doem. Dou-lhe um tapinha no peito.

– Vai ter que me pegar primeiro.

Antes mesmo de terminar a frase, já soltei minha mão e dei meia-volta na direção das barracas de comida. Sei que ele está logo atrás de mim. Ouço seus passos velozes. Sinto o peso da caçada. A maneira como seu olhar se fixa nas minhas costas, pesado.

Mas ele não conhece este lugar como eu.

Conheço cada curva, cada caminho. Cada porta escondida. Cada pequeno cubículo e lugar seguro para encontrar refúgio. Assim, quando ganho terreno suficiente na rede de estruturas, me escondo na escotilha de armazenamento na parte de trás da barraca de cachorro-quente e tento acalmar minha respiração acelerada, colocando a mão na boca para impedir o riso que implora para ser liberado. Ouço Fionn passar correndo pelo meu esconderijo e, em seguida, não consigo mais distinguir nenhum som, a não ser pelos batimentos que rugem em meus ouvidos. Quando meu coração finalmente se acalma, eu me arrasto para fora de minha gaiolinha apertada.

Rastejo devagar, agachada rente ao chão. Ouvindo. Parando. Começando de novo, apenas alguns passos de cada vez. Mas não importa quantas vezes eu espere e escute, nada acontece. Não há sinal de Fionn quando espio em meio às barracas. Nenhuma pista no vento, nenhum som no ar.

A dúvida se apodera da minha mente. Ele deve ter desistido. Ou talvez esteja irritado porque mais uma de nossas regras foi quebrada. Aposto que ele voltou para Dorothy. Quase dá para vê-lo montando a esteira para correr um quilômetro e meio em quatro minutos e depois se jogar no meu sofá com um mix de castanhas e uma vitamina de vegetais nojenta enquanto faz um caminho de crochê para minha mesa dobrável e assiste a um pouco de *Sobrevivendo ao Amor* no iPad. Não sei por que acho tudo isso adorável. Suco verde *não* deveria ser adorável, considerando que é como lamber a grama pisoteada de um parque de diversões. Não que eu já tenha feito isso antes, quando perdi uma aposta para Baz ou algo do tipo. Com a cabeça mergulhada em dúvidas, dou uma última volta para esquadrinhar os arredores silenciosos e então fico de pé, alisando a calça jeans com a mão. Solto um longo suspiro em direção à minha franja e então, a passos lentos e cautelosos, começo a caminhar de volta na direção dos brinquedos.

Não dou mais do que dez passos antes que um peso caia sobre mim. Uma faixa de aço prende minha cintura. Uma mão contém um grito de susto na minha boca. Sou erguida do chão e, em um movimento giratório, arrastada para a penumbra de uma barraca de comida fechada.

– Achou que eu não fosse te encontrar?

Cada expiração dele faz cócegas nos cabelos da minha nuca. Minha frequência cardíaca dispara. Dou um gemido, mas o som se perde na palma da mão que cobre meus lábios. Ele fecha a porta com um chute, jogando-nos nas sombras.

– Então – diz Fionn.

Esta única palavra paira no ar com uma certeza tão afiada e firme que poderia cortá-lo. Ele me coloca no chão e nos arrasta até o balcão para pressionar meus quadris nele, o pau duro contra a minha bunda. Minha barriga se contrai, uma dor incômoda de desejo que exige seu toque.

– Por que não me mostra o que eu ganhei?

A mão dele ainda está tapando a minha boca, minhas exalações instáveis transbordando pelas únicas frestas. Os lábios roçam a concha da minha orelha, e fecho os olhos. Seu sussurro é uma mistura inebriante de doçura e ameaça quando diz:

– Você falou que tinha uma surpresa pra mim se eu te pegasse. Tô louco pra saber o que é.

Meu Deus, eu seria capaz de morar nesse momento de expectativa para sempre. Esse momento em que o desejo arde tão intensamente que poderia incinerar todas as regras e condições apenas com um pouco mais de gasolina no fogo. Nesse momento, não há como voltar atrás, não há como recobrar os sentidos. A única saída é se entregar. Que se fodam as consequências.

Fionn leva um tempo para tirar a mão da minha boca, fazendo isso dedo por dedo.

– Mostra. Pra mim.

Meu coração vai parar na garganta e fica alojado lá. Tiro os sapatos e, com uma mão, desabotoo o botão da calça jeans. Demoro um pouco com o zíper, tentando não me apressar. Quando por fim chego ao último dente, deslizo a calça jeans e a calcinha pelos quadris, tirando-as quando chegam a meus pés.

– Dá uma olhada nos seus bolsos – sussurro antes que ele possa se dar conta.

Fionn mantém uma das mãos apoiada no balcão para me prender e, com a outra, tateia a calça jeans. Um "humm" baixinho ressoa nas minhas costas quando ele pega um pequeno frasco. Uma risada baixa escapa.

– Gel lubrificante com textura de sêmen ultradeslizante – diz ele ao ler o rótulo. – Não sei se gosto mais da parte que diz "textura de sêmen" ou "ultradeslizante".

E então ele fica parado atrás de mim. Contenho um sorriso travesso quando ele coloca o frasco na bancada e dá um passo para trás. Ele pega na minha bunda e afasta uma banda da outra.

Abro as mãos e sacudo os dedos em um gesto teatral.

– Surpresa.

– Meu Deus do céu, Rose! – exclama ele.

Eu me viro o suficiente para conseguir ver seu rosto por cima do ombro. Os olhos não se desviam daquilo que sei que estão encarando: a alça do plugue anal vibratório multicolorido tutti-frutti enfiado no meu cu.

– Também escolhi o circo como tema. Bem, o mais próximo que consegui, pelo menos.

Fionn engole com dificuldade antes de voltar a me olhar. Seus olhos estão quase pretos, com as pupilas dilatadas.

– Você pareceu muito interessado na ideia de comer meu cu quando eu falei que tinha prometido isso pro Chad. Então imaginei que talvez você curtisse um pouco de sexo anal também. Mas, se eu estiver errada...

Fionn me empurra contra o balcão, pressionando os quadris contra mim. Seu pau duro empurra a alça do brinquedo.

– Pode ter certeza. Eu curto pra caralho.

Com outro movimento dos quadris, ele se afasta novamente e pega na alça. Minha boceta se contrai. Meu clitóris lateja, implorando por alívio. O meio das minhas pernas arde de desejo e quero implorar que ele ligue o vibrador, mas me contenho. Quero que ele fique à vontade para brincar do jeito que quiser.

E ele faz isso.

Fionn puxa a alça longa e curva, deslizando o brinquedo para fora do meu cu apenas alguns centímetros antes de enfiá-lo de novo. Para fora e para dentro. Para fora e para dentro. Com a mão livre, ele empurra meu corpo para baixo até que fique alinhado com a bancada e acaricia minhas costas. Apoio a testa em meus braços cruzados e respiro com o desespero crescente de ser fodida. As estocadas lentas continuam, e sinto o calor da minha lubrificação na parte interna das coxas. Dou um gemido quando ele enfia o brinquedo até o fundo e, então, tão devagar que quase imploro, ele o remove.

– Fica aí – ordena ele. – Não se mexe.

Eu me movo apenas o suficiente para assistir enquanto ele leva o brinquedo até a pia e o lava com água e sabão, secando-o com papel-toalha até estar perfeitamente limpo. Ele se vira para mim quando termina.

– Vou precisar que cuide disso aqui, porque, depois que eu encher seu cu de porra, ele vai voltar lá pra dentro. Então abre bem.

Embora eu adore a ideia de tudo o que ele disse até a parte do "abre bem", meu nariz se contrai. Não me oponho, mas não tenho certeza. Mas então surge a inspiração. Sei direitinho o que vai tornar isso mais saboroso. Meus olhos se voltam para um ponto mais distante do balcão e o movimento não passa despercebido por Fionn. Ele ri ao ver o que estou olhando: a máquina de algodão-doce.

– Muito bem – diz ele. – Como isso funciona?

– É só ligar e girar o botão de voltagem todo pra direita.

Ele faz isso. O motor começa a funcionar e faz um zumbido enquanto o aquecedor no centro da máquina gira.

– Pega o açúcar naquele pote ali embaixo – oriento, apontando para as prateleiras ao lado dele.

– Qual cor?

– Me surpreenda.

Fionn me dá um sorriso sombrio quando pega o pote de açúcar rosa. Ele segue minhas instruções para preparar uma colher e, depois de um ou dois minutos, peço para ele desligar a máquina e despejar o açúcar no centro do tambor.

– Agora, liga a máquina outra vez e pega o algodão-doce – digo.

Damos risada quando ele usa o brinquedo para pegar o fio conforme ele sai do aquecedor. Eu o ensino a girar o plugue para enrolar o açúcar em uma bola. Ele acaba enroscando metade do açúcar na mão, mas sorri, com o rosto iluminado por um sorriso largo e desinibido enquanto gira mais e mais açúcar em torno do brinquedo até que o açúcar acaba e ele desliga a máquina. Agora o plugue anal tutti-frutti está coberto com uma montanha de algodão-doce cor-de-rosa.

– E agora? – pergunta ele.

Abro a boca, e ele sorri.

Ele desliza o plugue coberto de açúcar na minha boca e a explosão de doçura inunda minha língua. Meus olhos se fecham e, quando se abrem, ele está me observando com uma expressão voraz. Tiro o brinquedo da boca devagar e faço um gesto para ele com o plugue, o silicone colorido agora coberto de açúcar cor-de-rosa dissolvido.

– Nunca dei o cu enquanto comia algodão-doce antes. Esse é o sonho de toda garota do circo.

Fionn me passa o monte extra de algodão-doce cor-de-rosa reunido em sua mão e depois fica parado atrás de mim, afrouxando o cinto.

– Ah, é?

– Não. Provavelmente só o meu.

– Eu também nunca comi o cu de uma mulher enquanto ela comia algodão-doce – diz ele, abrindo a tampa do frasco de lubrificante e espalhando o líquido gelado e viscoso pela fenda da minha bunda. – Então acho que estamos quites.

Dou uma piscadela por cima do ombro e faço questão de passar o brinquedo coberto de açúcar por toda a extensão da língua antes de me virar para a frente. A expectativa em minhas veias é um zumbido elétrico. A doçura na boca é o acompanhamento perfeito para o pau duro dele enquanto Fionn esfrega a cabeça no lubrificante, cobrindo toda a extensão do membro. Ele está saboreando cada momento.

Fionn circunda meu orifício pregueado em uma provocação e depois desliza pela fenda da minha bunda, em seguida para baixo mais uma vez, repetindo o movimento, sem pressa. Ele acaricia meu braço em um pedido sem palavras para adicionar mais açúcar ao brinquedo, e eu faço isso. A cabeça de seu pau pressiona meu orifício em uma pulsação lenta enquanto tiro um pedaço de algodão-doce e enrolo no brinquedo. E, quando o enfio na boca outra vez, ele empurra com força lá dentro, enfiando só a pontinha pelo orifício apertado.

– Caralho – sibila ele, parando com apenas a cabeça do pau enfiada no meu cu. Minha respiração já está pesada, estou desesperada por mais. – Esse seu cuzinho apertado é o paraíso, Rose. – Ele enfia um pouco mais, e dou um gemido. – Fala pra mim o que você quer.

Ele desliza para trás até tirar tudo, e dou outro gemido. Ele solta uma risada sombria, e posso jurar que meu sangue é substituído por lava. Ele pressiona minha bunda de novo, deslizando mais fundo, e meu corpo estremece. Tiro o brinquedo da boca.

– Que você me foda do jeito que sei que quer, sem se preocupar com o que vai acontecer depois.

Fionn faz uma pausa. Olho para ele por cima do ombro e encontro seus olhos. É como se sua casca tivesse se quebrado. E o que está por trás das lascas e dos fragmentos é voraz.

– Se quiser que eu pare, me fala ou bate no meu braço – diz ele.

Minha resposta é o silêncio. Arranco outro pedaço de algodão-doce e o enrolo em volta do brinquedo antes de pôr a língua para fora e colocá-lo na superfície. Em seguida, ligo a vibração e olho para a frente.

Um rosnado profundo preenche as sombras, e Fionn mete até o talo.

Isso. É isso que eu quero. Que ele meta fundo e com força. As mãos dele cravadas nos meus quadris. Impressões digitais na minha pele. Ele me penetra. De novo. E mais uma vez. Tirando até a ponta. Enfiando até o fim. Me fodendo sem se preocupar com as consequências. Como vai ser o dia seguinte. Que regras talvez sejam quebradas. Ele pega ritmo. Mais rápido. Com mais força. Tiro o brinquedo da boca e dou um gemido enquanto ele me penetra com uma necessidade feroz e impiedosa. O plugue ainda está vibrando. Deslizo a mão entre meu corpo e a bancada, a borda de aço inoxidável mordiscando meu antebraço enquanto posiciono o brinquedo sobre meu clitóris. Todo o meu ser parece se contrair com mais força, desde os músculos, passando pelas veias e chegando à mente. O orgasmo cresce dentro de mim e dou um grito, sem pensar em onde estamos ou em quem pode nos ouvir. A mão de Fionn cobre minha boca para abafar o som. E então ele morde a junção entre minha nuca e o ombro e mergulha em mim, louco de desejo, irracional e desesperado. Faíscas invadem minha visão e eu gozo muito, os pulmões queimando, cada músculo se contraindo. Minha bunda se contrai ao redor de seu pau, e Fionn ruge meu nome. Ele mete tão fundo quanto meu corpo aguenta, seu membro todinho pulsando enquanto jorra dentro de mim, do jeito que prometeu.

As mãos dele pousam de cada lado da minha cabeça enquanto as estocadas diminuem. Os braços tremem. E meu corpo parece não ter peso, os ossos estão liquefeitos, os pensamentos estão quietos em meio à névoa que zumbe na minha mente como estática de rádio.

– Puta que pariu, Rose – diz Fionn ao se inclinar para trás.

Ainda ouço a irregularidade em sua respiração. O corpo dele está lutando para se recuperar. Ele começa a sair de dentro de mim, mas não tem pressa e, quando olho para trás, ele está observando o movimento, absorvendo cada centímetro enquanto lentamente se liberta. No momento em que a cabeça de seu pau sai da minha bunda, ele tira o brinquedo de mim. Desliga a vibração. E então o enfia no meu cu enquanto eu grito o nome dele.

– Eu falei que ia encher você de porra e meter isso de volta – sussurra ele, enquanto desliza o brinquedo para dentro, bem fundo. Dou um gemido, com a necessidade de mais já se formando bem lá no fundo. – Você vai guardar essa porra todinha no lugar em que ela tem que ficar e vou te comer de novo quando a gente voltar pro trailer. Mas, enquanto isso – diz Fionn enquanto me vira, me deitando de costas no balcão e abrindo bem minhas pernas –, vou deixar essa boceta ainda mais doce.

Fico observando, fascinada, conforme Fionn arranca um pedaço de algodão-doce e o coloca na língua. Ele se abaixa até meu clitóris. Seus olhos não abandonam os meus enquanto dá uma lambida lenta em meu botão inchado de terminações nervosas.

Coloco minha mão sobre a dele, que está espalmada na parte interna da minha coxa. Nossos dedos se entrelaçam, e ele aperta minha mão, sem soltá-la. E é nesse momento, com seus olhos sem jamais se desviar dos meus, essa nova onda de desejo crescendo em minhas veias, que sei que, quando se trata de Fionn Kane, vou quebrar todas as regras.

E, pela primeira vez, me pergunto se um dia, quem sabe, ele vai sentir o mesmo.

20

GARRAS

FIONN

UM ANO DEPOIS

Boa sorte hoje à noite, doutor! Não vá estragar sua cara. É bonita e eu gosto de sentar nela ;)

AHAHAHA Obrigado! Vou dar meu melhor. E, mesmo se estragar, você ainda vai sentar nela. Prometo.

Ansioso por amanhã.

Eu também! Tenho que trabalhar às 19h, então, se seu voo atrasar, é só entrar.

Coloco o celular na mochila e puxo a camiseta por cima da cabeça antes de guardar tudo em um armário. Eu deveria estar pensando no que estou prestes a fazer conforme me enfio em meio à multidão e me dirijo ao ringue. Deveria estar ouvindo à apresentação e às regras enquanto escorrego entre as cordas. Deveria estar concentrado em meu oponente. Mas não estou. Estou pensando em Rose.

Tento criar um espaço entre nós, mas nunca dura muito tempo. Sempre há um motivo para nos reaproximarmos. Tipo o casamento de Rowan e Sloane (tentei dizer a mim mesmo para me acalmar e dar a nós dois espaço para respirar. E o que aconteceu? Acabamos transando no banheiro da Pousada Leytonstone). Estávamos apenas levando as coisas para o local no dia anterior ao casamento surpresa de Rowan e Sloane e, em menos de dez minutos, eu já estava com a boca em seu mamilo e meu pau enterrado na boceta dela. Isso sem falar do casamento em si. Rose estava linda demais em seu vestido de madrinha, com o sorriso brilhando de felicidade pelos amigos. Comi a boceta dela na sala dos funcionários do bar naquela noite como se fosse minha última refeição. Eu teria dado um jeito de fazer isso no cartório também, algumas semanas depois, se a gente tivesse estado lá pessoalmente para a união não planejada de Lachlan e Lark. Mas não se trata apenas de sexo. Isso é só um bônus se eu for realmente honesto comigo mesmo. Quero passar cada minuto livre com Rose. Ela é engraçada. Perspicaz. Imprevisível. Vive a vida de coração aberto, como se amasse cada parte de si mesma e não tivesse medo de mostrar isso. Ela acolhe tudo, desde o seu caos absoluto até sua luz brilhante. Eu a admiro de um jeito que jamais admirei alguém, porque parecia impossível imaginar como seria viver dessa maneira. Mas ela me faz acreditar que eu posso conseguir acolher a mim mesmo e a vida, como ela faz. As coisas a meu respeito que escondi, os segredos e os impulsos obscuros, ela parece sentir. E não fica com medo.

E meus próprios medos estão se esvaindo, substituídos por uma necessidade da qual não conseguiria me livrar, mesmo que quisesse. A necessidade de estar com Rose. Uma necessidade de mais do que o que temos agora. Isso está me consumindo, uma célula de cada vez, um momento atrás do outro.

Eu não a vejo o suficiente. Quando não estou com ela, é simplesmente agonizante. Sinto falta de sua presença em casa, de como ela a transformou em um lar. Fico com tanta saudade que tenho mantido suas plantas vivas e frondosas para quando ela puder me visitar, o que é raro, embora ela tenha decidido passar os últimos meses em Boston, já que a temporada do circo está chegando ao fim. Ela fica evasiva quando o assunto é esse.

– Pensei em passar um tempo em Boston, pra entender o porquê desse rebuliço todo. Fiquei chateada de não ter ido pessoalmente ao casamento da Lark e do Lachlan, e seria bom tirar uma folga – disse ela, com um dar de ombros quando falou sobre o assunto pela primeira vez em uma chamada de vídeo. – A Barbara está se saindo muito bem com a Cheryl e os poodles. Os gêmeos podem ficar com as minhas motos emprestadas até eu decidir o que vou fazer. E o Baz precisa de um pouco de liberdade. Vou emprestar a Dorothy pra ele, agora que ele pode dirigir. Sabe como é, é só um favor pra mãe dele, pra ela ter um pouco de descanso – disse Rose na semana seguinte. – Além disso, o Lachlan falou que a casa dele tá vazia. É bom ter alguém lá pra cuidar dela, sabe?

– Sim, claro – respondi, tentando soar como se fosse algo plausível. – Faz sentido.

– Por enquanto, tenho um emprego temporário que o José me arrumou em Saugus numa empresa de eventos. Mas o Rowan deu a ideia de eu trabalhar no Três de Econômica quando acabar o trabalho na Feira do Terror de Saugus. O restaurante anda muito movimentado. Ele falou que eu seria de grande ajuda se estivesse interessada em aprender. Se consigo ajudar a manter a trupe de um circo em ordem, com certeza posso ajudá-lo a administrar o restaurante, certo? Pode ser divertido experimentar algo novo, não acha…?

Dei a ela uma resposta encorajadora, mas comedida, sem querer parecer muito entusiasmado. A última coisa que queria era assustá-la. Mas, na verdade, eu estava completamente eufórico. E não parei de pensar nisso desde então. Nem no trabalho. Nem em casa, deitado no escuro, ousando imaginar como seria um futuro diferente.

Nem mesmo agora.

Com um estalo, meu soco atinge a bochecha de Nate. A cabeça dele se inclina para o lado. A saliva voa de sua boca, mas ele se mantém de pé, pelo menos por tempo suficiente para eu desferir outro golpe em suas costelas.

A multidão ruge ao nosso redor. O fogo arde em minhas veias, uma corrente de chamas sob a pele lambuzada de suor.

Acerto um gancho de direita. Meu Deus, isso é satisfatório pra caralho. Fico pensando na vez em que o suturei enquanto Rose assistia. Ele estava me irritando de propósito com aquela merda de "passa na minha loja". Acerto ele outra vez. Um soco. Outro. Quando ele se candidatou para lutar com Kane, o Carniceiro, por uma chance de me destronar, fui com tudo para defender minha sequência de vitórias.

Ele está ficando cansado. Os golpes estão ficando mais fracos. Os pés estão lentos. Eu o confundo, ameaçando um jab de esquerda. E, em seguida, deposito toda minha força em um gancho violento de direita.

Acerto a mandíbula de Nate. Sua cabeça se inclina para trás. E então ele cai no ringue, inconsciente.

Satisfação.

A multidão vai à loucura.

Tom faz a contagem regressiva. A cabeça de Nate rola de um lado para o outro. As pernas deslizam pelo piso manchado e acolchoado. Mas ele não se levanta.

Com as mãos erguidas em vitória, dou uma volta no ringue, meu protetor bucal pendurado em um sorriso que provavelmente é um pouquinho perverso. Então consigo controlar as sombras que parecem estar prosperando mais e mais a cada luta e cuido do homem deitado a meus pés. Embora eu peça desculpas a ele quando acorda, acho que não estou sendo sincero de fato.

– Mais um espetáculo excelente – diz Tom, batendo no meu ombro enquanto os amigos de Nate o ajudam a sair do ringue.

Desato a fita ao redor dos nós dos dedos, sentindo a dor que começa a aumentar em minhas articulações agora que a adrenalina está baixando.

– Obrigado.

– Vamos repetir mês que vem?

Quando assinto, Tom sorri, me passando uma toalha limpa para um corte na testa que eu nem havia percebido.

– É melhor dar uma olhada nisso, Dr. Kane. Talvez precise levar pontos. Pode pegar seu dinheiro amanhã na minha loja.

Segurando a toalha em meu rosto ensanguentado, passo pelas cordas e saio do ringue. Pego minha mochila no armário e me dirijo para o meio da multidão, agradecendo aqui e ali aos espectadores que me dão tapinhas nas costas e gritam meu nome. Mas não estou aqui pela atenção. Nem pelo dinheiro.

Estou aqui para libertar meu monstro. E só existe uma coisa que esse monstro realmente quer.

Enfiar as garras em Rose.

Meu coração dispara com a simples ideia de vê-la em breve, mas tento parar de pensar nisso ao entrar no banheiro, me apoderando de uma das duas pias no espaço pequeno e degradado que cheira a mijo e cerveja. Os passos são mecânicos para mim. Lavar as mãos. Calçar as luvas. Esterilizar a ferida. Passo a linha na agulha e olho para o espelho. Começo o primeiro ponto, me aproximando do reflexo enquanto perfuro minha própria pele com a agulha curva.

– Bela luta, Dr. Kane – diz uma voz atrás de mim.

O monstro dentro de mim arranha minhas costelas.

– Sr. Cranwell.

Eu me inclino para trás, esticando a linha. Nossos olhos se encontram no espelho. Cranwell usa agora uma prótese sobre um implante ocular que eu já sabia que ele havia feito em Omaha, as sutis diferenças quase indistinguíveis do olho sadio. Ambos me observam no reflexo.

– O senhor parece ótimo. Como está se sentindo?

– Melhor do que o senhor, doutor – responde ele, enquanto seu olhar pousa no corte na minha testa.

Deixo escapar um discreto "humm" e volto a me concentrar no ferimento, inserindo a agulha para o próximo ponto. A picada de dor é uma delicadeza bem-vinda a ser consumida pelas sombras em mim. Mantém minha atenção onde deveria estar: tentando não quebrar o pescoço de Matthew Cranwell.

Ele se encosta na pia a meu lado, cruzando os braços enquanto observa meu avanço.

– Então, fiquei sabendo que o reservado médico da cidade andava não apenas curando feridas, mas também causando algumas. Tive que vir para ver com meus próprios olhos. Foi um ótimo show.

Movo a cabeça em agradecimento.

– O senhor acha que Eric Donovan lutou quando a sua namoradinha matou ele?

Meus olhos se voltam para ele de imediato. O sangue ruge em meus ouvidos. A vontade de arrancar sua espinha dorsal pela garganta é avassaladora. A única coisa que me impede é a sorte. Outro homem entra no banheiro, sem perceber que estamos nos encarando, eu com minha raiva mal contida, Cranwell com um sorrisinho que estou desesperado para arrancar da sua cara de merda.

– Não tenho a menor ideia do que está falando – digo quando o homem entra em uma das cabines.

O sorriso de Cranwell se alarga.

– Ah, claro. Ela não é sua namorada, né? Pelo menos, foi o que ouvi falar. Melhor assim. O doutor não ia querer ter a imagem perfeita maculada por alguém como Rose Evans.

Um arrepio elétrico percorre minha carne.

– Eu quis dizer que não tenho ideia sobre a outra coisa. O senhor sabe tanto quanto qualquer pessoa da cidade que ele nunca foi encontrado. Só o carro. Não tem motivo nenhum pra me perguntar nada sobre isso.

– Claro, claro. Que besteira a minha. – Ele inclina a cabeça. Estreita os olhos. – Mas tem certeza disso? Afinal de contas, ela passou uns meses na sua casa. Tem certeza de que não viu nada... inapropriado?

– Se isso é uma tentativa de me interrogar – digo, voltando minha atenção para o espelho, iniciando o próximo ponto, sufocando a raiva que ameaça fazer minha mão tremer –, preciso dizer que é amadora pra caralho. E nada profissional. Mas acho que faz sentido, considerando as circunstâncias da sua saída do gabinete do xerife.

Cranwell dá uma risadinha, coçando a barba grisalha por fazer no queixo.

– Não estou interrogando o senhor, Dr. Kane. Estou apenas fazendo uma pergunta simples. Porque, do meu ponto de vista, parece estranho ela estar em Shiretown momentos antes de Donovan ser visto pela última vez. Uma belezinha como Rose Evans? Comprando uma faca gigante? Mas, caramba... quem sou eu pra falar qualquer coisa?

Lanço um olhar frio na direção dele, depois franzo a testa e puxo outro ponto com força.

– Bem, Sr. Cranwell, posso garantir que não sei do que está falando. E acho que o senhor também não sabe. Eric Donovan está *desaparecido*. Ele pode estar em qualquer lugar. Pode ter ido para o México, pelo que sabemos. Essas alegações que o senhor está tentando fazer são extremamente graves.

O sorriso de Cranwell aumenta, como o de um predador pronto para abater a concorrência em seu território. Há uma ameaça por trás de cada ruga na pele desgastada pelo tempo, de cada movimento de músculos e ossos.

– Sabia que alguém mais ou menos do tamanho dela fez isso comigo, doutor? – pergunta ele, apontando para o olho. – Uma mulher. Me bateu e me furou, bem no olho. Sem motivo nenhum. Entrou na minha propriedade sem motivo.

– Me parece que o senhor não sabe quem fez isso. E fico pensando por que alguém iria querer atacá-lo sem motivo. Não é como se o senhor tivesse feito isso com outra pessoa... certo? – Dou outro nó e limpo o sangue da testa antes de começar mais um ponto. – Ouvi dizer que a Lucy se mudou pra casa dos pais em Minnesota e levou as crianças com ela. Sinto muito pela dissolução do seu casamento. Fico imaginando o que poderia ter precipitado isso.

Um lampejo de raiva atravessa o rosto de Cranwell, mas ele não se arrisca a atacar, não quando dois rapazes da academia entram no banheiro e acenam na minha direção.

– Não faço a menor ideia – responde ele por fim.

– Tenho certeza. Agora, se me der licença, tenho algo pra fazer. Ah, e Sr. Cranwell – digo, deixando meus olhos descerem por ele e subirem novamente –, receio que eu não possa mais ser seu médico. Espero que o senhor entenda.

Com um olhar derradeiro e cortante, me concentro no meu reflexo, usando todos os últimos resquícios de controle para não matar o homem ao meu lado.

– Provavelmente é melhor para nós dois – diz ele, dando um tapinha no meu ombro no momento em que perfuro minha pele com a agulha. A ponta arranha minha carne. – Tenha uma ótima noite, Dr. Kane.

Não olho para ele quando o sujeito sai do banheiro. Simplesmente termino a sutura, um fio 10-0 de diâmetro que se curva da minha testa até a carne inchada do supercílio. Quando termino, arrumo meu material, jogo fora as luvas, a gaze e a toalha que está salpicada de manchas vermelhas. Visto uma camiseta e um casaco com capuz. Jogo um pouco de água no rosto e então me agarro às bordas da pia. Eu me inclino para perto do espelho velho, a superfície cheia de riscos e imperfeições. Acho que não reconheço mais o homem que está me encarando de volta. E talvez goste disso.

Saio sem falar com ninguém, vou para casa e entro direto no chuveiro. Apesar da dor, da raiva e da ansiedade que se agitam em minhas entranhas, ainda penso em Rose.

Quando fecho os olhos, consigo ver seu rosto, os lábios entreabertos, os olhos semicerrados e fixos em mim. Posso ouvir seus gemidos. A ilusão do toque dela está bem nas minhas costas, acariciando meus ombros. Seguro o meu pau duro e me imagino enfiando-o na boceta apertada dela. Os gemidos desesperados de Rose passam pela minha mente, aumentando e diminuindo no mesmo ritmo em que aliso meu pau. Cada detalhe é cristalino. A sensação da pele dela sob minhas mãos. Os mamilos intumescidos. O rubor em sua pele. Não consigo me conter. Na minha fantasia, eu me inclino para mais perto. Mais e mais, e ainda mais perto, até que deslizo minha boca sobre a dela e me desmancho em um beijo que já imaginei mais vezes do que sou capaz de contar. É esse momento que me leva ao limite. Essa regra proibida e quebrada que faz com que minhas bolas se contraiam, meu pau lateje e jatos de porra acertem os azulejos. É o beijo que acaba comigo, e mal consigo ficar de pé sob a água escaldante, com uma mão apoiada na parede do chuveiro. Não quero apenas parte dela. Eu a quero *por inteiro*. Quero destruir esses limites entre nós até finalmente me sentir completo.

Pressiono a testa dolorida no azulejo frio e fico embaixo do chuveiro até que a água esfrie.

É um sono agitado. Estou irritado demais com Cranwell e muito empolgado com a viagem para conseguir descansar de verdade. Quando acordo, parece que nada acontece rápido o bastante. O avião parece viajar devagar demais pelo céu. A fila no balcão da locadora de veículos é muito comprida. Não consigo cruzar as ruas da cidade com a destreza necessária. Tento uma rota alternativa de ruas secundárias e becos para evitar o trânsito enquanto me dirijo para South End, onde fica o apartamento de Lachlan e onde ele deixou Rose ficar agora que está na casa de Lark. Fico preso no trânsito mesmo assim, é claro, porque a hora do rush em Boston é desse jeito. Estou com tanto medo de não ver Rose antes que ela saia para o trabalho que estaciono a três quarteirões de distância. Trouxe apenas uma mochila, ainda bem, então a coloco nos ombros e corro o resto da distância até Rose.

Quando chego ao quinto andar, minha testa está molhada de suor, e a ferida na sobrancelha pulsa a cada batida do coração.

– Rose – digo, batendo na porta. – Ei, Rose.

– Tô indo – responde ela, do outro lado.

Consigo ouvir a empolgação na voz dela, os passos quicando no chão de madeira ao se aproximar. As fechaduras se movem e a porta faz um clique. E então ela a abre.

– *Meu Deus do céu* – dizemos ao mesmo tempo.

Os olhos dela estão fixos nos pontos e no hematoma que colore minha bochecha e a testa.

Os meus estão fundidos em seu rosto aterrorizante e no corpo ridiculamente maravilhoso, o contraste mais estranho que já presenciei em uma única pessoa.

Ela está usando um sutiã de renda preta e uma calcinha combinando, a silhueta uma sinfonia de suavidade e força. A renda acompanha as curvas dos quadris e o volume dos seios, alças de cetim preto cintilam com o subir e descer do peito a cada respiração. Nenhum detalhe passa despercebido diante do meu olhar, nem um único centímetro de tecido ou pele que não tenha sido gravado em minha memória para sempre.

E então chego ao rosto dela.

Ela sorri para mim, mostrando um conjunto de dentes horríveis, pontiagudos e amarelados. Dentes demais, todos grudados uns aos outros. Os lábios, olhos e a ponta do nariz estão pintados de preto, e o restante do rosto está branco. Duas linhas pretas curvas sobem até a metade da testa, criando novas sobrancelhas, as naturais escondidas sob a maquiagem pesada. Ela inclina a cabeça de um lado para o outro para sacudir os três sininhos costurados em cada ponta do chapéu de bobo da corte preto e branco.

– Estou me inspirando em Art, o Palhaço, de *Aterrorizante*, mas de um jeito fofo, com os dentes do Drácula de *Renfield*. Gostou? – pergunta ela, com a fala um pouco distorcida pelos dentes falsos.

Ela dá uma voltinha lenta para mostrar o fio dental, o pequeno triângulo de renda contornando as bandas da bunda dela e desaparecendo entre a fenda. Meu pau força o zíper, pelo menos até ela olhar para mim outra vez.

– Tô tão confuso. Quero tanto te comer, mas também temo pela minha vida. É como combustível para pesadelos molhados.

– Pra ser sincera, essa é a coisa mais romântica que já ouvi. Embora provavelmente eu não devesse dizer isso. Regras e tudo mais, certo?

– Certo – digo, tentando conter minha decepção com a naturalidade dela ao me lembrar da nossa situação atual.

Rose me envolve em um abraço breve e depois se afasta da porta para que eu passe.

– Regras e tudo mais. Aham – falo.

– Entra. Me conta tudo sobre a luta e essa nova cicatriz sexy. A propósito, tem álcool isopropílico e gaze no banheiro do seu quarto de hóspedes, caso precise limpar.

Puta merda. Dois socos seguidos. Sinto como se estivesse de volta ao ringue e, dessa vez, estou sendo esmagado por Rose em vez de Nate. E, sinceramente? Acho que ela seria capaz de me derrotar. Ela é obstinada pra caralho.

– Obrigado.

Deixo a mochila escorregar dos ombros. Eu a coloco ao lado do sofá e sigo Rose conforme ela se dirige até a cozinha, tirando a dentadura no caminho. Um pequeno fragmento de decepção se aloja no meu peito quando ela pega um robe que estava no encosto de uma cadeira e o veste.

– Obrigado mesmo – acrescento.

– Imagina. Então, e esses pontos? – pergunta ela, tirando uma cerveja da geladeira e a oferecendo para mim.

Quando assinto, ela a desliza para o outro lado da ilha, onde me sento, e depois abre uma garrafa de água para si mesma.

– Ah, os pontos, sim. Lutei com o Nate. Acho que ele acertou uns belos socos, mas acabei nocauteando ele no segundo round.

Rose faz beicinho, um gesto exagerado por causa da maquiagem.

– Tadinho do Nate.

– O Nate tá bem – retruco, revirando os olhos. Quando me volto para Rose, ela sorri como se pudesse enxergar meu ciúme. – Mas eu esbarrei com Matt Cranwell.

Mesmo com a grossa camada de maquiagem, ainda consigo ver o lampejo de medo no rosto dela.

– Cranwell? O que ele queria?

– Ser um babaca, principalmente. Eu não me preocuparia. Ele ainda não tem nada.

– Alguma novidade sobre o Eric?

Balanço a cabeça.

– Uma historinha aqui e ali, geralmente fazendo referência ao lago Humboldt. As pessoas ainda parecem estar presas a isso, acham que suspenderam a busca cedo demais.

Rose respira fundo e balança a cabeça. Seu sorriso é fraco, mas ainda assim é um alívio vê-lo.

– E a Naomi?

– Ela tá ótima, na verdade. Arranjou um namorado novo, um dos outros enfermeiros. Parece muito feliz.

Desta vez, o sorriso que Rose abre para mim é genuíno, radiante. O que, mesmo com seus dentes naturais, continua sendo muito perturbador.

– Ainda não sei exatamente o que pensar de tudo isso – acrescento, enquanto faço um gesto circular em direção ao rosto dela.

– Bem, vou te dar algum tempo pra refletir. Tenho que ir pra Feira do Terror. Volto tarde.

Rose vem para o meu lado da ilha e passa a mão pelo meu peito, me abraçando por trás. Minha mão circunda seu pulso. Os batimentos dela são fortes sob a ponta dos meus dedos. Resisto ao impulso de levar meus lábios à sua pele, mas por pouco.

– Obrigada por ter despachado aquele babaca do Cranwell. Deve ser uma merda ter que lidar com ele aparecendo de vez em quando.

A verdade é que tenho pensado cada vez mais em voltar para Boston. Também não seria a pior coisa do mundo me afastar de Cranwell. Mas meu interesse em voltar para casa tem muito pouco a ver com ele e tudo com Rose. Se ela realmente vai ficar, parece o momento certo para pensar nisso. Sendo honesto comigo mesmo, esse é o verdadeiro motivo de eu estar aqui, e estou cada vez mais pronto para encará-lo. Preciso ver se ela também está pronta para dissolver nossas regras. Ver como faríamos para isso dar certo. E estar aqui, com a mão dela pousada tão casualmente no meu peito, como se sempre devesse ter estado ali? Só torna tudo mais claro.

– Não se preocupa – digo, por fim, ainda saboreando seu abraço gentil. – Eu posso te levar até lá, se quiser.

– Não, tudo bem. Você acabou de sair de um avião.

Ela me dá um tapinha no peito, um último carimbo antes de soltar a mão e ir em direção ao corredor que leva aos quartos. Fico imaginando se ela conseguiu sentir meu coração acelerado. Sei que não é o momento certo, mas estou desesperado para lançar minhas perguntas no espaço vazio onde a presença dela permaneceu. As palavras estavam bem ali, na ponta da língua.

Rose veste o resto de seu traje, saindo alguns instantes depois com uma calça preta e branca e uma camisa de botão, ambas aparentemente grandes demais para ela, o que só aumenta sua aparência perturbadora. Ela coloca o baralho de tarô e a selenita em um bolso, os dentes assustadores no outro, depois me dá um sorriso.

– O Uber tá a caminho – diz ela, segurando o celular. – Vejo você mais tarde?

– Aham, eu poderia te buscar? Queria trocar uma ideia sobre algumas coisas. Talvez a gente possa conversar no caminho pra casa.

As sobrancelhas pintadas de branco de Rose tremem.

– Claro… tá tudo bem?

– Tá tudo bem, sim. – Eu me aproximo um pouco mais, me inclinando para dar um beijo leve na bochecha dela. – Me manda uma mensagem quando faltar meia hora pra terminar. Vou lá te buscar. E vê se não vai fazer um monte de gente se cagar hoje à noite. Seria um horror pra limpar.

Rose dá uma piscadela.

– Achei que você quisesse que eu me divertisse.

– Caos com moderação.

– Que saco.

Com um sorriso derradeiro, Rose sai para pegar o Uber, me deixando no silêncio. Fico no meio da sala, observando a porta como se esperasse que ela fosse dar meia-volta e atravessá-la.

Não sei ao certo quanto tempo fico ali. Quanto tempo leva para o fato penetrar na minha medula. Mas finalmente percebo que não me importo mais com a ilusão da luz. Minha Rose floresce na escuridão. E tudo o que eu quero é crescer lá com ela.

21
ASSOMBRAÇÃO
ROSE

Essa é a minha época favorita do ano. E pode não ser o Circo Silveria, mas, de certa forma, é ainda melhor.

Uma feira noturna totalmente nova. Uma casa mal-assombrada fantástica. Uma tenda bizarra e assustadora para minhas leituras de tarô.

Feira do Terror de Saugus.

É uma noite perfeita de outubro.

O cenário é *muito* legal. Quando frequentadores desavisados da feira vêm para uma leitura com um palhaço aterrorizante, tenho sustos de toda espécie à minha disposição. Mantenho um controle remoto escondido no colo e botões no chão que posso pressionar com os pés. Posso apagar as luzes, acionar uma máquina de fumaça, fazer com que cabeças de bonecas caiam do teto ou que gritos emanem dos alto-falantes escondidos, ou que um manequim fantasma saia de um armário em um canto. Às vezes, outros funcionários entram de fininho para assustar clientes desavisados. As pessoas amam. Principalmente quando estão tão envolvidas na leitura que se esquecem de atentar para o próximo susto. E minhas cartas estão pegando fogo esta noite. Leituras envolvendo ex-namorados, romances e segredos, ambição, esperança, amor e perda.

No fim da noite, as coisas finalmente começam a se acalmar. Ainda há muita gente circulando, mas há intervalos maiores entre os visitantes da tenda. Terminei uma leitura para duas adolescentes e, quando elas saíram, tirei os dentes assustadores e decidi que era hora de desligar o letreiro de néon na entrada da tenda. Em seguida, deixo a cortina cair sobre a porta. Depois de uma breve chamada via walkie-talkie com Wendy, a coordenadora da feira, para avisá-la de que estou fechando, coloco o dispositivo no bolso, tiro meu celular e envio uma mensagem para Fionn.

Oi :) Estou encerrando aqui. Você ainda quer me buscar? Não tem problema se já estiver na cama!

Quero, sim, com certeza. Pensei em ir até aí dar uma olhada. Espero que não tenha problema! Estou estacionando.

Acho ótimo.

Com um sorriso e um suspiro profundo e satisfeito, volto a me sentar à mesa, limpando meu baralho antes de embaralhá-lo. Ando tão ocupada ultimamente que não tenho tido muito tempo para fazer uma leitura para mim mesma. E talvez não seja só isso. Tenho gostado de não me esforçar tanto para interpretar o caos que existe ao meu redor e dentro de mim.

Mas, uma vez que minhas leituras parecem estar tão certeiras esta noite, fazendo sentido para quase todos que se sentaram à minha frente, é impossível não pegar as cartas e pensar no futuro. Em especial quando Fionn está na cidade, embora eu tente não ler nosso relacionamento com muita frequência, com medo de as cartas me dizerem algo que eu não queira saber. Estou feliz com o que temos, embora eu queira mais. E, se estiver destinada a ir na direção oposta à que gostaria, prefiro apenas aproveitar o que temos sem me preocupar com o fim. Portanto, em vez de perguntar diretamente sobre minha vida amorosa, recorro a uma das minhas perguntas favoritas para uma leitura simples, embaralhando as cartas ao dizê-la em voz alta:

– Como posso me preparar para o que está por vir na minha vida?

Tiro a primeira carta.

Cavaleiro de Espadas.

Eu me ajeito na cadeira. Essa é uma carta que raramente sai para mim e, quando isso acontece, em geral significa que tenho que agir depressa. Mas ela também pode indicar alguém ou algo destrutivo. Alguém brutal.

Tiro a segunda carta. A Morte.

Meu sangue congela, como se tivesse sido drenado dos membros, deixando a pele gelada e os pelos arrepiados. Como qualquer carta, a Morte pode significar muitas coisas. Transformação. Encerramentos. Mudanças necessárias para o crescimento. Mas depois do Cavaleiro de Espadas…?

Tiro a última carta. Quatro de Espadas.

Quietude. Pausa. *Luto*. Tempo gasto em recuperação.

– De quê? – pergunto.

Mas acho que não quero mais saber as respostas para as minhas perguntas. Fico olhando para as três cartas. A inquietação serpenteia minha coluna. Quanto mais olho para elas, mais desejo que mudem ou que eu possa enxergar outro significado além de caos e destruição. Mas não importa como eu tente interpretá-las, as leituras trazem apenas uma sensação de pavor à minha volta.

Devolvo as cartas ao baralho depressa, coloco-as na minha bolsinha de couro junto da selenita e, em seguida, deslizo-a para dentro do bolso. Com um longo suspiro que pouco faz para me acalmar, me sento na cadeira e fecho os olhos. Tento encontrar conforto no som das risadas e na música do lado de fora da tenda, no aroma de donuts e pipoca. Cruzo os braços na altura da barriga e penso no abraço de Fionn, no calor de sua presença e na calma que advém do fato de saber que há alguém nesse mundo insano que enxerga o meu verdadeiro eu e não vai embora. E isso é tudo que eu quero agora. Algum conforto e calma.

– Hora de ir pra casa – sussurro para mim mesma.

– Que pena. Eu esperava que você fosse me contar sobre todas as coisas boas que estão no meu futuro.

Abro os olhos e me deparo com um homem na entrada da tenda.

Seu rosto está pintado de branco, em contraste com o amarelo dos dentes, os lábios repuxados em um sorriso ameaçador. Os olhos estão fixos em mim, emoldurados por diamantes de tinta facial preta. Uma bola vermelha cobre a ponta do nariz; uma peruca de pelos encaracolados está presa na cabeça careca.

Fico rígida no assento.

– Afinal de contas, eu dirigi a noite inteira até aqui só pra te *ver*. Entendeu?

Matthew Cranwell aponta para o próprio rosto, onde um olho de vidro cobre a prótese que agora deve ocupar o lugar atrás dele. Seu sorriso se alarga.

– Gostou do meu novo visual? Acho que o nariz realmente acrescenta alguma coisa.

– Tem razão. Você tem a mesma cara de palhaço de quando te vi da primeira vez – respondo, aproximando meu pé dos botões escondidos pela toalha de mesa. – Ouvi dizer que sua esposa finalmente deu um chute nessa sua bunda feia. Levou as crianças junto também. Que bom pra ela.

Um lampejo de fúria atravessa seu rosto, mas ele esconde a ira por trás de um sorriso ameaçador.

– Tem sido bom pra mim também. Perdi uns quilos. Tenho bebido menos. Encontrei um novo objetivo, sabia? Reacendi meu amor pela caça. – Ele estende a mão atrás das costas, sacando uma faca tão comprida quanto a que deixei no meu apartamento, guardada na bainha na mesa de cabeceira. – E certamente descobri alguns detalhes muito interessantes a seu respeito.

Ele dá um único passo em direção à minha mesa.

– O Pardal – sibila ele.

Mil pensamentos cruzam minha mente. Como ele sabe disso? O *que* exatamente ele sabe? Alguém lhe contou? Para quem ele contou? Os lábios dele se curvam ao perceber que sua flecha acertou o alvo. Não importa quanto eu tente esconder o medo, ele o vê em meu rosto. E está *adorando*.

– É isso mesmo – diz ele ao se aproximar mais um passo da minha mesa. – Você sabia que eu era assistente do gabinete do xerife do condado de Lincoln? Trabalhei dez anos lá.

Não digo nada.

– Posso ser só um fazendeiro agora. Mas as habilidades? O treinamento? Isso não desaparece. Comecei a rastrear todos os lugares em que seu cirquinho parou. O nome Vicki Robbins te diz alguma coisa? – Quando não respondo, ele ergue a ponta da faca na minha direção. – Pois deveria. Nunca descobriram de onde ela tirou o veneno que acabou não matando o marido dela. É uma pena que ele tenha assassinado ela tão rápido. Talvez ele tivesse conseguido arrancar uma confissão dela se não a tivesse esganado até a morte. Mas você e eu sabemos que foi o Pardal que deu o veneno pra ela.

– Por que será que alguém tentaria matar o próprio marido? – provoco, enquanto aperto com força o assento da cadeira até que meus dedos percam a sensibilidade. – Alguma ideia?

Matt solta uma risada baixinha e sem humor que enche minha tenda de perversidade.

– Quanto mais eu procurava, mais encontrava um rastro de mortes suspeitas nas cidadezinhas por onde vocês passavam. Pelo menos um ou dois homens a cada temporada. Você deve ser responsável por uns dez homicídios? Talvez vinte? Não, espera, são 21 se contar o Eric Donovan, não é isso?

– Até onde sei, Eric Donovan nunca apareceu. Talvez ele ainda esteja viajando pelo país, fazendo o que quer que babacas como ele façam.

– Nem sempre é necessário encontrar um corpo para que haja um homicídio – diz ele, com um sorriso sombrio e triunfante.

Nós dois sabemos que ele tem conhecimento suficiente de uma possível conexão entre mim e Eric para que não haja nenhum protesto que valha a pena ser feito. Mas são as palavras em seguida que deixam minha pele gelada.

– O Dr. Kane. Ele também deve saber, né? Foi ele quem fez a sua cirurgia. Hospedou você na casa dele. Trabalhava com a namorada do Eric. Ele deu uma surra em um boxeador naquele clube porque o cara te derrubou no chão, pelo que dizem por aí. E ele te acobertou quando fiz uma visita à clínica. Sei que você estava lá, ouvindo cada palavra.

– Deixa o Dr. Kane fora disso…

– Eu tentei, na verdade. Falei com ele ontem à noite. Mas ele parece decidido a ficar do seu lado. Sei que ele estava vindo pra cá hoje, aposto que pra te ver, não é mesmo? – Matt levanta e abaixa as sobrancelhas várias vezes e aperta o nariz vermelho, que emite um chiado. – Então, até onde ele sabe, exatamente? Ou será que é ainda pior do que isso? Ele tem te ajudado…?

– O que você quer, porra? Acha que pode me prender? Pelo que ouvi falar, você foi expulso da polícia por ser um babaca incompetente. Então, se isso é algum tipo de tentativa ridícula de voltar ao quadro de funcionários, é melhor você repensar. Não vai dar certo nunca.

Ele balança a cabeça. A tinta branca racha, se movimenta e descasca em seu rosto conforme o sorriso aumenta.

– Eu pareço ser o tipo de pessoa que vai te entregar pra um bocó uniformizado quando eu mesmo posso resolver a situação?

Suas luvas de couro rangem. Os punhos se fecham. A faca brilha na penumbra. Minha própria camada de maquiagem fica mais rígida na pele enquanto espelho o sorriso dele.

– Eu pareço o tipo de garota que se entrega sem lutar?

Aperto o botão das luzes e nos coloco na escuridão.

Matt dá um esbarrão na mesa. Pego a cadeira e atiro na direção dele. A dor atinge com força meus pulsos e cotovelos com o impacto. Nossos gritos de choque e frustração são uma harmonia no breu.

Dou um segundo golpe, um bilhete de ida e volta. A cadeira quebra ao atingir Matt e ouço o que espero ser a faca voando da mão dele para quebrar o vidro da porta do armário. Tudo o que me resta da cadeira é o assento. E apesar de Matt gemer de dor e xingar de raiva, sei que ainda não desistiu.

Uso a única vantagem que tenho agora: meu conhecimento desse espaço apertado. Vou para o chão e rastejo até o fundo da tenda enquanto Matt se debate na escuridão, destruindo tudo o que toca em sua busca por mim. Fico agachada e quieta, rasgando a lona até que os pinos soltem da grama. Com o assento de madeira ainda preso nas mãos, saio da tenda e *corro*.

Um palhaço desequilibrado, sujo e manchado de grama correndo pelo parque de diversões atrai apenas gritos de surpresa e admiração dos clientes. Ninguém percebe o pânico em meus olhos. A maneira como paro, olho ao redor e examino meu entorno em busca do homem que quer me matar. Ninguém ouve os batimentos cardíacos que rugem em meus ouvidos. Ninguém sabe a conclusão que ecoa na minha mente, obliterando todos os outros pensamentos.

Se eu não matar Matt Cranwell, ele *vai me matar. E vai matar Fionn também.*

Não posso permitir que isso aconteça.

Olho para a esquerda e para a direita, mas não há sinal de Matt Cranwell.

– Por que essa merda nunca dá certo? – pergunto em voz alta enquanto giro no mesmo lugar e vasculho a multidão.

O cheiro de donuts, churros e hambúrgueres me envolve com a brisa fresca. Além de um ou outro funcionário que reconheço pelo uniforme, é impossível identificar um rosto familiar por trás das máscaras e da maquiagem. Uma pequena onda de pânico domina meu coração. Talvez Matt tenha ido embora como qualquer pessoa sã faria. Talvez ele traga a polícia, afinal. O narcisismo, a misoginia e o amor pela violência física presentes em Matt não dão nenhum motivo para esperar que algo de bom venha dele. E se ele de fato pensar racionalmente e levar isso à polícia? Fionn com certeza vai ser arrastado para o meio dessa confusão comigo. Minha imaginação ameaça correr solta com imagens de luzes vermelhas e azuis, tribunais, advogados e barras de ferro que se fecham e nunca se abrem.

Mas não posso me deixar levar por tudo isso agora. Tenho um trabalho a fazer.

– Se recomponha, Rose Evans.

Eu me viro novamente quando uma rápida explosão de movimento chama minha atenção. Avisto Matt ao lado da barraca de cachorro-quente. Ele está espiando do canto da vitrine de vidro, então me vê e, infelizmente, tem uma segunda arma: a faca em uma mão e um espeto de salsicha na outra. Ele se endireita e sai de trás da barraca, dando mais um passo na minha direção.

– Aí vou eu, sua palhaça de merda! – vocifera ele com um sorriso selvagem.

Saio correndo.

Matt ruge uma ameaça de vingança atrás de mim enquanto passo por grupos de adolescentes com pipoca e algodão-doce nas mãos e funcionários vestidos de zumbis, bruxas e palhaços malucos. Corro em meio às barracas e por passagens estreitas. Meu coração se agita no peito. Meu estômago ameaça se revoltar, mas ainda mantenho Matt perto o suficiente para que ele possa me achar. Longe o suficiente para que não possa me pegar. E mantenho os olhos no alvo que avisto no meio da multidão.

A casa mal-assombrada.

Corro para a porta lateral exclusiva para funcionários, dando uma olhada para trás enquanto luto para pegar as chaves do bolso e destrancá-la. Matt está a certa distância, mas com o olhar fixo em mim. Está mancando, o que o torna mais lento, mas não muito. Ele rosna quando dou a ele meu melhor sorriso de palhaça psicopata. Empurro a porta e a deixo entreaberta, depois mergulho na escuridão e me escondo nas sombras.

Um segundo depois, Matt irrompe pela porta.

– Vagabunda de merda.

Ele entra mancando pelo corredor atrás da parede, por onde os artistas podem se deslocar para assustar os visitantes, por trás de painéis e alçapões escondidos. Além do aroma empoeirado da névoa que sai da máquina de fumaça, gritos e risadas pairam no ar. Ele gira a cabeça de um lado para o outro em busca de qualquer sinal meu, ainda empunhando uma arma em cada mão. Saio das sombras e fecho a porta com um estalido silencioso.

Eu me esgueiro por trás de Matt, com o assento da cadeira agarrado entre as mãos.

– Onde você tá, porra? – sussurra ele.

Abro um sorriso.

Te peguei, filho da puta.

Uso toda a minha força ao atirar o assento de madeira em Matt, e acerto em sua nuca. Ele tropeça e grita. As armas caem, retinindo nas sombras. Ele fica de joelhos, com a cabeça presa entre as mãos, pura raiva e caos. Coloco o assento da cadeira no chão e passo por ele enquanto ele se contorce no escuro. Começo a tatear em busca da faca para poder acabar com essa merda de uma vez por todas. E, no instante em que acho que senti a ponta afiada de algo metálico, uma mão se agarra ao meu tornozelo e me puxa para o chão.

Quando me viro para lutar com ele, o olho de vidro desapareceu, deixando sua pálpebra meio fechada. Mas não é nele que estou focada. Meu olhar chocado está preso ao outro olho, que está muito além dos limites da órbita.

– Puta merda, sério. Eu bati em você com tanta força que seu olho saltou.

Sinto ânsia de vômito, mal conseguindo reprimir uma onda de náusea. A pálpebra está encolhida para trás sobre o globo ensanguentado, fazendo com que ele pareça surpreso e com raiva de um jeito caricatural. Sinto ânsia de vômito outra vez.

– Coloca isso no lugar, pelo amor de Deus.

– Eu vou te *matar*, sua vagabunda – rosna Matt.

Ele se atira na minha direção, com as mãos tensas em forma de garras que, tenho certeza, está desesperado para enfiar no meu pescoço. Com um chute certeiro em seu peito, consigo mantê-lo afastado por tempo suficiente para conseguir me levantar e sair em disparada pelo corredor. Com uma olhada rápida para trás, vejo Matt cambaleando, empunhando a faca. Ele vem na minha direção, e eu atravesso uma cortina no final do corredor, entrando na seção de visitantes da casa mal-assombrada, que fica no térreo.

Passo por um grupo de adolescentes amontoados em um canto da assustadora cozinha cenográfica, dando-lhes um susto extra quando um funcionário vestido de açougueiro ensanguentado os espanta com uma faca de plástico. Continuo e passo por um casal que se agarra um ao outro quando um membro da equipe cai de uma plataforma escondida junto ao teto. Passo pela máquina de fumaça e pelos lasers que obscurecem um palhaço agachado sob uma névoa branca. Matt ainda está atrás de mim, e acelero o passo em meio às salas, aos sustos e aos visitantes aterrorizados. Depois, subo as escadas para o segundo andar.

O labiríntico segundo andar é repleto de cômodos estreitos e gritos vindos do andar de baixo. Eu me escondo em um canto escuro e me agacho entre uma cristaleira cheia de cabeças de bonecas de porcelana e um lençol manchado de sangue, tentando acalmar a respiração e ouvir as botas de Matt batendo nas tábuas do assoalho. Mas ele não vem. Passa um casal. Depois, um grupo de quatro adolescentes. Nada de Matt.

Espero. Tento sentir a presença de alguém na escuridão, além dos gritos fabricados e da música assombrosa que toca nos alto-falantes escondidos. Talvez ele tenha ido embora. Quem sabe tenha recobrado o juízo. Resolvido procurar tratamento para sua situação ocular extremamente fodida. Ou talvez tenha saído para chamar a polícia, o que deveria ter feito desde o começo.

Preciso encontrá-lo antes que ele faça isso.

Há um ruído baixo de sapatos contra o assoalho de madeira. Essa pode ser a minha melhor chance de enfrentá-lo. Fico de pé e espio pela borda do armário. Mas não é Matt que vejo.

É o Dr. Fionn Kane.

Não sei exatamente como ele sabe que sou eu, mesmo no escuro, mesmo com minha fantasia de palhaço assustadora quando há palhaços espalhados por toda essa porcaria de feira. Mas ele sabe.

– Merda – sibilo, conforme ele caminha na minha direção.

– Rose. – Os olhos de Fionn passam do meu rosto para o assento da cadeira quebrada em minha mão e voltam novamente para mim. – O que você tá fazendo?

– Estou, humm… trabalhando…?

– E por trabalhar você quer dizer correr por aí gritando "Vem me pegar, seu merda" e rindo feito uma doida? – Ele estreita os olhos. – Achei que tivesse visto alguém fantasiado te seguindo. Vim me certificar de que você estava bem.

– Isso é mesmo… é muito gentil. Estou superbem… só estava representando a atmosfera assustadora dessa época do ano – digo com um dar de ombros.

Enquanto isso, ele se aproxima e dá um peteleco em uma das pontas de pelúcia do meu chapéu de bobo da corte, o sininho tilintando em resposta. Fionn franze a testa.

– Tem certeza que você tá bem?

– Aham. Obrigada. – Tento não deslocar meu peso de um pé para o outro, mas não consigo evitar a necessidade de me mexer sob seu olhar incansável. – Por que você não vai buscar uns cachorros-quentes pra gente? Estou morta de fome. Encontro você lá assim que terminar… o que tenho para fazer.

– O que você tem para fazer.

– Minha apresentação.

– Achei que você tivesse dito na mensagem que já havia encerrado a noite.

– Humm… aham. Quase. Só falta uma coisinha.

Vasculho os bolsos da calça larga preta e branca, o tecido manchado com um jato de sangue que pode ser falso. Ou não. Quando retiro um rolo de bilhetes de comida e bebida e estendo para Fionn, ele observa minha mão, desconfiado.

– Então, quando você vai encerrar a noite *mesmo*? – pergunta ele.

– Me dá, tipo… uns vinte minutos, talvez?

A pergunta sai aguda demais. Minha garganta parece se fechar com as palavras. Os olhos de Fionn se voltam para os meus como se eu tivesse acabado de confessar cada um dos meus pecados, que só aumentam. Seu queixo se inclina em direção ao peito e ele me fixa com um olhar ao mesmo tempo cismado e ameaçador.

– Rose…

Uma tábua do assoalho range atrás de Fionn. Um lampejo de luz laranja brilha em uma lâmina. Deixo cair os bilhetes e seguro o pulso de Fionn para puxá-lo com a maior força possível, o suficiente para desequilibrá-lo e fazê-lo tropeçar em mim.

Dou um chute forte na canela de Matt quando ouço a voz chocada de Fionn dizer seu nome como uma pergunta atrás de mim.

– Achei que vocês nunca mais fossem se ver – digo.

Com um segundo chute, a faca voa da mão dele e bate na parede. Ele rosna de frustração, vasculhando o chão enquanto me esquivo atrás de Fionn e o empurro para a frente, em direção à próxima sala.

– Hora de ir, doutor.

Entramos em uma imitação de quarto com Matt em nosso encalço, sua sequência de palavrões irados pontuados pelos gritos, berros e gargalhadas que saem dos alto-falantes. Há sangue falso por toda parte. Nas paredes. No teto. Na cama, onde um manequim possuído em tamanho real se ergue do colchão. Uma televisão antiga crepita estática no canto do cômodo. Fionn corre e seu movimento aciona o sensor de uma luz estroboscópica. Ela pulsa em um ritmo desorientador de luz e escuridão.

Fionn estica a mão para trás e se segura em meu pulso enquanto tropeça em uma porta no lado oposto do quarto, me puxando para a frente. Mas Matt alcança meu ombro. Me faz girar. Acabo me soltando da mão dele e um grito de horror enche o local. Há um flash ofuscante. É a câmera automática, escondida para tirar fotos dos visitantes apavorados. Na luz, vejo o horror no rosto de Matt, suas feições exageradas pela maquiagem, sangue e sombras.

O estroboscópio desliga, deixando apenas as fracas luzes verdes e azuis instaladas nos cantos do quarto. Fionn perfura Matt com um olhar fixo e implacável. Mesmo quando Matt olha para baixo, horrorizado, para a faca que Fionn enfia em seu abdômen, Fionn nunca desvia o olhar. Ele segura a nuca de Matt com a mão livre, as pontas dos dedos cravadas na pele pintada.

– Você achou que ia ser divertido se vingar – diz Fionn.

Com um movimento rápido, ele puxa a lâmina para cima. O ferimento é inundado de vermelho, manchando a camisa rasgada de Matt. Sua boca está aberta, mas apenas um ruído contido de dor escapa, como se seu corpo estivesse chocado demais para produzir som.

– E como tá sendo? – Outro movimento da faca. – Ainda tá gostando?

Um rasgo suave de carne, seguido pelo pedido sussurrado de misericórdia de Matt.

– Porque eu estou achando *maravilhoso*.

Fionn arranca a faca da barriga de Matt e a atira para trás. Ele pega a camisa de Matt na altura dos ombros e o empurra contra a parede onde manequins disfarçados de cadáveres estão pendurados em ganchos de carne. Bate as costas de Matt na parede e o mantém preso com uma das mãos enquanto joga um dos manequins no chão com a outra.

– Por favor – implora Matt, a voz quase inaudível em meio aos gritos e vozes que ouvimos ao redor.

Mas Fionn o ignora.

Matt não tem forças para reagir. Não há como impedir Fionn de erguê-lo e empurrar suas costas contra a parede, deixando a gravidade fazer com que o gancho pontiagudo penetre no corpo de Matt. Ele ofega com uma nova onda de dor. Fionn dá um passo para trás e examina seu trabalho. Sangue jorra do corte ao longo do abdômen de Matt. Escorre dos cantos da boca dele. As pernas de Matt raspam na parede, mas não tocam o chão. Uma de suas mãos se ergue acima da cabeça em uma busca desesperada por alívio do gancho de metal, mas ele só consegue tatear o ferro enferrujado. Não tem força suficiente para segurá-lo. Tudo se move mais devagar do que deveria, como se ele fosse uma mosca presa em âmbar, aprisionado no abraço pegajoso do tempo.

Os lábios de Matt se movem, mas parece que não conseguem formar palavras, apenas uma lenta sequência de movimentos que não produzem nenhum som.

Mas Fionn parece decifrar a súplica, seu foco ainda em Matt. Ele ri, um prazer impiedoso e frio que acaba depressa.

– *Ajuda*? Você quer que alguém te *ajude*? – Fionn balança a cabeça. – Você acha mesmo que eu deixaria você ameaçar ela e ir embora? Acha mesmo que poderia machucá-la e que eu fosse te deixar vivo? Você não merece misericórdia. Quando foi que você ofereceu isso pra alguém? Então a única coisa que vou te causar é *sofrimento*.

Com a última palavra, Fionn dá um soco na cara de Matt, e o deixa inconsciente. A cabeça dele cai para a frente. Sua respiração é superficial, um ronco liquefeito. E então tudo fica em silêncio.

Estamos os dois olhando para o homem na parede quando vozes animadas vêm de outras salas. Fionn se vira para mim e tenho certeza de que meu rosto é uma máscara de absoluto pânico.

– Entra debaixo das cobertas – sibilo, apontando para a cama antes de correr para o manequim deitado no chão.

Removo o saco de juta da cabeça dele e o coloco na de Matt, sentindo um calafrio ao ver o olho esbugalhado. Com algumas respirações profundas para me reorientar, me viro para verificar o progresso de Fionn, mas ele ainda não se mexeu.

– Vamos, doutor. Debaixo das cobertas. Faz uns sons assustadores.

Eu o pego pela mão e o levo até a cama, forçando-o a se deitar sob o lençol branco manchado. Seu rosto está sem expressão quando o cubro, bem a tempo de assustar dois casais que se agarram e riem. Eu os mantenho em movimento em direção à saída e, assim que eles se afastam, pego o walkie-talkie no bolso e o ligo.

– Wendy, é a Rose, câmbio.

A estática crepita na linha. Então ouço:

– Estou aqui, câmbio.

– Estou no segundo andar da casa mal-assombrada. Alguém vomitou no chão todinho – digo, dando uma olhada para o homem morto pendurado na parede enquanto Fionn joga o cobertor de lado e se levanta da cama. – Eu vou limpar, mas você pode fechar a casa? Câmbio.

– Sim, o último grupo da noite acabou de sair. Precisa de ajuda? Câmbio.

– Não, tá tudo bem, obrigada. Vai demorar um pouco, mas consigo resolver. Tenho as chaves pra depois fechar de uma vez. Te vejo amanhã. Câmbio e desligo.

Baixo a antena do walkie-talkie e o coloco no bolso enquanto solto um longo fluxo de ar pelos lábios franzidos. Meus braços tremem. O coração bate com tanta força contra o esterno que poderia quebrar um osso. Fionn está parado no meio do quarto, imóvel, quieto de um jeito assustador. Ele observa enquanto tiro o chapéu de bobo da corte da cabeça e o deixo cair no chão. Devo estar parecendo uma doida, com o cabelo em marias-

-chiquinhas desalinhadas, a maquiagem preta e branca provavelmente derretida de suor e a fantasia de palhaço toda manchada. Talvez eu seja tão desequilibrada quanto pareço. Talvez seja nisso que ele esteja pensando ao olhar para mim com uma expressão insondável. A música e os gritos cessam, mergulhando a gente num silêncio tão abrupto e envolvente que quase dói.

Isso foi longe demais. Dessa vez, não tem como voltar atrás. Simplesmente não sei como ser nada além do que sou. Caos.

– Fui eu que comecei – sussurro.

Mas acho que nós dois sabemos que não estou falando de Matt Cranwell. E, pela primeira vez, sinto remorso pelo que fiz. As escolhas que faço podem fazer sentido para mim, mas talvez esta vida seja feita para ser vivida sozinha.

Uma lágrima atravessa meus cílios. Outra vem logo em seguida.

– Me desculpa – digo.

O transe assombrado e imóvel de Fionn se quebra. Ele caminha na minha direção.

E, no momento em que seus lábios tocam os meus, sei que nunca mais vou ser a mesma.

22
CANTOS ESCUROS
FIONN

Isso não é apenas um beijo.

É a sensação de se abrir por completo.

Emolduro o rosto de Rose com minhas mãos ensanguentadas. Eu a devoro com desejo. Ela agarra minha nuca e me consome com o mesmo sentimento. Esse beijo é só mordidas. Dentes se chocando. Gemidos e grunhidos e línguas arrebatadoras. É urgência e exigência. É a liberação do desejo que, por muito tempo, empurramos para debaixo do tapete, em meio a regras e condições.

Estou me afogando nela, arrastado por uma corrente da qual não conseguiria escapar nem se quisesse. O cheiro dela. O sabor. Quanto mais tomo, mais quero. Quanto mais ela dá, mais eu preciso. Não sei como consegui viver sem a sensação de sua boca na minha ou a vibração de seu gemido em meus lábios. Seu toque elétrico zumbe na minha carne. É o mais vivo que já me senti.

Deslizo a mão pelo rosto dela, a maquiagem borrando sob a ponta dos dedos, aprofundando o beijo enquanto a empurro em direção à cama. Nós dois nos atrapalhamos com nossas roupas, eu com os botões de sua fantasia e ela com meu cinto. Quando chegamos à cama, interrompo o beijo apenas por tempo suficiente para tirar o lençol de cima e empurrar o manequim da ponta da cama para o chão.

– Qualquer um pode entrar aqui – diz Rose, ofegante, enquanto eu a levo para o colchão.

– Não tô nem aí.

Vislumbro seu sorriso antes de mergulhar de novo no beijo, baixando a calça larga e, em seguida, a legging e o fio dental que estão por baixo. Mordo o pescoço com força suficiente para fazê-la arfar. Acalmo a mordida com um beijo enquanto passo um dedo na boceta, esfregando o calor líquido de sua excitação sobre o clitóris. Engulo o gemido dela, cobrindo sua língua com a minha, consumo cada ruído de prazer que ela faz enquanto toco seu feixe inchado de terminações nervosas. Ela se contorce embaixo de mim. Murmura ao meu toque. Interrompe o beijo para emoldurar meu rosto com as mãos, seus olhos dançando entre os meus.

– Eu quero você, Fionn. – A língua percorre os lábios enquanto o olhar se volta para minha boca. – Eu *preciso* de você.

O ar fica parado ao nosso redor. O tempo parece mais lento. Ela já disse palavras como essas antes. Eu também. Mas desta vez parece diferente. Levanto a mão para seu rosto enquanto pairo sobre ela, tirando a franja da testa. Ela pode estar com uma fantasia maluca, o rosto pintado com manchas pretas e brancas, mas tudo o que vejo é Rose. Linda e reluzente. Brilhando através da máscara como se nunca tivesse sido feita para viver atrás de uma. Acho que ela nunca viveu. E, pela primeira vez, talvez eu saiba qual é o gosto dessa liberdade.

– Eu também preciso de você – digo, meu coração se transformando em um núcleo derretido no peito quando os olhos dela se fecham e acaricio sua bochecha. – Acho que sempre precisei. Só não percebia o quanto até você aparecer e mudar tudo.

Rose abre os olhos, poças de tinta na penumbra. Não deixam os meus. Ela estica a mão entre nós e puxa a calça jeans e a cueca para baixo para segurar meu pau com a mão firme. Quando tiro a jaqueta e a camisa, ela me alinha à sua entrada. Observo cada mudança sutil em sua expressão enquanto penetro seu calor apertado. Desespero e alívio, prazer e desejo, esperança e segredos. Todas as coisas que acho que nós dois ainda queremos dizer, mas temos medo de colocar no mundo, caso sejam frágeis demais para prosperar na escuridão. Mas elas ainda estão lá, florescendo na noite.

Quando deslizo meu pau até o fundo, faço uma pausa, me inclinando para mais perto, saboreando a doçura de seu perfume e o desejo em seus olhos. Ninguém jamais olhou para mim do jeito que ela faz. E eu nunca desejei ninguém como desejo Rose. Nunca admirei ninguém, nunca me senti tão encantado nem cativado por alguém. Nunca fiquei tão impressionado com alguém, com essa mulher que não apenas vive sua vida, mas a atravessa como um cometa queimando o espaço, incendiando o céu. Nunca quis abrir os cantos mais escuros da minha alma e mostrá-los a alguém como tenho feito com Rose.

Nunca amei ninguém como amo Rose.

Diminuo a distância entre nós e colo meus lábios nos dela. Saio lentamente de dentro dela. Entro outra vez. Pegamos um ritmo, lento no início, suave em meio ao horror e à violência que se fundiram no pano de fundo como uma lembrança distante. Os dedos de Rose traçam padrões na minha pele, seguindo os sulcos da coluna. Ela passa uma perna pelas minhas costas e leva meu pau mais fundo. Cada movimento deslizante é o paraíso, seu calor é um abraço do qual nunca quero sair. Interrompo o beijo para pressionar os lábios em uma linha que desce pelo seu pescoço. Pela clavícula. Pelo peito. Puxo os bojos do sutiã de renda para baixo e exponho os seios. Ela suspira quando coloco o mamilo na boca e o provoco com a língua. Roço meus dentes com força suficiente para fazê-la se contrair mais ao meu redor. Depois, acalmo o sussurro de dor com a língua.

– Eu não vou demorar muito – diz Rose, ofegante, enquanto meto nela, o ritmo mais urgente a cada estocada. – Quero gozar com você.

Pego seu pulso delicado e o conduzo para baixo entre nós. Seus dedos traçam os músculos do meu peito e os sulcos do meu abdômen até que eu vire a mão dela em direção ao clitóris.

– Então é melhor você se tocar. Porque estou prestes a encher essa sua bocetinha perfeita de porra.

Grudo minha boca à dela e engulo o gemido que escapa. O toque de Rose circula entre nós. Uma corrente se acumula na base da minha coluna. Sinto seu canal se contrair em torno do meu pau. Os músculos enrijecem nas minhas mãos, uma delas dobrada ao redor do pescoço de Rose, os batimentos martelando contra minha palma. Ela inclina a cabeça para trás, mas o beijo não cessa. Não quando um grito desesperado ameaça se libertar entre nós. Não quando minhas bolas se contraem e jorro dentro dela, empurrando o mais fundo que nossos corpos permitem. Nem quando o orgasmo me invade em ondas até que meu coração ameaça sair do peito, com suas batidas furiosas e ensurdecedoras em meus ouvidos. Nem mesmo quando os músculos de Rose começam a relaxar e seu corpo fica mole conforme as estocadas já suaves se acalmam. Mesmo assim, o beijo persiste. O que era desesperado se torna doce. Suave. Uma conversa terna e sem palavras no escuro.

Quando o beijo finalmente termina, encaro Rose. A realidade começa a voltar, uma parte de cada vez. O crepitar silencioso da estática na televisão. O cheiro da máquina de fumaça. As luzes verdes e azuis.

O corpo na parede. As coisas que eu fiz.

Rose. Preciso tirá-la daqui.

Saio de dentro dela devagar; ainda não estou preparado para me separar dela, para encarar o medo do desconhecido quando acabei de ter pela primeira vez os momentos de clareza que venho buscando ao longo da vida inteira.

– Você precisa sair daqui – sussurro.

Rose se apoia nos cotovelos, examinando meu rosto. Sua pele brilha na penumbra a cada respiração, e não quero mais nada além de sentir seu calor outra vez.

– O que você quer dizer com isso?

– Preciso chamar alguém pra me ajudar com isso – digo com um meneio de cabeça em direção à parede atrás de mim enquanto puxo a calça jeans e a cueca para cima.

– A gente consegue fazer isso…

– Não consegue, *não*, Rose. Mas eu conheço alguém que pode ajudar.

– Eu posso ficar. Eu quero ficar. – Um fio de pânico tece seu caminho através da voz quando ela diz: – Não quero te deixar sozinho aqui com isso.

– Rose – digo, meus ombros desabando quando ela balança a cabeça. – Não dá. Fui eu que fiz isso, e não vou arriscar que você seja pega na sequência.

As lágrimas brilham nos olhos de Rose quando ela se senta.

– Mas…

– *Por favor* – digo, me ajoelhando na frente dela.

Pego seu rosto em minhas mãos. Seus lábios tremem com a preocupação crescente e o esforço para conter as lágrimas. Ela tenta balançar a cabeça, mas eu a fixo com um olhar sério e firme, que não admite discussão.

– Não posso. Arriscar. Perder. Você. *Não vou.* Por favor, Rose. Estou te implorando. Volta pro apartamento, e vou pra lá assim que puder.

O momento entre nós poderia ser eterno. Cada movimento de seus olhos vidrados nos meus, cada respiração que ela dá, cada movimento do meu polegar ao acariciar sua bochecha. Tudo isso se incorpora à minha memória.

– Tá bem – sussurra ela por fim.

Faço o máximo de esforço que posso para lhe dar um sorriso tranquilizador. Eu me inclino para mais perto. Encosto meus lábios nos dela. E então a solto.

Vestimos nossas roupas de volta. Arrumamos a cama. Quando terminamos, Rose se aproxima da porta, mas hesita.

– Você tá bem? – pergunto.

– Tô – responde ela. – E você?

Sorrio, embora seja um sorriso fraco e provavelmente não muito convincente.

– Vou ficar.

Rose assente e seus olhos se voltam para o corpo de Cranwell, se demorando antes de voltar para mim.

– Obrigada, Fionn. Eu… te vejo em breve?

– Sim. Vai ficar tudo bem. Prometo.

Com um olhar derradeiro que carrega o peso do medo e da preocupação, Rose se vira e vai embora.

Só quando tenho certeza de que ela se foi é que faço uma ligação telefônica que jamais imaginei que faria.

Então espero, parado no meio do quarto como se fosse um dos manequins, uma estátua imóvel em meio ao caos e à loucura. Podem ter se passado cinco minutos. Uma hora. Reproduzo cada momento da noite sem parar até que o som de passos se aproximando me interrompe.

– Ora, ora, ora – diz uma voz vinda da escuridão. Só a ouvi algumas vezes, mas reconheceria esse demônio em qualquer lugar. – De todas, a sua ligação era a que eu menos esperava, mas pela qual mais torci.

Leander Mayes entra no foco de luz.

Eu me endireito.

– Obrigado por ter vindo.

– Vocês, Kanes, são tão diferentes e, ao mesmo tempo, tão iguais – comenta Leander ao se aproximar.

Ele está completamente à vontade em meio ao caos, assim como na primeira vez que nos vimos. Eu havia olhado para cima e o vi entrar enquanto costurava o lábio partido de Rowan. Lachlan ainda mantinha o cinto apertado em volta do pescoço do nosso pai, embora o coração dele tivesse batido pela última vez havia muito tempo. E Leander sorriu na época, da mesma forma que sorri agora.

– Vocês sempre cuidaram um do outro. Sempre protegeram um ao outro. Presumo que seja por isso que eu esteja aqui agora e não o Lachlan ou o Rowan, não é mesmo?

– Achei que você fosse ser mais… eficiente – digo, embora seja apenas uma meia-verdade.

Leander olha ao redor e seu sorriso se alarga. Quando os olhos se fixam nos manequins pendurados na parede, sendo Matt Cranwell o mais próximo do canto do quarto, ele ri.

– Ah! Você andou se divertindo.

– Não exatamente. – Minhas palavras não soam convincentes.

Ele vai em direção ao corpo, diminuindo o passo perto de mim. Ergue a mão, com uma foto presa entre os dedos. Na imagem, Matt e eu estamos nos encarando. Eu com um olhar letal. Matt, com choque e medo estampados no rosto. Na parte inferior da imagem está a faca na minha mão, alojada bem fundo na barriga de Cranwell.

– Uma lembrancinha – diz Leander, e a coloca no bolso interno da jaqueta enquanto me dá uma piscadela.

Observo enquanto Leander caminha em direção a Cranwell. Ele para bem perto e inclina a cabeça como se estivesse contemplando uma obra de arte. E, de repente, sinto que a fera que eu estava desesperado para libertar acabou de se perceber em uma jaula totalmente nova.

– Muito preciso – diz Leander, apontando para Cranwell. – Cirúrgico, até. Mas fez uma sujeirinha.

Ele se inclina para perto do corpo, inspecionando a camisa encharcada de sangue e a carne rasgada. Cutuca o ferimento com um dedo enluvado, e as entranhas e os intestinos de Matt saem pela fenda, cordas cor-de-rosa que brilham na luz fraca e caem aos pés de Leander, cujos sapatos estão cobertos por botas descartáveis à prova d'água.

– Sempre sinto fome quando vejo intestinos, às vezes só com o cheiro. Me lembram salsichas. Tem cachorro-quente nesse lugar?

Quando não respondo de imediato, Leander se vira apenas o bastante para me olhar por cima do ombro.

– Tem, mas as barracas de comida estão todas fechadas.

– Que pena. Eu ia adorar um cachorro-quente.

Nossos olhares permanecem fixos um no outro por um bom tempo, e então Leander volta sua atenção para o corpo na parede. Quando ele retira o saco de juta da cabeça de Matt, dá uma gargalhada de prazer antes de se inclinar para examinar o rosto do cadáver.

– Uau. Impressionante. Deve ter sido uma pancada forte – diz ele, enquanto fita o olho protuberante. Enfia um dedo na outra órbita, onde antes ficava o olho de vidro. – Vou presumir que havia uma prótese também, certo? Onde ela está?

Minha pele se transforma em fogo. Quando Leander se vira e ergue as sobrancelhas em uma pergunta, não há nada que eu possa dar como resposta.

– Você não se lembra onde bateu nele com tanta força a ponto de fazer os olhos saltarem? – pergunta Leander.

Balanço a cabeça e os cantos dos lábios dele se curvam.

– É uma pena. Não importa. Posso mandar trazer um cão farejador. Vamos encontrar.

Ele assobia e dois homens desconhecidos entram no local usando macacões com capuz e carregando caixas de ferramentas e sacolas com equipamentos.

– Então, o que ele fez pra merecer esse final fantástico e muito apropriado, afinal?

Penso em Rose. Em seu rosto. Seu *medo*. Penso na raiva incandescente que consumiu cada célula do meu corpo. O alívio e o frenesi ao cravar a lâmina na barriga de Cranwell. A sensação da carne dele se abrindo e o horror em seu grito.

– Ele começou.

Leander bufa, claramente satisfeito com a minha resposta.

– E você terminou. – Ele tateia os bolsos de Cranwell até encontrar o celular do sujeito. – Vou me certificar de que seja tudo resolvido.

– Agradeço a ajuda – digo, e ele assente em resposta uma única vez. – Quanto te devo?

Leander me fixa com um olhar enervante, sem piscar, que gruda e não solta. Sua expressão é vazia, sem emoção. E, de repente, uma explosão de risadas. Uma transformação repentina que ilumina suas bochechas e enruga os cantos dos olhos. Pareceria normal se não fosse a maneira predatória como ele me observa.

– Eu não quero seu dinheiro – responde ele.

Meu coração vai parar no chão, pronto para ser removido junto ao resto do sangue e das vísceras derramados nas tábuas sob meus pés. E Leander Mayes consegue ver. Ele se deleita com isso.

– Só quero um pouco do seu tempo. Da sua… experiência.

Olho de relance para um dos homens enquanto ele enche um frasco de spray com a solução de um recipiente prateado. Ele olha brevemente para mim antes de desviar a atenção para Leander e depois para o chão.

– O que você quer dizer com isso? – pergunto quando volto a me concentrar em Leander, cujo sorriso permanece inalterado.

– O que quero dizer é que preciso das suas *habilidades*.

Leander tira uma sacola plástica do bolso interno da jaqueta e coloca o celular dentro dela. Ele caminha em direção ao local onde os dois homens começaram a trabalhar e pega um frasco de spray. Borrifa o líquido no chão, e as manchas começam a brilhar com uma estranha luminescência azul. Há manchas e listras. Pegadas de botas. Um conjunto de impressões digitais é meu. Outro deve ser de Cranwell. Mas há um menor que brilha com o maldito luminol.

Rose.

Leander dá uma risadinha.

– Parece que você teve uma ajudinha no crime.

Minhas mãos se fecham em punhos, um movimento que chama a atenção de Leander na hora. Ele sorri. Mesmo apesar do corpo pendurado na parede e do fato de eu ter acabado de matar um homem brutalmente, Leander Mayes não tem medo de mim. Ele me dá as costas e coloca o frasco de spray ao lado dos equipamentos.

– Você chegou a contar pros seus irmãos o que fez?

Não quero responder, mas, quando Leander me encara, é impossível não dizer alguma coisa.

– Você está se referindo a avisar seus primos sobre o dinheiro que meu pai devia pra eles?

O sorriso dele se alarga.

– Isso também. Mas estava me referindo mais à forma como você esfaqueou seu pai pelas costas e cortou a medula dele. Lachlan pode ter levado o crédito por essa morte ao estrangular Callum Kane, mas nem mesmo ele sabia que foi você quem matou o desgraçado, não é?

Ele me observa com o regozijo predatório ainda nos olhos.

– É um truque e tanto, não é? Se você mirar direitinho – diz Leander, com um súbito gesto em direção ao corpo de Cranwell, o punho fechado ao redor de uma arma imaginária –, quase não sai sangue. Ele não deve ter sentido nada da cintura pra baixo. Só um estalo rápido, e ele caiu pra que seu irmão pudesse terminar o serviço. Nem mesmo eu percebi no início. Só depois que arrumei a bagunça e tirei as roupas do Callum.

Por mais que Lachlan tenha chamado Leander de demônio muitas vezes, eu não entendia bem o porquê. Mas agora entendo. Em apenas alguns minutos, ele me encurralou em um canto com meus segredos, atos e desejos, incapaz de escapar.

– O que você quer afinal, Leander?

– Estou tão feliz por você ter perguntado! – Ele caminha de volta em direção ao corpo que está esfriando e se inclina na direção dele, inspecionando a falta de expressão de Cranwell. – Está chegando um contrato novo. É dos grandes, modéstia à parte. Contratei os melhores dos melhores. A nata, digamos. Mas, mesmo assim – diz ele, seu olhar se voltando para mim por cima do ombro –, acredito que haverá algumas baixas. Corpos que precisam de reparos no campo de batalha, sabe? E preciso que meu pessoal esteja em ótima forma durante a vigência do contrato.

Não digo nada.

Leander se volta para Cranwell, mas não antes de eu ter um vislumbre de seu sorriso.

– Alguns membros da minha equipe podem precisar de um certo… rejuvenescimento… quando o trabalho estiver concluído. O anonimato é fundamental em certos círculos, se é que você me entende.

Levanto as mãos em um gesto de apaziguamento, embora ambos saibamos que elas estão manchadas de vermelho.

– Eu não sou cirurgião plástico.

– Você é um homem inteligente e motivado – diz Leander. – Tenho certeza de que vai aprender.

Meu olhar se volta para os dois homens que limpam a bagunça que fiz. Eles não olham para cima. Não me julgam. Apenas fazem seu trabalho, borrifando, limpando e borrifando mais uma vez, como se tudo isso fosse perfeitamente normal. E, por mais que eu ainda relute em admitir, não posso negar que há algo reconfortante nesse mundo clandestino, onde qualquer transgressão pode ser limpa. Por um preço.

– Então você quer que eu brinque de médico. Por quanto tempo?

Leander dá de ombros.

– O ideal? Pra sempre.

– Não.

Leander se vira, com o sorriso ameaçador.

– Pra mim parece que essa resposta não é uma opção, Dr. Kane.

Ele tem razão, é lógico. Sei disso. E não faz sentido argumentar com um homem como Leander Mayes. Minha única esperança é negociar.

– Quanto tempo dura esse contrato? – pergunto.

– Sete meses. Mais ou menos…

– Vou trabalhar pra você nesse contrato – digo, cada palavra clara, cuidadosa e confiante, apesar da escuridão intimidadora que se instala no rosto de Leander. – E, depois disso, vamos discutir algo que funcione pra nós dois.

– Que funcione pra nós dois? – repete ele.

Dou de ombros como se não estivesse preocupado, embora meu coração esteja batendo forte nos ouvidos e minha garganta tente se fechar em torno das palavras.

– Você vai querer ter certeza de que está completamente satisfeito com o serviço que eu presto… certo?

Nós dois sabemos que eu poderia matar a equipe dele, matar *até Leander*, e eles nem entenderiam o que aconteceu. E mesmo que eu tenha acabado de fazer uma ameaça tácita, algo no brilho dos olhos de Leander me diz que ele gosta disso.

– Excelente – diz ele com um surpreendente bater de palmas. – Vamos partir pra Croácia amanhã.

– Croácia? Mas…

– Ah, eu não falei que esse cargo exigia algumas viagens? – Os lábios de Leander se afastam para revelar seus dentes brilhantes. – Opa, foi mal. Mas não se preocupe, Dr. Kane. Você terá todo o equipamento necessário. E também uma boa quantia em dinheiro. Vou pagar o dobro do que você ganha atualmente.

Faço uma pausa, chocado.

– Mas minha clínica… o hospital…

– A minha equipe vai resolver tudo isso, não se preocupe.

– Minha casa…

– Disso também. Ela será bem cuidada até que esteja pronto para vendê-la.

– Você espera que eu simplesmente… vá embora? Mas eu tenho uma vida lá.

– Tem mesmo? Olha, algumas pessoas em Hartford vão ficar curiosas, e é minha função garantir que as respostas estejam prontas. Mas você acha mesmo que elas vão ficar pensando por que o recluso Dr. Kane de repente decidiu pegar a estrada depois de passar anos como nada mais que um fantasma no meio delas?

Meu coração estremece como se uma flecha tivesse atingido suas câmaras. Abro a boca, mas não saem palavras. Nem mesmo um sopro de ar.

– Ah, e mais uma coisa. – Leander se endireita. Ele me encara. O silêncio é tão pesado quanto o cheiro de sangue e morte no local. – Quando tem esse tipo de trabalho, você não quer vagabundos te seguindo até em casa. E você também não pode ter ninguém de casa tentando te encontrar. É uma questão de segurança, entende? Então você não pode contar pro Rowan e muito menos pro Lachlan. A última coisa de que preciso é que ele tenha mais um motivo pra ficar irritado comigo. Já dei razões o bastante ultimamente.

Conheço meus irmãos, e ele também. Se eles sentissem que eu estava em perigo, viajariam até os confins do mundo para me encontrar.

– Tá. – É tudo que consigo dizer.

O sorriso de Leander é o de um homem que sabe que venceu. Ele dá um passo lento na minha direção. Mais um. E mais outro. Dá um tapinha no meu ombro e deixa a mão ali, como se seu toque fosse reconfortante. Seu olhar percorre o chão antes de reencontrar o meu. O sorriso parece ter um toque de pena quando diz:

– E você não pode contar para a Srta. Evans. Não quer colocar a Rose em perigo, não é mesmo? Principalmente quando estou tentando cuidar dos interesses dela. Afinal, o Pardal não é a pessoa mais fácil de ser mantida longe de confusão.

Com um último tapinha no meu ombro, Leander se afasta, me deixando com a sensação de que meu coração acabou de ser arrancado do peito e incinerado diante dos meus olhos. Ainda estou olhando para o chão, piscando para afastar um ardor que não passa, quando Leander bate na moldura de madeira da porta.

– Tô morrendo de fome – diz Leander da soleira. – Queria muito um cachorro-quente. E você?

Pisco sem parar, mas a dor simplesmente não vai embora. E Leander também não. Não até que eu o siga pelas escadas enquanto ele faz uma ligação para trazer um cão farejador para encontrar a prótese de Matthew Cranwell. Não quando abrimos a porta em direção à noite fria de outubro. Ela se agarra a nós enquanto encontramos uma das barracas de comida fechadas na feira silenciosa e Leander a invade com uma pistola de pressão.

Faço um cachorro-quente para Leander Mayes.

E, quando finalmente termina de comer, comprovando que agora tem o controle absoluto da minha vida, ele providencia um carro particular para me levar ao apartamento de Rose.

As ruas familiares de Boston passam pela janela. E eu me sinto como um fantasma nesta cidade. Porque minha vida está nas mãos do diabo.

E meu coração se transformou em cinzas.

23

SEM AMARRAS

ROSE

Tomo banho, tirando a maquiagem da pele até doer.

Coloco um robe e fico me olhando no espelho.

Cruzo o apartamento até o final do corredor e volto. O relógio na parede zomba de mim, o tempo se arrasta sem chegar a lugar algum.

É uma da manhã quando Fionn finalmente entra pela porta e, no momento em que o vejo, meu coração bate em todos os ossos a caminho do chão.

– Oi – digo.

Seu olhar está sombrio.

Dou um passo mais para perto, mas ele se retrai. O espaço entre nós não tem mais de 3 metros, mas de repente parece medir quilômetros.

– Você tá bem?

A voz dele é baixa e tranquila quando diz:

– Está tudo resolvido.

Nunca o vi desse jeito. Fechado. Consumido por algo que já sei que não dá para ser consertado. Quase consigo ver o muro ao seu redor. Um bloqueio impenetrável. E tem um único objetivo: me manter distante.

Engulo em seco.

– Obrigada. Mas não foi essa a minha pergunta. – Meu sangue dispara tanto que sou capaz de ouvi-lo, um zumbido pulsante na cabeça. O medo está subindo por todas as células do meu corpo. – *Você* está bem?

– Vou ter que ir embora. Amanhã.

– Por quê?

– Não posso te contar.

– Por que não?

Dessa vez, Fionn não responde. Apenas balança a cabeça, com os olhos ainda fixos em mim, sem toda aquela luz que havia neles. Minha garganta ameaça se fechar em um nó doloroso. Meu nariz arde, mas afasto as lágrimas que brotam. Talvez Fionn consiga ver o sofrimento em meu rosto, porque finalmente desvia o olhar do meu e se dirige para a cozinha. Vou atrás.

– O que aconteceu? – pergunto, parando do outro lado da ilha.

Fionn pega um copo em uma das prateleiras e a garrafa de uísque Weller's Special Reserve que comprei especificamente para a visita dele porque sei que é seu favorito. Ele gira a tampa e se serve de meio copo, engolindo todo o líquido de uma vez só.

– Fionn? O que aconteceu?

– Eu resolvi. Como falei que faria.

– Eu podia ter ajudado. Ainda posso, se você deixar.

– Ajudar? – pergunta ele, fixando em mim um olhar do qual eu gostaria de poder fugir. Ele corta a carne e os ossos, sem parar até atingir meu coração. – "Ajudar" foi o que nos trouxe até aqui, pra início de conversa.

Balanço a cabeça.

– Não tô entendendo. O que você tá querendo dizer?

Fionn suspira, serve-se de outro copo de uísque, tomando tudo na mesma velocidade com que o encheu.

– Eu fui longe demais.

Seu olhar recai na minha perna, onde a cicatriz corta uma linha irregular na lateral da panturrilha. Uma lembrança me atinge em cheio. Fionn com um halo de luz atrás dele. Eu deitada no chão de seu consultório. Seus belos olhos cheios de preocupação. Eu me lembro do som fraco da voz dele me tirando da escuridão, implorando para que eu acordasse. Eu me lembro agora. "Me ajuda", falei, antes de cair em um sono sem sonhos.

Fui eu que comecei. Fui eu que comecei tudo.

Levo a mão ao coração, como se isso pudesse impedi-lo de se autodestruir. Ele dói sob meus ossos.

– O que aconteceu? – sussurro.

– Não posso te contar, Rose. Por favor, para de perguntar.

Eu me nego a recuar diante de seu tom intransigente. Ombros para trás. Coluna reta. Ele me deve *algumas* respostas.

– A polícia tá envolvida?

– Não. Não tá.

O alívio que sinto é passageiro, breve demais para ser capturado por mais do que um batimento cardíaco instável.

– Então por que você tem que ir embora?

– Porque eu preciso. Porque olha só o que a gente fez juntos. – Fionn aponta para as janelas atrás de mim e para a cidade do outro lado dos vidros. – Eu *matei* uma pessoa. E há consequências para isso. Não vamos conseguir evitá-las desta vez. Eu não vou conseguir. A gente tem que parar com isso.

Tudo o que ele deixa em aberto paira no ar.

As lágrimas embaçam minha visão. Eu me esforço ao máximo para afastá-las. É muito difícil encarar seu olhar frio e distante.

– Essa é a conversa que você queria ter comigo antes?

– Não. Mas é a que deveríamos ter tido.

Ficamos imóveis, observando um ao outro. Se há alguma dor ou arrependimento em Fionn, não consigo enxergar. Apenas um término analítico. Uma decisão tomada, pronta para ser executada com a precisão de uma lâmina.

Não chora, Rose Evans. Não dessa vez.

Forço um sorriso fraco que desaparece tão rápido quanto surge.

– É. Você provavelmente tem razão. Eu, humm…

Minha voz fica embargada e dou um pigarro. Nem a ameaça de um colapso iminente abala Fionn. Ele apenas observa, com a mesma expressão dura e implacável ainda estampada no rosto.

– Eu provavelmente deveria ir embora também. Levar o caos de volta pro circo, sabe? Vou voltar para o Silveria. Chegou a hora de pegar a estrada de novo.

Dou um passo para trás. Depois, outro.

– Só pra constar, Fionn – digo, e acho que vejo a menor das rachaduras em sua fachada antes que a testa dele relaxe –, me desculpa. Vou sentir saudade de você. Muita mesmo. Mas entendo.

Não espero para ver qual vai ser a reação dele. Além do mais, acho que não há nada que eu gostaria de ver.

Eu me afasto a passos largos, de cabeça baixa, as lágrimas caindo livremente assim que dou as costas. Quando chego ao meu quarto, me encosto na porta e escorrego até o chão. Meu peito parece estar se abrindo. Como se estivesse desmoronando. Como cinzas ao vento.

E eu choro.

Não paro até muito tempo depois de Fionn ir para o quarto dele. Seus passos diminuem o ritmo quando passam pela minha porta. Mas ele não para. Não bate nem diz nada através da madeira que nos separa. Simplesmente continua andando e, com um clique silencioso, fecha a porta do quarto dele. Isso nos aprisiona em silêncio. Um apartamento que de repente parece um túmulo.

– Preciso sair daqui – sussurro para mim mesma, apenas para ouvir algo diferente do silêncio opressivo que me cerca.

Quando me levanto, tiro o celular do bolso do robe e mando uma mensagem para José.

> Oi, José. Desculpa mandar mensagem tão tarde. Mudei de ideia sobre ficar em Boston e gostaria de voltar pra casa. Posso me encontrar com vocês amanhã e pegar a Dorothy de volta?

Fico surpresa e aliviada quando os três pontinhos começam a piscar de imediato com a resposta iminente dele.

> É claro. Vamos chegar ao Fan Pier por volta de uma da tarde. Te vejo amanhã.

E então, um segundo depois:

> Amo você, pequeño gorrión.

Uma nova onda de lágrimas brota em meus olhos. Por um lado, estou grata pelo carinho. Estou precisando muito do conforto de paisagens e sons familiares. Quero ser envolvida pelo abraço de José. Sinto falta da risada de

Baz. Preciso voar pela gaiola com os gêmeos. Mas, por outro lado, já estou de luto por algo que queria mas nunca tive. Estava apenas começando a dar passos em uma nova direção. Não queria retroceder agora, mas não há escolha.

Faço minha rotina noturna de um jeito automático e um sono me abate como uma névoa cinza e estática.

Quando acordo na manhã seguinte, já passa das sete. Meus primeiros pensamentos são sobre a dor da noite anterior. Lembranças da frieza nos olhos de Fionn. Eu me lembro de como meu coração disparou quando ele encostou os lábios nos meus, só para desabar algumas horas depois.

Com a mão na testa latejante, vou até o banheiro da suíte e tomo um banho. Fico sob o jato escaldante, olhando fixamente para os azulejos brancos. Nem sei ao certo quanto tempo fico ali antes de sair. Enrolada na toalha e ainda molhada, pego meu celular na bancada do banheiro e o verifico. Há uma mensagem de Lark, um lembrete sobre nossos planos de nos encontrarmos para tomar um café ainda esta manhã. Dou um gemido e pressiono a borda do aparelho na testa. Não estou a fim de me encontrar com ninguém no momento, mas não posso simplesmente sair correndo, não de uma das meninas. Achei que teria muito mais tempo para criar bases sólidas com essas novas amizades. Algo permanente, com raízes no chão. Acho que Sloane e Lark também esperavam isso. Não seria correto ir embora sem dizer o porquê a pelo menos uma delas.

Respondo confirmando, arrumo meus itens de higiene pessoal e vou até a cômoda. Estou guardando a faca de caça e as roupas quando ouço Fionn falando com alguém ao telefone no quarto do outro lado do corredor. Não consigo entender as palavras, apenas os tons graves da voz dele. Minhas costas enrijecem. Não pensei em como seria ter que encará-lo hoje de manhã. Acho que não vou aguentar cutucar uma ferida ainda tão recente.

Percebo o som entrecortado da despedida de Fionn. E então, um segundo depois, ouço o chuveiro ser ligado.

Cinco minutos. Dez no máximo.

Posso sair antes mesmo que ele se dê conta de que fui embora.

Fico como um tornado no quarto, abrindo gavetas para pegar minhas roupas aos montes e enfiá-las na mochila nova. As poucas fotografias emolduradas na cômoda são as próximas. Minha nécessaire. Que se danem o xampu e o condicionador e minha lâmina gasta. Vou comprar novos. Que se dane a cerveja na geladeira também, porra. As roupas sujas no cesto do closet vão em cima. Um pouco bagunçado, mas estou correndo contra o tempo. Em menos de cinco minutos, saio de fininho do meu quarto e fecho a porta no momento em que Fionn desliga o chuveiro. Coloco a jaqueta e as botas, pego minha bolsa, coloco as chaves do apartamento na ilha e, após uma última olhadela no lugar que chamei de lar no último mês, vou embora.

Quando saio, ajusto as alças da mochila e começo a me dirigir para o sul, usando meu mapa para me guiar no caminho até a cafeteria favorita de Lark, o Café Tridente, o que vai levar uns bons trinta minutos a pé. Mas mantenho um bom ritmo. Tento evitar o ar frio de outubro no cabelo úmido. Tento pensar em todas as coisas que quero dizer à Lark e em todas as que não quero.

Entro na cafeteria pouco antes da hora marcada. Peço um café e uma mesa redonda onde Lark vai poder me ver assim que entrar. Estou tomando o primeiro gole do abençoado líquido preto quando meu celular recebe uma mensagem. A foto do contato de Fionn aparece na tela.

Você foi embora?

Fecho os olhos com força. Uma respiração profunda não ajuda a acalmar meus batimentos acelerados. Normalmente, eu faria alguma gracinha envolvendo as credenciais dele. Teria uma piada pronta ou uma provocação. Mas hoje minha resposta é apenas uma palavra.

Fui.

Os pontinhos que antecedem a resposta de Fionn aparecem na mesma hora.

De vez?

Reviro os olhos.

Sim. Deixei minhas chaves na ilha. Vou avisar ao Lachlan que ele pode ir buscar.

Você também deixou seu tarô.

– Puta merda! – digo em voz alta.

As pernas da cadeira batem no piso de ladrilhos quando me levanto. Dou um tapinha nos bolsos da jaqueta. Vasculho minha bolsa. Começo a procurar na mochila quando me lembro. Estava na sacolinha de couro na mesa de cabeceira. Consigo visualizá-la claramente.

– Merda. Merda, merda, *merda*.

Estou passando a mão no cabelo quando o celular vibra com outra mensagem.

Posso levar pra você.

Vou tomar café com a Lark. Depois, vou me encontrar com o Silveria às 13h no Fan Pier.

Tenho que estar no aeroporto a essa hora, mas é caminho. Posso te devolver o baralho e te deixar no Fan Pier se você não se importar de chegar um pouco mais cedo.

Dou um suspiro, me xingando. Não estou animada com a perspectiva de ver Fionn depois de ter sido tão custoso sair de lá. Mas não posso e *não vou* deixar o tarô da vovó para trás.

Estou ponderando, ainda pesando minhas opções, quando um lampejo de cabelo loiro chama minha atenção do outro lado da janela. Lark caminha a passos largos até a entrada da cafeteria e seus olhos encontram os meus através do vidro. Seu sorriso desperta e ela acena.

Tá bem. Café Tridente.

Te pego às 11h30.

Além de reagir com um sinal de positivo à mensagem, não digo mais nada, colocando o celular em cima da mesa para abraçar Lark quando ela chega como uma tempestade de sol e purpurina. Seu sorriso largo é um bálsamo para minha alma destruída. Mesmo cercada por seu calor, um abismo frio parece ocupar espaço no meu peito. No fundo, sei que ela jamais deixaria de ser minha amiga. Mas também sei que vai ser muito mais difícil nos vermos depois de hoje. Lachlan é *irmão* de Fionn. Por mais que eu tenha passado a amar Lark e Sloane, sei que vai ser difícil ficar perto delas quando isso só vai alimentar a dor que já está me consumindo. Meu coração evidencia seus hematomas a cada batida. Ele me implora para não levar outro golpe.

– Você está deslumbrante, como sempre – digo quando nos separamos e nos sentamos uma na frente da outra.

– Você também – diz ela, embora eu veja um lampejo de preocupação quando ela franze as sobrancelhas.

Um garçom interrompe os pensamentos dela, e Lark pede um café com leite. Uso esse breve instante para tentar vestir uma máscara mais convincente. Não funciona, é claro. Porque Lark é como um raio laser que sai cortando qualquer balela.

– Tá tudo bem? Você tá estranha.

Dou um tapinha no ar, como se não fosse nada, mas isso só aumenta a preocupação nos olhos dela.

– Eu só estou…

Lark inclina a cabeça.

– Eu não estou… as coisas não estão…

Lark estende a mão e segura meu pulso. A súbita gentileza faz com que lágrimas ameacem brotar em meus olhos.

– Rose…?

– Vou voltar ao Silveria. – Forço um sorriso, tentando ao máximo infundir brilho nele. – Acho que preciso voltar pra estrada.

Agora ela inclina a cabeça na direção oposta, do jeito que o cachorro dela, Bentley, faz sempre que pergunto se ele quer bacon.

– Mas eu achei que você tava gostando daqui! O Rowan não falou com você sobre trabalhar no Três de Econômica? Eu sei que ele ia falar contigo. Se tiver a ver com o trabalho, eu posso simplesmente…

– Não tem a ver com o trabalho. Deixei as chaves na ilha da cozinha. Muito obrigada por me deixar usar a casa e me desculpa por não ter me despedido da melhor maneira.

– Tem a ver com o Fionn? – pergunta ela.

Mordo o lábio para evitar que ele trema. Lark aperta meu pulso e dou de ombros, desviando meu olhar para o outro lado da cafeteria. Ela dá um longo e empático suspiro de frustração.

– Sinto muito. Quer conversar sobre isso?

– Não – respondo, balançando a cabeça. – Mas obrigada. Quem sabe outro dia. – Coloco a mão sobre a dela e, desta vez, quando encontro seus olhos, meu sorriso é menos forçado. – Quero saber de *você*. Quero ouvir como anda a vida de casada com o babaca do Lachlan.

Por um bom tempo, Lark não diz nada. Sei o que ela está pensando. Ela quer muito me ajudar, mas não quer forçar a barra. E eu a amo por isso.

Com um último aperto em meu pulso, Lark afasta a mão e se recosta no assento para me encarar enquanto o garçom traz o café com leite até a mesa. Quando ele se retira, ela volta a focar em mim.

– Ele está bem. Muito bem. As coisas estão…

– Bem?

Ela sorri.

– Estão ótimas, na verdade. Ele é meio que incrível. Talvez demore um pouco até meus pais e minha irmã se acostumarem totalmente com ele, mas minha tia Ethel o adora. Até o Bentley parece gostar dele.

– Eles têm um nível parecido de mau humor.

Lark solta uma gargalhada.

– É verdade. Unidos pela grosseria.

– Você é toda habilidosa e tal – digo. – Deveria criar uma lojinha on-line. Vender uns bonecos feitos à mão, sabe? Chamá-la de Ogrosseria. Uma fábrica de ogros.

– Ai, meu Deus. Que ideia incrível. – Os olhos de Lark estão tão brilhantes que não me surpreenderia se faíscas saíssem deles. Ela está animadíssima. – Talvez o Lachlan não goste da ideia – diz ela, fazendo uma cara feia do nada que atravessa seu rosto e se dissipa em apenas um piscar de olhos –, mas você fez minha criatividade fluir.

Eu bufo.

– Conheço sua criatividade. – Brindo com a xícara de café, balançando as sobrancelhas enquanto baixo a voz para um sussurro e digo: – Sua criatividade *assassina*.

– *Como é?* – sibila ela, enquanto se inclina sobre a mesa, agarrando a borda, os olhos disparando ao redor antes de pousarem em mim e se estreitarem. – Como você ficou sabendo disso? O Lachlan te contou? Vou dar uma facada nas bolas de neoprene desse Cosplay de Batman.

– Eu... não sei nada sobre a parte das bolas de neoprene – digo, franzindo a testa antes de mudar de assunto. – Mas foi um palpite. Um tiro no escuro se você preferir.

Lark fica de queixo caído, e suas bochechas ficam coradas.

– Como? Como diabos você sabia disso?

Levanto a mão e uso os dedos para listar meus argumentos.

– Melhor amiga da Sloane, que matou aquele merda que chutou a cara dela. Você é amiga do Rowan, o marido igualmente assassino da Sloane. O Lachlan tem um jeitão de assassino tatuado gostosão. Você gosta de artesanato, presumo que provavelmente tenha algo a ver com isso. Pura dedução. – A boca de Lark ainda está entreaberta quando eu me aproximo da mesa e dou um tapinha em seu braço. – Mas calma. Caso não tenha notado, sou bem de boa com isso. O que pode ser parte dos meus... problemas atuais.

Olho para a xícara pela metade, mas ainda sinto o peso da atenção de Lark em meu rosto.

– Ah. *Aaah*. – Lark se recosta na cadeira, seu corpo relaxando em minha visão periférica. – E o Fionn *não é* tão de boa com isso.

– Pois é – respondo, virando minha colher no pires, observando meu reflexo distorcido na superfície prateada. – Viver na estrada... ser do jeito que eu sou... É difícil encontrar alguém. Mais difícil ainda quando não se tem medo da escuridão. Eu achei que, dessa vez, tivesse achado alguém.

Quando encontro os olhos de Lark, o sorriso que compartilhamos é agridoce.

– Você encontrou. Você tem a mim, sempre. Você tem a Sloane. Não temos medo da escuridão. E não vamos a lugar algum.

Este momento é o primeiro em que sinto algum alívio verdadeiro desde que tudo saiu do controle na noite passada. Sei, pelo modo como Lark não apenas me olha, mas me *enxerga*, que ela está sendo sincera.

Depois disso, a conversa flui melhor. O peso em meu peito diminui. Falamos sobre Sloane e Rowan e na minilua de mel deles em Martha's Vineyard. Planejamos nos encontrar no circo enquanto o Silveria estiver na cidade nos próximos dias, se conseguirmos encaixar nossas agendas. Ela manda uma mensagem para Sloane para ter certeza de que ela vai poder ir à minha apresentação. Uma última chance de dizer adeus. Pedimos mais dois cafés e um croissant para cada uma. Falamos sobre a vida de casada de Lark, de como suas estrelas estão finalmente se alinhando. Sorrimos, damos risada, e o tempo passa até o último segundo. Sinto ele martelar a cada batida do meu coração.

– Vou ficar com saudade de você – diz Lark, estendendo a mão para pegar a minha do outro lado da mesa.

– Também vou – respondo. Abro um sorriso, mas ele é frágil. Pronto para se partir. – Você sabe o que dizem sobre o circo.

– O quê? Que o show tem que continuar?

– Não. Que o show não começa até você pular.

A expressão de Lark parece clarear. Ela me observa, com os olhos fixos nos meus, um sorriso suave se formando nos cantos dos lábios. Meu celular toca na mesa e meu coração dispara. Uma onda de nervosismo se agita em minhas entranhas quando leio a mensagem curta. Apenas três palavras simples.

Estacionado aqui fora.

– O doutor chegou. – Coloco o celular no bolso. – A gente se vê por aí, então. Vê se não some.

Com algumas despedidas e um abraço apertado, eu me afasto, dou um beijo na bochecha de Lark e saio da cafeteria, engolindo as lágrimas que sobem no fundo da minha garganta.

Fionn está próximo ao meio-fio, esperando em seu carro alugado. Ele abre o porta-malas quando me aproximo e jogo a minha mochila junto da dele. Eu me lembro da primeira vez que andei de carro com ele. A maneira como ele passou o braço em volta da minha cintura. A força com que me levantou dentro da caminhonete.

"Alguma coisa que eu deva saber antes de fazermos isso?", perguntou ele antes de sairmos de carro.

Talvez, se eu tivesse dito algo naquele momento, meu peito não estivesse doendo tanto agora. Eu não estaria hesitando ao fechar o porta-malas, diminuindo a velocidade dos passos ao me aproximar da frente do carro. Embora eu odeie a ideia de dificultar a vida de Fionn, acho que a dor que sinto agora valeu a pena. Dói porque foi real. É assim que eu sei a verdade. A única que importa.

Estou apaixonada por Fionn Kane.

E é tarde demais para contar a ele.

– Oi – digo enquanto deslizo para o banco do passageiro.

Posso sentir Fionn me observando enquanto puxo o cinto de segurança e o afivelo. Ainda não nos afastamos do meio-fio quando olho para ele também.

– Oi – diz ele por fim.

Ele se vira para checar se algum carro está vindo, mas ainda consigo ter um vislumbre de seu rosto. Há sombras sob seus olhos vermelhos. Um vazio nas feições que talvez não seja perceptível para a maioria das pessoas, mas que conheço porque o vi de todos os ângulos, sob todas as luzes, de longe e tão de perto que sua fisionomia até ficou nebulosa. Vejo indícios de uma noite de insônia.

Olho para a cafeteria, dando uma última olhada em Lark antes de irmos embora.

– Obrigada por me levar até o Silveria – digo.

Verifico minhas mensagens. Há uma de José confirmando que eles estão chegando na cidade. Vai ser um dos últimos espetáculos da temporada antes de voltarmos para casa.

– Aqui.

Fionn estende a bolsinha de couro para mim e solto um longo suspiro entre os lábios franzidos. Pego o baralho apenas para sentir as bordas reconfortantes da cartolina desgastada entre as pontas dos dedos.

– Te agradeço muito. Valeu.

Imagino o que ele deve ter pensado quando entrou no meu quarto e percebeu que eu já havia saído. Talvez tenha sentido um certo alívio, a princípio. Ele tinha a casa só para si. Talvez o pavor tenha vindo à tona quando viu o baralho na mesa de cabeceira. É impossível adivinhar seus pensamentos se depender de sua expressão inabalável. Ele apenas assente uma única vez.

O trânsito está congestionado. Avançamos lentamente. Uma playlist toca baixinho nos alto-falantes. Não tenho certeza se é melhor ouvir música ou ficar em silêncio. Uma nova onda de tensão surge no ar quando Fionn olha para o relógio e bate no volante com dedos impacientes.

– Posso pegar um Uber até o píer – digo, olhando para o rio de luzes vermelhas de freios à nossa frente. Acho que não andamos mais do que alguns quarteirões nos últimos quarenta minutos desde que saímos da cafeteria. – Quem sabe você encontra uma rota alternativa.

– Tudo bem – diz ele, olhando pelo retrovisor.

Abro a boca para argumentar quando surge uma chamada telefônica na tela do painel do carro. O nome de Lachlan aparece, e Fionn atende à ligação.

– Oi, Lach...

– Cadê a Rose? – dispara Lachlan, o pânico dominando cada palavra. – Ela tá com a Lark?

Fionn e eu nos entreolhamos, confusos.

– Eu tô aqui – digo. – A Lark voltou pra casa de vocês faz um tempinho.

– Merda. *Merda.*

– O que tá acontecendo?

– Ela sumiu. Tem alguma coisa errada. Não posso explicar agora. Preciso ir pra casa.

– Não estamos longe – diz Fionn.

– Encontro vocês lá.

– *Merda* – sibila Fionn quando Lachlan desliga.

Seu olhar se volta para o muro de veículos que nos cerca. Parece não haver ar suficiente no carro. Mesmo parados, é como se estivéssemos girando no espaço. O pânico se enrosca em nós e nos aperta. Se não a encontrarmos *nesse momento*, não a encontraremos viva. Não sei como sei disso. Mas sei.

Eu me inclino para perto da janela do passageiro.

– Ali – sugiro, apontando para uma rua à direita. A curva está bloqueada pelos carros à nossa frente, todos nós presos. – A calçada.

Fionn já está se movendo, girando o volante para a direita. Ele escapa por pouco do para-choque do carro da frente e sobe no meio-fio para pegar a rua lateral, os carros ao nosso redor buzinando.

– Tinha alguma coisa estranha com a Lark? Ela disse ou fez algo fora do normal?

– Não – digo, tirando uma lágrima da linha dos cílios antes que ela caia. – Ela estava feliz.

A expressão de Fionn é sombria enquanto aceleramos pelo quarteirão para podermos dar a volta.

– Você notou alguém do lado de fora da cafeteria?

– Não. Não aconteceu nada fora do comum. – Fionn olha na minha direção quando nos aproximamos da próxima curva. – E se a gente não conseguir encontrar ela, Fionn? E se…

– A gente vai encontrar ela – afirma ele enquanto dobramos a esquina rápido demais, quase colidindo com um carro que ocupa muito espaço em uma rua residencial estreita.

Fionn freia com tanta força que nós dois voamos para a frente. As cartas de tarô caem no meu colo e no espaço para os pés. Vamos bater. Por instinto, o braço de Fionn voa para a minha frente, se apoiando no meu peito.

Paramos a centímetros do para-choque do outro carro. Uma buzina alta soa do outro veículo, mas é como se Fionn não pudesse ouvi-la. Toda a atenção dele está voltada para mim.

– Você tá bem? – pergunta ele, o braço ainda encostado no meu corpo.

Mesmo trêmula, eu assinto.

– Tem certeza?

– Tenho.

Ele desvia os olhos assombrados dos meus, depois passa o braço por cima da minha cabeça para apoiá-lo no encosto do banco enquanto olha pela janela traseira e dá ré, deixando espaço suficiente para o outro carro passar. Quando termina a manobra, passa a marcha, pisa no acelerador e sai voando pela rua. Estou com uma das mãos apoiada na alça de segurança da porta, mas uso a outra para tirar o celular do bolso e ligar para Sloane. Ela atende no segundo toque, e sua saudação descontraída é destruída pelo meu tom assim que pergunto onde ela está. Fico arrasada ao lhe contar que Lark está desaparecida. Ela grita do outro lado da linha. Ouço o momento em que o coração dela se parte ao meio. Rowan pega o aparelho dela.

– Estamos indo pra casa. Estaremos lá assim que pudermos – diz ele, com a voz séria. Então a ligação cai.

Levamos menos de dez minutos para chegar ao prédio de Lark e Lachlan, uma antiga fábrica de tecidos em um bairro tranquilo. Estamos saindo do carro quando outro veículo desce a rua vazia, fazendo barulho. É o Charger vintage de Lachlan, vindo a toda velocidade em nossa direção, cantando pneu e parando logo atrás de nós. Corremos em direção ao carro, e ele abre a porta enquanto tenta usar o celular, o pânico estampado no rosto. Após alguns toques sem ninguém atender, a chamada cai no correio de voz de Lark.

– A gente ligou pro Rowan, mas ele e a Sloane foram pra Martha's Vineyard nesse final de semana. Estão voltando pra casa, mas vão demorar um pouco – digo enquanto ele tira uma arma do porta-luvas. – O que tá acontecendo? Cadê a Lark?

– Não sei – responde ele, indo na frente, a caminho da entrada do prédio. – Ela me ligou pra contar que a tia morreu. Era pra ela me encontrar na casa de repouso, mas não apareceu. O Conor acabou de encontrar informações sobre o homem que persegue a família dela. E agora a Lark não atende às minhas ligações.

Fionn e eu trocamos um olhar preocupado enquanto seguimos Lachlan para dentro do prédio e subimos a escada de metal, com Lachlan cuspindo veneno sobre alguém ter estado na loja dele enquanto pulamos os degraus de dois em dois. Quando chegamos à porta do apartamento deles, acima da área de produção têxtil, Lachlan hesita, com uma das mãos na maçaneta e a arma empunhada na outra. Os olhos dele têm todos os tons de desespero quando ele acena com a cabeça para nós em um pedido silencioso para que a gente se afaste. Então ele gira a maçaneta e abre a porta.

Os joelhos dele falham, e Fionn segura o irmão mais velho. Minha mão está tremendo quando cubro a boca.

O chão está coberto de sangue.

Lachlan entra cambaleando na sala. Ele chama por Lark, um apelo desesperado e de partir o coração. Mas, em vez da voz dela, ouve-se um lamento desolado. Saímos correndo atrás de Lachlan e encontramos Bentley deitado no chão, muito ofegante, o pelo branco na lateral do corpo manchado de sangue. Seus olhos escuros estão suplicantes quando olha para nós.

– Salva esse maldito desse cachorro – diz Lachlan a Fionn enquanto caminha até a cozinha para pegar panos de prato em uma gaveta.

– Eu não sou veterinário...

– *Não tô nem aí, porra, salva esse maldito cachorro.*

Lachlan sai correndo pelo corredor, chamando por Lark sem obter resposta.

– Eu te ajudo – digo.

Vou até o aparador onde sei que Lark guarda alguns de seus suprimentos de costura. Pego uma agulha, linha e uma tesoura, e levo tudo para Fionn. Minhas mãos tremem quando me encarrego de pressionar o pano no ferimento profundo de Bentley para que Fionn possa se preparar para fazer a sutura.

– Bom menino – sussurro, acariciando sua cabeça de urso enquanto ele dá um gemido triste. Pelo que parece ser a milionésima vez hoje, engulo uma onda de lágrimas. – O que ele quis dizer com alguém "persegue a família dela"? – pergunto enquanto olho para Fionn.

– Não sei. É a primeira vez que ouço falar disso – responde ele. – Ela nunca comentou nada com você?

– Nadinha.

Vasculho seus olhos, mas a expressão de Fionn é sombria. Há muito sangue no chão. Um rastro comprido segue até a porta, como se alguém tivesse sido arrastado. Continuo me fazendo a mesma pergunta, sem parar. *E se não a encontrarmos a tempo?*

Lachlan entra na sala e interrompemos nossa conversa silenciosa.

– Vou fazer o que puder pra estancar o sangramento agora e depois levo ele pro veterinário – diz Fionn enquanto Lachlan lhe passa um barbeador.

Fionn não perde tempo, ligando o aparelho para raspar o pelo grosso de Bentley e revelar a extensão do dano.

– Você tem alguma ideia de onde a Lark pode estar?

– Não – responde Lachlan, enquanto seu olhar percorre a sala.

Os olhos dele parecem se prender em algo que está ao lado de uma luminária quebrada no chão. Quando Lachlan se afasta, vou atrás dele, observando enquanto ele pega um celular do chão. Ele olha para a tela. E, um segundo depois, um grito de despedaçar a alma enche a sala. Lachlan desaba bem diante dos meus olhos. Atira o aparelho no sofá e enterra a cabeça nas mãos, como se fosse possível arrancar a angústia do crânio.

Estamos perdendo tempo.

Bentley choraminga atrás de mim enquanto coloco a mão no braço de Lachlan e o aperto. Ele olha para baixo, as lágrimas brilhando na linha dos cílios.

– *Pensa*. Tem que haver *alguma coisa*. Alguma coisa estranha. Fora do lugar.

Lachlan respira fundo. Fecha os olhos. O vinco entre suas sobrancelhas se aprofunda antes de se suavizar de repente. Ele olha para mim.

– Do outro lado da rua. Ele estava *do outro lado da porra da rua*.

Lachlan dá meia-volta e caminha em direção à porta. Nem penso direito. Ainda não tenho certeza das conclusões a que Lachlan chegou. Nem das pessoas que temos que encontrar. Muito menos o nível de perigo que elas podem representar. Mas sei que Lark está em algum lugar por aí. E Lachlan tem alguma informação, uma trilha que começa do outro lado da rua. Então, apenas vou em frente. Dou meu aviso. Também vou.

– Rose, não – diz Fionn. A voz dele falha com essas duas palavras e me faz parar como se eu tivesse batido em uma parede. – *Por favor*.

O tempo para. Eu me viro. A visão dele agarra o que resta do meu coração. Ele é tão lindo… Tão frágil, ajoelhado no chão com a mão na lateral do corpo de Bentley, as mãos cobertas de sangue. Meu coração dispara. Qualquer dúvida que tenha restado é dissipada pela corrente zumbindo em minhas veias.

– A Lark é minha amiga – digo. – Vou trazer ela de volta.

– Mas…

– Eu te amo, Fionn Kane.

O pânico em seu rosto desaparece, sendo substituído por choque. É como se ele não conseguisse fazer com que minhas palavras se encaixem em qualquer realidade que esteja diante de nós. Seus lábios se entreabrem, mas nada sai. E percebo que não preciso que ele diga nada. Eu sei o que sinto. E isso ainda é mágico o suficiente para ser real, mesmo por si só.

Dou um passo para trás e abro um sorriso que desaparece tão depressa quanto nasceu.

– Salva o cachorro ou esse escroto vai te matar – digo.

Em seguida, saio.

Não olho para Lachlan quando passo por ele, estendendo a mão atrás das costas para tirar a faca da bainha.

Não sei que provações estou prestes a enfrentar, mas de uma coisa eu sei, pois sinto o peso desse último segredo ser içado da minha alma.

O show não começa até você pular.

24
CAMPO DE BATALHA
FIONN

Meu irmão me encara, seu rosto o retrato da dor.

Sinto como se estivesse com dificuldade para chegar à superfície e respirar. Ainda estou me afogando no que Rose disse: "Eu te amo, Fionn Kane." A voz dela ecoa na minha mente. As palavras não apenas foram jogadas no mundo. Elas se chocaram em mim. Varreram os sedimentos da outra vida que vinha desmoronando nas minhas mãos desde o primeiro segundo em que nos vimos. Foi como uma ruptura entre duas realidades. O homem que eu estava tentando ser. O que eu sou. O que está perdidamente apaixonado por Rose Evans. O que faria qualquer coisa por ela, até mesmo arrancar o próprio coração.

Lachlan me observa como se estivesse na expectativa de algo. Como se, apesar da dor que provavelmente está sentindo, ainda houvesse espaço em seu coração para sentir pena. Talvez decepção.

Engulo em seco.

– Cuida dela – digo, minha voz ameaçando se fechar em torno das palavras.

– Vou cuidar. Prometo.

Com um aceno decidido, Lachlan se vira e sai correndo atrás de Rose.

Volto minha atenção para Bentley, enxugando os olhos com a manga manchada de sangue.

– Muito bem, meu amigo. Por favor, não morda minha mão – digo enquanto pressiono o joelho em seu pescoço, para o caso de ele tentar se debater. – Você não vai gostar nada disso.

Encontro a origem do sangramento e começo uma sutura em forma de oito de ligadura vascular. É uma bagunça. Com uma agulha de costura, uma tesoura e um cachorro muito infeliz e sem qualquer sedativo, tenho muito trabalho pela frente. Mas consigo fechar a artéria cortada em alguns momentos que parecem horas. Assim que aperto o ponto, jogo a agulha no chão e levanto o cachorro nos braços, passando pela porta aberta.

– Você precisa parar de comer tanto bacon. Você deve pesar uns 70 quilos. – O resmungo de Bentley se transforma em um lamento quando eu faço mais esforço para descermos as escadas. É um som que atinge o meu peito como uma farpa. – É por *isso* que nunca cogitei fazer faculdade de veterinária. Desculpa, amigão.

Estamos quase no final da escada quando ouço a voz de Lachlan do lado de fora, seguida pela resposta curta de Rose. Estava tão ocupado estancando o sangramento de Bentley que não considerei a possibilidade de Rose ainda estar por perto. E agora isso é a única coisa que importa. Chegar até ela a tempo.

Aperto o passo. Preciso ver seu rosto. Ela disse que me ama. E eu fiquei tão chocado não apenas com suas palavras, mas com tudo o que elas revelaram, que cometi o pior erro de minha vida.

Não respondi.

– Rose! – grito, assim que duas portas de carro se fecham uma seguida da outra. – *Rose*.

O motor do Charger ruge.

– *Espera!* – imploro, mesmo sabendo que eles nunca vão me ouvir.

Cruzo a porta com o cachorro nos braços no momento em que eles se afastam do prédio em uma massa veloz de metal preto. Observo até o carro chegar ao final da rua e dobrar a esquina, com os pneus cantando. Com um lampejo de luz no metal cromado e polido, eles se foram.

– Merda – sibilo, e o cachorro choraminga novamente, como se estivesse concordando comigo.

Consigo abrir a porta do carro alugado e colocar Bentley no banco de trás, e depois corro para o lado do motorista. Não tenho a menor ideia de onde fica a emergência veterinária mais próxima. Estou procurando uma no celular quando recebo uma mensagem de Rose.

Muffins Montague, Ltda.,
Woodland Road, nº 2008, Portsmouth.

Estarei lá assim que puder.

Ela não responde.

Encontro um veterinário a alguns quarteirões de distância e corro para lá. Bentley ainda está ofegante, choramingando a cada poucos minutos. Quando chego à clínica e paro junto ao meio-fio, o cão protesta contra a indignidade de ser carregado, mas não tem força suficiente para continuar discutindo. Irrompo pelas portas e, por pura sorte, é o consultório veterinário aonde ele costuma ir. Eles o tiram das minhas mãos enquanto me apresso em repassar as poucas informações que tenho. Dou a eles meu cartão de crédito e número de celular e, em menos de dez minutos, estou de volta ao carro.

Assim que me sento no banco do motorista, apoio a testa no volante e fecho os olhos. *Que diabos estou fazendo?* Rose estava *bem ali*, dizendo as palavras que venho querendo lhe dizer, me oferecendo seu coração como se não suportasse guardá-lo quando deveria estar protegendo cada caquinho. E, depois de tudo o que aconteceu ontem e da noite sem dormir que se seguiu, eu hesitei, chocado demais para processar o que estava acontecendo ou o tamanho da sua importância. É como se eu tivesse passado anos olhando para um quebra-cabeça com defeito e, com uma última peça, tudo de repente se encaixasse.

Tudo faz sentido por causa de Rose.

Abro os olhos e viro o rosto para a direita. As cartas de tarô estão espalhadas pelo banco do passageiro e pelo espaço para os pés. Recolho tudo às pressas. Todas as cartas, com exceção de três, estão viradas para baixo. Das viradas para cima, uma é um cavaleiro, cavalgando em direção à batalha com uma espada erguida. A outra tem três espadas compridas voltadas para baixo, com uma quarta sob o túmulo de um cavaleiro, o número quatro em algarismos romanos no canto superior esquerdo. A última é um esqueleto segurando uma foice na mão feita puramente de ossos. Eu as desviro ao reuni-las ao baralho e as pouso no assento. Estou prestes a procurar a bolsinha de couro quando meu celular toca na minha mão livre. Não é Rose, como eu esperava. É Leander.

Você não está no aeroporto, Dr. Kane.

Não respondo, selecionando a mensagem de Rose para poder copiar o endereço e jogá-lo no mapa antes de pegar o trânsito.

Sei que não vou conseguir fugir de Leander Mayes. Não para sempre. Mas preciso chegar até Rose. Então, saio a toda. Corto outros carros. Troco bruscamente de pista. Subo no meio-fio. Entro na contramão. O suor salpica minha testa. A batida do meu coração abafa o som das buzinas quando os outros motoristas me repreendem. Mas não me importo se vou irritar ou esmagar alguém. Vou atropelar essa merda de cidade inteira se for necessário. Preciso resolver isso. Preciso dizer a ela tudo o que deveria ter dito em um momento que escapou por entre meus dedos. O inferno vai ter que esperar.

Em um caos de pneus cantando e adrenalina, finalmente consigo sair da cidade e entrar na rodovia I-95, rumo ao norte de Portsmouth. Meu celular toca assim que passo por Danvers.

O nome de Leander aparece na tela do painel.

Merda.

Ignoro. Mas ignorar Leander é inútil. Assim que a ligação cai no correio de voz, ele desliga e liga outra vez. E outra. *E mais outra.*

Na sexta tentativa, finalmente atendo à ligação.

– Não gosto de ser ignorado – diz ele.

– Percebi – respondo com os dentes cerrados.

– Onde diabos você está? O embarque é em quinze minutos, e é melhor você estar nesse voo.

– Não vai dar.

– Dr. Kane…

– É a Lark. Ela foi atacada em casa e agora está desaparecida. O Lachlan foi atrás dela, e estou indo me encontrar com ele.

Há uma pausa. Por um momento, a chamada fica tão silenciosa que fico na dúvida se a ligação caiu.

– Onde – diz ele, não uma pergunta, mas uma exigência.

– Portsmouth. Acabei de passar pela saída 78A.

– Vou te ligar de novo. E você *vai* atender.

A linha fica muda.

Dez minutos depois, o celular toca outra vez, e eu atendo de imediato.

– Remarquei seu voo. Você sai às nove da noite. Você *vai* me enviar sua localização, assim eu mando meu motorista te buscar e depois te levar até o aeroporto. A menos que queira que as atividades extracurriculares da Rose sejam entregues ao FBI na porra de uma bandeja de prata, você *não vai* se atrasar, entendido?

– Sim.

– Ótimo. – Há outra pausa, e, embora eu ache que Leander vá desligar, isso não acontece. Sua voz é mais suave quando diz: – Assim que tiver notícias da Lark, me avisa.

– Leander – digo.

– O quê?

– O Conor sabe alguma coisa sobre isso. É melhor vocês começarem a trabalhar.

Leander desliga de vez.

Mais vinte minutos se passam até eu finalmente sair da rodovia interestadual e entrar em disparada pela Woodland Road, em Portsmouth. Vejo uma placa da Muffins Montague e faço a curva, derrapando até parar em frente à padaria industrial, onde o carro de Lachlan está estacionado ao lado do terreno vazio. Os únicos outros veículos são uma frota de várias vans de entrega alinhadas perto de um armazém. Estou prestes a sair do carro quando olho para o banco do passageiro.

As cartas de tarô foram arremessadas da pilha que fiz anteriormente. Três delas estão agora viradas para cima, embora eu não faça ideia de como isso aconteceu. A primeira é o Cavaleiro, cavalgando para a batalha com a espada desembainhada. A última é o Quatro de Espadas. Pego a que está no meio. A Morte. Sua foice reluz acima da cabeça esquelética.

Um arrepio percorre a parte de trás dos meus braços. Sobe pela minha coluna. Tento pensar racionalmente. Coincidência. Física. Lembrança falsa. Mas *sei* que algo está errado.

Jogo a carta de lado e corro em direção ao prédio.

A porta principal está destrancada, o saguão está escuro. Passo apressado pelos escritórios apagados, olhando pelas portas abertas em busca de qualquer sinal de Rose, chamando seu nome à medida que avanço. Chego ao final do corredor e empurro a porta pesada de aço que dá acesso ao andar da fábrica com força suficiente para fazê-la bater contra o batente, o som ecoando pelo teto alto e pelas treliças de metal.

– Rose! – grito enquanto percorro os olhos pela fábrica. Passo por máquinas, bancadas de prata polida. O cheiro de muffins assados paira no ar como se estivesse impregnado nas paredes de concreto. – *Rose*.

– Ela tá aqui – diz Lark, de um canto.

A voz dela vem do outro lado da sala ampla, do lado mais distante, alinhado com fornos industriais. Sou inundado de alívio. Eles encontraram a Lark. Ela parece estar bem. Mas, tão rápido quanto vem, o alívio é levado embora.

– Ah, meu Deus… – diz Lark.

– *Deus meu*. Fionn, me ajuda…

Viro a esquina a tempo de ver Lachlan se ajoelhar ao lado de Rose e Lark se agachar ao lado dele, os cabelos loiros cobertos de sangue. Meu coração para. Rose está deitada no concreto gelado. Lachlan apoia a cabeça dela, levantando-a do chão. Ela balança nas mãos dele, como se não tivesse força para se manter firme por conta própria. Os olhos de Rose se fixam nos meus por apenas um segundo. A luz neles parece diminuir e depois se apaga.

Diminuo a distância entre nós.

– O que aconteceu? – pergunto ao me aproximar dela.

Olho para o corpo de um homem deitado a uma curta distância, os olhos sem vida, um ferimento de bala no meio da testa por onde vazam sangue e massa cinzenta. Eu me concentro novamente em Rose enquanto pressiono os dedos em sua carótida. O pulso está acelerado. A pele está fria, coberta por uma fina película de suor. Já a vi assim antes.

– Onde ela está ferida?

Lachlan balança a cabeça.

– Não sei…

– Ela foi baleada?

– Não, não sei…

– Você *prometeu*! – vocifero, verificando metodicamente a origem do ferimento de Rose. Não há sangue em sua cabeça ou no pescoço. – Você *prometeu* que ia cuidar dela.

– Me desculpa…

– Rose, acorda. Anda.

– Fionn – chama Lark.

Quando me viro na direção dela, há lágrimas em seus olhos. Ela segura uma ferramenta, algo comprido e prateado com uma borda reta e afiada. O metal está coberto de sangue fresco.

– *Merda*.

Rasgo os botões da camisa xadrez de Rose e então vejo o buraco no lado direito da regata, as bordas rasgadas manchadas de vermelho. Puxo a regata para cima. Não há muito sangue do lado de fora, mas o ferimento é profundo, inclinado para cima no abdômen, logo abaixo da última costela. Atingiu o fígado. E está causando uma hemorragia na cavidade abdominal.

– Chama a porra da ambulância! – digo.

Lark disca para a emergência. Puxo minha camisa por cima da cabeça e pressiono no ferimento o máximo que posso, olhando ao redor.

– Ali – digo, apontando para um kit de primeiros socorros preso à parede. – Kit de primeiros socorros. Pega pra mim.

Lachlan corre para buscar o kit enquanto Lark fala com a atendente, explicando à mulher os principais detalhes, endereço, número de telefone e natureza da emergência. Ela coloca a central no viva-voz depois que lhe faço sinal.

– Aqui é o Dr. Fionn Kane – digo enquanto peço à Lark que se ajoelhe para que possamos apoiar as pernas de Rose no colo dela, mantendo-as para cima. – Paciente do sexo feminino, 27 anos, inconsciente, respiração ofegante e superficial, batimentos cardíacos acelerados. Ferimento de faca na parte superior do abdômen, possível lesão no fígado. Hemorragia interna.

– A pessoa que a esfaqueou…

– Morta – respondo. – Não há outras pessoas feridas.

Dou mais detalhes sobre a situação, as circunstâncias e o estado de Rose enquanto Lachlan volta com o kit de primeiros socorros, abrindo-o para retirar compressas de gaze para o ferimento e um cobertor de emergência. Enfaixo o ferimento e pressiono. É tudo o que posso fazer, e me sinto muito impotente.

Os olhos de Lachlan cruzam com os meus. Arrependimento e angústia me encaram de volta.

– Liga pro Leander – murmuro enquanto a atendente nos informa que a ambulância e a polícia estão a caminho.

Lachlan assente e, embora eu saiba que ele não quer sair de perto de mim, seu olhar ainda percorre Lark. Sei que ele está preocupado com o que vai acontecer depois. Em mantê-la segura quando a polícia aparecer para fazer perguntas. Um instante depois, ele se levanta e se afasta alguns metros para falar com seu chefe em um tom baixo e tranquilo.

– O que eu posso fazer? – pergunta Lark.

Reza, porra. Reza para alguma divindade na qual não acredito. Hora de voltar no tempo. Daria qualquer coisa para estar no lugar de Rose se isso fosse necessário para salvá-la.

– Pega o celular e espera a ambulância.

– Tá bem – responde ela, com a voz firme e sussurrada ao se levantar.

– Lark?

Meus olhos encontram os dela, o azul cristalino cercado pelo brilho das lágrimas. Há sangue cobrindo seu cabelo e espalhado por rosto e pescoço.

– Fala pra eles correrem. Não temos muito tempo.

Ela engole em seco e acena com a cabeça, e em seguida sai correndo, falando com a central enquanto desaparece na esquina.

Depois que ela vai embora, Lachlan volta para se ajoelhar aos pés de Rose, levantando as pernas dela com as dele.

– Me perdoa, Fionn.

– Foda-se – disparo, chutando o kit de primeiros socorros.

O metal raspa no chão. Já usamos toda a gaze. O cobertor. Consegui salvar a porra de um cachorro, mas não tenho meios para ajudar a mulher que amo. Tudo o que posso fazer é aguardar e ter esperança. Olho fixamente para seu rosto pálido, tão bonito e sereno, os cílios grossos imóveis enquanto aumento a pressão sobre um ferimento que deve ter ardido de dor até o momento em que ela caiu na inconsciência. As lágrimas inundam minha visão.

– Não dá pra eu resolver só com isso – sussurro.

Sinto o peso do olhar do meu irmão em meu rosto, mas não olho para cima quando ele coloca a mão no meu ombro. Minhas primeiras lágrimas caem na pele de Rose, fixando-se no peito dela, onde as respirações superficiais sobem e descem em um ritmo acelerado.

– Por que eu não falei pra ela? – pergunto. – Que a amo. Por que eu não disse?

Lachlan aperta meu ombro. Fecho os olhos e minha cabeça desaba para a frente encostando no peito.

– Você tem razão quando diz que a culpa é minha, irmão. De outras coisas também, além do que aconteceu com a Rose. Sempre foi assim. Desde aquela noite com o nosso pai. Talvez até antes disso.

– Não, Lachlan. – Engulo em seco. As confissões que passaram tanto tempo aguardando na escuridão finalmente chegam aos meus lábios, prontas para serem reveladas ao mundo. – Fui eu. Fui eu que matei ele.

Dou uma rápida olhada em meu irmão e percebo sua confusão pelo canto do olho.

– O que você tá querendo dizer com isso?

– Eu denunciei ele pra família Mayes. Naquela noite em que ele voltou pra casa, quando a briga começou, eu não podia deixar ele vencer. Você e o Rowan estavam no chão, em choque demais pra perceber. Vocês não viram. Mas fui eu. Eu apunhalei ele pelas costas.

Baixo a cabeça e olho para Rose. Talvez tudo tivesse sido diferente se eu tivesse sido honesto o tempo todo. Honesto com ela sobre como me sentia. Honesto com meus irmãos sobre o que eu havia feito. Honesto comigo mesmo.

– Fui eu que matei ele.

– Não foi você. – Lachlan se inclina mais para perto. Sua respiração sopra meu rosto. – Talvez você o tenha derrubado, mas confia em mim, mano. Fui eu que matei ele. Senti os últimos suspiros dele nas minhas mãos. E não me arrependo disso. *Nem um pouco*. – Sinto o peso de sua atenção em meu rosto, mas ainda não consigo encará-lo. – Por que não me contou antes?

– Você é meu irmão mais velho. Eu não ia suportar te decepcionar.

Quando finalmente olho para Lachlan, também há lágrimas em seus olhos. Ele está com os olhos fixos em mim, e vejo arrependimento neles.

– Eu coloquei muita expectativa em você, e, quando a vida que você achava que a gente queria não se encaixou nas caixinhas que você criou, você começou a afastar todo mundo. Você tá fugindo. De mim. Do Rowan. Agora da Rose. Você tá fugindo de qualquer tipo de amor há tanto tempo que não sabe quando parar. E isso é culpa minha.

– E se eu tiver chegado tarde demais?

Lachlan não faz as mil perguntas que poderiam vir desse questionamento. Ele apenas se inclina para mais perto.

– Eu te conheço melhor do que ninguém. Você vai entrar com ela naquela ambulância. E vai salvá-la, custe o que custar. – Ele coloca a mão em volta da minha nuca e encosta a testa na minha. – Ela ainda tá lutando. Então continua lutando também.

Quando ele se afasta, encaro Rose com determinação renovada.

Ele tem razão. Vou fazer o que for preciso para salvá-la.

Os minutos se arrastam. Falo com Rose. Peço que aguente firme. *Continua lutando. Acorda, olha pra mim, só isso.* Ela está em uma batalha e está perdendo. Seu abdômen está inchado. Os últimos traços de cor se esvaem lentamente do rosto. O rosa dos lábios clareia. Pressiono a gaze com toda a força que posso contra o ferimento enquanto me inclino para beijar sua bochecha, a pele fria e pálida.

Lark irrompe na sala com dois paramédicos e três policiais em seu encalço, as rodas da maca chiando no chão de concreto. Eu lhes dou as informações que tenho. Coloco Rose na maca, suas pernas penduradas em meus braços. Os paramédicos a prendem e levantam a estrutura, travando-a no lugar, e então saímos em disparada. Seguro a mão dela. Não a solto. Não quando colocamos a maca na ambulância. Não quando entro na parte de trás com ela. Olho para trás, para o lado de fora das portas, e meu irmão e Lark estão ali, ladeados por policiais.

Lachlan assente para mim, os lábios contraídos em uma linha firme. Não deixo de notar o modo como Lark aperta a mão dele.

– Continua lutando, irmão – diz ele.

E então as portas se fecham.

Volto minha atenção para a paramédica na parte de trás enquanto o outro corre para o lado do motorista. As sirenes ressoam.

– Sou o Dr. Kane – digo. A paramédica, uma jovem de cabelos escuros, olha para mim com determinação. – Qual é o seu nome?

– Jessica – responde ela.

– Essa é a Rose. E eu amo essa mulher pra caralho. Não vou perdê-la. Então vamos fazer o seguinte.

Oxigênio. Frequência cardíaca. Pressão sanguínea. Removo a gaze enquanto Jessica prepara uma intravenosa com ácido tranexâmico. Cubro novamente a ferida com outro curativo hemostático. A ambulância acelera pelas estradas rurais enquanto trabalhamos juntos contra o tempo. E Rose está por um fio. Sua temperatura corporal cai. Jessica pega mantas no aquecedor portátil e as coloca sobre Rose enquanto eu seguro a mão dela.

– Vamos lá, Rose. Continua lutando.

E ela faz isso. De onde quer que tenha ido parar dentro de si mesma, continua lutando. Por cada respiração. Cada batimento cardíaco. Quando entramos no hospital e a ambulância para, sei que chegar até aqui foi apenas uma batalha. Há uma guerra à nossa frente. Na sala de cirurgia. Mas não sei se ela ainda tem força suficiente para aguentar.

As portas da ambulância se abrem. Corro ao lado da maca enquanto Rose é levada para o pronto-socorro. Dou aos médicos de plantão todas as informações que tenho. Falta pouco para ela ser levada para a cirurgia. Sua mão se solta da minha e tudo o que posso fazer é observar enquanto ela desaparece por trás das portas duplas e adentra o coração do hospital.

Estou de pé no meio do pronto-socorro, ainda olhando para as portas, como se ela pudesse se levantar e voltar por elas. Os sons e os cheiros da enfermaria começam a se infiltrar em meus sentidos. O bipe dos monitores. O cheiro dos produtos de limpeza hospitalar. As vozes dos pacientes, das enfermeiras e dos médicos. Mas tudo o que vejo é a ausência de Rose.

Meu celular vibra no bolso. Finalmente me liberto da inércia, olho para a tela e vejo uma mensagem de Leander.

> Apenas um lembrete amigável. Independentemente de sua namorada sobreviver ou morrer, temos um acordo inegociável. Meu motorista vai estar na entrada principal do hospital às seis em ponto pra te levar de volta a Boston pra pegar o voo.

Respiro fundo e olho para a porta por um bom tempo antes de digitar minha resposta.

Estarei lá.

Coloco o celular no bolso. Olho mais uma vez para aquelas portas. E dou meia-volta.

Vou fazer o que for preciso para salvá-la.

25

TEMPO ESGOTADO

FIONN

– É difícil se despedir, né? – diz uma voz.

Respiro fundo enquanto me viro para a porta. Tento esconder um lenço de papel, mas é impossível enganar o olhar intenso e cortante de Sloane Sutherland. Ou, mais precisamente, Sloane Kane. Os olhos dela se deslocam entre mim e a mochila ao lado da minha cadeira.

– Tá indo daqui a pouco?

– Tô – respondo. E então me viro de volta para Rose para observar o ritmo de subida e descida de seu peito enquanto ela dorme. – Já, já.

Não olho para Sloane quando ela entra. Quero apenas absorver cada momento que puder com Rose. Não há um detalhe que eu não tenha tentado gravar na memória, desde as ondas de seu cabelo até o ângulo preciso do nariz e a curva suave dos cílios escuros. Fico imaginando se ela vai mudar muito quando eu estiver longe. A falta enorme que vou sentir dela. Vou pensar nela todos os dias. A ausência dela vai ser meu primeiro pensamento consciente pela manhã. Minhas lembranças dela vão ser a última coisa em que vou pensar quando adormecer. Vou ouvir a voz dela nos meus sonhos. A risada provocante. Seu choro entrecortado.

Como sei?

Porque todas essas coisas já são uma realidade.

E a única coisa que vai me manter firme durante essa tortura é saber que minha ausência vai mantê-la segura.

Engulo em seco quando Sloane se senta à minha frente.

– Cadê o Rowan?

– Tá com o Conor dando uma olhada no nosso carro pra ver se o cara que levou a Lark realmente colocou explosivos nele, como ele falou quando o Lachlan o encontrou. A gente não queria que ficassem lá, por via das dúvidas.

– E o Lachlan e a Lark?

– Acabaram de sair da delegacia. Logo vão vir pra cá. O pessoal do Leander conseguiu fazer uma varredura no apartamento do Abe pra remover tudo o que não gostaríamos que a polícia ficasse sabendo. Então obrigada, Fionn. Sei que foi você que pediu pro Leander adiantar a limpeza dessa bagunça toda.

Faço que sim com a cabeça, soltando um longo suspiro.

– Seus irmãos... eles sabem que você tá indo embora?

– Não.

– Pra onde você tá indo?

Balanço a cabeça.

– Não posso contar. Desculpa.

– Por que não?

– Sloane, eu não posso – insisto, sem dar espaço para discussão. Eu a fito com olhos que sei que estão injetados de sangue e emoldurados por olheiras. – Por favor, não pergunta. Não vou contar.

A expressão dela não revela nada quando assente. Não tenho certeza do que ela está procurando quando olha para o meu rosto. Talvez o indício de uma resposta. Talvez os segredos que vivem sob minha pele. Sei que ela é boa em extraí-los da alma das pessoas, assim como sou bom em guardá-los. Com um suspiro tranquilo, ela volta seu olhar para Rose, levantando uma das mãos delicadas para tirar a franja da testa dela. Rose não se mexe.

– Ela tá bem?

– Acho que sim. – Beijo os nós dos dedos de Rose, sua mão aquecida entre as minhas. – Tem risco de infecção. Vai demorar um pouco pra ela se recuperar, mas não parece haver nenhuma isquemia cerebral, ainda bem. Ela só precisa de tempo.

Pelo canto do olho, vejo Sloane assentir.

– Lamento muito que você não vá estar aqui pra ver isso, Fionn – sussurra ela, e a queimação no fundo da minha garganta quase me sufoca.

– Eu também – consigo dizer.

– Você ajudou ela a superar a parte mais difícil.

– Será?

Nós nos encaramos. Sloane é impassível, ou pelo menos é quando Rowan ou Lark não estão por perto. Mas vejo em seus olhos a pontada de tristeza que ela não consegue esconder sob a máscara letal.

– Não sei – responde ela, e interrompemos o momento entre nós para olhar para Rose. – Talvez. Talvez não.

Meu Deus, espero que sim. Só quero que ela seja feliz. Que esteja segura. Que prospere. Que saiba que é muito amada, mesmo à distância.

– Você salvou o Bentley – diz Sloane, me tirando dos meus pensamentos sobre como serão os próximos dias, semanas e meses. Quando encontro seus olhos, ela abre um leve sorriso. – A Lark está muito agradecida.

Faço que sim com a cabeça.

– Ele não gostou muito, o danadinho.

– É. Ele é um pouco rabugento. Provavelmente é por isso que ele e o meu gato, o Winston, parecem se dar bem. Rose me contou sobre a Barbara. Poderíamos fazer um trio.

Tento forçar um sorriso, mas não consigo. Só consigo pensar em Rose, com aquele maldito guaxinim agarrado em uma das mãos, seu sorriso diabólico. Rose sorria abertamente quando Barbara estava agarrada ao meu rosto debaixo daquela toalha. *Meu Deus*, o que eu não daria para reviver aquele momento agora, para poder ouvi-la novamente. Há tantos momentos passando pela minha cabeça… O sorriso provocante de Rose na casa de Sandra, a linha preta enrolada em seu colo. Os olhos inocentes quando se sentou na borda da banheira apoiando a perna machucada sobre a minha. O amor que eu senti em seu toque quando ela traçou as linhas do meu rosto nas sombras da casa mal-assombrada. E se eu nunca mais vir, sentir ou ouvir essas coisas?

Sloane fica de pé, me afastando das perguntas que me consomem.

– Vamos nos certificar de que ela esteja bem. Um de nós vai estar aqui quando ela acordar. Vou te dar um tempo pra se despedir, mas não vou muito longe.

Tenho plena confiança de que Sloane vai manter sua palavra, não por mim, mas por Rose. Isso só me faz confiar muito mais nela.

– Obrigado. Fico muito agradecido.

Ela não reage quando volto minha atenção para Rose. Mas continua observando tudo por ali. Sinto seus olhos atentos, mas não sei ao certo o motivo para tanto.

– Se você tivesse me contado pra onde está indo, eu não estaria te dando isso – diz Sloane ao me passar um pedaço de papel dobrado.

Franzo a testa quando o pego com a mão hesitante. Abro-o sob o olhar atento dela.

Sloane Kane, Departamento de Ciência de Dados
Setor de Desenvolvimento Clínico
Viamax
Radnička cesta 81/18, 10000, Zagreb, Croácia

– Se quiser mandar alguma coisa pra ela, envia pra esse endereço em meu nome. É o escritório local do meu empregador, a Viamax. O correio interno vai garantir que eu receba, e eu vou me certificar de que chegue até Rose com o nível adequado de sigilo. Prometo.

Engulo em seco, meus olhos se movendo entre Sloane e o papel em minhas mãos.

– Como você sabia?

– Lark. Ela ligou pro Leander. Conseguiu arrancar dele. – Ela dá de ombros quando a pergunta não dita permanece em meus olhos. – A promessa de muffins sem drogas fechou o acordo. Ela teve que jurar pela própria vida que não contaria pro Lachlan nem pro Rowan.

– Mas…

Sloane faz um gesto para afastar minha preocupação.

– Ela não vai falar nada. Ela sabe tanto quanto o Leander que os dois iriam atrás de você pra foder tudo e provavelmente tornar tudo dez vezes pior do que já está. Como eu disse, ela está agradecida pelo que você fez pelo Bentley.

Um fragmento de esperança parece penetrar nas minhas costelas, me tirando o fôlego. A esperança pode ser bela, mas também brutal. Ela pode manter a cabeça da gente acima da água apenas tempo suficiente para nos afogar na próxima onda. Tenho medo do que pode acontecer se eu me agarrar a ela, mas nunca vou abandoná-la, não importa o tsunami que eu tenha que enfrentar.

Dobro o papel e o coloco no bolso interno da jaqueta antes de pegar a mão de Rose.

– E se ela não quiser mais?

– Não sei, Fionn. Alguns corações partidos podem não ser remendados. – O olhar de Sloane se desvia do meu, pousando em Rose e permanecendo nela. – Mas talvez por isso você deva deixar o seu aqui pra ela.

Ela não olha na minha direção quando se vira e segue rumo ao corredor. Eu a observo se afastar, a mão de Rose ainda na minha, o endereço pulsando no meu bolso, um farol ao qual posso me agarrar. Quando Sloane chega à porta, ela para, apoiando a mão no batente.

– O Rowan e o Lachlan dizem que você é o melhor dos três. O que isso significa pros seus irmãos pode ser diferente do que significa pra você – diz Sloane ao olhar para mim por cima do ombro, os olhos castanhos brilhando, desafiadores. – Então, prove isso pra única pessoa que importa.

Dou um meneio de cabeça decidido para ela. Sloane dá outro em troca. Em seguida, desaparece pelo corredor.

Meu celular vibra no bolso com uma mensagem. Provavelmente, um lembrete de Leander. Ou do motorista. Olho para o relógio na parede. Cinco minutos é tudo o que nos resta. Volto toda minha atenção para Rose.

– Rose – digo, afastando o cabelo da testa dela. – Acorda.

Tudo continua igual. Até seus batimentos, que fluem em um ritmo lento e constante sob os dedos que mantenho segurando seu pulso.

A mensagem não respondida toca uma segunda vez. Como já se passaram dois minutos, eu simplesmente não sei.

– Pardal – sussurro, esperando que o apelido desperte algo em seu inconsciente.

Mas ainda não há nenhuma mudança na cadência das inalações, nenhum tremor nos olhos. Aperto a mão dela. Encosto-a em meus lábios. Mas sei quanto sangue ela perdeu e o poder da medicação que percorre suas veias. E, por mais que eu queira que ela acorde para que eu possa ter um último momento, não consigo deixar de pensar que pode ser um alívio para ela o fato de estar inconsciente. Qual é o sentido de acordar apenas para se despedir outra vez?

Meus olhos se voltam para o relógio, não importa quanto eu os obrigue a não fazer isso. Restam mais dois minutos. E, assim como quando a trouxemos para este hospital, cada segundo conta.

Pressiono minha mão livre em seu peito, no lado do coração. O ritmo constante está impresso na minha carne, esculpido até o osso.

– Nosso tempo acabou, Rose – digo. Uma lágrima atravessa meus cílios e desliza pela bochecha. – Não dá mais pra ser um casinho "sem compromisso, amizade colorida". Isso acabou.

Minha última esperança é que ela fique irritada com minhas palavras a ponto de acordar, mas ela se esvai quando Rose nem se mexe. Os disparos feitos da proa do meu navio acertam apenas água parada. Não há tiros de volta. Nenhuma batalha do outro lado da neblina. Talvez ela não consiga ver, mas eu lhe dou um sorriso, porque, mesmo na solidão escura e silenciosa da inconsciência, ela ainda enxerga através de mim.

– Acabou porque eu te amo, Rose. Desculpa ter passado tanto tempo me esforçando pra não te amar. Foi só porque não achei que fosse seguro pra você. Acho que eu não sabia como me encaixar em seu mundo escancarado, mas, desde o primeiro olhar, desde a primeira palavra, fui atraído pela sua gravidade. Queria estar perto de você. E não conseguia suportar a ideia de te machucar. Mas, ultimamente, essa é a única coisa que está nas nossas cartas, ao que parece.

Desvio meu olhar para o tarô na mesinha. A carta dos Enamorados está virada, esperando por ela.

Falta um minuto.

Sei que o motorista vai vir atrás de mim se eu me atrasar. E não quero Leander Mayes nem qualquer um de seus capangas perto da minha Rose.

Levantar da cadeira é um golpe no coração. E mais outro quando coloco a mão dela em sua cintura. Temo que a ferida nunca mais se feche quando me inclino para beijar seus lábios. Sua expiração aquece minha pele. Eu a inspiro, a doçura de seu aroma de canela afetada pelo ambiente hospitalar que nos cerca. Ela não foi feita para um lugar como este e, ainda assim, continua voltando para ele.

Afasto o cabelo do rosto dela e tento gravar sua imagem na minha mente. Em seguida, pego um cartão no bolso interno da jaqueta e dou uma olhada nas minhas palavras, torcendo para ter dito o suficiente e não demais.

Querida Rose,

O pardal é um pássaro tão comum que sempre fiquei me perguntando por que você o escolheu, ou por que ele foi escolhido para você. Porque você é a pessoa mais estimulante, extravagante, intimidadora e incrível que conheço.

Partir seu coração foi, sem dúvida, a pior coisa que já fiz. Ir embora é a única coisa certa a fazer, ainda que seja a mais difícil. Não posso te dizer para onde vou, o que vou fazer nem quando vou voltar. E sei que isso é injusto com você. Pode ser que o dano causado seja suficiente para que você nunca me perdoe, e entendo se isso acontecer.

Então, vou te amar o bastante por nós dois. Não espero nada em troca. Sinto muito não poder estar com você agora. Prometo que vou voltar para dizer que te amo pessoalmente. Eu já deveria ter dito isso para você muitas vezes. Como quando voltamos andando da casa da Sandra, e você me fez perguntas que ninguém nunca havia se dado ao trabalho de fazer. Ou quando entrei no quarto de hotel em Boston e você estava parada perto da janela. Esqueci como juntar palavras para dizer o quanto você estava deslumbrante. Ou quando você adormeceu no meu peito. Fiquei acordado por muito tempo, só para sentir sua respiração na minha pele e imaginar uma vida que agora sei que eu poderia ter tido se tivesse deixado meus medos de lado. Eu te amei todo esse tempo, Rose Evans. E não vou deixar de te amar. Nunca.

Se cuida. Não vá causar muito caos se puder evitar.

Com amor,
Fionn

Olho para o relógio. Não tenho mais tempo.

Deixo o cartão na mesa de cabeceira. Percorro a pele macia da bochecha dela. Depois, afasto a mão.

Olhando uma última vez para Rose, eu me viro e vou embora.

26

LETRA

ROSE

Estou sentada no meu motorhome, visualizando cada detalhe do espetáculo que está por vir. As curvas exatas que preciso fazer. O tom e o ruído do motor. O cheiro do escapamento. É a primeira apresentação desde que saí do hospital e voltei para casa no Texas. O primeiro show da baixa temporada. E é a primeira vez que não sou tomada pelo entusiasmo que sentia pela gaiola de metal que foi meu lar ao longo da última década.

Normalmente, fico empolgada para me apresentar. Os primeiros espetáculos depois de algumas semanas de folga são sempre os meus favoritos, porque são os mais próximos do dia fatídico em que entrei no Globo da Morte pela primeira vez. Tinha só 16 anos. Eu me lembro da minha mão tremendo ao tentar segurar com firmeza o guidão da minha off-road e me arrastar para a frente até entrar na gaiola de metal. Naquela época, já tinha um ano que eu trabalhava no circo, fazendo todos os serviços para os quais pudesse me oferecer, não importava o quanto fossem ruins ou demorassem. Implorei a José por aquela oportunidade na gaiola. Não havia nada que provasse que eu era capaz de fazer aquilo, nenhuma credencial além de saber dirigir uma motocicleta. Eu não tinha nada além de coragem. Não tinha certeza se conseguiria acelerar com precisão suficiente para girar pelo globo até ficar de cabeça para baixo sem perder o controle por completo ou me acovardar e cair de cara no chão. Eu simplesmente *acreditava*. E, assim que experimentei e senti a adrenalina, não houve mais volta. Eu buscava essa adrenalina toda vez que subia na moto e encarava o mundo. Estar na gaiola era como estar livre.

Mas agora?

Agora parece que estou tentando me espremer em uma vida na qual não caibo mais. Como se tivesse pegado as duas metades do meu gesso, juntado de novo e colado com fita adesiva. Embora possa correr, pular, nadar e chutar, não estou fazendo nada disso. Estou apenas mancando, tentando lidar com um coração partido, envolvendo-o em uma rotina familiar.

Respiro fundo. Pressiono a cicatriz na lateral do corpo. Às vezes, tenho certeza de que ainda posso sentir a ardência da dor debaixo da pele. Talvez seja uma dor fantasma, que penso ter para não me esquecer de que tudo que aconteceu foi real.

Não que minhas amigas fossem me deixar esquecer.

LARK: Boa sorte hoje à noite, mestre de cerimônias! Pensando em você! Você vai arrasar.

SLOANE: Eu diria "quebre a perna"... mas, por favor, não faça isso.

LARK: Não queremos que nada atrapalhe suas habilidades de dança alucinantes!

Em seguida, Sloane envia uma foto. As meninas estão de pé, uma de cada lado de um recorte de papelão meu, uma foto que elas tiraram no casamento de Sloane, quando eu estava completamente bêbada no pequeno pub para onde fomos após a cerimônia, dançando com um dinossauro inflável enquanto Rowan cantava "The Rocky Road to Dublin". Não sei ao certo de quem eram os óculos escuros que eu estava usando, mas gostei, então fiquei com eles.

Aquele T-Rex foi a estrela da festa.

Saudades de vocês, meninas. Nos vemos em agosto!

Sei que esse lembrete sutil não é o que elas querem ouvir. Ainda faltam oito meses para agosto, e elas ficaram chateadas por eu não ter ido no

Natal. Achei que não conseguiria suportar o fato de estar perto de outros dois casais, em especial dos irmãos do homem que amo e que simplesmente... desapareceu. Em especial quando esses irmãos fazem perguntas que não tenho como responder, porque não sei por que ele foi embora nem para onde foi. Sloane e Lark me contaram o que aconteceu naquele dia em Portsmouth, na fábrica, depois que eu desmaiei, é claro. O sangue. As lágrimas. O hospital. As coisas que ele disse e que eu não ouvi quando estava inconsciente, me agarrando à vida. Como fui salva pelas mãos dele.

Coloco o aparelho no bolso interno da jaqueta, pego meu capacete e me preparo para sair.

Quando abro a porta, Baz está ali, com o punho em riste e pronto para bater.

– Olá, jovem senhor – digo com uma reverência teatral. – O que está aprontando?

Baz dá de ombros e em seguida me estende um envelope branco.

– Chegou isso aqui pra você.

– Uma carta? – pergunto.

Meu olhar percorre toda a área do circo como se o mistério pudesse ser desvendado. Fixo minha atenção de novo em Baz, estreitando os olhos ao pegar o envelope. – Como?

– Não me pergunte, não sei. Eu só trabalho aqui.

Baz pisca para mim, dá meia-volta e sai correndo. Não sei se ele está sendo sincero ou mentindo; quanto mais velho ele fica, mais é difícil dizer. Abro a boca para gritar o nome dele, mas ele desaparece entre dois trailers antes que eu consiga dizer algo além de "mas".

Dou um suspiro e viro o envelope. Meus olhos imediatamente se enchem de lágrimas. Levo-o até a mesinha dobrável e me sento, lendo e relendo as palavras escritas à mão:

Para: Caos
Dorothy, Circo Silveria
Texas

E no canto superior esquerdo:

Admirador Secreto

Sempre com você

Há um selo no canto superior direito, da Croácia, mas nenhum carimbo de correio. Levo um tempinho para conseguir me recostar à cadeira e encarar o texto. Contorno as letras com o dedo. Não vi muitas coisas escritas por ele quando me hospedei em sua casa, mas só há uma pessoa a quem essa caligrafia pode pertencer.

Faço um pequeno rasgo em um dos cantos do envelope e passo o dedo por dentro da borda superior, com cuidado para não danificar o selo nem as palavras escritas nele ao rasgá-lo. Dentro, há uma folha de papel dobrada ao redor de algo. Quando puxo, uma carta de tarô cai na mesa.

Cinco de Copas.

Desdobro o papel, colocando-o cuidadosamente ao lado da carta solitária.

Querido Caos,

Você entende mais de tarô do que eu um dia vou entender. Por isso, tenha paciência, talvez eu cometa alguns erros. Deus sabe que já cometi vários.

Quero começar com o Cinco de Copas: não para olhar para o futuro, mas para falar sobre o passado e o presente e sobre o arrependimento e a tristeza que a carta simboliza. Sinto muito por ter te magoado. Você merecia mais desde o primeiro dia, e eu não me achava uma pessoa boa o suficiente para dar isso a você. E, quando finalmente senti que poderia ser esse homem, fui forçado a te deixar. Era a última coisa que eu queria fazer, mas a única maneira de mantê-la em segurança.

A dor e a solidão representadas por essa carta me assombram todos os dias. Não há um segundo sequer que se passe sem que eu pense em você. E talvez você tenha esquecido a gente, talvez tenha seguido adiante. Quem sabe essa seja a única carta que você vá ler. Tenho que aceitar que essa possibilidade pode ser real. Basicamente, tudo que desejo é que você seja feliz, não importa o que precise fazer.

Mas eu ainda não desisti de lutar por você.

Eu te amo. E não vou te abandonar. Nunca.

FK

Respiro fundo, enxugando as lágrimas que descem pelo meu rosto. Parte de mim se agarra à raiva e à sensação de derrota que ainda sinto por ter sido abandonada, deixada para trás com perguntas que talvez nunca sejam respondidas. Mas outra parte de mim quer ser aquecida pela primeira nesga de luz a tocar a sombra fria do meu coração nos últimos meses.

Releio a carta várias vezes até que Jim bate à minha porta para dizer que vou me atrasar para o show. Faço minha apresentação, depois volto para o trailer e leio a carta novamente até conseguir recitá-la de cor. Coloco-a na prateleira ao lado da cama, então é a última coisa que vejo antes de pegar no sono. Quando acordo na manhã seguinte, é a primeira coisa que pego, tocando-a apenas para ter certeza de que é real.

Na semana seguinte, chega outro envelope. Outra carta de tarô, a Lua. Em sua mensagem, Fionn fala que ela simboliza segredos, enganos e ilusões. Ele me conta sobre as coisas que temia (seu próprio lado sombrio, os segredos que guardava dos irmãos). Também fala sobre os segredos que está guardando agora, mas apenas vagamente. Ele se preocupa com os irmãos e com as pessoas que deixou para trás. Mas o que releio nessa noite até pegar no sono são as últimas linhas da carta.

O segredo mais difícil que já guardei foi o que eu escondia de você. Foi não te dizer o quanto eu te amo. O quanto esse amor me consumiu, mesmo quando tentei evitar isso. Você desmantelou a vida que eu tinha me convencido de que queria. Eu não achava que o homem que deixei para trás fosse alguém em quem eu pudesse confiar. Achava que, escondendo esses sentimentos, estava te protegendo de mim. Mas eu estava errado. Daria qualquer coisa para voltar atrás e quebrar todas as regras antes do dia em que as criamos. Porque agora sei que naquela época eu já te amava.

Mais uma semana. Mais um envelope. Duas cartas de tarô dessa vez. Na semana seguinte, outro envelope, uma única carta. Semana após semana, elas continuam chegando, cada mensagem acompanhada de pelo menos uma carta de tarô, às vezes duas ou três. Cada uma delas está relacionada ao significado das correspondências enviadas junto. Todas terminam da mesma forma.

Eu te amo. Não vou te abandonar. Nunca.

Quanto mais nos aproximamos do dia primeiro de abril, mais a ansiedade se agita em minhas entranhas. É nesse dia que vamos pegar a estrada e começar a fazer a turnê da temporada. Talvez a última que eu faça, de verdade dessa vez. Ou talvez não, sei lá. Talvez eu esteja me apegando a essa vida que não quero mais porque é segura. É conhecida. E, da última vez que mergulhei de cabeça no desconhecido, acabei com um chanfrador na barriga e meu coração arrancado do peito. Tudo o que sei com certeza é que as cartas de Fionn foram algo de que passei a depender, mesmo nos dias em que tentei me convencer a não fazer isso. Até comecei a responder, escrevendo páginas a serem dobradas e colocadas em envelopes, sem ter para onde enviar. Conto minhas próprias histórias sobre raiva, perdão, amor e derrota. E talvez sobre esperança também. Pode ser uma conversa unilateral, mas há um alívio em colocar esses sentimentos no papel e fechá-los, mesmo que nunca sejam lidos.

Recebo um envelope no dia em que estamos fazendo as malas para cair na estrada. Ela vem com o Cavaleiro de Paus. Ele fala que devo estar me preparando para partir em breve. Sabe que a carta pode significar viagem e fica imaginando para onde eu posso estar indo. Quer perguntar sobre meus lugares favoritos. Diz que gostaria de estar aqui para podermos conversar. “Se ainda estivesse de franja, você ia soprar o cabelo da testa ao parar para pensar. E então seus olhos brilhariam quando me contasse sobre as melhores paradas.” Escrevo uma resposta e digo que não preciso pensar. Minha parada favorita foi quando fiquei de molho em Hartford, Nebraska. Penso nas pessoas que conheci lá. Será que Nate ainda está lutando no celeiro do Clube dos Irmãos de Sangue? E Sandra e as Irmãs da Sutura, será que agora todas começaram a fazer balanços sexuais de crochê? E por que nunca as convencemos a formar uma banda cover e tocar durante uma luta dos Irmãos de Sangue com um nome desses? Sandra e as Irmãs da Sutura precisam começar a vender peças de crochê. Eu compraria. "Sinto saudade de Hartford", digo em minha carta. "Acima de tudo, sinto saudade de você."

Selo a carta e nessa noite eu choro até dormir. E, na manhã seguinte, partimos para Archer City.

Não é um trajeto longo. Nossa primeira viagem raramente é, apenas para que possamos dar conta de problemas com a nova equipe, as máquinas antigas e as apresentações que estão começando depois de uma temporada de inverno em casa. Vai levar alguns finais de semana até pegarmos o ritmo de verdade. Passamos alguns dias a mais organizando e praticando. Fazemos uma noite extra de apresentações. No dia da desmontagem, estou prestes a tirar as roupas sujas e suadas e entrar no meu chuveiro minúsculo quando alguém bate à minha porta.

– Correspondência – diz Baz, quando abro e ele me estende um envelope.

Meu coração dispara. Estico a mão, mas ele afasta o envelope antes que eu possa tocá-lo.

– Essas cartas de amor são do cara que veio visitar quando aquele mané tropeçou na cerca e morreu?

– Não é da sua conta – respondo.

Eu me agarro ao batente e tento pegar o envelope que ele tira do meu alcance. Finalmente consigo arrancá-lo dele, mas acho que só porque ele deixa.

– Nunca vi você receber correspondência na estrada antes.

O sorriso provocador de Baz se suaviza quando ergo os olhos do envelope. Ele tem razão. Alguns membros da trupe recebem correspondências encaminhadas por serviços terceirizados ou as pegam com amigos e parentes espalhados pela rota. Mas eu nunca fiz isso. Nunca tive motivo para tanto.

– Legal. O cara deve gostar muito de você.

Com uma pequena saudação, Baz enfia as mãos nos bolsos e se afasta assobiando "La Vie en Rose". Devo ter um sorriso besta estampado no rosto, mas ele não se vira para ver.

Não achei que chegaria outra carta, mas, agora que a tenho em mãos, o alívio e a empolgação praticamente me dominam enquanto competem por espaço no meu peito. Eu me sento à mesinha e deslizo o abridor de cartas que comprei em fevereiro por dentro da aba.

Querido Caos,

Se eu tiver feito os cálculos direitinho, você deve estar na sua primeira parada. Espero que tenha sido ótimo. Nunca te contei que fui ver sua apresentação em Ely pela primeira vez depois do seu acidente. Não queria parecer um tarado esquisito. Acho que contar um ano depois, em minha décima quarta carta, escrita em um local secreto e enviada por um serviço postal fantasma, já é esquisito o suficiente. Olhando para trás, talvez eu não devesse ter ficado tão preocupado com a possibilidade de você me ver na plateia, afinal.

A carta do Carro provavelmente é muito importante para você. Aposto que ela aparece com frequência quando você está na estrada. Teria aparecido para mim também naquela época. Peguei meu carro e dirigi por treze horas só para ver você andar de moto naquela Gaiola da Morte alucinante. Fiquei muito preocupado com você. Sei que você sabe o que está fazendo, mas queria estar lá, só por precaução. E tudo correu perfeitamente bem. Você estava incrível. Saiu de lá, tirou o capacete e o ergueu para a multidão. Parecia bem orgulhosa. E eu estava muito orgulhoso de você também.

Cuidado nessa moto, Caos.

Eu te amo. Não vou te abandonar. Nunca.

FK

Sorrio para a carta do Carro antes de juntá-la às outras na gaveta da mesa de cabeceira.

Toda semana. Não importa onde eu esteja. Não importa o quanto esteja ocupada. Não importa se a apresentação for ótima ou quase um desastre, se estiver chovendo ou fazendo um calor sufocante ou, como já aconteceu, até mesmo nevando. Toda semana, Baz me traz uma carta de Fionn.

E então, na última semana de julho, é José quem a traz à minha porta.

– Oi – digo ao vê-lo parado do lado de fora do meu motorhome sob o sol da tarde, de chapéu na mão. – Quer entrar?

– Não, *pequeño gorrión*. Eu só… vim te dar isso aqui.

Ele me entrega um envelope, e desço do último degrau para pegá-lo, observando como José fica trocando os pés de apoio. Ergo as sobrancelhas em uma pergunta sem palavras e, por um momento, ele parece refletir, dividido em uma guerra de emoções.

– O que você está fazendo aqui, Rose?

– Como assim? – Solto uma gargalhada enquanto percorro o parque com os olhos, apontando para os trailers e motorhomes estacionados ao meu redor. – Eu moro aqui.

– Não. Você não mora aqui. Você *existe* aqui.

É como um soco nas costelas, que suga todo o meu ar.

– Esta é a minha casa.

– É. Mas você não é mais você mesma aqui. Não parece animada pra se apresentar. Nem sequer montou a tenda de tarô desde que começamos a turnê.

– Se você precisar que eu leia tarô, eu leio – digo, cruzando os braços.

– Não *preciso* que faça isso. É que isso era algo que costumava trazer alegria pra você. E pra outras pessoas também. Você sabe que na última parada uma mulher chamada Lucy me procurou pra perguntar se você ainda estava fazendo leituras?

Minha garganta se fecha.

– Lucy…?

– Lucy Cranwell. Estava com três crianças. Disse que esteve com você em Hartford. Que você fez uma leitura que mudou a vida dela. A *vida* dela, *pequeño gorrión*. Ela queria te agradecer.

– Por que você não falou comigo?

José dá de ombros, abrindo um sorriso melancólico.

– Achei que você não quisesse ser encontrada. Pelo menos, não por ninguém além dele – responde José, com um aceno de cabeça para o envelope na minha mão.

Descruzo os braços. Ele tem razão. Não montei a tenda desde que pegamos a estrada. Ando com medo de saber até que ponto minha necessidade de justiça prejudicou as pessoas que amo. O quanto me custou. Mas, em minha tristeza, esqueci em que medida isso era importante para as pessoas que precisam do tipo de ajuda que não é facilmente solicitada. Olho para o envelope na minha mão, sabendo que haverá outra carta de tarô dentro. E não consigo deixar de pensar se é hora de voltar a ser o Pardal.

– Você tem razão – diz José. – Esta *sempre* vai ser a sua casa. Mas não precisa ser assim. Eu também recebi uma carta. – Quando inclino a cabeça e franzo a testa, José gira o chapéu nas mãos. – O Dr. Kane pediu desculpas por não ter cuidado bem de você como eu pedi naquele dia em que nos conhecemos no hospital. E disse que passaria todos os dias do resto da vida dele tentando compensar isso. Ele me disse pra não te contar essa parte, pois ele mesmo queria contar.

Sorrio por trás de uma película de lágrimas.

– Você é tão fofoqueiro…

– Esse é um dos motivos pelos quais eu tenho um circo tão bom. Me meto na vida de todo mundo – diz José com uma piscadela. Ele sorri, mas seu sorriso aos poucos se torna melancólico. – Ele quer que eu te dê uma folga pra que ele possa te ver. Ele te ama, Rose. Nós sempre vamos estar aqui pra você, é claro que vamos. Mas isso? – pergunta ele, apontando para o papel branco apertado com força na minha mão. – Isso também pode ser sua casa se você deixar. Talvez seja hora de ir embora. Acho que você quer ir. Não quer?

Quero? Não sei. Ter essas cartas nas mãos e ler palavras bonitas nas quais quero tanto acreditar é uma coisa. Ficar diante do homem que despedaçou meu coração é outra. Já se passaram nove meses desde a última vez que o vi. Ele provavelmente está muito diferente agora. Talvez não seja o único.

A indecisão deve estar impressa nas lágrimas que se agarram aos meus cílios. Percebo o brilho nos olhos de José antes mesmo de ele me abraçar.

– Vá, Rose. E, se você não voltar, eu te desejo tudo de bom.

Assinto. Fecho os olhos com força. Ouço seu coração enquanto balançamos ao sol de verão.

– E leva o guaxinim com você. Ela continua entrando na massa de churros. Sabe quantas fornadas já tive que jogar fora?

Dou uma risada, embora sem convicção. Ao se afastar, José emoldura meu rosto e deposita um beijo na minha testa.

– Eu te amo como uma filha, *pequeño gorrión*. Isso nunca vai mudar.

– Eu também te amo, José.

Dou-lhe um sorriso melancólico, e ele me presenteia com um floreio de reverência em troca. Em seguida, coloca o chapéu, enfia as mãos nos bolsos e se afasta. Quando ele desaparece de vista, entro no meu motorhome, os dedos tremendo quando pego o abridor de cartas e deslizo para o assento.

Desdobro o papel e a carta da Estrela cai na mesa.

Querido Caos,

Não tenho certeza se você está lendo essas mensagens, mas essa é minha carta favorita.

Quando comprei esse tarô e pensei em você ao embaralhar as cartas e virar a primeira, foi a Estrela que apareceu. Na época eu não sabia ao certo o que isso significava, mas senti que representava esperança. Como se você fosse minha estrela guia. E agora a parte da jornada em que tenho que ficar a um oceano de distância está finalmente chegando ao fim.

Se eu estiver certo e todas essas estrelas se alinharem, você deve estar lendo isso em Ellsworth, Maine.

E, se quiser me encontrar, estarei esperando todos os dias em Lookout Rock. Vou me hospedar nos Chalés Covecrest, mas vou ficar do nascer ao pôr do sol no mirante para te encontrar.

Espero que você vá, para que eu possa provar que cada palavra, cada letra, é a mais pura verdade.

Eu te amo. Não vou te abandonar. Nunca.

FK

Baixo o papel e pego a carta da Estrela. Ele tirou essa carta de um baralho ao pensar em mim. Ele torcia para que essas cartas estabelecessem algum tipo de conexão entre nós, mas não tinha nada além de um pressentimento. E essa é a única coisa à qual ele tem se agarrado durante todos esses meses.

Olho pela janela em direção ao parque de diversões, observando a roda-gigante ir de encontro ao céu.

E continuo olhando, mesmo depois que as luzes se apagam.

27
TRÊS DE ESPADAS
FIONN

O sol está se pondo atrás de mim, espalhando feixes de luz laranja e cor-de-rosa nas ondas do mar. O contrato com Leander pode ter terminado, pelo menos por enquanto, mas as lembranças dele me perseguem como uma película que cobre o mundo. Passei os últimos cinco dias olhando para o mar, da manhã à noite, e, de certa forma, não tenho certeza de quanto o enxerguei *de fato*. Vi feridas que suturei nos últimos meses. Fiz amizades inesperadas e vi o rosto dessas mesmas pessoas distorcidos pela dor e pelo sofrimento. Vi ossos quebrados, tiros e carne dilacerada. Vi a morte. Mas também vi Rose. Não importa que a escuridão tenha me arrastado para tão fundo, as lembranças dela estavam lá para aquecer a noite. Vi seu rosto enquanto observava o mar. Ouvi sua risada. Senti seu beijo em meus lábios, a maciez de sua carne sob minhas mãos.

Mas foram apenas lembranças. E a esperança de vê-la novamente parece estar à deriva.

Olho para o relógio, e meu coração desaba, raspando os ossos a caminho da pedra fria sob minhas botas. Ela deveria ter recebido minha carta há três dias. Vim mais cedo, por precaução. Mas Lookout Rock fica a trinta minutos de Ellsworth, talvez 45 se ela estiver dirigindo a Dorothy. É perto o suficiente para que ela pudesse ter pegado a moto e chegado aqui ainda mais rápido se quisesse.

Baixo a cabeça depois de respirar fundo o ar do oceano e pego a mochila a meus pés. Olhando para o mar uma última vez, eu me viro. Então largo a mochila e volto os olhos para uma pessoa que poderia ser uma aparição.

Rose.

Ela é tão linda que o ar foge dos meus pulmões. Os cabelos escuros balançam com a brisa. Está exatamente como da última vez que a vi: uma franja contornando as sobrancelhas, ondas acariciando a mandíbula. Os olhos cor de mogno me penetram, atravessando camadas como se pudessem ver cada pecado que acumulei na alma. Ela está usando a jaqueta de couro e uma regata decotada por baixo. Calça jeans preta e botas de motociclista. Parece durona pra caralho. Mas não são apenas as roupas ou a maneira como fica parada com as mãos enfiadas nos bolsos da jaqueta. Há uma rigidez em sua expressão. Não há brilho provocante no olhar, nem uma risada pronta. Não há sorriso nem calor em seus olhos.

Sei que fiz o que tinha que fazer para mantê-la a salvo. Mas esta é a primeira vez que realmente vejo quanto a machuquei para fazer isso.

– Eu estou tão... – Quase engasgo com as palavras. Respiro fundo. Recomeço. – Tô muito feliz de você estar aqui. É bom te ver.

Sinto que estou me desfazendo de dentro para fora. Mas Rose? Ela é insondável. A mulher que sempre viveu de coração aberto, com as emoções à mostra.

– Você tá diferente – comenta ela.

Olho para as minhas roupas e passo a mão no cabelo. Ainda está curto, mas um pouco mais comprido do que da última vez que a gente se viu, um pouco menos arrumado. Há mais barba por fazer em meu rosto, provavelmente círculos roxos abaixo dos olhos por conta das noites que passei acordado imaginando que ela não viria. Não sei bem quanto ao resto, mas ela deve enxergar algo.

– Você tá igualzinha. Linda – digo. Dou um único passo adiante. Rose não se move. – Eu não sabia se você vinha.

– Nem eu – responde ela, desviando o olhar de mim para o oceano. Por um tempo, ela fica em silêncio, a expressão inflexível. – Eu precisava de um tempo pra pensar.

Rose não é do tipo que fica sentada remoendo as coisas. Ela é do tipo que mergulha de cabeça e lida com as consequências lá na frente.

– Estou feliz por você ter vindo.

Ela assente, mas mantém os olhos longe dos meus. Engole em seco de forma visível. Embora sua expressão não mude, posso ver que está lutando demais sob uma máscara de indiferença. Sinto como se meu coração tivesse sido deixado para trás na pedra, meu peito vazio, raspado.

– Tenho uma coisa pra você – digo.

Quando pego a mochila, olho na direção dela. É um alívio vê-la observando com mais interesse do que quer admitir, a julgar pelo modo como fica tensa quando nossos olhares se cruzam. Meus lábios se curvam em um sorriso que ela não vê enquanto remexo na mochila. Quando me endireito, tenho um envelope na mão, mas não o ofereço a ela. Em vez disso, eu o abro.

– A última carta do baralho – explico enquanto retiro apenas a carta.

Eu a estendo para que ela a pegue, com o envelope e uma folha de papel dobrada na outra mão. Há uma pergunta na sobrancelha franzida de Rose, mas ela pega a carta e olha para a imagem. Ela conhece o tarô. Sabia que essa seria a última carta.

– Os Enamorados – digo.

Ela não diz nada, apenas olha para a carta, deixando o cabelo encobrir o máximo possível do rosto. Desdobro o papel.

– *Querida Rose* – começo a ler. – *É muito bom poder finalmente dizer o seu nome, porque isso significa que agora estou em casa.*

Rose retorce o nariz e funga, mas ainda não tira os olhos da carta de tarô.

– *Me perdoa por tudo que te fiz passar. Eu não podia te dizer onde eu estava nem o que estava fazendo porque era perigoso demais. Não podia suportar a ideia de alguém chegando até você. Até mesmo escrever essas mensagens era um risco. Eu nunca tinha escrito cartas pra ninguém, mas houve dias em que saber que você poderia estar segurando o mesmo papel e lendo as mesmas palavras parecia me manter vivo.*

Quando ergo os olhos da carta, ela está me observando com um brilho no olhar. Meus dedos tremem quando a adrenalina inunda minhas veias, meu olhar se detém por um segundo na linha de uma tatuagem que percorre o comprimento do meu antebraço esquerdo, uma batida do coração dela, traçada com precisão a partir de uma foto que tirei de seu eletrocardiograma enquanto ela dormia no hospital.

– *A carta dos Enamorados representa as escolhas nos relacionamentos. E as escolhas que fiz nove meses atrás foram as mais difíceis que já tive que fazer. Precisei partir seu coração pra te salvar. Tive que ir embora pra te amar. E quero passar o resto da minha vida compensando o tempo que perdemos. Estou te pedindo pra escolher nós dois, Rose Evans. Prometo passar todos os dias fazendo tudo o que puder pra te ver feliz. Não existe mais ninguém que eu possa amar além de você. Então não importa o que você decida, eu não vou te abandonar. Nunca.*

Baixo a mão ao longo do corpo. Uma lágrima atravessa os cílios escuros de Rose e desliza pela bochecha. Ela está olhando para a carta de tarô outra vez, como se esse pequeno item pudesse lhe dizer o futuro por si só. Seus lábios tremem. Eu daria tudo para tocá-la. Para beijá-la. Mas não tenho certeza se já foram causados muitos danos e se tempo demais já se passou.

Rose limpa uma lágrima, mas outras vêm logo em seguida.

– Eu gostei das suas cartas – sussurra ela. – A última foi minha favorita.

A esperança cresce no meu peito, tanto que me sufoca, mas ainda tão frágil que um mero sopro poderia estilhaçá-la.

– É minha favorita também.

– Eu… eu ando… – A voz de Rose falha. Dou mais um pequeno passo para a frente, mas ela balança a cabeça e pigarreia. – Você me fez sofrer.

– Eu sei. Me desculpa.

– Mas sei que a culpa também é minha. Fui eu que bati de frente com Matt Cranwell, pra começar. Nada disso teria acontecido se eu não tivesse feito aquilo.

– Não, Rose. Fico feliz que você tenha feito aquilo. – Ela finalmente olha nos meus olhos, e sinto alívio quando ela faz isso. – Eu nunca teria te conhecido se não fosse assim. Ainda estaria preso tentando viver em uma caixa na qual eu não deveria estar. Isso é uma coisa que estar longe de você confirmou… a ideia da vida que eu achava que queria era só isso: uma ideia. E, apesar de ter passado um bom tempo testando, ela nunca fez sentido. A única vez que algo começou a parecer *fazer sentido* foi quando você surgiu.

Embora Rose ainda pareça apreensiva, ela assente. Continua fazendo que sim com a cabeça, como se fosse difícil parar, até que finalmente a inclina e em seguida dá de ombros. Seus pés estão inquietos. Ela mexe no cabelo. Leva um minuto para conseguir olhar para mim, os cílios úmidos brilhando na penumbra.

– Então, tipo... o que significa escolher você... O que isso implica, exatamente?

Não consigo evitar o sorriso besta que surge em meu rosto, embora faça o possível para reprimi-lo.

– Acho que é o que você quiser que seja.

– Tá... mas... – Ela balança a cabeça e olha para o mar, a testa franzida. – Eu gosto de conchinha. A gente teria que eliminar de vez essa regra.

Dou outro passo para a frente. Ela está quase ao meu alcance. Minha mão coça com a necessidade de tocá-la, mas me obrigo a não chegar mais perto.

– Eu gosto de conchinha.

– Eu gosto de demonstrações públicas de afeto. Andar de mãos dadas e tal.

– Eu quero andar de mãos dadas com você.

– A Dorothy só tem uma cama. Não vou abrir o sofá-cama. É um saco.

– Perfeito. Não quero camas separadas.

– E você não pode ficar falando pra Barbara que ela tem raiva. Ela não gosta.

– Você tá com a Barbara? – pergunto, e ela dá um leve aceno de cabeça. – Achei que ela estava se apresentando com os poodles.

– Rolaram uns... – Rose faz uma pausa e olha para o céu enquanto escolhe a palavra que vai usar – *incidentes*. Envolvendo churros. E talvez um ou dois na barraquinha de cachorro-quente.

Dou um suspiro dramático, mas apenas para testar a reação dela. Como eu previa, ela me encara fixamente e estreita os olhos.

– Não vou falar que ela tem raiva – digo, colocando a mão sobre o coração. – Prometo.

Rose cruza os braços com força ao redor da cintura, com a carta ainda em uma das mãos. Ela levanta o queixo e sopra uma baforada de ar na franja. Imaginei exatamente esse trejeito tantas vezes nos últimos meses que parece um soco no peito vê-lo acontecer bem na minha frente.

– A Dani e o Renegade total mereceram ganhar o *Sobrevivendo ao Amor*.

Engulo uma risada.

– Não sei se posso concordar com isso...

Rose me encara com um olhar afiado em meio a uma película de lágrimas.

– Tá bem, tá bem – admito. – A Dani e o Renegade mereceram a vitória, apesar do nome fictício dele ser péssimo e o verdadeiro ser Brian, e eu ter quase 99 por cento de certeza de que eles trapacearam naquele último desafio com o peixe.

– Justo – diz ela, com um revirar de olhos.

Ficamos em silêncio por um longo tempo enquanto ela revira a carta de tarô e pondera. Parte de mim quer se atirar em cima dela e envolvê-la em um abraço esmagador. Mas quase dá para ouvir a batalha travada por trás de seus olhos. O medo de sofrer uma segunda vez pode ser paralisante. A minha situação pode ter sido diferente, mas conheço o poder do veneno de uma decepção amorosa. Sei que, mesmo que ela nos escolha, vai levar tempo e talvez um pouco de espaço para se recuperar. Portanto, não peço mais nada a ela. Não pressiono. Apenas espero o tempo que for necessário.

– Eu gostei daquela vez que a gente se beijou – diz Rose, por fim, e o primeiro sinal de dúvida se insinua em sua expressão quando seu olhar finalmente pousa em mim e se fixa. – A gente teria que eliminar essa regra de vez também.

– Ainda bem, porque eu odeio essa regra. Queria muito quebrar essa primeiro se você me permitir.

A máscara se desfaz quando ela assente, todas as emoções irrompendo através da fachada desfeita. As lágrimas embaçam minha visão quando me apresso para diminuir a distância entre nós. Imaginei esse momento milhares de vezes nos últimos nove meses, mesmo quando tentei me conter, para o caso de não se tornar realidade. A sensação das bochechas úmidas de Rose sob minhas mãos. O sal e o doce em seus lábios. O calor de sua respiração na minha pele. O cheiro, notas de chocolate com especiarias na maresia. A sensação de tocá-la é muito além do que eu realmente me permitiria desejar. Então, eu me afogo nela. Encosto meus lábios nos dela e agradeço a todos os deuses que consigo imaginar quando sua língua acaricia a minha. Tudo dentro de mim que parecia fora do lugar é realinhado quando ela passa os braços ao redor do meu pescoço e seu corpo se molda ao meu, como se sempre estivesse destinada a se encaixar.

– Eu te amo, Rose – declaro quando nos afastamos e apoio minha testa na dela. – Me perdoa.

Ela não tem palavras, é apenas emoção, apenas um balançar de cabeça. Nós nos abraçamos. Eu me agarro a ela. E ela me agarra de volta. Está começando a escurecer quando finalmente nos soltamos, com luz suficiente apenas para enxergar o caminho que leva de volta à pousada, onde luzinhas se alinham em uma varanda coberta de frente para o mar. Minhas entranhas rodopiam de nervoso. Todo meu treinamento médico, as situações de muita pressão e, agora, o tempo que passei trabalhando com algumas pessoas seriamente perturbadas que Leander contratou, toda a calma que cultivei parece sair voando pela janela quando Rose olha para mim com seus olhos escuros e cintilantes. É como se a ideia de me envolver com ela me reduzisse a um poço de ansiedade.

Engulo em seco e tento não ficar tenso ao apontar para a pousada que fica logo depois dos penhascos onde estamos.

– Quer ir pra lá comigo?

Rose não responde. Meu coração se fecha em si mesmo.

– É... tem uma bela vista do mar... – digo, e ela me observa, imóvel. – Humm... tem um bufê de café da manhã bem gostoso. E waffles, você adora waffles. – Levo a mão à nuca quando suas sobrancelhas se erguem como se ela estivesse esperando mais. – Mas só tem uma cama.

Finalmente, seu sorriso se liberta, como se ela o tivesse contido só para me ver sofrer.

– Esse era o argumento que eu estava esperando, doutor.

Caminhamos até a pousada sob as estrelas do crepúsculo, de mãos dadas. Cada passo que damos me dá a sensação de estar vivendo a vida de outra pessoa. Como se eu fosse piscar e descobrir que tudo foi só um sonho, um delírio que vai passar, e então vou perceber que ela nunca esteve aqui para início de conversa. E, por um momento, acho que vai ser um destino ainda pior ao chegarmos ao estacionamento da pousada, ela olhar para Dorothy e em seguida soltar a mão da minha.

– Peraí rapidinho – diz Rose, dando um passo para trás, e depois outro. – Já volto.

Aceno com a cabeça. Ela me dá um sorriso hesitante e depois se afasta, caminhando até o motorhome com as mãos enfiadas nos bolsos. Depois de alguns poucos segundos lá dentro, ela volta com uma mochila pendurada em um dos ombros.

– Só precisava dar comida pra Barbara e pegar umas coisas pra passar a noite.

– Claro.

Estendo a mão, e ela a segura. O toque ainda é hesitante, o que não se parece nem um pouco com a Rose Evans que conheço, mas sei que vou levar um tempo para reconquistar a confiança que quebrei. Fico firme ao abrir a porta para ela quando chegamos à pousada, conduzindo-a ao quarto no segundo andar, que fica de frente para o mar. Quando entramos, ela vai até as janelas e observa o oceano, tirando a mochila do ombro e colocando-a em uma das cadeiras.

– É uma bela vista – comenta ela, sem desviar os olhos das ondas negras que se fundem no horizonte.

– É, sim – respondo, observando-a. – Quer beber alguma coisa? Tenho chá. Uísque.

– Uísque seria ótimo, obrigada.

Assinto, mas ela não vê, e depois me dirijo à pequena cozinha para pegar os dois únicos copos da prateleira e enchê-los. Estou servindo a primeira dose de bebida quando ela começa a falar, suas palavras transformando minhas veias em cristais de gelo.

– *Querido Fionn* – diz ela, a voz mal passando de um sussurro.

Eu me viro, um giro lento nos calcanhares. Ela está segurando uma carta com força. As bordas tremem em sua mão.

– *Recebi suas cartas. Continuo abrindo todas elas. Finalmente decidi que deveria escrever de volta. Nunca tinha recebido cartas como as suas. E nunca escrevi para ninguém. É quase irônico que elas não tenham para onde ir.*

Os olhos de Rose se voltam para os meus, e não consigo me mexer. Estou enraizado no chão.

– *Tive um sonho quando estava no hospital. Sonhei que alguns corações partidos podem não ser remendados. E fiquei me perguntando se o meu também seria assim. Passei um bom tempo pensando nisso. Então chegou sua primeira carta. Eu estava com raiva. Eu me sentia vazia. Mas receber aquela carta foi como receber o primeiro ponto. Doeu, mas também ajudou. Desde então, cada uma delas fechou um pouco da ferida, mesmo nos dias em que eu não queria que isso acontecesse.*

"A carta que chegou hoje foi o Três de Espadas. Na mensagem, você falou que ela representava um coração partido. Você disse que os últimos dias que passamos juntos e os que se seguiram foram de dor e perda. Você estava preocupado com como eu estava me sentindo. Mas, quando abri o envelope e a carta de tarô caiu, estava invertida. Isso significa que as facas caem do coração. A cura começa. Foi isso que sua carta significou para mim. Outro ponto em uma ferida.

"Portanto, espero que continue escrevendo pra mim. E vou continuar escrevendo pra você. Espero que possamos nos curar e curar um ao outro. Espero que voltemos a nos unir. Porque eu te amo, Fionn. Não vou te abandonar. Nunca. Com amor, Rose."

Ela ergue os olhos para encontrar os meus. E embora eu dê um passo em sua direção, é Rose que elimina a distância entre nós. Quando a tenho em meus braços, o resto do mundo parece desaparecer.

– Eu falei sério, Rose – sussurro em seu cabelo. – Não vou te abandonar.

Ela faz que sim com a cabeça no meu peito.

– Eu também não.

Por um bom tempo, ficamos assim, abraçados ao som da música composta por batimentos cardíacos e respirações. Quando finalmente nos separamos, Rose tira a jaqueta. Eu lhe dou o uísque e dou um gole no meu. Nós nos sentamos na cama, e ela lê suas cartas para mim, uma por uma. Conversamos. Rimos. Adormecemos nos braços um do outro. Damos início ao lento processo de reconciliação.

Pela primeira vez, acordo antes de Rose na manhã seguinte. Escrevo uma carta para ela. Essa é sobre felicidade. Alívio. Gratidão. Concluo como sempre faço, com uma promessa: que nunca vou abandoná-la. Depois, deixo a carta no travesseiro antes de sair para buscar café e waffles para ela no andar de baixo. Quando volto para o quarto, ela está no chuveiro e sua resposta já me espera na mesinha ao lado da cama. A carta dela não fala apenas de felicidade ou alívio. É sobre desejo e necessidade. É um convite. Deixo o café e a comida na cozinha e depois me junto a ela no chuveiro, e fazemos amor sob o jato d'água, saboreando cada beijo, cada toque, cada palavra sussurrada que não foi escrita.

Todos os dias escrevemos cartas um para o outro. Todas as noites as lemos em voz alta. Falamos sobre o que sentimos. Às vezes, fazemos amor.

Às vezes, trepamos. Às vezes, brigamos. Rimos. Ou choramos. Mas todos os dias nos curamos.

Deixamos a pousada depois de alguns dias e pegamos a estrada com Dorothy sem nenhum destino predeterminado. Simplesmente paramos em diferentes campings. Em algumas noites, encontramos viajantes aleatórios. Sentamos em volta de uma fogueira, com Rose brilhando sob a luz bruxuleante. A risada dela se torna mais fácil com o passar do tempo, e a minha também. Em outras noites, ficamos sozinhos e conversamos sobre a vida que deixamos para trás em Nebraska e o futuro que nos aguarda. Ela diz que está pronta para dar uma segunda chance a Boston se eu também estiver. E estou. Sei o quanto Leander gostaria de me incluir como médico em sua folha de pagamentos. Desde que o contrato da Croácia terminou, ele já me enviou cinco mensagens oferecendo um emprego permanente em Boston, se oferecendo até mesmo para me ajudar a montar uma clínica própria legítima na cidade para que eu possa estar lá se ele precisar de mim. Ele poderia me obrigar a fazer isso com a montanha de evidências que ainda tem em mãos, é claro. Mas sinceramente? Estou pronto para topar. E, embora ache que ela esteja tentando não deixar transparecer, sei o quanto Rose quer ficar mais perto de Lark e Sloane. Consigo ouvir isso em sua voz, ver na forma como a ideia ilumina seus olhos.

– Mas quem sabe a gente ainda possa levar a Dorothy pra esticar as pernas no verão – sugeriu ela ontem à noite quando se deitou na cama.

– Aham – respondi, puxando-a para mim. Ela encostou a cabeça no meu peito, e dei um beijo no alto dela. – Gosto muito dessa ideia.

E agora, três semanas após nosso reencontro em Ellsworth, parece que finalmente estamos onde deveríamos estar. Na mesma trilha. Estamos andando lado a lado, de mãos dadas, os sapatos triturando o cascalho à medida que nos aproximamos do chalé onde estão estacionados o BMW de Sloane e o Dodge Charger vintage de Lachlan. Barbara nos acompanha, de guia e coleira, farejando o chão em sua busca incessante por lanches contrabandeados. As luzes estão acesas dentro do chalé, iluminando o gramado que faz um declive em direção a um lago à luz da lua.

Rose aperta minha mão, e eu me viro para olhá-la.

– Tudo bem? – pergunta ela.

– Tudo – respondo, dando a ela o sorriso mais tranquilo que consigo.

Ela não está acreditando, é claro. Seus olhos se estreitam na minha direção e percorrem cada detalhe do meu rosto.

– É que faz um bom tempo que não vejo o Rowan e o Lachlan – explico. – Tô animado. Talvez um pouquinho nervoso.

Minha admissão parece acalmá-la quando ela coloca a outra mão ao redor do meu antebraço.

– Eles vão ficar muito animados de te ver.

– É, só me sinto mal por ter deixado passar tanto tempo. Eu poderia ter mandado mensagem pra eles quando voltei pra casa.

Rose reflete, inclinando a cabeça de um lado para o outro.

– Tá, mas não tem problema respeitar seu tempo. Você precisava disso.

Ela tem razão. Precisava mesmo. Talvez ainda precise. Não apenas para superar os últimos nove meses cuidando de lesões traumáticas, fazendo um intensivo em cirurgias estéticas ou vivendo uma vida secreta, longe dos meus entes queridos. Preciso também descobrir o que quero do futuro. Quem realmente quero ser. Porque a verdade é que, depois de tantos anos tentando superar expectativas, acho que preciso de um tempo para dar um passo atrás e simplesmente *existir*.

E, se eu tiver sorte, não importa o que a gente faça a seguir, é assim que vai ser. Eu e Rose.

Paramos bem atrás dos carros, observando o chalé, admirando seu brilho convidativo. Quando Rose se vira para mim, passo os braços por suas costas.

– Preparado? – pergunta ela.

Eu me inclino para baixo, beijando seus lábios. Ela suspira contra a minha boca. Não faço ideia de como vivi tanto tempo sem tocá-la. E agora parece que nunca vai ser o suficiente. Quando nos distanciamos um do outro, afasto o cabelo de seu rosto, dando um último beijo em sua testa.

– Provavelmente não – respondo.

– Vai ser ótimo. Um momento "tcharam" de verdade.

Rose segura minha cintura em um abraço apertado e depois solta, dando alguns passos para trás. Ela bate em um inseto na perna nua, e vejo a cicatriz em sua panturrilha. Uma cicatriz que ajudei a costurar. Mas, quando encontro seus olhos, sei que, desde o segundo em que nos conhecemos, foi Rose quem me curou.

– Vou dar a volta no deque e entrar de fininho. Você entra pela porta principal – diz ela, com um sorriso suave e reconfortante. – Vai ser ótimo. Prometo.

Assinto, porque é tudo o que consigo fazer. Ela pega o guaxinim, que está se contorcendo, depois se vira e se afasta às pressas da frente do chalé. Fico parado no escuro, observando enquanto ela desaparece na sombra.

Quando tenho certeza de que ela não vai ver, tiro uma caixa do bolso. Abro a tampa. O anel capta a luz fraca. Se eu olhasse bem de perto, talvez conseguisse ver o céu noturno refletido no ouro polido e nos brilhantes. Quando olhamos para as estrelas, estamos olhando para o passado. Mas tudo o que vejo é o futuro. E ele é mais rico e iluminado do que jamais imaginei que seria.

Fecho a tampa. Enfio a caixinha de volta no bolso. Ajeito a mochila no ombro e respiro fundo. Caminho até os degraus do chalé, com determinação nos passos, amor e esperança vivos no peito.

Vou compensar o tempo perdido.

EPÍLOGO 1

MAPAS

– Que porra é essa?

– Um upgrade.

Sloane suspira e joga o quadril para um lado parando nessa posição e tentando parecer o mais irritada possível. Ela faz um trabalho admirável, mas dá para ver que está prendendo um sorriso. E ela sabe que eu sei. Ela precisa desviar os olhos, provavelmente na esperança de que isso ajude a sustentar sua manifestação de descontentamento. Mas não funciona.

– Você me disse uma vez que meninos não eram permitidos, a menos que tivessem escamas e fetiche em engravidar pessoas – digo, com um sorriso malicioso.

– Isso foi há quatro anos.

– E...? Só estou me certificando de que tenho autorização, tá bem? Não vejo qual é o problema. Nós vamos estar na floresta.

– Não em West Virginia.

– Continua sendo "floresta" – insisto, fazendo aspas no ar. – E até onde eu sei, você meio que gostou do cosplay do Sol. Só estou indo um pouco além.

– Um pouco além – repete ela, bufando em seguida.

Dou de ombros, e Sloane me encara fixamente. Suas bochechas ficam ruborizadas sob a camada de sardas. Ainda é meu tom de rosa favorito.

– Você acha que isso é ir um pouco além? – Ela aponta para minha roupa de dragão feita de poliéster, aprimorada por camadas de escamas coladas ao tecido e até mesmo à pele, e uma tonelada de maquiagem verde e azul. – Isso é *muito* além.

Faço beicinho, e ela dá um gemido.

– O que foi? Você não me acha mais bonito? Tá com vergonha de se sentar ao meu lado?

– Sim – responde ela sem emoção. – *Mil vezes*, sim.

Meus chifres de espuma tocam o teto do carro conforme balanço a cabeça, fingindo decepção. Solto um suspiro profundo e desanimado, e Sloane pragueja, cruzando os braços. Dou um tapinha no banco do passageiro, mas ela não se mexe, com os pés ainda plantados na calçada.

– Vamos lá, Corvo. Entra no carro. Temos coisas a fazer.

– Se você tá tentando passar despercebido, talvez aparecer no local da nossa competição anual com uma fantasia completa de dragão *não seja uma boa ideia*.

– É um chalé. Na floresta. No meio da porra do nada. Tenho certeza de que vai ficar tudo bem, amor. Entra. Vamos acabar nos atrasando, e eu quero te perseguir e transar com você no chão da floresta antes que os outros cheguem.

Com outro gemido de sofrimento, Sloane joga a bolsa no banco de trás e desliza para o banco do passageiro.

– Você não vale nada.

– E mesmo assim você me ama. Agora, dá um beijo aqui – digo enquanto me inclino sobre o câmbio com os lábios franzidos.

Dessa vez, ela não consegue evitar uma risadinha quando passo o braço em volta de seus ombros e a puxo para perto de mim, depositando um beijo em sua bochecha enquanto ela faz um protesto que não tem nada de convincente. Meus lábios pintados deixam uma mancha verde na pele dela. Assim que a solto, ela abre o quebra-sol e começa a limpar o borrão.

– Você usou tinta pra rosto mesmo, né? – Os olhos de Sloane se voltam para os meus e se estreitam. – Por favor, não me diga que isso é guache ou algo do tipo.

– Claro – respondo de forma convincente, embora a expressão dela não mude.

Com um último sorriso para minha esposa, dou a partida no motor e começamos a deixar Boston. Algumas pessoas gritam e buzinam enquanto estamos parados no trânsito de sexta-feira à tarde? Sim. Sloane resmunga e esfrega a testa? Sim também. Mas toda vez que isso acontece, ela fica vermelha e dá risada. E eu desfruto cada rubor e cada sorriso.

Paramos uma vez para abastecer e alternamos a direção na metade da viagem de seis horas, com Sloane, irredutível, declarando que vou ter que segurar ou mijar em um arbusto na beira da estrada porque ela vai arrancar meus olhos "com força" e deixar "toda a casquinha" se eu sequer pensar em sair por aí em público. Quando chegamos a Linsmore, não há nada além de um posto de gasolina, um mercadinho e algumas casas em ruínas com tábuas de madeira desgastadas pelo tempo, janelas rachadas e pintura lascada. É lindo durante a *golden hour*, o tipo de luz que faz a gente ficar nostálgico em relação a uma época e um lugar onde nunca viveu, mas ainda assim sentir uma dorzinha no peito. A cidade parece deserta, embora claramente não seja, com gramados cortados e lojinha abastecida, mas não há ninguém por perto para provar isso. Uma placa logo após o limite de município diz DANÇA TRADICIONAL E CHURRASCO, TODA SEXTA-FEIRA, DAS 19H ÀS 23H, MAGNOLIA STREET, Nº 102 em letras retrô que parecem ter sido repintadas recentemente.

– Acho que isso explica por que a cidade tá tão vazia – diz Sloane ao olhar para o relógio. – Sete e meia. Você acha que o assassino tá lá?

Dou de ombros.

O silêncio se estende entre nós. Um pavor inquietante se insinua em minhas veias. Olho para ela bem a tempo de ver a covinha aparecer ao lado de seu lábio.

– *Ah, não.* Corvo…

– Olá, BMW – diz Sloane, e o carro responde com um "olá" robótico. – Mostre a rota até a Magnolia Street, 102.

– Encontrei uma rota para Magnolia Street, número 102 – responde o carro, parecendo totalmente de acordo com a missão de Sloane de se vingar das minhas palhaçadas com a fantasia. Uma rota alternativa aparece na tela do painel. – Devemos seguir?

– *Sim* – declara Sloane, ao mesmo tempo em que eu digo "não".

– Ok. Seguindo para Magnolia Street, 102 – diz o carro.

– Corvo… não…

– *Sim,* Açougueiro. – A risada maliciosa de Sloane é pontuada pelo tique-taque da seta enquanto ela faz o retorno para seguir as instruções do carro. – Foi você que decidiu passar seis horas usando uma fantasia de dragão.

– E você adora cosplay.

– Também adoro ganhar.

– Mas temos que chegar à cabana.

– E vamos chegar, depois de um desvio rápido.

– Então eu deveria mesmo ir com você. Por motivos de segurança e tudo mais.

– Claro que não – retruca ela ao virar em uma estrada rural.

A placa da Magnolia Street parece zombar de mim quando passamos. Já conseguimos ver o celeiro adiante, carros parados na clareira ao lado dele, a luz atravessando as tábuas de madeira das paredes.

– Odeio ter que te dizer isso, bonitão, mas você não tá vestido apropriadamente para a ocasião. Essa sua roupinha não é exatamente "discreta", então acho melhor você esperar no carro.

– Mas a floresta…

– Sinto muito.

Ela definitivamente não sente. Não com aquela carinha falsa e o beicinho exagerado que vem depois. Mas não há nada mais mortalmente adorável do que vê-la determinada a me tirar do sério com sua veia competitiva. Acho que essa é a minha versão favorita de Sloane Kane.

Mesmo assim… odeio a ideia de ficar sentado no carro enquanto ela se adianta no Confronto Anual de Agosto deste ano. Embora eu me recuse a admitir isso em voz alta, ela ganhou mais rodadas da nossa competição de assassinatos do que eu. E, embora tenhamos decidido estender nosso jogo indefinidamente, não é como se eu precisasse perder novamente para minha esposa bela e cruel.

Sloane estaciona o carro na frente de um portão que dá acesso para um grande terreno no lado oposto da estrada, onde o veículo fica fora de vista. Solto um longo suspiro e tento me acomodar no assento, embora meus chifres não colaborem para o meu conforto.

– Parece que você tá arrependido das suas escolhas – diz Sloane ao desligar o motor.

– De uma ou duas, talvez.

– Então vou te deixar aqui com esse belo lembrete de que toda vez que você tenta levar sua brincadeirinha um pouco longe demais, o carma aparece pra te humilhar com uma joelhada no saco.

– Isso é… um exagero. E também impreciso.

– Ah, é? Me ajuda aqui a lembrar… como estava aquele rosbife do Thorsten? Eu posso ver se eles têm sorvete lá no celeiro, quem sabe?

Cruzo os braços e observo o campo vazio à frente pelo para-brisa.

– *Touché*.

Não preciso virar para o lado para sentir o calor que irradia do sorriso triunfante de Sloane. Mas ainda olho de relance para ela. Seus olhos castanhos dançam na penumbra. A covinha pisca para mim com malícia.

– Volto já – diz Sloane ao abrir a porta do carro. – Com um lanchinho, quem sabe.

Embora eu diga o nome dela em um último protesto, ela já está fechando a porta, com sua risada maligna em seu encalço.

Eu me contorço o máximo que meu traje permite e observo à medida que ela corre pela estrada de cascalho em direção ao celeiro, e o desejo de segui-la quase me consome. Mas ela tem razão. Embora eu tenha certeza de que esse baile é um evento quase familiar, em que todos se conhecem, Sloane tem pelo menos uma chance de passar despercebida. Eu, por outro lado, não.

– Rowan Kane, sua *besta* – sibilo quando ela desaparece do meu campo de visão e eu me acomodo de novo no banco. – Você *nunca* vai se conformar se ela ganhar.

Então eu espero.

Espero.

E espero.

Estou avaliando se devo sair para ver como estão as coisas quando olho para o celeiro e vejo Sloane correndo de volta para o carro. Passaram-se apenas 45 minutos, tempo suficiente para o sol se pôr e as cores do céu se intensificarem, mas a sensação é de que foram *horas*. Meu peito se enche de alívio quando ela abre a porta e desliza para o banco do motorista com um suspiro de satisfação.

– Produtivo? – pergunto.

Ela dá de ombros, mas a voz está apenas levemente alterada quando diz:

– Na verdade, não.

– Alguma coisa útil?

– Só isso aqui – diz ela, tirando uma garrafa de bebida de dentro da camisa de flanela.

Ela passa a garrafa para mim com um sorriso tão brilhante que reluz seus pensamentos como um farol: pensamentos totalmente centrados em irritar meu irmão mais velho temperamental.

– Que merda é essa?

– Aguardente, acho. Ouvi alguém dizer que era uísque, mas tenho minhas dúvidas. Então espero que dragões saibam cantar, porque quero ouvir "The Rocky Road to Dublin" no volume máximo essa noite.

– Bem – respondo enquanto leio o rótulo caseiro antes de colocar a garrafa no chão do carro atrás do meu banco –, esse dragão aqui não sabe cantar, mas certamente vai fazer isso mesmo assim.

– Esse é o meu Sol.

Sloane se inclina sobre o painel e pressiona os lábios nos meus. Seu cheiro de gengibre e baunilha inunda meus sentidos como se estivesse permeando minha pele, incorporando-se ao seu lugar de pertencimento. Roço os nós dos dedos na bochecha dela, traçando a constelação de sardas que cobrem sua pele, um padrão que conheço de cor. Quando meus dedos se enroscam em seus cabelos, ela suspira na minha boca, pressionando os lábios com mais força contra os meus, se aproximando mais e, quando aprofundo o beijo, ela se afasta.

– Eca – diz ela, com o nariz franzido.

– Eca? *Eca*, Corvo? Isso foi uma ofensa mortal.

Sloane dá uma risadinha enquanto abre o porta-luvas para pegar um lenço de papel e limpar a boca.

– A maquiagem. Você não tá sentido esse gosto?

– Eu estava cem por cento comprometido com o personagem. Devo ter me acostumado.

– Isso *não tem* gosto de batom, Rowan. – Ela baixa o quebra-sol e confere se conseguiu remover os indícios de verde da boca. Com um olhar de soslaio, ela procura meu rosto, os olhos pairando nos lábios antes de voltar a atenção para o espelhinho. – Tem certeza que essa tinta é facial?

– Humm… a maior parte…?

Sloane vira a cabeça de lado e me encara com um olhar inquisidor.

– O que você quer dizer com "a maior parte"?

– Não estava fixando muito bem, então eu… reforcei.

– Reforçou… com…? – Quando desvio o olhar, me encolhendo, ela me acerta no braço. – Rowan Kane…

– Tinta guache.

O carro mergulha em um silêncio assustador. Talvez seja assim que eu vá morrer. Minha esposa provavelmente vai me matar e desovar meu corpo num terreno baldio. Avalio minhas chances de sobreviver. Sei cozinhar, isso deve contar para alguma coisa, certo? E ela me acha bonito… pelo menos, quando não estou vestido de dragão, com direito a chifres de espuma e camadas de escamas de silicone. Mas ela é muito rápida. E boa com facas. E ataca os olhos.

Leva um bom tempo até que eu olhe para ela. Quando faço isso, não tenho certeza se ela está respirando. Ela está tão imóvel e letal que não sei se devo arriscar e tentar fugir.

E em seguida ela solta uma gargalhada.

É tão alta e repentina que me assusta, e isso parece encantá-la ainda mais. Ela ri, ri e *ri sem parar*.

– O que é tão engraçado…? O frasco diz que é solúvel em água – explico.

Ela fica sem fôlego, lágrimas escorrendo pelos cantos dos olhos enquanto repete minhas palavras por meio de suas cordas vocais tensas.

– Você testou? – pergunta ela com dificuldade.

– Não…

Baixo meu quebra-sol para me olhar no espelho. Minha receita de tinta facial sem dúvida fixou muito bem, o que talvez seja um pouco preocupante agora que paro para pensar. Está ali há *horas*. Talvez horas demais. Passo o polegar pela língua e esfrego um lugar na bochecha, próximo às escamas. Embora a camada superior fique manchada, a pele por baixo definitivamente ainda está verde.

– Ah… *merda*. Tem que haver uma maneira de tirar isso, certo? Corvo? Você gosta de maquiagem. E de pintar. Então você sabe como tirar essa merda, não sabe? Vai sair… *né*?

Sloane ri com minhas perguntas, os olhos ainda lacrimejando enquanto liga o motor e dá ré na Magnolia Street.

– Algo me diz que um esfoliante caseiro de damasco e solvente não é a melhor opção. Mas não se preocupa – diz ela ao estender a mão para dar um tapinha na minha –, continuo achando você lindo, mesmo que fique verde de vez.

– *De vez...?*

Quando chegamos ao chalé, tenho certeza de que Sloane se arrepende de ter deixado as palavras "de vez" saírem de seus lábios sorridentes. Eu a bombardeio com perguntas durante a meia hora restante de viagem, sobre pele e tinta, e "seria muito ruim se eu testasse essa ideia da esfoliação de damasco e solvente?". Essa me rendeu um merecido tapa no ombro. Acho que ela tem razão. Testar coisas novas no meu rosto aparentemente não deu muito certo hoje, então levar isso para outro nível também não deve ser a melhor ideia.

Na verdade, nenhuma etapa do lance da fantasia foi uma boa ideia, embora parecesse na época. Acho que não previ um desvio para um baile que custaria uma hora e meia do nosso tempo precioso. Esperava chegar cedo para poder perseguir minha esposa pela floresta e fazê-la rir enquanto eu a comia no chão de terra. Pelo menos, fui extremamente bem-sucedido na parte das risadas. E pena que não é só a minha esposa que está encantada com minha fantasia.

– Que burro, cara. Que porra é essa que você tá vestindo, *Deus meu*? – pergunta Lachlan da varanda enquanto saímos do carro.

Sloane está com um sorriso maligno ao ficar de lado para assistir à nossa conversa com alegria desenfreada.

– O que você acha que eu tô vestindo, seu babaca?

Lachlan faz questão de tirar os óculos e limpar as lentes com a parte de baixo da camisa antes de colocá-los outra vez.

– Parece uma fantasia besta. Essa é a resposta certa?

Sloane solta uma gargalhada quando Lark abre a porta de tela, secando as mãos em um pano de prato ao sair do chalé rústico. Ela para de repente quando seus olhos pousam em mim.

– Puta merda. – Sua risada é escancarada, um contraste gritante com a bufada de escárnio de Lachlan. – Essa roupa tá limpa?

– Infelizmente – resmungo.

– Ah, *Rowan*...

– Não se solidariza com ele, Lark. A compaixão deixa ele ainda mais insuportável, esse babaca de merda.

– Mas olha só pra ele. Todo tristinho e cheio de tesão. E esses chifrinhos...

– E nem fui eu que botei – fala Sloane, dando um tapa em um dos meus chifres amarelos enquanto passa em direção à varanda para dar um abraço em Lark. – E verde de vez.

– A gente precisa conversar melhor sobre esse "de vez", Sloane – digo enquanto pego nossas malas e a garrafa de bebida e sigo atrás dela.

Minha cauda de dragão fica balançando no cascalho atrás de mim. Quando Lachlan dá um resmungo e esfrega a mão no rosto, exagero o balanço dos quadris só para irritá-lo.

– Já conversamos bastante sobre isso. – Embora Sloane não se vire para mim, quase posso ouvir seus olhos revirando. – Conversa com o seu irmão.

– Dona Aranha – diz Lachlan, enquanto envolve Sloane em um abraço –, como você aguenta esse pé no saco?

– Ele geralmente compensa de outras maneiras.

Com um beijo na bochecha de Lachlan, ela o solta e para ao lado de Lark. As duas dão os braços e trocam uma série de cochichos, provavelmente sobre o que quer que Sloane tenha descoberto no celeiro. Elas entram enquanto subo os degraus da varanda e paro na frente do meu irmão mais velho.

– Dá um beijo aqui, seu escroto.

Antes que ele possa se afastar, envolvo Lachlan em um abraço de urso e deposito um beijo verde na bochecha dele, uma das minhas escamas caindo no processo.

– Seu merda.

– Cuzão.

Quando eu o solto, Lachlan não consegue se conter. Coloca uma mão de cada lado da minha cabeça e encosta a testa na minha.

– Você ainda é um merdinha imprudente – diz ele e, embora tente parecer sério, o brilho em seus olhos revela que está adorando. – Mas ainda te amo.

– Eu também te amo.

Com um tapa na lateral da minha cabeça, Lachlan sorri e me solta para pegar uma das malas e a garrafa, examinando-a com a testa franzida.

– Que porra é essa?

– Uísque caseiro, pelo visto.

– *Deus meu.*

– Sloane encontrou num baile de dança tradicional em Linsmore. E, a julgar pelo jeito que essas duas estão conspirando, não foi a única coisa que ela encontrou. – Quando aponto para as duas mulheres cochichando na cozinha enquanto abrem uma garrafa de vinho tinto, Lachlan segue meu olhar e dá uma arfada. – Acho que ela tá em vantagem.

– Então, talvez eu tenha uma informação ou outra.

– Achei que o Conor não fosse te dar pistas extras. A Sloane vai ficar bem puta se ele fizer isso.

– Seu mané – diz Lachlan, com um revirar de olhos, mantendo distância das duas enquanto elas se dirigem à sala de estar com suas taças.

Quando ele conclui que elas não podem nos escutar, assumimos o lugar delas na cozinha e ele abre a garrafa.

– Sou capaz de fazer minha própria pesquisa. E prometi à dona Aranha que não iria explorar o Conor para obter informações. Já vi do que se trata a remoção de globos oculares. Não quero que ela cumpra essa ameaça – diz ele, com um estremecimento, antes de servir um copo e deslizá-lo pela ilha. – Confia em mim.

Lachlan ergue o copo em um brinde silencioso e faço o mesmo, e em seguida tomamos um gole do líquido dourado. Ele queima minha garganta à medida que desliza até o estômago, onde tenho certeza de que vai corroer minhas entranhas.

– Caralho, isso é pavoroso.

– Tem certeza que não é ácido de bateria?

– Não. Não tenho certeza de nada. Mas isso não vai me impedir de beber o suficiente pra fazer uma serenata pra você.

– Talvez isso mate a gente antes – comenta Lachlan quando tomamos outro gole.

– Então você disse que tem informações? – pergunto em um sussurro conspiratório enquanto me aproximo da ilha. – Que tipo de informação?

– Ei, Cara-cara – diz uma voz animada atrás de mim bem na hora em que eu estava tomando outro gole da bebida que imediatamente sobe pelo meu nariz e jorra pelos lábios em um jato que atinge em cheio a camisa de Lachlan. – Também quero saber, que tipo de informação?

Eu me viro ao som do "*Deus meu*" de Lachlan e dos gritinhos de Sloane e Lark. A fadinha sorri para mim, os olhos escuros cintilando. De tudo que poderia sair dali, ela coloca no chão um guaxinim que parece irritado, embora, de alguma forma, isso faça sentido.

– Porra, *Rose*. Você quase me matou de susto.

Eu me movo para abraçá-la, mas ela recua um passo, com as mãos erguidas.

– Opa, opa, opa. Temos um problema aqui. Você parece a estrela de uma versão fracassada de *Wicked*. – Ela se inclina para a frente e dá um tapinha no meu braço. – Nota dez pelo esforço. Ou… sei lá.

Embora ouça Sloane bufar na sala de estar, é a voz do meu irmão mais velho que parece ecoar na minha mente.

– Rose…?

Rose e eu trocamos um sorriso fugaz antes de eu olhar para Lachlan. Nunca vi essa expressão no rosto dele antes, com as sobrancelhas franzidas e os olhos com um brilho vítreo.

– Oi, Lachlan.

Lachlan dá alguns passos lentos ao redor da ilha, passos que aceleram até que ele corre para abraçar Rose, a esperança e a culpa ainda gravadas em seu rosto até que ele tira os óculos e enxuga os olhos. Eles trocam cochichos, coisas que só os dois deveriam ouvir, mas que eu capto mesmo assim. Palavras sobre arrependimento e escolhas. Sobre tempo e promessas. Sobre como algumas promessas nunca devem ser feitas, porque não temos como garantir que serão cumpridas.

A porta de tela se fecha silenciosamente, e Fionn entra no chalé. Ele deixa a mochila escorregar do ombro e a larga no chão, sem tirar os olhos de Lachlan.

– Achei que fosse bom vocês terem um médico por perto. Por via das dúvidas – diz ele, esfregando a nuca.

Eu me viro para Lachlan, cujo coração está despedaçado há tanto tempo que suas bordas afiadas imprimem a dor diretamente em seu rosto. Os olhos dele brilham cheios d'água. Sua mão treme quando Rose a levanta do ombro dela.

– Fionn. – É tudo o que Lachlan consegue dizer, e em seguida atravessa a sala.

Os dois se abraçam por tanto tempo que me lembro das outras vezes em que isso aconteceu. Como quando Fionn se formou em Medicina. Ou quando desembarcamos em Boston vindo de Sligo e colocamos os pés no nosso apartamento, nosso primeiro lugar seguro. Ou até mesmo a lembrança nebulosa do hospital no dia em que vimos nosso irmão caçula pela primeira vez. Havia uma tristeza de cortar o coração que eu era jovem demais para entender por completo. Tanta mágoa pela perda da nossa mãe, uma dor que pesava mais nos ombros de Lachlan. Mas também havia muito amor. Ele estava presente na maneira como Lachlan segurava nosso irmãozinho nos braços. Assim como há amor aqui, na maneira como Lachlan se agarra a Fionn agora.

– Me perdoa – sussurra Lachlan.

Em todos os nossos anos juntos, nunca vi os ombros de Lachlan tremerem tanto quanto agora. Nunca o vi desmoronar desse jeito e cair no choro, nem mesmo quando éramos jovens. Ele cresceu muito rápido. Passou a juventude nos conduzindo pela escuridão, nosso farol em uma noite que achei que jamais fosse terminar.

– Não sei como consertar isso. Me perdoa, Fionn.

– A culpa não é sua – diz Fionn, recuando o suficiente para encarar Lachlan.

Pela primeira vez, percebo que Fionn parece mesmo diferente. Não é o homem que achávamos que ele queria ser, imerso em grandes expectativas e formalidade. Ele parece… à vontade. Em *paz*.

– Me desculpa, Lachlan. Nunca foi culpa sua. E eu teria entrado em contato ou voltado pra casa mais cedo se pudesse. Eu só… precisava de tempo. Tempo pra me recompor, acho. Tempo pra resolver as coisas sem depender de vocês dois pra fazer isso por mim de alguma forma. Bem, talvez ele não – diz Fionn com um aceno de cabeça para mim. – Ele parece um ogro do lixão.

Lachlan solta uma risada chorosa e vira a cabeça para mim, os olhos vidrados.

– Acho que acabamos de substituir oficialmente o Comedor de meleca. Ogro do lixão combina mais com você.

– Ainda mais agora que é de vez – comenta Lark.

Quando olho, Rose está enxugando um rastro de lágrimas do rosto com a palma da mão.

– Eu realmente preciso saber se isso vai ficar assim pra sempre – digo enquanto começo a tirar uma escama colada na bochecha.

Fionn coça a barba por fazer enquanto me observa por baixo do braço que Lachlan mantém pendurado em seu ombro.

– Isso vai sair? – insisto.

– Você não tatuou isso aí, não, né?

– Claro que não, mané.

– Tenho certeza de que provavelmente vai ficar tudo bem.

– "Provavelmente" não inspira muita confiança – retruco, mas Fionn apenas dá de ombros.

– Você provavelmente vai ter que esperar até que as células da sua pele se renovem.

– Quanto tempo isso leva?

– Umas duas semanas.

– *Umas duas semanas*? – respondo feito um papagaio enquanto Sloane solta uma gargalhada perto de mim.

– Talvez. Quer dizer, se você esfregar bem duas vezes por dia. Do contrário, provavelmente um mês – informa Fionn.

Olho para Sloane, mas ela só balança a cabeça. Faço o possível para parecer arrasado, o que realmente não é difícil de fazer, e então vou em direção aos meus irmãos.

– Preciso de um abraço. Até os ogros do lixão precisam de amor.

Com os braços estendidos, agarro meus irmãos e, embora eles protestem, ainda assim me abraçam de volta.

– Sua besta – sussurra Fionn para mim enquanto nós três apoiamos nossas testas umas nas outras.

– E você é um mané que se alimenta de semente de passarinho – contrapõe Lachlan em minha defesa.

– E você é um escroto temperamental – digo, e ele sorri, com o brilho ainda intenso nos olhos.

Engulo em seco, tentando forçar o ardor na garganta a não se transformar em lágrimas. Parece que um osso deslocado finalmente foi para o lugar, como se eu não conseguisse respirar sem sentir uma dor que se instalou entre minhas costelas e, de repente, desapareceu. E, a julgar pela maneira como meus irmãos olham para mim, eles sentem a mesma coisa.

– A propósito, nenhum de vocês daria um dragão tão bom quanto eu. Mas ainda amo vocês dois.

– Aham – diz Fionn. – Eu também.

Lachlan coloca as mãos na nossa nuca.

– Também amo vocês, meus garotos. E estou orgulhoso de vocês.

Quando a gente se solta, Fionn dá um passo para trás, girando lentamente sobre o calcanhar. Ele encara cada um de nós antes de seu olhar finalmente parar em Rose e se fixar nela.

– Agora que estamos todos aqui – declara ele –, tenho um anúncio a fazer.

Rose olha para Lark e Sloane, depois para mim e Lachlan, como se um de nós soubesse o que Fionn está fazendo.

– Anúncio…?

– Bem, na verdade é mais uma pergunta. – Fionn dá alguns passos lentos em direção a Rose. Fico com a impressão de que ela quer sair correndo, mas parece fundida ao chão. – Eu queria dizer que eu te amo, Rose Evans.

– Eu também te amo – sussurra ela, com lágrimas nos olhos enquanto ele pega sua mão, com a outra enterrada no bolso.

– Você ter aparecido em Hartford foi o maior acontecimento da minha vida. Você chegou e destruiu minha realidade. Eu havia colado com fita adesiva as partes quebradas da minha vida e você me mostrou que aquelas peças não podiam ser costuradas de volta. Pra começo de conversa, elas nunca se encaixaram. Mas você reconstruiu tudo, Rose. Eu admirei você todos os dias desde que te conheci. Sua coragem. Sua imprudência. Seu coração gigante e selvagem. Sua disposição para acolher cada parte de si mesma. Você me mostrou como cuidar do lado sombrio, não temê-lo nem escondê-lo.

Fionn tira a mão do bolso e se ajoelha. Os ombros de Rose tremem, as lágrimas escorrendo por seu rosto.

– Eu te amo, Rose Evans. Não vou te abandonar. Nunca.

Ele abre a tampa da caixa em sua mão. Um conjunto de três anéis separados repousa em seu interior, dispostos de modo a parecer um crepúsculo feito de pedra do sol alaranjada sobre um mar de safiras e diamantes azuis incrustados à mão em ouro.

– Casa comigo, Rose. Deixa eu te amar pra sempre.

Rose não se aguenta de tanta alegria. Ela explode em um grito e então se atira em Fionn. Ele se levanta do joelho dobrado com Rose agarrada em seu abraço. Há lágrimas e palavras de amor sussurradas. Eles se beijam.

Riem. E então Lark bota uma playlist para tocar enquanto Lachlan abre outra garrafa de uísque. Depois de uma rodada de abraços, risadas e um brinde com minha família, eu me retiro para finalmente me livrar da fantasia e esfregar minha pele debaixo da ducha quente.

Quando volto para a sala de estar, as comemorações ainda estão a todo vapor. Fico de longe por um minuto, para observar. Para me maravilhar com as voltas e reviravoltas que a vida dá. Quando olho um pouco mais de perto, vejo o padrão intrincado da teia. O mapa que nos uniu.

Estou assistindo a meus dois irmãos recuperando o tempo perdido quando sinto a mão de Sloane ao redor do meu pulso. Levanto o braço, e ela se aninha a meu lado.

– Oi, Açougueiro – sussurra ela.

– Oi, Corvo.

Dou um beijo no topo da cabeça dela. Fionn ri de algo que Lachlan diz, e, agora sentados no sofá, os dois não se desgrudam. Sloane suspira e, ao olhar para baixo, vejo um sorriso satisfeito em seu rosto.

– Vou arriscar um palpite de que você teve algo a ver com isso – digo enquanto aceno na direção deles.

Sloane dá de ombros sob o meu braço.

– Talvez.

– Tenho certeza de que a sua cúmplice estava envolvida.

– Você é meu cúmplice.

– A outra.

Sloane sorri, mas não tira os olhos da cena à nossa frente.

– O que posso dizer, Cara-cara? A Lark é uma romântica incurável.

– Foi o que imaginei. – Eu me viro para ela, seus braços envolvendo minha cintura. Seguro seu rosto em minhas mãos e beijo seus lábios. – Obrigado – sussurro em sua pele. – Eu te amo, Sloane Kane.

– Eu também te amo, Rowan. E agora que eles estão ocupados – diz ela com um aceno de cabeça em direção à sala de estar –, quer dar uma escapadinha e lutar caratê na garagem?

Sorrio para minha linda esposa, com aqueles olhos castanhos tão cheios de amor e alegria, aquela covinha com um lampejo de malícia.

– Achei que você nunca ia sugerir.

EPÍLOGO 2

LÂMINA DA RAIVA

Eu me agacho atrás dos arbustos e espio por entre as folhas, com seus tons de verde vibrantes ao sol da manhã que atravessa o dossel de carvalhos e freixos. O grupo se junta à margem do afloramento rochoso, revezando-se com os binóculos. Lachlan e a esposa, Lark. Fionn e Rose, agora noivos. Rowan Kane. Sloane Sutherland, que agora também é uma Kane. Ainda ouço o nome dela da maneira como Rowan a chamou na única vez em que nos vimos. *Sloane. Sloane!* A voz dele ecoa na minha mente nas horas desoladas da noite. Um dos muitos pesadelos que assombram a escuridão do meu quarto em cantos aonde a luz parece nunca chegar.

Olho para baixo e vejo a camisa xadrez que estou usando. Laranja queimado. Azul-marinho. Quadrados cor de creme entrecruzados com linhas que desbotaram com o tempo e o uso. Passo os dedos sobre os pontos que costurei no tecido rasgado da manga.

Vou te dar isso aqui, mas preciso da sua ajuda pra tirar.

Ergo os olhos em direção ao grupo outra vez. Já os observei antes. A interação fácil entre eles. Às vezes difíceis. Um leve sorriso cruza meus lábios ao vê-los sussurrar e rir baixinho. A pele de Rowan está manchada de verde por conta da fantasia ridícula que ele estava usando na noite passada. Mas, quando ele passa o braço pelos ombros de Sloane e deposita um beijo na testa dela antes de voltar a conversar com Lachlan, percebo a maneira como ela olha para ele. Como se ele fosse a coisa mais linda que ela já viu.

Eu também já tive um amor como esse. Eu tive o Adam.

Meus olhos ardem com lágrimas não derramadas. Na maior parte dos dias, aprendi a engoli-las. A cortá-las com a lâmina da raiva. Mas hoje? Hoje é sempre o dia mais difícil.

Há três anos, Adam foi roubado de mim em meio a uma tempestade de gritos, sob o rugido de uma serra elétrica. Ele morreu ao som das notas finais da risada maníaca de um assassino fora de si.

Eu também teria morrido.

Foi. Ele matou o Adam. E prometo que o Adam vai ser a última pessoa que Harvey Mead vai matar.

Fecho os olhos com força. Quando os abro, o grupo está de pé, tirando a poeira das calças jeans, tomando goles d'água das garrafas, vestindo mais suéteres, verificando facas ou ajustando as alças das mochilas enquanto se preparam para deixar a escarpa em direção à fazenda escondida no vale. A mesma onde vive um assassino. O próximo monstro que os predadores de elite vieram matar.

Uma estaca de adrenalina atravessa meu coração, tão afiada quanto a que Rowan martelou nas mãos de Harvey Mead para pregá-lo no chão do celeiro. Uma oferenda à mulher que ele amava. Assisti, escondida na grama alta, enquanto ela voltava para o celeiro com o braço machucado ao lado do corpo, um corpo mumificado escondido sob o outro. Ela parecia destroçada. Mas alegre. Indomável. Absolutamente *indestrutível.* Não apenas uma sobrevivente, mas alguém que realizou um acerto de contas. Uma mulher com mais poder do que jamais imaginei ser possível.

Eu também poderia ser uma mulher assim.

O grupo começa a se afastar, caminhando em fila pela trilha estreita. Primeiro, Lark e Lachlan. Depois, Rose e Fionn. Rowan vem a seguir. Sloane é a última, lançando um olhar derradeiro para a fazenda.

Meu coração fica preso na garganta conforme me movo em câmera lenta, deixando meu esconderijo, dando um único passo em direção à mesma trilha que segue pela floresta atrás de mim.

Sloane me vê e arregala os olhos de surpresa. Ela segura com mais firmeza a faca que está contra a coxa. E então eu vejo. Ela me reconhece.

Seus olhos percorrem toda a extensão da camisa que estou vestindo. A que ela me deu quando eu estava nua no escuro. Quando encontra meus olhos mais uma vez, ela sorri.

Ela acena com a cabeça. Eu aceno em resposta. E em seguida, ela se vira e vai embora.

Fico observando até que ela desapareça atrás dos outros. Quando a floresta fica em silêncio, eu me viro e sigo na direção oposta.

Há muito tempo, meu nome era Autumn Bower.

E eu tenho minha própria história para contar.

CAPÍTULO BÔNUS

SUSPENSA

ROSE

Paro na entrada da garagem e desligo o motor da minha Triumph, tirando o capacete. Eu o apoio no tanque e afasto o cabelo dos olhos para poder olhar para a casa. *Nossa* casa. Minha e de Fionn. A primeira casa sem rodas que já tive. Precisa de alguns reparos, não me entenda mal. O deque poderia muito bem ser arrancado. Vamos começar a demolir a cozinha neste final de semana. Fionn estava tão ansioso para dar início à reforma que ele e Lachlan pintaram nosso quarto e trocaram o carpete no dia seguinte à mudança. Neste momento, posso até ouvir a furadeira no andar de cima, com seu ruído chegando até mim pela janela aberta do quarto de hóspedes. Há música também. E o canto desafinado de Fionn. Sorrio e passo a perna por cima da moto. Estamos aqui há apenas uma semana, mas já nos sentimos em casa.

Quando entro, o lugar cheira a tinta fresca e emana felicidade. Barbara acorda e se espreguiça, meio dentro, meio fora da caixa de madeira que Fionn construiu para ela ao lado da lareira de tijolos. Coloco meu capacete no chão e depois faço um carinho nela, demorando um pouco para poder ver as fotos que ele deve ter desempacotado hoje para colocar na cornija. Algumas da minha família do circo. Algumas de Rowan e Lachlan. Uma do nosso primeiro Confronto Anual de Agosto, quase um ano atrás, com o rosto de Rowan em um tom de verde doentio por conta da tinta que levou uma semana para sair por completo. E tem uma das minhas fotos favoritas, a melhor de todas. Eu a pego e sorrio para o nosso beijo, congelado no tempo. É uma foto do nosso casamento no mês passado nos Chalés Covecrest, no Maine, o mesmo lugar onde nos reencontramos. O lugar onde senti como se um último fio invisível tivesse se fechado em torno de uma ferida que levou meses para cicatrizar.

Passo o dedo pelo vidro que cobre nosso rosto. E depois a coloco de volta na cornija. Não me demoro, não quando Fionn canta "Don't Stop Me Now", do Queen, o mais alto que consegue lá em cima.

Estou subindo as escadas de fininho para não fazer barulho, mas ainda não sei quais degraus rangem e quais não. Apesar de ir devagar, o quarto degrau range alto o suficiente para, de alguma forma, alertar Fionn da minha presença. Não sei como. É como se o tempo que ele passou com Leander tivesse despertado um sexto sentido que ficou muito tempo adormecido. A porta do quarto de hóspedes se abre e, um segundo depois, Fionn está no topo da escada com uma furadeira na mão e um sorriso no rosto.

– Oi – diz ele, tirando o celular do bolso apenas o tempo suficiente para desligar a música. – Você tava tentando me pegar de surpresa?

– Talvez, só um pouquinho – respondo, e os olhos dele se iluminam como se estivesse orgulhoso de si mesmo por ter me impedido antes mesmo de eu me aproximar. – Como foi que você me ouviu?

Fionn dá de ombros e começa a diminuir a distância entre nós, e não para até chegar ao degrau acima do meu. Ele se inclina para beijar meus lábios. A sensação de estar em casa só me envolve mais. Os aromas de sálvia, tinta e hortelã. O calor, o toque dele. O gosto. A maneira como acaricia minha bochecha e seus dedos se emaranham no meu cabelo. *Nosso primeiro beijo na escada.* Fionn se afasta, mas me mantém perto, dando um beijo na minha testa.

– Tenho uma coisa pra você – diz ele, ainda perto o suficiente para que eu consiga distinguir cada tom de azul de seus olhos.

– O que é?

– Um presente de casamento atrasado. – Inclino a cabeça de lado, e ele sorri. – É o tipo de coisa que a gente mostra, não que a gente conta.

Em um lampejo, Fionn já me ergueu do chão e se virou para me colocar no degrau acima dele. No segundo seguinte, suas mãos estão cobrindo meus olhos.

– Achei que você tinha dito que ia me *mostrar*.

– Ainda é uma surpresa. E não é fácil de embrulhar.

Me apoio no corrimão e, com as mãos de Fionn ainda sobre meus olhos, chegamos ao patamar e viramos na direção do quarto de hóspedes.

– E se eu não gostar? – provoco quando paramos à porta.

– Bem, não é exatamente o tipo de coisa que dá pra devolver. – Fionn solta uma das mãos apenas o suficiente para girar a maçaneta. As dobradiças rangem quando ele abre a porta com um pé e nos guia até a soleira. – Pronta? – Faço que sim com a cabeça. – Três… dois… *um*.

Ele levanta as mãos, e eu pisco ao ver o cômodo. Não há quadros nem pinturas. Não há cômodas nem escrivaninhas. Não há cama. Há apenas uma coisa no quarto. Uma única peça de mobília.

O balanço sexual.

Solto uma gargalhada e vejo o projeto finalizado, uma peça de crochê preto suspensa em uma estrutura de madeira pintada e aparafusada no teto. Parece um suporte de planta gigante, o que é um pouco suspeito.

– Que *sensacional*.

– Devo tudo às Irmãs da Sutura. Elas ajudaram a resolver os contratempos envolvendo o design.

Dou uma risada pelo nariz.

– É, aposto que a Maude tomou a frente disso – digo enquanto me aproximo para conferir detalhes mais delicados do trabalho. – O Bernard fez a estrutura?

– Ele mesmo.

– É fantástico. – Fico olhando para os ganchos enquanto me sento no balanço. – Acha que vai aguentar a gente?

– Só tem um jeito de descobrir.

Fionn passa o braço ao redor da minha cintura. Seu hálito quente cai em cascata sobre meu pescoço entre beijos lentos e cheios de luxúria.

– O que você acha, Sra. Kane?

Arrepios se espalham pela minha pele. Fecho os olhos e sorrio enquanto levanto um braço e passo os dedos pelo cabelo curto na nuca dele.

– Acho que nunca vou me cansar disso.

– Cansar do quê? Dos beijos? Espero que não – diz ele, dando outro beijo demorado na junção entre meu pescoço e meu ombro.

– Não. De você me chamar de Sra. Kane.

Um *humm* estrondoso vibra contra minha carne. Os dedos de Fionn traçam a faixa de pele exposta na bainha da minha camisa e depois param no botão, abrindo-o sem pressa.

– Também nunca vou cansar disso – diz ele contra a concha da minha orelha. Eu me arrepio quando ele abre o botão seguinte. – *Sra. Kane.* – Ele abre outro botão, deixando seu toque roçar no meu umbigo numa carícia lenta. – Você é tão linda, Sra. Kane. Sua pele é tão macia. – A língua dele traça uma linha ao longo do meu pescoço. – Tão doce. Se você soubesse o que pretendo fazer com você, Sra. Kane. Como planejo te devorar.

Minha respiração falha. Outro botão é aberto. Depois outro. Outro. Em segundos que parecem passar rápido demais, e ainda assim não rápido o suficiente, a camisa está escorregando dos meus ombros, caindo no chão de madeira. Meu sutiã é o próximo. O jeans e calcinha. Então estou nua, o peso do olhar voraz de Fionn repousando como um véu sobre minha pele. Eu me viro apenas o suficiente para vê-lo esticar os braços para tirar a camisa.

– Vira pra cá, Sra. Kane – diz ele, a voz rouca de luxúria.

Faço o que ele pede, ficando de frente para ele. Ele não se aproxima enquanto os olhos percorrem todo o meu corpo e se demoram no meu peito, passam pelo umbigo, diminuindo a velocidade na estreita faixa de pelos no meio das minhas coxas. Sinto o desejo dele em cada centímetro de pele que seu olhar consome. Somente quando sua atenção retorna ao meu rosto é que ele chega mais perto.

– Faz tanto tempo que estou na expectativa pra experimentar esse balanço.

– Quanto? – pergunto enquanto ele me levanta com um braço, posicionando o balanço com a mão livre.

Fionn ri enquanto me coloca na rede suspensa e, com apenas um pequeno ajuste e uma pausa para garantir que está seguro, ele dá um passo para trás.

– Desde que você tocou no assunto pela primeira vez.

Um suspiro teatral sai de meus lábios, mas Fionn mal percebe. Metade de seu foco está no meu tornozelo enquanto ele o coloca em uma algema de crochê, a outra metade está na minha boceta.

– No encontro das Irmãs da Sutura você tava pensando em mim no balanço sexual? Que canalha.

Ambos sorrimos, mas o clima de diversão não permanece no ar, queimando no calor do desejo.

– Desde o momento em que você falou desse balanço, não consegui mais tirar a ideia da cabeça.

Fionn coloca meu outro tornozelo na segunda algema e então estou exposta para ele, com as pernas bem abertas. Seus olhos permanecem fixos nos meus enquanto sua mão quente desliza pela minha panturrilha, passando sobre a cicatriz da noite em que nos conhecemos antes de parar nela. Ele se ajoelha entre minhas coxas. Minha respiração está ofegante. Ele sopra uma fina corrente de ar nas minhas dobras, e eu tremo, meus dedos apertando punhados de linha macia.

– Imaginei você assim desse jeitinho. – Uma lambida lenta se arrasta no meio das minhas pernas. – Arreganhada pra mim. – Outro carinho de sua língua. – À minha disposição. – Um beijo demorado. – Pronta pra ser degustada.

Abro a boca, prestes a implorar por mais, quando ele sela os lábios sobre meu clitóris. Minhas palavras se dissolvem em um gemido. A língua me provoca e faz círculos. Ele beija e chupa. Agarra minhas coxas, imprimindo seu toque na minha carne. Meu corpo é o seu banquete.

Quando inclino a cabeça para trás e fecho os olhos, Fionn rosna contra minha boceta, mordiscando meu clitóris suavemente ou então a beijando quando minha atenção se volta para ele. Assim que isso acontece, ele sorri com aprovação, sem desviar o olhar do meu. É perverso. É imoral. É *perfeito*. E, quando ele desliza dois dedos para dentro da minha boceta e esfrega em um ritmo crescente e acelerado, tudo vem abaixo. Meus dedos se enroscam na linha. Dou gemidos e imploro. Eu me desmancho, suspensa em um momento de êxtase que parece que nunca vai acabar. Ele extrai meu prazer, saboreando-o. Eu me sinto uma iguaria em suas mãos, e ele não para até que eu seja apenas respirações instáveis e batimentos cardíacos acelerados.

– Gostei do balanço. – É só o que dá para dizer quando me sinto confiante de que consigo criar palavras, alguns segundos depois.

Fionn solta uma risada ofegante, passando a mão pelo meu gozo, que brilha em seu rosto.

– Acho que ainda deveríamos seguir com alguns testes. É melhor ter certeza – diz ele ao se levantar, soltando as algemas dos meus tornozelos.

Com os olhos fixos nos meus e um sorriso malicioso em um canto dos lábios, ele desabotoa a calça jeans e a abaixa, levando a cueca junto, libertando o pau duro.

– Você provavelmente tem razão. Deveríamos nos certificar de fazer o controle de qualidade do protótipo antes de partirmos para a versão dois.

– Versão dois? – pergunta Fionn.

Dou a ele um aceno de cabeça sábio em resposta enquanto ele me levanta do balanço apenas por tempo suficiente para me virar. Minha barriga e meu peito suados estão contra a linha preta, minha bunda virada para Fionn, as pernas balançando para fora.

– Achei que poderíamos tentar fazer algumas – respondo enquanto ele toca a parte de trás das minhas coxas e as bandas da minha bunda. – Talvez começar uma coleção.

– Adoro seu jeito de pensar, Sra. Kane.

Fionn desliza a cabeça de seu pau pelas minhas dobras antes de encaixá-lo na entrada. Olho para cima enquanto ele enreda os dedos na linha de crochê, segurando-a firme. Com um puxão rápido, ele puxa o balanço, embainhando o pau na minha boceta. Arquejo. Ele dá um grunhido. Por um instante, não nos mexemos.

– E adoro como você é gostosa – dispara ele.

E então ele me fode.

Seus quadris batem na minha bunda a cada estocada profunda. Eu balanço para a frente e para trás. Para a frente e para trás. Sem parar. O prazer já está se formando nas profundezas do meu âmago a cada golpe que desliza pelas minhas paredes internas, meu corpo ainda sensível ao toque dele, mas pronto para mais. E ele me dá tudo. Diminui a velocidade quando sabe que estou prestes a gozar. Acelera o ritmo quando parece que o orgasmo pode escapar das minhas mãos. Ele me provoca com movimentos curtos e me preenche de metidas vigorosas. E, quando estou quase perdendo os sentidos de tanto desejo, deslizo a mão por baixo da base do balanço e giro os dedos sobre meu clitóris.

– Por favor – imploro, com o desespero preenchendo a única palavra.

As palavras são um sussurro tenso e rouco quando ele diz:

– Se quiser que eu encha a sua boceta, Sra. Kane, você vai ter que gozar no meu pau primeiro.

Assim que essas palavras saem dos lábios dele, eu me desmancho. Gemendo. Suplicando. Me contraindo ao redor dele. Cega pela luz. Cada músculo se contrai mais e mais até dar a sensação de que estou me dissolvendo.

Com um rugido, Fionn mete o mais fundo que meu corpo pode suportar. As estocadas se tornam instáveis à medida que ele se esvazia em mim, mas Fionn não se afasta, não até ter certeza de que até a última gota de porra foi jorrada dentro de mim. E ficamos assim por um bom tempo. Somente quando minha pele começa a esfriar sob uma camada de suor é que ele se afasta e desliza para fora da minha boceta.

– Puta merda, Rose – diz ele, me levantando do balanço para me colocar de pé. – O balanço é melhor do que eu imaginava. O que você achou?

– Eu acho que...

Paro de falar quando nós dois olhamos para o meu corpo. Minha pele está marcada com um belo padrão de pontos que nós dois ajudamos a fazer. É uma teia de lembranças. Um mapa da nossa história na minha carne.

Quando olho para cima e encontro os olhos de Fionn, sorrio. Em seguida, dou um passo para trás em direção ao balanço, me agarrando às cordas de linhas para pular de volta para o assento.

– Acho que a gente deveria continuar testando – digo com fingida inocência enquanto abro as pernas. – Só pra ter certeza.

O sorriso de Fionn se torna mais perverso, os olhos escurecem. Ele apoia as mãos nos meus joelhos, abrindo-os mais. Suas mãos deslizam pelas minhas coxas, pintando-as com a lubrificação que cobre minha pele. Ele se aproxima, se inclinando até que os lábios estejam a apenas um fio de distância dos meus.

– Como quiser, Sra. Kane – sussurra ele.

Ele me beija. Não para. Os minutos e as horas se esvaem. Mas cada momento grava um mapa bem fundo na minha pele.

AGRADECIMENTOS

Antes de mais nada, obrigada a VOCÊ, querido leitor, por passar um pouco do seu tempo com Fionn e Rose, seus amigos e familiares, Barbara e, é claro, as Irmãs da Sutura, que tenho certeza de que deram início a um negócio de sucesso vendendo balanços sexuais na internet. É difícil acreditar que chegamos ao fim da Trilogia Morrendo de Amor, embora não pareça de fato o fim em muitos aspectos. A coisa mais preciosa que essa série me trouxe foi gratidão. Sou profundamente grata pela efusão de amor e entusiasmo de vocês, leitores. Fico honrada por vocês quererem gastar algumas horas de seu tempo com essas histórias, então vê-los se apaixonando pelos personagens é muito comovente. Enquanto escrever *Cutelo & Corvo* foi uma alegria, e *Couro & Rouxinol*, um desafio, *Foice & Pardal* foi uma *cura*. Eu me diverti muito. Incluí algumas coisas realmente bizarras. E é difícil descrever, mas senti que Rose e Fionn me amavam de uma forma que os personagens não costumam fazer. Eu não estava apenas assistindo ao desenrolar da vida deles. Sentia que eles estavam me trazendo para a história deles, se sentando ao meu lado com uma enorme xícara de café, dizendo: "Vem passar um tempo por aqui e ver o que você descobre." Eu amo os dois, e espero que vocês também os amem.

Um enorme e infinito agradecimento a Kim Whalen, da Whalen Agency. Você esteve ao meu lado a cada passo dessa jornada, e sou muito grata por seu apoio inabalável. Você é absolutamente hilária e adoro trabalhar com você. Toda vez que eu beber daquele copo igual ao seu, vou pensar em você, HAHA. Agradeço também a Mary Pender, da WME, e a Orly Greenberg, da UTA: obrigada por ajudarem a trazer esses personagens para um mundo totalmente novo.

A Molly Stern, Sierra Sto[illegible]ley Wagreich, Andrew Rein e toda a equipe da Zando, obrigada por [illegible]em a Trilogia Morrendo de Amor muito mais longe do que eu esperava que ela pudesse chegar. A emoção que senti na primeira vez que vi meu livro na estante de uma livraria se deve a vocês, e sou eternamente grata. Agradeço também à revisora Rachel Kowal, que (suponho) aceitou o fato de que sempre vou confundir "lay" com "lie", HAHA.

No Reino Unido, agradeço imensamente à equipe da Little, Brown UK, em especial a Ellie Russell e Becky West, com quem foi tão maravilhoso trabalhar e que foram algumas das primeiras pessoas do mercado editorial a apoiar a série Morrendo de Amor. Agradeço também a Glenn Tavennec, da Éditions du Seuil, por ser um grande apoiador meu e desses personagens. E sempre vou ser muito grata a András Kepets, da Hungria, que colocou a primeira peça de dominó que deu vida a essas parcerias.

Muito obrigada a Najla e à equipe da Qamber Designs. É muito bom trabalhar com vocês. Eu não tinha muito em mãos quando pedi a vocês que fizessem as capas da série. Mal tinha começado a escrever *Cutelo & Corvo* e, mesmo assim, vocês acertaram em cheio no design das três capas. Muito obrigada!

À minha maravilhosa assistente pessoal e assistente gráfica, Val Downs, da Turning Pages Designs. Obrigada por tudo que você faz! Você é muito profissional, prestativa e talentosa, e é um prazer absoluto trabalhar com você. Muito, muito obrigada.

Sou imensamente grata aos incríveis leitores do ARC e aos apoiadores da Trilogia Morrendo de Amor nas redes sociais. Muito obrigada por dedicarem seu tempo para ler, promover e falar sobre essas histórias. Muitos de vocês estão nessa jornada comigo desde *Cutelo & Corvo*. Alguns, até mesmo antes disso. E espero que saibam que significa muito para mim o fato de vocês dedicarem seu tempo para oferecer apoio e incentivo. Fico honrada por estar nessa jornada com vocês. Quero fazer um agradecimento especial a Kristie, Chelsea, Lauren e Abbie, que apoiaram muito essa trilogia desde o início. Eu me sinto honrada por ter me tornado amiga de vocês.

Agradecimentos superespeciais a Jessica S. e Jessica M., que tão gentilmente avaliaram a situação para mim quando eu estava na fase "Quero colocar FOGO nisso" do processo de escrita. Jess S., você tem sido minha amiga nessa jornada alucinante e maravilhosa há muito tempo, e eu te adoro. Jess M., a irmã que nunca tive, obrigada por seu apoio e sua orientação! Igualmente, um enorme agradecimento a todos os meus amigos autores. Tenho a sorte de poder dizer que vocês são muitos para citar por medo de deixar alguém de fora, embora eu precise destacar Santana Knox e HD Carlton em particular, pois vocês realmente me apoiaram em alguns momentos difíceis. Não há ninguém com quem eu preferiria estar em uma centopeia humana (sim, é tão estranho quanto parece). Aprendi muito com vocês. Vocês têm sido um porto seguro no mar turbulento que é publicar, e sou incrivelmente grata pela amizade de vocês.

Por último, mas com certeza não menos importante, aos meus meninos maravilhosos. Este livro não teria sido possível sem meu marido, Daniel, por mais que ele argumente o contrário. Ele dedicou tempo para conversar comigo sobre as ideias da história, ler trechos de rascunho, trazer comida e água para me manter viva. Quando eu escrevia até tarde da noite, ele ficava acordado, sentado em silêncio ao meu lado, não importava quanto estivesse cansado, só para que eu não ficasse sozinha. Eu te amo muito, Daniel. Você é mesmo um parceiro excepcionalmente solidário e o marido mais incrível de todos. E a meu filho, Hayden, obrigada por seus abraços incríveis, sua bondade sem fim e sua risada contagiante. Eu te amo até o fim dos tempos e além. E, se você leu alguma coisa antes desta página, você está de castigo.

CONHEÇA OUTROS LIVROS DA EDITORA ARQUEIRO

Pen Pal

J. T. GEISSINGER

A primeira carta chega no dia do enterro do meu marido.

Vem da penitenciária e tem apenas uma frase:

Vou esperar para sempre se for preciso.

A assinatura é de um tal Dante, um homem que eu não conheço.

Por simples curiosidade, escrevo de volta perguntando o que exatamente ele está esperando. Sua resposta:

Você.

Digo ao homem misterioso que ele mandou a carta para a pessoa errada. Ele insiste que está certo. Escrevo que nunca nos encontramos, mas ele afirma que me conhece.

Trocamos cartas toda semana, cada vez mais íntimas. Então, um dia, elas param. Quando descubro por quê, já é tarde demais.

Dante está à minha porta.

E nada neste mundo me preparou para o que acontece em seguida.

Sem defeitos
Série Chestnuts Springs
Elsie Silver

Rhett Eaton é o principal nome do rodeio em touros. O garoto de ouro da cena country. Isso até fazer um comentário polêmico que o deixa em maus lençóis com um patrocinador e, em seguida, ser filmado dando um soco em um homem no meio da rua.

Agora seu agente quer que o peão limpe sua imagem e, para garantir que ele ande na linha, designa Summer Hamilton, a própria filha, para supervisioná-lo até o final da temporada de rodeios.

Mas Rhett não precisa de babá nenhuma, principalmente se ela usar calças coladinhas no corpo, for a rainha dos sorrisinhos maliciosos e tiver uma boca cor de cereja que nunca se cala – uma boca que não lhe sai da cabeça.

Summer diz que é melhor os dois não se envolverem e que a reputação de Rhett não pode sofrer mais nenhum baque. Assim como o coração dela, que não aguentará ser partido mais uma vez.

Depois que os dois se conhecem melhor, porém, Rhett percebe que Summer não é só mais um troféu a ser conquistado. E ela, em vez de fugir do que vê, se aproxima cada vez mais – mesmo sabendo que não deveria.

Sem coração

Série Chestnuts Springs

Elsie Silver

Depois que o bar onde ela trabalha fecha para reformas, Willa Grant fica sem rumo na vida. Mas sua amiga Summer tem a solução ideal e a convida para passar o verão no rancho sendo babá de Luke, sobrinho do noivo dela.

O pai de Luke, Cade, evita até olhar para Willa. E tudo bem, porque além de ser rude e mal-humorado, ele ainda é 13 anos mais velho que ela.

O problema é que Cade tem os ombros largos, as mãos calejadas e uma boca suja que deixam Willa com as pernas bambas.

Quando eles acabam juntos na banheira de hidromassagem para um jogo de verdade ou consequência, todas as suas convicções caem por terra. Assim como as roupas dos dois.

À medida que se entregam à atração, Willa percebe que a rispidez dele é só fachada. Afinal, nunca se sentiu protegida assim com homem nenhum. E Cade começa a ver que, quando aceita o risco e abre o coração, coisas boas podem acontecer. Quem sabe até o amor.

No fundo é amor
ALI HAZELWOOD

Scarlett Vandermeer está nadando contra a corrente, tentando equilibrar os estudos com a rotina de atleta. Concentrada em passar para a faculdade de medicina e se recuperar da lesão que quase deu fim à sua carreira nos saltos ornamentais, ela prefere levar uma vida discreta. Não tem tempo para relacionamentos. Ou pelo menos é o que diz para si mesma.

Garoto de ouro da natação, Lukas Blomqvist é capitão da equipe da universidade e campeão mundial, e conquistou tudo isso com muita disciplina. É assim que ele consegue medalhas e quebra recordes: com foco total a cada braçada.

Na superfície, Lukas e Scarlett não têm nada em comum. Até que um segredo vem à tona, e tudo muda.

Então eles fazem um acordo: ter um casinho temporário, que satisfaça as necessidades de ambos e alivie um pouco o estresse pré-Olimpíadas. No entanto, quando se torna cada vez mais difícil ficar longe de Lukas, Scarlett percebe que seu coração talvez esteja adentrando águas perigosas.

CONHEÇA OS LIVROS DE BRYNNE WEAVER

TRILOGIA MORRENDO DE AMOR

Cutelo e Corvo

Couro e Rouxinol

Foice e Pardal

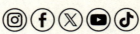